RIPLEY BOGLE

colección andanzas

ROBERT McLIAM WILSON
RIPLEY BOGLE

Traducción de Daniel Aguirre Oteiza

TUSQUETS
EDITORES

Título original: *Ripley Bogle*

1.ª edición: mayo 2000

El editor agradece la ayuda económica del ILE (Fondos para la traducción), Dublín, Irlanda.

© de la traducción: Daniel Aguirre Oteiza, 2000
(El traductor desea expresar su agradecimiento a los residentes del Tyrone Guthrie
Centre durante el verano de 1999 y en concreto a Philip Davison y Jonathan Dunne.)
Diseño de la colección: Guillemot-Navares
Reservados todos los derechos de esta edición para
Tusquets Editores, S.A. - Cesare Cantù, 8 - 08023 Barcelona
ISBN: 84-8310-128-9
Depósito legal: B. 6.661-2000
Fotocomposición: Foinsa - Passatge Gaiolà, 13-15 - 08013 Barcelona
Impreso sobre papel Offset-F Crudo de Papelera del Leizarán, S.A. - Guipúzcoa
Liberdúplex, S.L. - Constitución, 19 - 08014 Barcelona
Impreso en España

Para Mary y Peter

Índice

¡Atención! ¡Atención! Ladran los perros;
los mendigos llegan a la ciudad

(Entra un hombre con dinero. Espera. Entra una mujer, apasionada y mal vestida. Follan. Mutis.)

—¡Aaaaaaaaaaagggggghhhhhh...!

Da comienzo el desasosiego del mundo. Escena del nacimiento. El sereno grito del parto. Para él, el niño incandescente. La señora Bogle chilla mientras trata de dar a luz al indeseado señorito, el ínclito Ripley Bogle. Tiene las rodillas separadas, y las entrañas se le resisten. El sucio, cabezón y epónimo cabrón empuja con furia para salir al exterior.

—¡Aaaaaaaaaauuuuuuuuuuuyyyyy...!

La señora Bogle expele una ventosidad, produciendo un fuerte y áspero petardeo. Una comadrona de mediana edad, la señora Johns, arruga el entrecejo en señal de disgusto mientras la malvada enfermera Carter trata falsamente de disimular una sonrisita. El joven doctor Poole, medicastro en ciernes, despliega ciegamente una amplia sonrisa. Ruborizándose como un muchacho, mira a la enfermera Carter por encima del abultado barrigón y las manchadas piernas abiertas de par en par.

—¡Huuuuuuuuuuuyyyyyyyyyy...!

No hay canciones, ni odas festivas, ni júbilo, ni festejos en los salones del castillo de su grande y divino clan gaélico. Las gaitas permanecen calladas mientras él avanza y chapotea por el útero a trancas y barrancas para salir a un mundo más salvaje. Pronto se oirá un berrido, el trompetazo de la llegada y el denodado esfuerzo, aunque esto correrá de su cuenta en gran medida.

—¡Aaaaaaaaaaagggggggggggghhhhh...!

El pequeño cabrón empuja ahora con fuerza. No le queda más remedio. Está ensanchando las entrañas de la madre hasta el límite de la elasticidad. Es su primera deuda. Listo como él solo, ha elegido la fiebre general de confusión y pánico que reina en el mundo para nacer, pero lo tienen claro si piensan que va a sufrir por ello. Ha llegado su momento, y a los demás que los zurzan.

–¡Uuuuuuuuuufffff...!

Haciendo un cansino y repugnante ruidillo, la señora Bogle cumple su tarea en el momento oportuno. De sus alzadas y separadas piernas cae un hijo. Feo y anónimo, apenas impresiona en este salón del mundo. Es un augurio de cómo va a correr para él el río de la vida.

Jueves

Uno

Gracias. Por lo visto paso cada vez más tiempo pensando en mi nacimiento, lo cual, lo reconozco sin reparos, no conduce a nada. Del acontecimiento, desdichadamente, se conservan muy pocos documentos, y los recuerdos que guardo de él son más que borrosos, impenetrables. No obstante, es probable que ocurriera así, poco más o menos. Me da en la nariz.

Que conste que ahora es un buen momento para entregarse a meditaciones natalicias. Actualmente el mundo no se parece casi en nada a un útero, por lo menos para mí. Por ejemplo, la pulsación lenta e inexorable de un escalofrío avanza desde mi cóccix hacia mi hígado, y estoy mojado, destemplado y empapado de babas. Me he quedado sin tabaco, y hace bastante más de tres días que no como. Pues bien, ¿te recuerda esto a un útero? Por supuesto que no.

Junio. El encantador y helador mes de junio. Por extraño que parezca, buena parte de los ingleses suele pensar cariñosamente que este mes forma parte del verano. Por descontado esto es una parida. Hay que reconocer que los árboles exhiben un verdor espurio y que la gente se esfuerza por jugar apáticos partidos de críquet en todo tipo de campos arrasados, pero puedo asegurarte que la utilización de la palabra «verano» no está justificada de ninguna manera. ¡De ninguna! Sólo nosotros, los indigentes, los desamparados, los vagamundos, conocemos la verdad siberiana que encierra un mes de junio inglés. Somos sus aliados y confidentes. Nos tratamos de tú a tú con su gélida estrangulación y sus heladas garras.

Así que aquí me tienes, en pleno mes de junio, con los testículos congelados y los pies como témpanos, enzarzado en todo un cuerpo a cuerpo con la hipotermia. ¡Tengo tanto frío que se me ha quitado hasta el hambre, rediós! (Y eso que la Desnutrición y el Debilitamiento me hacen señas con una mezcla de coquetería y timidez, miradas afables y sonrisas refinadas.) Sí, hace un frío espantoso, pero ya empieza lentamente a remitir. Intento olvidarme de él en la medida de lo posible. Parece lo más razonable. Al fin y al cabo, después de cierto tiempo el frío de verdad (la auténtica ola de frío polar) se convierte en una cuestión teórica. Como una inquietante convicción intelectual, incordia, pero no llega a irritar. Anestesia contra sí mismo, algo que yo le agradezco. Todo esto confiere al asunto de la congelación una especie de grotesca respetabilidad ascética, pese a lo cual podría prescindir de ella sin el menor problema... Pues sí, así soy yo.

En este preciso instante estoy sentado en un gélido banco de St James's Park, satirizando de mala manera la prismática luz de pacotilla de la noche. Reconozco que no podría estar haciendo cosa más vomitiva que ésta, pero ahora mismo mi abanico de posibilidades no es precisamente enciclopédico.

Dos cosas curiosas dignas de mención.

En primer lugar, que a pesar de este frío de cojones y de la tremenda incomodidad que siento en general, no puedo evitar ponerme sentimental ante esta claridad crepuscular que nimba el parque. Me revienta tener que decirlo, pero parece como si esta noche el mundo se hubiera vestido de gala para mí. Irá a algún sitio especial. Si la conociese algo mejor, intentaría sacarle un billete de cinco libras o algo así. ¿Querías esteticismo? Pues ya lo tienes. Pero no voy a sacarle nada. De un tiempo a esta parte el mundo y yo andamos un poquito distanciados.

La segunda cosa digna de mención es que estoy sentado en este banco congelado, amenazando con caerme de él en cualquier momento y morirme de puro pobre, a pesar de que me encuentro a menos de trescientos metros del palacio de Buckingham. (Esta idea tiene la irritante tendencia a hacer que me tronche de risa.) Ahí dentro está la reina. ¡Jobar, puede incluso que esté sentada ahora mismo junto a una de esas rígidas y parpadeantes ventanas, mirándome! Puede que esté riéndose de mí mientras me pongo todo belsenesco y me quedo hecho una sopa. (Se ha puesto a llover. Puta lluvia...) No me sorprendería lo más mínimo. Es que incluso los mayores memos de ese lugar se alimentan mejor que yo... Aunque lo cierto es que da igual el lugar que sea, porque prácticamente cualquier memo se alimenta mejor que yo. (Aquí me vuelvo a reír como el auténtico gilipollas que soy.) Se me ocurre que soy más culto, más guapo y más majo que la reina y, sin embargo, estoy muriéndome de hambre en el jardín de delante de su casa. ¿Qué habría dicho Charlie Dickens sobre esto?, me pregunto.

A decir verdad, hay otra cosa digna de mención. Es la más insensata y estúpida de todas, y es que en realidad esta situación no me importa mucho. En el fondo no. No estoy desesperado. Lo que quiero decir es que el hecho de que sea un mugriento vagabundo sin comida y sin dinero no me molesta tanto como debería. Debo de estar mal de la azotea. ¿Desde cuándo la indigencia es un caldo de cultivo para la indiferencia y la despreocupación? Pero así son las cosas. En medio de la pobreza y la degradación me siento extraña y nebulosamente feliz. Como el capullo y la irresistible monada que soy, me da la impresión de que las cosas no van tan mal después de todo. Ni que decir tiene que estoy terriblemente equivocado. Las cosas van pero que muy mal, y todo indica que van a ir a peor. No obstante, me veo en este momento puro y fresco, castigado y demacrado por la adversidad. La lucha continúa, pero yo me mantengo en pie. A mí no me va lo de escaquearse; eso se lo dejo a los bien alimentados, a los sensatos. De acuerdo, puede que esté olvidándome del viejo argumento de las congelaciones, la desnutrición y la falta de techo, pero eso es lo de menos.

Tú piensa, sólo, en lo que me proporciona la privación, ese severo filántropo. ¡Ay...! No sin cierta desesperación, trato de acordarme de qué es lo que me proporciona exactamente. ¡Ah, sí! Eso es. Por supuesto...

Los dones de la reflexión y la memoria, eso es lo que me proporciona. Bien, ¿y qué más? La reflexión y la memoria. Yo recuerdo y reflexiono. Dispongo de mucho tiempo, y hay muy pocas cosas que me distraigan en realidad. En efecto: estar en la miseria es fundamental para la formación de un talante intelectual en verdad incisivo. Piensa en Dickens y en Orwell. ¿Qué habría sido de ellos si al principio no hubieran pasado una fructífera temporada azotando las calles?

La reflexión y la memoria: unas cosas sorprendentemente buenas. Confieso que mi inteligencia se reduce a manifestaciones meramente esporádicas, pero la mnemotecnia constituye para mí un apoyo sólido y estable. Los momentos reproducibles: en ellos se cifra mi pequeña historia. En la revisión, en las reflexiones lechosas y los olvidos nebulosos. Corrector: yo y mis atrevidos caprichos de autor damos cabida a la realidad y la zarandeamos.

Con ellos me consuelo. ¿No harías tú lo mismo?

Más cosas sobre mí, creo. Algunos detalles. Algunos datos sobre mi pasado. Tu medida y tu patrón.

Mido un metro ochenta. Mi peso fluctúa y no es nada bueno en este momento. Tengo los ojos verdes (y preciosos), la cara pálida y el pelo oscuro. (Ahora es de un color bastante indefinido debido al abandono y a una taimada pátina de mugre, pero en cualquier caso es oscuro.) Tengo veintiún años, me llamo Ripley Bogle y me dedico a pasar hambre, morirme de frío y llorar como un histérico.

Soy mitad galés y mitad irlandés. Perdonarás mi franqueza si te digo que esto es una puta mierda. Nunca consigo saber a quién aborrezco más: si a los galeses o a los irlandeses. (En general ganan los galeses por un estrecho margen.) La parte irlandesa de mi familia es la de mi madre. Ahora bien, todas las mujeres irlandesas que he conocido eran un verdadero espanto, y te alegrará saber que mi madre no era ninguna excepción. Estaba hecha una auténtica foca, la tía. Probablemente ya esté muerta; al menos eso quiero creer. Me parece que su padre (mi abuelito) sigue vivo, y debe de estar echando a perder su vida en las inmundas calles de Belfast. Su padre, mi bisabuelo materno, es el único miembro irlandés de mi familia que ha alcanzado una posición mínimamente digna en este mundo. Esta posición es la de héroe oficial. Logró semejante honor después de que le arrancaran las piernas y buena parte de los testículos en Passchendaele mientras luchaba por la nación británica contra el ejército alemán. Por aquellas mismas fechas, a su hermano (¿mi bitío?) le arrancaron la cabeza en O'Connell Street mientras luchaba por la nación irlandesa contra el ejército británico en el levantamiento de Pascua. El resto de la familia forma el típico elenco de soplapollas infrahumanos gaélicos.

Lo que está claro es que mi padre está muerto. De eso estoy seguro. Aunque menos repulsivo que mi madre desde el punto de vista físico, era mucho más hijoputa. Recuerdo con cariño que en una ocasión intentó sacarme las tripas con un botellín roto de Bass. Creo que yo entonces tenía ocho años. Probablemente hubiera acabado asesinando a ese cabrón de mierda si él no se me hubiese adelantado esparciendo la mayor parte de sus órganos vitales por el suelo de la cocina antes de que yo tuviera edad o fuerzas para rajarle con mis propias manos. No sé mucho sobre sus antepasados. Seguro que eran unos repugnantes cabronazos gaélicos como él.

¿Severo? ¿Poco convincente? Sí, quizás un poco. No sé muy bien por qué me molesto en hacer toda esta crítica, esta pseudosátira de los cojones. En realidad no me pega, y además no se me da precisamente bien. Cuando era más joven sí que se me daba bien lo de ser cruel e insultante: tenía don para hacer daño y condenar sin paliativos. En aquel entonces la idea me encantaba; me parecía una herramienta o un arma de lo más útil. Ahora me parece que no conduce a ninguna parte. Es una verdad a medias, la mera mitad de nada.

Para mí es como si la historia se hubiera detenido. Opté por dejarlo todo. Tiré la toalla y me entregué a la sencilla comodidad del fracaso y la decadencia. Simplemente capitulé ante el mundo y desaparecí del mapa de forma tan silenciosa y discreta como pude. Ahora aquí estoy, tan feliz. Llevo todo el año sin dormir bajo techo. Terrible, ¿verdad? Tengo los músculos y tendones atrofiados de los excesos y las horas extras. La piel se me está poniendo gris de la falta de calor. Soy mucho más que un simple vagabundo: soy un claustrofóbico, un ermitaño, un profeta, un perdedor, un cero a la izquierda. ¡Soy un símbolo de la época, rediós! Pero no exageremos; hago lo que me apetece.

Ahora bien, antes era un triunfador, por así decirlo. Era un hombre sensato; un hombre buscado, agasajado y adinerado. Ahora no soy nada. Nadie me conoce y subsisto a duras penas. Voy a pasar a mejor vida, es decir, voy a fundirme con la realidad. Soy el hombre de antes de ayer.

Pero, por suerte, al menos he dejado de mentir, de quejarme por nimiedades y de renegar. Tengo cuidado con mis invectivas. He renunciado al aval de la juventud y el esfuerzo. Me he retirado de esa movida tan moderna y sofisticada. Me parecía una enorme pérdida de tiempo. Además actualmente ando con muchas cosas en la cabeza; ahora tengo una especie de meta, ¿sabes? (¡Presagios, misterios, extrañas apariciones...!) Me he embarcado en una misión, cabría decir. Parece absurdo, lo sé, pero ¿qué puede hacer un pobre chico como yo? Aquí, con mi pobreza y mi vergüenza, entre las ruinas de mis aspiraciones y los despojos de mi talento. Sí, tengo una especie de meta.

Éste es el propósito de mi historia. Éste es el mapa secreto con el que exhumaré mi objetivo, mi tarea y mi tesoro. Éste es el destino de todos nosotros: de ti, de mi historia (tal y como es) y de mí. Esa misión. Mi búsqueda de la bondad fundamental y definitiva en el mundo.

Existían y siguen existiendo cosas deseables como la verdad, el honor, la sabiduría y la belleza. El único problema es que son difíciles de encontrar. Se mantienen ocultas y recelan de las garras del reconocimiento, esa prueba de fe que lleva aparejada su pérdida. Son súcubos entre los satisfechos demonios de hoy. Pero eso es lo que quiero. Éste es para mí el requisito esencial. ¿Cuál si no iba a ser? La prueba y el residuo de la bondad en este mundo.

(Más, más... Sigue pasándote.)

Aquí, en St James's Park, la noche ha caído lenta y débilmente. Las sombras se extienden y revuelcan por un cielo cuajado de nubes y en la laguna brilla el resplandor del crepúsculo. ¡Joder, ojalá no tuviera que ver esta clase de cosas!

Me levanto. El frío empieza a ponerme en una situación embarazosa. Te parecerá extraño, pero me sobra. Guiño un ojo a los árboles y se me pasa por la cabeza apedrear unos patos. Pero, por desgracia, no hago nada. La pobreza tiene unas repercusiones terribles en el sentido del humor. Hace falta un poco de pasta para carcajearse como está mandado. Dejémoslo; es hora de echarse a andar, cosa que hago con suma cautela, haciendo acopio de un poco de calor y humedad ficticios para las chirriantes cuadernas de mis piernas. Sin embargo, este momento de comodidad marítima es rápidamente dominado y eclipsado por un feroz ramalazo de dolor que me descoyunta la columna, me casca la cabeza y daña mis débiles riñones. Ojalá...

Ojalá tuviera un cigarrillo.

Dos

> Una patata,
> dos patatas,
> tres patatas
> y cuatro:
> los dedos manchados de mermelada
> me los limpio en la puerta del cuarto.

Todo el mundo dice que fui un niño intrépidamente repulsivo. Por lo visto, incluso el más filantrópico de los testigos tuvo serias dificultades para soportar el apabullante horror que solía acompañar el descubrimiento de mi infantil persona. Se comenta que una cantidad prodigiosa del personal de enfermería de la sala que yo ocupaba cambió de profesión o, en el mejor de los casos, necesitó tratamiento psiquiátrico. En un clima de gran nerviosismo, corrieron rumores de abortos, licantropía, explosiones subatómicas experimentales y cosas por el estilo. Pero yo sospecho que fue todo una treta, un conjunto de hipérboles destinadas a mitigar el inmediato y duradero odio que mis padres sintieron por mí.

> Cinco patatas,
> seis patatas,
> siete patatas
> y ocho:
> me encanta lo que me encanta
> odio las cosas que odio.

Después de tenerme, mi madre, la señora Betty Bogle (parece mentira; mira que llamarse así), se vio atenazada por sentimientos de culpa. Se había casado sólo un mes antes de que yo naciera, terminando de forma prematura una acertada y prometedora carrera de prostituta barata, y consideraba que el hecho de que fuera hijo ilegítimo era un factor que contribuía a acentuar mi naturaleza grotesca. Mi padre, el señor Bobby Bogle (esto va de mal en peor), tenía tendencia a estar de acuerdo con mi querida mami. Era un ex panadero decididamente desempleado con unas provisiones de alcohol milagrosamente inagotables, y opinaba que se había casado con una persona de clase inferior. En fin, para que veas cómo son los galeses.

Nueve patatas,
diez patatas,
once patatas
y doce:
seguro que hoy me meo en la cama,
espero hacerlo como corresponde.

Es más: al ver que mi madre seguía pariendo con asombrosa regularidad, su antigua profesión y mi dudoso linaje empezaron a pesar fuertemente en el ánimo de mi padre. Las virulentas discusiones que se produjeron como consecuencia de esto constituyen uno de los primeros y más queridos recuerdos que guardo. Estas escenas me encantaban. Lejos de poseer una intuición infantil para el conflicto o el trauma, las rápidas y acrobáticas broncas y las operáticas lindezas me embriagaban. Pronto empezó a oírse en medio de los gritos, chillidos y alaridos paternales el inequívoco ruido de mis gorgoritos y mis tiernos berridos de reconocimiento y ánimo. Se trata de un buen y precoz ejemplo de la elemental falta de tacto que me ha caracterizado desde entonces.

¡Ah, mi infancia! Las mañanas se inclinaban para saludar a mi niñez, honrándola con los albores del día. Se diría que la primera etapa de mi vida consistió en mañanas eternas, árboles y setos en flor, el verdeante beso de la hierba infantil y el radiante guiño del sol paternal. Tenía una energía y una salud inagotables, y una indestructible confianza en mí mismo, y todo ello se extendía por delante y por detrás de mí sin límite de tiempo.

Pero como todo lo bueno...

–¿Ripley...?
(Imagínate la escena: un idílico desayuno bogliano, con tetas y mocosos por todos lados.)
–¿Sí, mamá?
–Ripley, tengo que decirte una cosa. ¿Sabes qué es el colegio?

24

Recuerdo perfectamente que la primera vez que oí la palabra «colegio» sentí una curiosa mezcla de pavor y entusiasmo. Por un momento me pregunté qué sentimiento debía adoptar como política, pero me atuve a las normas y opté por el pavor.

–Dime. ¿Sabes qué es el colegio?

–No.

–Bueno, el colegio es el lugar al que va todo el mundo a aprender.

Joder, menuda genialidad, ¿eh? Como buen niño, me quedé un momento callado para asimilar la información que acababa de oír.

–¿Por qué? –pregunté con voz de pito.

Esto la desconcertó un poquitín.

–Pues porque así podrás leer y escribir como tu padre y como yo.

(Con reservas incluso cuando no había motivos para ello.)

–¿Por qué?

–Pues porque así podrás leer y escribir cuando seas mayor... Si no, nadie te querrá.

Tras esta definición tan maltusiana, recapacité un poco antes de seguir adelante con mi estrategia del niño encantador y perplejo que se dedica a joder al adulto cateto con preguntas sin respuesta de una precocidad adorable. Hasta aquel momento me había sido muy útil.

–¿Por qué? –repetí.

(Quizá debería haberla modificado un poco.)

–¡Ya te he dicho por qué, impertinente de mierda!

Intenté reagrupar mis tropas y lanzar una carga de caballería por el flanco de la ternura materna.

–¿Estarás tú allí, mamá?

–No seas estúpido. ¡Por supuesto que no!

Esto me hirió un poco, pero tenía el día optimista e interpreté su franqueza como una mera pantalla para disimular la verdadera confusión de sus sentimientos encontrados. Presté a mi silencio todo el encanto de un niño con cara de ternero degollado y luego gemí lastimeramente:

–Creo que no quiero ir al colegio, mamá.

Rediós, tan joven y ya un gilipollas. Ni que decir tiene que mi querida mami no se tragó esto y, tras arrearme una buena patada en el culo, habló a calzón quitado, por así decirlo:

–Mala pata. Y cuidado con ensuciarte hoy el pantalón... –Mi madre se había tomado con cierta tranquilidad lo de anunciarme con antelación el comienzo de mi vida de estudiante–, porque vas mañana al colegio.

–Ah... –dije sensatamente.

Así que fui al colegio. Pasé de la íntima improvisación del abandono familiar a la versión más organizada de la educación primaria. Era un niño sin pinchazos: no sabía lo que eran las vacunas contra la tuberculosis, ni las inyecciones para debiluchos, ni los impresos, ni los certificados, ni los médicos, ni los dentistas. La enfermedad habría podido acabar conmigo si hubiera tenido interés por mí. Pero, como el resto del mundo, no lo tenía. No me quedaba prácticamente otro remedio que valerme por mis propios medios endocrinos.

Me revienta tener que admitirlo, pero, en general, no me maltrataron de forma activa. Esto me ha costado caro. Me encantaría poder contar historias tremebundas sobre las torturas psicológicas, las aberraciones sexuales y los experimentos fisiológicos padecidos durante la infancia, todas esas vilezas que imprimen carácter y que, en rigor, me merecía. Pero, por desgracia, no tengo derecho alguno a aducir motivos tan incontrovertibles como éstos para despertar compasión. Simplemente me dejaron de lado, me desatendieron, me borraron, me tacharon... De nadie recibí una sola palabra de cariño, ánimo o lástima. Conmigo ni siquiera merecía la pena hacer el esfuerzo necesario para ser cruel o desdeñoso. Tuve que arreglármelas con el optimismo y éste tuvo que arreglárselas conmigo.

(Miro en torno a mí mientras me arrastro cual vagabundo por Constitution Hill. Esto no es más que Inglaterra, ruidosa y deliciosamente gélida. Aquí me resulta difícil pensar en todo esto. Ése fue el dulce e imperceptible final de la crueldad infantil. No hay trabajadores sociales para semejante tipo de cosas en semejante clase de sitios. ¡Ah, las profesiones humanitarias! No son más que casuística y camuflaje en el mejor de los casos. Cuando *yo* era un bebé maltratado no existían esas tonterías.)

Aquel primer día de clase, creo recordar, también me arrastré cual vagabundo hasta el colegio. Mis hermanos habían armado un espectacular caos de vómitos y lloriqueos, y mi padre había aparecido en la carbonera borracho como una cuba. En consecuencia, manifestando una diplomacia impropia de un niño de mi edad, dejé de solicitar clemencia a mi madre.

Recuerdo que aquella mañana, mientras me arrastraban hacia el fin de la inocencia, me pregunté si las personas que se cruzaban con nosotros por la calle no se darían cuenta de que yo era un pobre niño maltratado y la mujer que me acompañaba una mala madre. Estaba totalmente convencido de que un viejo calvo y huraño de mirada bondadosa y olorosa pipa nos obligaría a detenernos, reprendería a mi desnaturalizada madre y me llevaría de inmediato a su castillo de lustrosa piedra, donde podría comer jamones de azúcar durante todo el santo día y tendría hermosas sirvientas con las que jugar.

(Vomitivo, ¿eh?)

Bueno, me guiñaron el ojo en un par de ocasiones, e incluso vi una o dos caras de mirada bondadosa, pero, por lo que respecta a los castillos de lustrosa piedra, aquel día no me comí una rosca.

Eso fue todo. Finito. Sanseacabó.

Antes he dicho que mi infancia fue como una mañana soleada. Pues bien, a partir de aquel instante fue como una brumosa tarde de ansiedad. En aquel momento no sabía muy bien qué había perdido, pero estaba seguro de que, fuera lo que fuese, lo echaba ya muchísimo de menos.

(En este preciso momento pasa una chica apuradamente por mi lado. Mira a mi alrededor, dirigiendo y controlando con cuidado la expresión de sus ojos. Se pega a la pared, apretando los dientes en señal de miedo y desaprobación. Tiene la cabeza agachada en actitud de rechazo; sus pasos son bruscos y rápidos. No le gusto. No le gustan ni mi indefinible mugre ni mis torpes andares de víctima. Le hago sentirse incómoda y le doy miedo; y ella no tiene por qué soportar algo así. En mi caso, la situación resulta aún más difícil porque es joven y bonita, y tiene esos ojos tan humanos y compasivos que tanto me gustaban antes. Se escabulle y respira aliviada. Yo, el vagabundo. Soy más joven que ella.)

El primer día de colegio aprendí un montón de cosas. Conocí la alegría y la desilusión amarga del saber. Se me hizo muy cuesta arriba. ¡Dios mío, si te parece que ahora tengo mal aspecto, deberías haberme visto entonces! Estaba casi cheposo de las preocupaciones y la edad.

Descubrí que vivía en Belfast, que Belfast se encontraba en Irlanda y que la suma de estas dos cosas significaba que yo era irlandés. La joven sargentona a la que teníamos que aguantar se tomaba esto muy a pecho. No sin cierta vehemencia, hacía hincapié en que, nos llamaran como nos llamasen los demás, nuestros nombres serían siempre irlandeses.

Deseoso de agradar, me pasé la mayor parte de la mañana preguntándome qué combinación patronímica serviría para aplacar a aquella estúpida. Me daba la sensación de que «Irlandés Bogle» no se ajustaba a las reglas de la métrica y de que «Ripley Irlandés» no le haría mucha gracia a mi queridísima mamá, puesto que ocultaba la identidad de mi familia. Como siempre había sido un chaval ingenioso e integrador, al final opté por «Ripley Irlandés Bogle». Recuerdo que me quedé la mar de contento.

Sin embargo, esta solución temporal fue desbaratada cuando la encantadora señorita Trotsky nos dijo que de vez en cuando alguna alma descarriada trataría de llamarnos ingleses, que era la peor de las barbaridades que nos podían llamar. Por mucho que los pobres insensatos insistieran, suplicaran o intentaran camelarnos, nuestros nombres seguirían siendo total y absolutamente irlandeses, significaran lo que significasen.

Bien, como podrás imaginarte, esto me dejó más intrigado que la leche. Estaba preocupado y confuso. No obstante, gracias a un sentido crítico precozmente agudo y a una juvenil desconfianza en el fervor pedagógico, decidí consultar al oráculo materno en cuanto llegara a casa. Mientras tanto, impulsado por un espíritu de compromiso (que ya entonces no me abandonaba nunca), me puse el apodo de «Ripley Irlandés Inglés Bogle».

Allí estaba yo, un pequeñajo de mierda, abrumado por la impresionante serie de dificultades y responsabilidades con las que de repente debía apechugar. Como era de prever, cuando interrogué a mi querida mamaíta sobre las normas onomásticas que debía cumplir en aquella situación, intentó meterme la mesa de la cocina por el culo y clamó contra Dios en las alturas por haberle mandado a semejante engendro de niño. Yo tenía tendencia a estar de acuerdo con ella. Pensándolo bien, quizás hubiera sido mejor que no me separara nunca del Dios de marras.

(¿Debería mostrar un poquito más de clemencia con el pasado? ¿Debería replantearme la cuestión con una actitud algo más generosa? No, creo que no. Si algo deseo, es que el pasado pague por todo lo que hizo.)

Tres

Regent's Park.

Respondo con rapidez al aguijón de la memoria: la dicha navideña de los diez años y la esperanza de nuevos juegos. Los vínculos que permiten establecer estos momentos, la escasa compensación...; el apéndice de la ilocalizable ilusión de todos aquellos años. El optimismo y la fe sin tacha, todo ello sin la amenaza del mercantilismo de la experiencia. Por lo tanto, recuerdo: de vez en cuando y de forma espontánea y fugaz. Estos dolorosos momentos del ayer me proporcionan el equilibrio que a veces necesito. Sí, en efecto: las calas intermitentes en los estratos de mi pasado sirven para compensar el irrelevante trajín del mundo exterior.

Pues sí, nada más y nada menos. (Estarás de acuerdo en que, viniendo de un vagabundo, todo esto resulta bastante impresionante.)

La imagen navideña se desvanece y sigo andando. Cansados estamos, y seguir el hilo de mis pensamientos resulta difícil. Voy a intentar cortarlo.

(Maurice me dijo una vez que yo pensaba demasiado en demasiado poco. Para él esto equivalía casi a un epigrama. Le hacía gracia esta frase tan concisa, y además le gustaba darme consejos.)

Está oscuro y hace mucho frío. Se balancean los árboles de escasas hojas, y sus livianas ramitas parecen estremecerse con apática aprensión. Si serán tontas... Arriba el cielo posee ese embrujo de las noches negras y tachonadas de estrellas que tanto detesto. Taimado y empecinadamente adamantino, constituye un enemigo. Una brisilla artera desordena mis grasientos cabellos. El extraño y desagradable olor de mi cuerpo se extiende impulsado por este alegre viento. ¡Ay de mí, las noches de vagabundeo! Cómo me gustan después de todo.

Bueno, bueno... Regent's Park. Nada menos. Todo el mundo conoce este lugar, ¿no? Para mí posee una gran importancia. Sea buen o mal momento, Regent's Park siempre tiene sitio para mí. Un lugar hermoso a más no poder, con pasta y privilegios a espuertas: eso es Regent's Park para mí. Se parece más al Londres con el que soñaba de pequeño. Aquí pongo a prueba mis diferentes estados de ánimo y los escenifico bajo el suave arco luminoso que describen estas farolas. Los suaviza un poco.

¡Cómo me gustan Regent's Park y St John's Wood! Los campos de críquet me susurran palabras elegantes y esperanzadoras. Sobre todo por la noche. Este lugar, verde, negro y gris... Lo que es realmente asombroso es que a un vagamundo tan cochino y repugnante como yo se le permita hacer el pijo en medio de tanto dineral. Resulta difícil de creer. Tengo todo el derecho del mundo a pringar estas caras aceras y dejar en ellas mi rastro de babas. Deberían prohibirlo. Es algo intolerable. Yo desde luego no lo permitiría.

(Bueno, la verdad es que estoy aquí por un motivo. Tengo un papel en esta ópera de riqueza y opulencia. La función que la pobreza desempeña es esencial para el éxito del conjunto de la obra. Con el paso del tiempo el dinero pierde su capacidad para influir en lo que ya ha sido comprado. En situaciones límite el dinero se vuelve teórico, intangible. Y aquí es donde entro yo. ¿Qué mayor contraste podría haber? Yo presto un servicio a los ricos. La riqueza constituye, por supuesto, un mero indicador para calcular la distancia que le separa a uno de la pobreza. Le dice en qué medida no es pobre. Un creso sólo sabe que efectivamente es un creso cuando ve a un vagamundo como yo merodeando alrededor de su mansión. Me necesita. ¿Qué sería de su fortuna sin mí?)

Londres es, en general, un lugar curioso. Sí, lo es. Tú ya lo sabes. A mí me gusta esta vieja ciudad. Y me gusta con toda su mugrienta gloria gris. Aquí viven vidas. Y muchas, además. En la época navideña la nieve es seca y blanca, no como en Irlanda, donde el invierno es húmedo y marrón. Ah, Londres... Menuda ciudad. Me la he recorrido entera. La de personas despreocupadamente ricas y obstinadamente pobres que hay en ella. Las distinguidas y las abyectas. Londres vive para unas y para otras, y casi en igual medida. Es su territorio y su bien. Aunque soy un catolicazo de la cabeza a los pies, no me siento extranjero en absoluto cuando me pateo estas calles. Al fin y al cabo, es una ciudad de extranjeros. Apenas se ve una cara anglosajona. ¡Esta Inglaterra igualitaria nuestra...! Árabes, africanos, americanos, antillanos, indios, alemanes, paquistaníes, judíos, chinos, japoneses, franceses, escoceses, irlandeses y, cómo no, una buena panda de jodidos galeses. No me malinterpretes. No tiene nada malo ser galés, pero, al lado de esa gente, yo soy el puto san Jorge.

A ver, ¿y para ti cómo es Londres? ¿Cuál es la ciudad que tú conoces? ¿La de los ricos y los pobres? ¿La del norte y el sur? ¿La del este y el oeste? ¿La de arriba y abajo? ¿La de dentro y fuera? Yo me las conozco todas. Sin excepción: Golders Green, Muswell Hill, Chiswick, Chelsea, Camden, Kennington, Finchley, Fulham, Rotherhithe, Richmond, Notting Hill y Bethnal Green. Me las conozco todas.

Conozco estos lugares como vagabundo. Como persona que mira. Esto es lo que le proporciona a uno la vagabundería: la posición de espectador, la del observador, la perspectiva general del artista. Nosotros, los vagabundos, observamos a todo el mundo, y también le escuchamos. Puede que sea una falta de educación, pero no tenemos otra cosa que hacer, cojones.

Para nosotros, los vagabundos, Londres es una ciudad totalmente distinta, una ciudad exclusiva. Para empezar, la ciudad vagabundera es mucho más grande, aunque, paradójicamente, su geografía es más detallada y precisa. La escala es más grande, pero el trazado del mapa está concentrado. Los vagabundos conocen la ciudad a fondo. Conocen sus piedras, sus tuberías y ladrillos, sus portales y aceras. Al fin y al cabo, dormimos en ellas. A ver: piensa un momento en lo familiarizada que está una persona normal y corriente con su cama. ¿Lo ves? Pues ya está. Así de bien conocemos nosotros las calles de nuestra ciudad. Ésta es la estampa a ras de suelo del Londres del mendigo, su primer plano, su particular visión urbana. Yo he sentido la cordialidad de las aceras. He sentido la persecución y la calma del sueño en su impermeable abrazo. No me quejo, créeme. Al fin y al cabo, cuando uno ha llegado al límite de la resistencia y ya no soporta más privaciones, la mayoría de las cosas tienen su lado bueno, sus peculiaridades, su atractivo particular.

Ahora bien, la mayoría de los vagabundos tiene su zona, su territorio. Forman mugrientas comunidades y se pudren en precaria unión. Yo deambulo. Voy de acá para allá. No soy como esos vagabundos conformistas y esnobs. Paso por todos los sitios al menos una vez. Cabría decir que callejeo a mi humilde manera. Voy solo, es cierto, pero lo prefiero así. Además las camarillas de vagabundos son inestables. Los pordioseros siempre andan intentando matarse unos a otros por algún motivo, y a veces logran su objetivo. Son unos codiciosos de mierda, y debo decir que nada me deprime tanto como el espectáculo de la avaricia en mis compañeros. Y encima no tienen conversación. No sé si te habrás fijado, pero la elocuencia no suele ser uno de sus fuertes. A la hora de mearse encima se las arreglan, pero en cuanto surge la más mínima discusión de carácter intelectual se arman un taco. De acuerdo, puede que la desnutrición, la enfermedad y la privación no sean las circunstancias idóneas para cultivar la inteligencia, pero es que esta gente ni siquiera hace el esfuerzo, por Dios.

(Lo peor de los vagabundos es, por supuesto, que huelen que apestan los muy cabrones.)

No me malinterpretes. No tengo nada en contra de los vagabundos. Lo que pasa es que a veces me da la sensación de que llevan una vida muy rutinaria.

El frío de la pringosa noche empieza a entretejer sus heladores hilos en torno a mi vacilante corazón. En lo que al tiempo se refiere, últimamente soy todo corazón. Si baja la temperatura, las depresiones atmosféricas y los frentes fríos repercuten alegremente en mi engaño sentimental* cardiaco. Esto me preocupa. El verano no puede tardar en llegar. ¡Tiene que llegar! Estoy seguro de ello. No debo inquietarme. Eso es... En cuanto acude esta grata idea a mi cabeza, incluso las farolas adquieren un brillo amigable y gastado para mi melancolía, para mis ojos solitarios.

De pronto me doy cuenta de que tengo hambre. Bueno, quizás «hambre» no sea la palabra adecuada. Puede que «tengo una gusa que se me están atrofiando las putas tripas» sea una frase más precisa y mesurada para describir lo que siento en este momento. De acuerdo, soy un joven con una clara tendencia a expresarse con las hipérboles de la juventud, pero así son las cosas. Esto es lo que hay, sin trampa ni cartón. El Hambre empieza a hacer de las suyas. El Hambre está propinándome una somanta de palos y encima está disfrutando. ¿He aludido ya al hecho de que hace más de tres días que no como? Pues vaya, pensarás, no es para tanto. Bueno, hace cuatro días llevaba cinco días sin comer, y me entró tal desesperación que cogí de una papelera una hamburguesa a medio comer, le quité la arenilla y me la zampé tan a gusto (la hamburguesa, no la arenilla). ¿Qué te parece eso? ¿Eh? Seguro que ahora te arrepientes de haber abierto la boca. (N.B.: Me dio tanta vergüenza y tanto asco que a punto estuve de echar la pela, y desde entonces no he vuelto a intentarlo.)

Pero volvamos a estos retortijoncillos que tengo ahora. Creo que hasta el momento no me he portado mal. He padecido casi en silen-

---

* Referencia a la expresión *pathetic fallacy*, acuñada por John Ruskin en *Modern Painters*. Empleamos aquí la traducción de Luis Cernuda en «Historial de un libro», *Obras completas,* vol. 2, Siruela, Madrid, 1994. *(N. del T.)*

cio, lo cual es en mí algo admirable (además de poco habitual). El debilitamiento verdadero es una cosa extraña y compleja. Se desarrolla por etapas. (Nunca me he pasado más de un par de semanas sin comer, así que mi experiencia es necesariamente limitada. Bastaría con que fuera un poquitín más amplia para que estuviese ciego, loco o muerto.)

En primer lugar, sientes las molestias de rigor durante cosa de un día. La tripa se te hincha y se te pone tirante, eructas de mala manera, y parece que tienes tanta saliva que no sabes qué hacer con ella. Todos conocemos este tipo de hambre. Es el hambre de entre horas, el hambre rápida, el hambre de los viajes, incluso el hambre de las dietas. Es una memez, un juego de niños. No representa problema alguno. Mientras el cerebro rumia la glucosa que le queda, se te aguza el ingenio y se te despeja la cabeza. Las ideas y las palabras se vuelven livianas, ágiles, pirotécnicas en alcance y belleza. Escribes poemas, juegas con la probabilidad y encuentras tres remedios distintos para el cáncer.

Esto está bien. Es divertido. Pero entonces el Dolor te mete un enorme palo nudoso por el culo y te revuelve el vientre, que ya está bastante hinchado de por sí. Medio día de alegres alaridos y luego se pasa... Por suerte. Sin solución de continuidad, entras en otro periodo de calma. La sensación es de una inexplicable felicidad. Ni siquiera la estúpida intromisión de la invasora muerte cerebral logra alterar esta nueva serenidad. Lo sabes todo y lo aceptas de buen grado. El macrocosmos y el microcosmos. Posees la gran amplitud de horizontes de la sabiduría y el resarcimiento. Eres el filósofo del hambre y bebes de la copa de sagacidad y visión del profeta. Dios viene a hablarte.

El Dolor interrumpe y te viola sin miramientos. Al cabo de media hora das a luz a una cosechadora con cuchillas en funcionamiento y vomitas algo parecido al intestino grueso, que se desliza lo más lejos posible para empezar una nueva vida en este mundo hasta que consigues recuperarlo.

Y en el preciso momento en que piensas que ya se ha acabado, cuando piensas que estás todo lo jodido que se puede estar, vuelve la calma. Pero ahora se trata de una calma lenta, una calma comatosa. El tiempo se dilata, y haces una incursión en el país de los hippies. La percepción y la inteligencia van a tomarse unas pequeñas vacaciones, y te revuelcas en una paz poco convincente. A estas alturas ya no importa mucho lo que pueda suceder, y cabe la posibilidad de que termines durmiendo en autopistas y sitios por el estilo. Pero no hay por qué preocuparse: cuando uno se encuentra en semejante estado necesita toda la despreocupación de la que es capaz.

¡Epa...! Pero ¿qué es esto? ¡Pardiez! Pero si se trata otra vez de nuestro amigo el Dolor. Ahora está cabreado de verdad y tiene ganas de hacerte daño. Empieza revolviéndote un poquitín el vientre con decisión y luego se pone a fregar las paredes del estómago con un estropajo. En un momento de inspiración, te ata el páncreas a la vejiga con un alambre para cortar quesos. Te encoges y te quedas así. Se te caen las piernas, intentas ponértelas otra vez, pero parece que no encajan. Improvisas y te caes.

Pasa. Parece mentira, pero así es.

Tras reducir el abanico de posibilidades, la cabeza decide revolver un poco las cosas. Las neuronas entran en colisión y chocan contra tu palpitante cráneo. Te pones esotérico. El juego se llama «fantasmagoría», y de repente Kafka se parece a P.G. Wodehouse. El diablo viene de visita con el aspecto de una preciosa araña gigante con forúnculos supurantes y sudores diarreicos. Su monstruosa y temblorosa bocaza te hace señas seductoramente al tiempo que se agacha con toda su humeante y reluciente obscenidad. Excitado, folla contigo durante un rato antes de comerse tus pulmones y tu hígado.

Y así sucesivamente...

Chungo, ¿eh?

En realidad, lo que la mayoría de la gente ignora sobre la inanición es que, si uno no le hace caso, se enfurruña y se marcha. Pero sólo hasta cierto punto: al cabo de un rato uno se muere, por supuesto. Se muere de verdad. Así que no pruebes a pasar hambre: no resulta muy divertido.

¡Uf! Qué bien me ha sentado eso. Me encuentro muchísimo mejor. La bocina vacía de mis tripas ha amortiguado el ruido. Quisiera expresar mi agradecimiento por este alivio.

Bueno, esto es prácticamente todo lo que tenía que decir acerca del hambre, salvo, claro está, el terrible desarreglo endocrino y subquímico que le causa a tu querido cuerpecillo. Pero podemos imaginárnoslo. ¿Qué necesidad hay de saber eso? Siendo el hambre un compañero constante e incondicional, prefiero evitarlo con el recurso extremo del optimismo y la ignorancia. Si uno no sabe que algo *puede* hacerle ver las estrellas y no lo ha *tenido* nunca, no lo echa de menos jamás. O, para ser más exactos, lo que uno no ha comido, no puede vomitarlo. En cualquier caso, el hambre es horrible, pero inevitable.

Titilantes, las estrellas titilan. Son los soles de otros, según dicen. Sistemas solares diferentes. Cánceres de piel diferentes. Radiantes, lucen por otros. Estrelladas, brillan para nosotros, los terrenales.

> Titila, titila, pequeña estrella,
> ¿a quién leches importa lo que seas?
> Arriba, encima del globo terrestre,
> eres igual que un grano reluciente.

Ahora me dirijo a Tottenham Court Road. Me parece un lugar más apropiado para el tipo de vida que hago, plagado como está de bazofia japonesa y americana, toda ella antiinglesa y grimosa. Mientras camino me entretengo observando las delicadas formas de mis piernas y mis pies. Me dejan admirado los elegantes pliegues y las arrugas de mi viejo pantalón negro. Y también mis viejos zapatos. Los últimos de su clase, de color negro mate y con los dedos marcados. Estos ágiles y valientes zapatos dan alas a mis pies. (Para ser un vagabundo, voy requetebién vestido, ¿sabes?) Mientras contemplo estos pies míos en constante cambio, una placentera estupidez empieza a palpitar y resplandecer en lo más hondo de mi mollera. El Hambre ha desaparecido, y el Agotamiento es un sustituto aplicado con muchas cosas que demostrar. Siento un leve y sordo deseo de pasarme la noche andando bajo la fresca y apacible belleza de todas estas farolas. Doy un traspié y a punto estoy de caerme de culo. De pronto, la jodida optimista de mi cabeza se reanima a regañadientes. Sigo andando.

Sí, estamos en Tottenham Court Road. El brillo y el temblor eléctrico del siglo XX. Son casi las diez, según veo. Detrás del halo halógeno y el tartamudeo de los diodos, refulge el cielo, que, salpicado de masas de nubes malignas de color azul oscuro, describe una curva esplendente iluminada por la luna. De pronto Tottenham Court Road se transfigura bajo este dosel, y se convierte en una fantástica avenida de misterio y maldad teñidos de sordidez. Un artero filamento de asfalto y acera salpicado de luna. Por él camino yo, agradecido beneficiario.

Para ser vagabundo, además soy guapo. Las privaciones y la mala vida todavía no me han pasado factura en lo que al aspecto se refiere. Tengo bastante mala pinta, cierto, pero nada más. Voy con ropa un tanto informal, un poquitín desastrado, y muy sucio. Eso es todo.

Alto, joven y erguido, desmiento la imagen generalmente aceptada del vagabundo multiuso. Aunque pálida y algo más que cansada, tengo la cara fina, limpia y muy aerodinámica, con buenas superficies planas y suaves curvas. Exceptuando la barba de tres días, el coeficiente de resistencia al avance es nulo. Verdad es que si me la quitara se vería que estoy demacrado, pero, en mi caso, considero esto una muestra de estilo, algo casi moderno. Caramba, pero si la mayoría de las estrellas de cine me darían su dentadura postiza a cambio de la cara de vividor que tengo. La llevo bien curtida. En serio.

Mis ojos tampoco están nada mal. Son unos ojos especiales. Son de color verde verdoso, verdísimos como ellos solos. Mis ojazos son otro cantar. Anonadan y sorprenden. Cautivan y fascinan. Muchas son las gilipolleces femeninas que se han oído decir acerca de mis ojos (sobre todo a mí). A ti te gustarían. Yo trato de no fijarme en ellos. Pueden ser un coñazo.

Pues sí, como *clochard* soy una belleza. Mi salud ha aguantado todo lo que podía aguantar por el bien de mi aspecto. Voy tirando, por así decirlo. No parezco el enfermo que soy. Ni tampoco el vagabundo enfermo que soy.

Ah, sí, estoy mal de salud. Mi salud deja mucho que desear. ¡Mi salud es verdaderamente espantosa! Con lo joven que soy, es asombroso que esté tan cascado. Estoy ictérico, inflamado, febril, anoréxico y necrótico. Soy tóxico. Tengo la boca llena de grietas y escamas, y los labios entumecidos y con alguna que otra postilla. El menú de mis carencias alimenticias es tentador, como para que a uno se le haga la boca agua. Mis anemias, mi beriberi y mi queilosis matan el tiempo alegremente, y mi epigastrio es un suplicio continuo. La tripa se me dilata y contrae cuando le viene en gana, más o menos como un acordeón. Mi esponjoso o, en caso contrario, ígneo vientre ha inventado enfermedades nuevas y dolores desconocidos. La hipoglucemia, la esteatorrea, la gastritis y la esofagitis son unos divertidos amigos míos. Estos desenfadados colegas se turnan para cantar arias sobre la incomodidad y el peligro. Y, ¡ay!, cómo llora mi corazón ante todo esto. La palabra «braquicardia» no llega a describir la lentitud de tortuga de mi pulso y los suaves y distantes golpes que dan mis leves titubeos cardiovasculares. Mis vómitos son algo absolutamente inenarrable, y de mis dientes preferiría no hablar.

Pues sí, por lo que a la salud se refiere, no estoy nada bien. No quiero ni pensar en el dechado de virtudes patológicas que puedo ser cuando llegue a los treinta. No quiero insistir en ello, pero el asunto este de la salud es esencial cuando uno es un pordiosero. Es algo de vital importancia, lo principal. Ésta es la base y el fundamento de la política vagabundera. Es nuestro manifiesto.

¿Cómo ha podido suceder esto? ¿Por qué he permitido que acabe de esta manera? ¿Por qué?

Déjame que te lo cuente. Dame tiempo. Tú escucha. Ya verás.

Cuatro

En mi niñez el cielo estaba claro y despejado y derramaba sus enjoyadas sonrisas por mis ventanas cada vez más abiertas. En aquella época las enloquecidas abejas de septiembre libraban desquiciados combates aéreos y morían presa del pánico a mis experimentales manos. El polvo acumulado en los caminos de grava señalaba mis pasos por el aula. La escuela primaria para chicos del Sagrado Corazón: marrón madera y colores comidos por el sol; encerados viejos, enmohecidos y manchados de tiza. La venerable amplitud de la infancia. Los tributos de las muchas nieces errantes que han sido embellecidas en este lugar... ¡Qué atrevidas situaciones escenifiqué yo allí, arrullado por el delicioso aburrimiento del colegio y con la fantasía aguijoneada por las otrora mundanas figuras de la Antigüedad y las leyendas! (Por alguna oscura razón, de pequeño me encapriché con Demóstenes.)

La niñez queda siempre reducida a una elegía fragmentaria. Vestigios incompletos de aspiraciones inmaculadas. Imágenes rápidas. Lo mismo cabe decir de mí: los días polvorientos en patios de granito en los que trataba de entender el paso del tiempo, pero acababa con dolor de cabeza de lo grande y extraño que me parecía; los partidos de fútbol que jugaba después de clase mientras se iba la luz y se formaban espectaculares sombras sobre los muros; las calles inundadas de arenilla en las que esperaba a que se constituyera mi vida, a que se produjeran acontecimientos en medio de la tranquila bruma del asombro y la confusión infantiles. Hay que ver la infinidad de posibilidades y atractivos que ofrece la falta de experiencia. ¡Epifanías a espuertas!

¿Quieres que te diga una cosa? Tardaron años en darse cuenta de que era un puto genio. Resulta difícil de creer, pero así es. Me las apañé para llegar a los ocho años diciendo gilipolleces, pero entonces me descubrieron. Les engañaba con mis hábiles manifestaciones de estupidez virtuosa, mis bien documentadas excentricidades autistas, mis inflexibles meadas en la cama y mis sensatas farsas de analfabeto. Se desesperaban ante la impenetrable bruma gris pizarra de mi anormalidad. Intrigaron y urdieron planes. Durante un breve periodo de tiempo me mandaron a una escuela especial para niños con problemas de aprendizaje. No era lo bastante listo y me devolvieron casi de inmediato.

Ni que decir tiene que a la jodida piojosa de mi madre esto le importó una mierda. La imbecilidad no era una cosa que molestara a Betty Bogle: tenía el vago presentimiento de que estaba perpetuando las tradiciones familiares.

Huelga decir que fui un genio desde el primer momento. Leí las obras completas de Dickens y Thackeray a los cinco años y me pasé el resto del año devorando la mayor parte de la producción literaria del siglo XIX. (Quizá sea ésta la razón de que mi estilo sea tan florido, tan rotundo, tan jodidamente distinguido.) Luego me tragué a Shakespeare, Webster, Marlowe y Spenser (apoyando los libros sobre el pañal mientras leía). A continuación me pasé al rollo helénico y leí un poco de astrofísica para principiantes. Aún no se me habían caído los dientes de leche cuando empecé a estudiar el nihilismo. He de reconocer que Orwell, Camus, Sartre, Mann y Eliot me deprimieron un poco, pero sólo tenía seis años, así que me recuperé. De todos modos ya había estudiado a los epicúreos bastante a fondo, de forma que pude reírme como un hedonista. Las matemáticas avanzadas me plantearon un par de problemas, lo admito, pero decidí que podía esperar hasta los diez años, por decir una edad. Al fin y al cabo tenía que organizar mi tiempo. Con siete años me reía de Freud, me hacía gracia Jung, me burlaba de Lawrence, me carcajeaba con Woolf, me desternillaba con Barthes y hacía tres cuartos de lo mismo con Bertrand Russell.

A esto le llamo yo precocidad.

¿Explicaciones? Sí, creo que te mereces alguna. Puede que, dadas mis prodigiosas facultades intelectuales, valga la pena que te ponga un poquitín en antecedentes. Son dos. Me refiero a las explicaciones.

Una

De pequeño sentí una incapacidad absoluta para desentenderme de la palabra escrita. Puede que esto se debiera a algún extraño defecto de vista o a una idiosincrásica irregularidad en la superficie lisa de mi cerebro, pero, fuera lo que fuese, el caso es que lo leía absolutamente todo. *Tout!* No me dejaba nada: carteles de tiendas, periódicos, pósters, horarios, manuales de instrucciones, paquetes de copos de avena, etiquetas de tarros de mermelada, restos de revistas rescatados de la polvorienta codicia de la calle... Todo. Tenía un hambre voraz e insaciable por la letra impresa, y las ideas bullían y se agolpaban en mi cabeza de una forma horrorosa si no tenía nada que leer. Puede que estuviera mal de la chaveta después de todo.

Dos

La segunda causa es mucho más sencilla. Si en primer lugar hemos visto la demanda, ahora vamos a ver el abastecimiento. Mi sed de palabras me condujo hasta la biblioteca pública de Lower Falls Road (un edificio imponente, por extraño que parezca). Allí se combinaron mis necesidades literarias y mi habilidad con las manos, que reivindiqué como derecho familiar. Ahora bien: no podía robar de la sección de literatura infantil. ¡De eso nada! Las psicóticas arpías de las bibliotecarias montaban guardia en ella a todas horas. Sin embargo, la situación en la sección de literatura para adultos era totalmente distinta. Allí estaba por encima (mejor dicho, por debajo) de toda sospecha. ¿Qué podía ser menos digno de vigilancia que un golfillo achaparrado y ruidoso del gueto *comme moi*, paseando de manera distraída entre estanterías de madera llenas de todo lo que tiene algo de valor en literatura y filosofía? ¿Te haces una idea de la situación? Robar allí estaba chupado. Gracias a mi destreza y tenacidad boglianas, poco me faltó para vaciar las estanterías. ¡Santo Dios, qué educación me proporcionó aquel lugar! Ilegal, pero amplia. Cuando terminaba de leer aquellos mamotretos, los enterraba en el jardín de un vecino con ayuda de una cuchara sopera y un viejo bate de críquet astillado. Fue un milagro, pero nadie me cogió con las manos en la masa, y pude continuar con mis operaciones educativas clandestinas prácticamente a mis anchas. De aquel modo me cultivé, lo que suponía un esfuerzo de cojones, ya que nadie tenía ni la más remota intención de hacerlo por mí. (¡Hala, a lamentarse y lloriquear!)

Entonces, si fui un prodigio tan jodidamente repelente, ¿por qué me molesté tanto en ocultarlo? ¿Por qué seguí una política de imbecilidad manifiesta? ¿Por qué no me mostré tal y como era, me presenté a unos cuantos concursos, gané premios y me embolsé algo de pasta?

Pues porque me imaginé que, si descubrían lo genial que era, me arrancarían la cabeza a patadas, me pasarían los huevos por agua y me achicharrarían el trasero. Sí, sí, ya sé que fui un niño paranoico. Tengo plena conciencia de ello. Pero te diré una cosa. ¿No lo adivinas...? Pues que estaba en lo cierto. Cuando se enteraron, intentaron hacerme todo lo que he dicho. Dios, qué odio me cogieron. Ahora bien: ¿por qué reaccionaron de esa manera?

Esto fue lo que sucedió.

Era la última hora de la mañana y en el aula estábamos una panda de treinta y ocho jorobados, tullidos e idiotas aprendiendo a leer bajo la pedagógica mirada del señor Sansón. No podía haberse llamado de manera más acertada. Dios mío, qué animal era aquel hombre. Acostumbraba echarnos pulsos para quedarse con nuestra paga, hacía trampas descaradamente y luego nos amenazaba con retorcernos el cuello si se lo contábamos a alguien. Era un auténtico hijoputa. El caso es que allí estábamos, achicharrándonos en la bandeja de microondas de nuestra aula del sótano, leyendo con ojos de besugo penosamente un libro para niños, cuando de repente salió la palabra «cobre». Así fue. Sansón, el muy hijoputa, decidió abrir el debate.

SANSÓN: ¿Sabe alguien qué es el cobre?

(Esperando una respuesta del tipo: «Una cosa marrón, señor profesor»; «Lo que se pone en las tuberías, señor profesor»; «Lo que le dice el dueño de una tienda a un dependiente para que pague un cliente, señor profesor».)

BOGLE *(inteligente):* Un mineral, señor profesor.
SANSÓN *(condescendiente):* No, Bogle. Es un metal.
BOGLE: Es un mineral, señor profesor.
SANSÓN: ¡Los cojones!
BOGLE: No son los cojones, señor profesor.
SANSÓN *(a punto de perder los nervios):* No seas respondón, criajo de mierda. ¡Si ni siquiera sabes qué es un mineral!
BOGLE *(en un ataque de locura):* Un mineral es una sustancia inorgánica química y físicamente homogénea, en estado líquido o sólido, que se da de forma natural y tiene una estructura atómica definida y definitiva. Surge como resultado de procesos geológicos en los que no interviene el... ser humano..., señor profesor...

Fui bajando la voz y al final me callé. Mientras mis compañeros aguardaban con paciencia el veredicto del profesor, se oyó un suave rumor. Yo sabía lo que había hecho. No debería haber revelado mi secreto de semejante manera. A los adultos no les gustaría, me censurarían y vendrían a pedirme cuentas. Sansón me miraba fijamente con las aletas de la nariz dilatadas, los ojos desorbitados y la boca abierta. (Estaba muy poco atractivo.) Noté que perdía de forma irremediable el control de mi destino. Ahora ya no estaba en mis manos. Sansón profirió un fortísimo alarido, capaz de helarle la sangre a cualquiera, y arremetió contra mí con fuego en los ojos y rabia en el corazón.

(Trillada pero real: así es mi vida. No hay en ella ni ironía sutil, ni ingenio refinado, ni intención satírica. Estilo tiene poco y audacia menos. He de conformarme con la letra mayúscula. Las cosas deben saltar a la vista. Los toscos y obvios remiendos del carácter y el descontento.)

Aunque parezca mentira, me metieron en una ambulancia y me llevaron a todo correr al Royal Victoria Hospital. Harper, el jefe de los loqueros para chavales (el especialista en psiquiatría infantil), se quedó encantado al verme. Felicitó a mi colegio por la prontitud con que había reaccionado. Me encontraba muy mal, y estaba empeorando. Sufría gravísimos trastornos mentales. Evidentemente, por lo que respecta a mis neurosis (que, según él, eran bastante acentuadas), mi insólita precocidad intelectual no era más que la típica punta del iceberg. Con ojos brillantes y enseñándome los dientes con expresión risueña, se puso a hacer planes para mi terapia.

Me mandaron a otra escuela especial una vez por semana. En una fiebre de igualitarismo experimental, en aquel centro ponían juntos a los niños con dificultades de aprendizaje y a los superdotados. Allí estábamos, imbéciles y genios, inflándonos a hostias unos a otros siempre que teníamos oportunidad. Conseguíamos grandes cosas. Se hablaba de Kierkegaard con ignorantes y se enseñaba el alfabeto inglés con ayuda de dibujos a políglotas precoces. Todo muy útil.

Cuando mi querida mamá se enteró del original talento que poseía yo, se negó a creérselo. Tenía la humildad suficiente como para asombrarse de que el fruto de su remedo de útero pudiera ser algo distinto a un troglodita. Cuando por fin lo aceptó, se empeñó en considerarlo una prueba definitiva de mis irrazonables hostilidad y rebeldía. Como es natural (y quizá loable), este nuevo agravio le sirvió de excusa para hacerme objeto de toda una nueva serie de vilipendios y entusiastas palizas.

Para colmo, esta situación tuvo peligrosas repercusiones diplomáticas en el colegio. Yo siempre había gozado de gran popularidad a causa de mi fealdad, pero esto estaba cambiando. (La popularidad, se entiende, ya que la fealdad parecía definitiva.) A nadie le gustan los genios. Empecé a enzarzarme en peleas que, por extraño que parezca, solía ganar. Exhibir aptitudes pugilísticas además de facultades mentales constituyó una falta de tacto por mi parte. Estaba condenado a fracasar. Fui retado por D. Stark.

D. Stark era quien mejor peleaba del colegio. Aunque acababa de cumplir doce años, ya medía un metro setenta y cinco, había empezado a afeitarse (¡lo juro!, ¡como lo cuento!) e incluso tenía un respetable número de pelos en el pecho a los cuales fingía no conceder gran importancia. Era quien cortaba el bacalao, y consideraba que no podía permitirse el lujo de desentenderse de la fama que yo acababa de adquirir. En el colegio sólo había sitio para un fenómeno. Tendría que celebrarse un duelo.

D. Stark arrojó el guante a la manera tradicional de los guerreros de nuestro colegio, es decir: lanzando un húmedo y espeso escupitajo sobre mi coronilla. A la maestría de D. Stark en esta forma de desafío hay que añadir el hecho de que llevaba fumando cuarenta cigarrillos diarios desde los siete años. Sus aguijonazos eran siempre clara y prodigiosamente adhesivos.

Cuando llegó el gran día, sospecho que a D. Stark le dio cierto reparo enfrentarse a un adversario mucho más joven, pequeño y menos psicópata que él. Pero cuando vio a mi diminuta persona bailando y esquivando, sus escrúpulos se desvanecieron. Su honor estaba en juego. Con dolor de corazón y mano firme de verdugo, avanzó sobre mí.

Fue un desastre. D. Stark era un monstruo. Incluso Sansón le tenía miedo. Se rumoreaba que, cuando quería dinero para tabaco, solía sacar a su padre por una ventana del piso de arriba de su casa. Era una bestia. Me machacó. Me hizo trizas. Me hizo botar contra las paredes y el asfalto. Me fracturó las costillas como si fueran de cartón y me dejó la jeta hecha papilla. Se puso a gusto y encima repitió. No pude ir al colegio durante tres semanas.

Dicho sea en su honor, hay que reconocer que mi papá se sintió verdaderamente impresionado. En su opinión, lo ocurrido se aproximaba más a la norma de comportamiento masculino. Incluso la buena de Betty reaccionó con menos violencia que de costumbre. Cuando se enteraron de que en medio de aquella carnicería bogliana había conseguido de chiripa sacarle un diente a D. Stark, una chispa de orgullo paternal se las apañó para marcarse un farol e hinchar sus mugrientos pechos.

Cuando volví al colegio, fue más de lo mismo. Ponerse a la altura de D. Stark era considerado por un lado el *súmmum* de la valentía humana, y por otro el colmo de la imbecilidad. Fuera por la razón que fuese, mis compañeros juzgaron que era una persona a la que merecía la pena prestar atención. Incluso D. Stark empezó a mostrarme cierta cordialidad. Me daba cigarrillos a la hora del recreo y nos quedábamos sentados, yo descompuesto y medio asfixiado y él sereno y sucio de humo.

(Supongo que en este momento debería decir algo así como: «Caray, ¿qué habrá sido del bueno de D. Stark?». Pero puedo contarlo sin ningún problema, y además queda bien. Tras una breve aunque satisfactoria vida marcada por los líos, la delincuencia, la miseria y unas desganadas relaciones con el Sinn Fein, D. Stark murió de un disparo a manos de una patrulla de infantería en el barrio obrero de Ardoyne, en Belfast. Como siempre digo en estos casos: no conviene darme palizas.)

¡Ah, sí! ¡El conflicto! ¡Esa cosa irlandesa tan desagradable! No cabe duda de que el problema norirlandés contribuyó a adornar los primeros años de mi vida. Me aseguré bien de coger un buen sitio. Me hacía falta el material, y me lo trajeron pronto y gratis (en su mayor parte). Me lo sirvieron y lo devoré con verdaderas ganas.

Me pasé buena parte de la infancia viendo cosas que no debía ver y familiarizándome con ideas molestas que sin duda podrían haber esperado una década o más a aparecer en mi vida. A causa de los asesinatos, la violencia, la sangre, las vísceras y los diversos elementos que constituyen la vida política irlandesa, el desarrollo de un niño suele quedar reducido a la mínima expresión. Uno se hace al cinismo en un santiamén, y si se descuida, ni se entera. Para mí todo comenzó la noche de internamiento.

Me imagino que sabrás lo que significa internamiento. ¿No? Pues búscalo en el diccionario. Es algo estupendo, y he de decir que, se mire por donde se mire, yo tuve una noche de internamiento de lo más provechosa.

Al igual que la mayoría de los católicos de clase trabajadora de la ciudad de Belfast, nosotros, los Bogle, tuvimos una redada durante la noche de internamiento. Poco antes de las dos de la noche, la puerta de nuestra miserable casita fue derribada por cuatro jóvenes soldados impacientes y malencarados. (Bueno, digo yo que estarían impacientes y serían malencarados; pues yo estaba acostado en aquel momento.) Por lo visto, se mostraron corteses e incluso un tanto apocados cuando se dividieron para desvalijar nuestra horrenda y microscópica casucha.

Como de costumbre, papi estaba en cualquier parte menos en casa, y bolinga probablemente, de modo que la *mater familias* Bogle tuvo oportunidad de dar rienda suelta a su furibunda indignación. Por supuesto, lo hizo con el brío y el entusiasmo habituales. La desafortunada soldadesca no esperaba encontrarse con esta espumajeante arpía, y saltaba a la vista que no le hacía la menor gracia estar allí. Un joven teniente con cara de circunstancias se quedó a vigilar a Betty, que estaba ya que se subía por las paredes, mientras los demás iban rápidamente a registrar las dependencias de nuestra vieja casa.

Cuando el ejército de Su Majestad irrumpió con todas sus fuerzas en mi dormitorio, sentí una emoción desbordante. De pronto se encendió la luz y alcé la mirada. Imagínate mi asombro y mi dicha cuando descubrí que en la puerta de mi dormitorio había un gigantesco cabo antillano blandiendo un fusil automático. Mi inculta sangre bullía de alegría. Nunca había visto a un negro de verdad y ahora tenía uno (si bien algo cohibido) en mi diminuto y familiar dormitorio. Chico, no cabía en mí de gozo. Aquel hombre me traía aires de *glamour*, exotismo y riesgo. Se quedó unos segundos quieto y avergonzado, durante los cuales sentí tanto amor que se me empañaron los ojos. Como no sabía qué hacer, probó sin mucho convencimiento a guiñarme un ojo, y sus dientes dibujaron una sonrisa blanca sobre su táctil cara de ébano, tras lo cual desapareció súbitamente de vista.

Bien, con tantas emociones, yo ya no podía conciliar el sueño, así que me deslicé hasta la puerta, que seguía abierta. En la planta baja pude oír unos gritos: eran los profesionales gruñidos de los soldados mezclados con los insistentes alaridos de mi desquiciada madre. Por un instante sentí lástima de los confiados soldados. Luego oí a mis hermanos pequeños proferir chillidos y berridos con un extraordinario sentido de la armonía, y mi lástima se duplicó. Pobrecitos ingleses. No era la clase de cháchara que uno espera encontrarse cuando intenta reprimir un poco a los autóctonos. Sin embargo, aquello era demasiado emocionante como para quedarme donde estaba, de modo que bajé con sigilo por la pequeña escalera que conducía al lugar donde se oía el jaleo.

Me detuve en el vestíbulo. Mi raído pijama era demasiado fino, y por el enorme agujero que había ocupado la puerta de nuestra casa hasta hacía poco entraba una fuerte corriente de aire frío. Me acerqué despacio. Cuál no sería mi alegría cuando descubrí que desde allí podía ver el callejón sin salida, donde se desarrollaba una gran actividad. La fila entera de casas pequeñas y baratas que formaban Monagh Parade estaba iluminada por el implacable resplandor de los faros de los

Saracens y los jeeps militares aparcados en hilera al final del callejón. Había soldados por todas partes; soldados de caras ennegrecidas que entraban en casas oscuras y adormiladas para sacar a hombres medio desnudos y meterlos en los Saracens, soldados agazapados detrás de paredes y farolas apuntando con los fusiles, soldados gritando, soldados dando puñetazos, soldados arreando patadas, montones de soldados haciendo el soldado mientras gritos e imprecaciones de mujeres frenéticas surcaban el tibio aire de la noche.

Me adentré alegremente en aquella cortina de ruido, ajetreo y luces cegadoras. Avancé con sigilo y me metí debajo de la pequeña cerca de nuestro minúsculo jardín. Noté un estremecimiento de ilícita libertad, pues nunca había estado fuera de casa tan tarde. Habitante nocturno de mi jardín diurno, el aire y el cielo me parecían unos seres extraños. Observé con atención aquella confusa vorágine de arrestos y protestas por los agujeros de la pequeña cerca con la sensación de que estaba bien escondido y no corría ningún riesgo. Resultaba casi acogedor.

De pronto, la beatífica clandestinidad de mi escondite se vio en peligro. Un joven soldado se acercó a todo correr a mi cerca y se agazapó al otro lado, apretándose contra sus endebles tablones blancos. Aunque podría haberme tocado fácilmente con sólo extender la mano, no parecía haber notado mi presencia. La caliente sangre se me heló en las venas. Mi cara se encontraba a pocos centímetros de aquella gigantesca figura vestida de faena, lastrada y abultada por toda una colección de curiosos utensilios militares cuyo nombre desconocía. Cuando apuntó con un deslustrado fusil de color negro y marrón a la casa de Sean O'Grady, situada al otro lado de la plaza abierta, pude ver sus intrigantes botones y seguros. Los dos miramos cuando sacaron a rastras al padre de Sean y lo llevaron hasta los Saracens. Sabía que lo que el soldado llevaba era un SLR porque había oído a unos chicos del colegio hablar de las virtudes de las armas de fuego de bajo calibre del ejército inglés.

–¡No es nada comparado con un *armalite!*

–Anda ya...

–¡Con un *armalite* pueden arrancarte la cabeza como si espachurraran una manzana!

–Pero los paracaidistas disparan balas dum-dum con los SLR. ¡Te parten por la mitad sin que te des cuenta!

Me pregunté si sería paracaidista el joven cuyo aliento acre y frío me daba en la cara. Yo no sabía distinguir los diferentes regimientos como los demás chicos, pero eran muchas las historias que había oído contar sobre las atrocidades con las que disfrutaban los paracaidistas de marras. Me puse a temblar violentamente. El transmisor-receptor que llevaba el soldado sujeto al pecho emitió de repente un crujido seco. Di un fuerte respingo, como es natural, y a punto estuve de delatarme. Mientras el joven soldado escuchaba los ruidillos inarticulados que salían de su pecho, se apoderó de mí una sensación de extrañeza por estar agazapado en la oscuridad tan cerca de aquel hombre sin que él lo supiera. Miré con detenimiento al supuesto enemigo. Mientras los misterios de la guerra y el odio hacían presa en mi imaginación infantil, sentí una sutil y velada ternura por el joven cuyo suave aliento humedecía mi cara. Estaba lo bastante cerca como para matarlo, y sentí cómo nacía el poder y el miedo en mi corazón de guerrero. (Creo que acababa de releer a D.H. Lawrence.)

De pronto oí un ruido apagado en la casa de nuestros vecinos, los Ginchy. Me volví rápidamente y vi una pequeña figura femenina que desaparecía como un fantasma entre las largas sombras rayadas que se extendían a un lado de la casa. Supuse que sería Muire Ginchy y me imaginé cuál era su intención: hacer equilibrismos sobre el alambre de espino. Era su número preferido. Siempre le gustaba alardear en mi presencia de sus equilibrismos sobre el alambre de espino de la cerca de su padre. Nunca lo había hecho de noche.

Cuando oyó el ruido, el soldado aguzó las orejas como un perro en señal de alerta. Se quedó paralizado por el terror y dio un grito a su sargento. De repente dos enormes soldados salieron de la oscuridad, saltaron por encima de mi cabeza y cayeron ruidosamente al suelo delante de la ventana de nuestro salón, entonando con las armas y las botas un confuso himno al peligro y el miedo. Se agazaparon con cuidado, y mi soldado se reunió con ellos. Yo me quedé quieto en mi escondite sin que me descubrieran, a pocos centímetros de sus fuertes y amenazadoras botas negras.

–¿Qué ocurre? –preguntó el sargento.

El joven soldado respondió en un tono de evidente petulancia.

–He visto a uno de ellos que trataba de esconderse. Se ha ido por detrás de la casa de al lado. Creo que llevaba un arma.

El sargento se hizo cargo de la situación inmediatamente.

–De acuerdo, usted vaya por la puerta trasera de esta casa. Llévese a los muchachos. Nosotros rodearemos la vivienda. Disponen de unos cuarenta y cinco segundos.

Entusiasmado, mi soldado llamó al domicilio de los Bogle. A mí me dio un ataque de pánico. Cuarenta y cinco segundos. Pero si no era más que Muire Ginchy haciendo equilibrismos en la cerca. Estaba alardeando, nada más. ¡Y había soldados armados por todas partes! Muy a mi pesar, comprendí que iba a tener que decir algo. No podía dejarla en sus manos. No, no podía hacerlo.

–Perdone, señor... –dije con voz gutural.

–¡Joder!

Una linterna alumbró llena de cólera mi aterrada cara y una culata de fusil se incrustó presa del pánico en mi pecho de niño. Uno de los soldados soltó un grito de terror. Sin embargo, tuve la suerte de que el ágil sargento advirtiera enseguida lo extremadamente joven que era.

–¡Tranquilícese, por lo que más quiera! No es más que un niño. –Se volvió hacia mí–. ¿Qué haces aquí, hijo?

Tuve la sensación de que la tripa se me descomponía de miedo y horror y noté que un hilillo de tibia orina avanzaba por uno de mis muslos.

–No es más que Muire, señor.

–¿Cómo?

–No es más que Muire.

–¿De qué estás hablando?

–La de allí detrás. No es más que una niña pequeña.

Una vez más, el fornido sargento se hizo cargo de la situación y reaccionó de inmediato. Se volvió hacia la puerta abierta de la casa y dio un grito.

–¡Wilson! ¡Wilson! No es más que una niña... ¿Wilson? Mierda.

El sargento rodeó la casa a toda velocidad, seguido por mí y por el otro soldado. El gran jardín trasero de nuestra casa era un caos enloquecido en el que los brillantes haces de luz de las linternas hendían la negrura sin luna que presidía la escena. Como conocía bien el jardín, pude evitar la masa de soldados que iba de un lado a otro dando tropezones y llegué a donde me imaginaba que estaría Muire. Entonces la vi. Se encontraba sobre la cerca, y la ropa que cubría su cuerpecillo se recortaba sobre el difuso resplandor de la imponente montaña Negra. Vi a Wilson justo debajo de ella con el arma levantada. Se quedaron un instante quietos los dos, formando despacio con sus siluetas un cuadro vivo de una extraña belleza crepuscular. Entonces oí que el soldado hacía un ruido seco con el fusil y lo movía, listo para disparar, y me abalancé enloquecidamente hacia él, gritando con furia. Muire chilló, su cuerpo pareció estremecerse de terror, y resbaló. Cayó en línea recta y se quedó sentada a horcajadas sobre el alambre de espino.

Naturalmente, como era noche de internamiento, la ambulancia tardó en llegar. Eso nos dijeron mientras esperábamos. Al menos Muire ya había dejado de gritar. Ahora lo único que se oía era la voz apagada de la señora Ginchy, que le decía a su hija que no se preocupara, y los angustiosos sollozos del soldado Wilson.

–Lo siento... Lo siento mucho.

Tenía la cara salpicada de lágrimas, negros churretones de camuflaje y brillantes manchas de sangre de la niña, a la que había sostenido contra el pecho después de que se cayera. Los demás soldados permanecían en silencio. Se mantenían a distancia, aguardando impacientes a que llegara la ambulancia para poder marcharse. Un soldado raso sostenía disimuladamente un cigarrillo en el hueco de la mano.

Al lugar de los hechos había llegado un capitán. Era joven y guapo, e iba adornado con la inverosímil elegancia de una gorra con visera. Se detuvo cerca de mí y le susurró algo al considerado sargento que todavía me tenía agarrado del hombro. No sé cómo, pero me di cuenta de que la naturaleza de las heridas que sufría la pequeña Muire causaba horror a aquellos hombres y les confería una especie de inútil caballerosidad. Intenté ponerme en su lugar, aunque en el fondo no alcanzaba a comprender qué tenía de terrible lo ocurrido. Lo sentía por Muire y por toda la sangre húmeda y roja que había derramado. Lo sentía mucho. Pero estaba confuso. Me preguntaba por qué su madre no estaba enfadada. ¿Por qué sonreía a su hija de aquella manera? No había amargura en su rostro.

Para cuando la ambulancia se llevó a Muire y a su madre, el jaleo en el callejón ya se había calmado, y con gran emoción pude ver que el cielo empezaba a palidecer por detrás de la montaña, lo que significaba que por fin iba a ser testigo del amanecer. Los soldados se dispersaron pidiendo disculpas, conmocionados y abatidos. Yo echaba de menos el *glamour* que fugazmente habían traído. En un momento maravilloso el sargento le había dicho a mi frenética madre que yo era un valiente, e incluso me había dado una libra. El orgullo inflamaba mi corazón irlandés, aunque todavía me sentía bastante impresionado por lo que le había ocurrido a Muire. Cuando los soldados por fin se marcharon, mi madre cogió la libra y la tiró rápidamente a la basura. En una muestra de sensatez, no dije nada. El amanecer gruñía y se extendía por la desvelada ciudad, insuflando vida nueva a las maltrechas protestas de la noche y al ruido de cubos de basura que las había acompañado. El internamiento había comenzado.

Me pregunto qué habrá sido de la buena de Muire Ginchy. Está claro que no habrá batido ningún récord como madre. Creo que, desde el punto de vista ginecológico, podemos descartar esa posibilidad sin ningún problema. Es una lástima, si uno se para a pensar en ello. Es probable que sea una repugnante fulana irlandesa de mirada torva como todas las demás. Belfast tiene ese efecto. Engorda el cuerpo y el cerebro. Espanta el alma.

Pero es una pena. Muire me gustaba. Incluso llegué a encapricharme un poco de ella durante la preadolescencia. Era una chica simpática, y mona además. Le gustaba alardear, cierto, pero no se merecía la humillación que sufrió.

¿A quién se le puede echar la culpa de lo ocurrido? ¿Al pobre Wilson? ¿A mí? ¿A otra persona? No, creo que ninguno de nosotros reúne las condiciones para ello. Prefiero echar la culpa a Belfast. Belfast es la responsable de todo. Habría que hacer algo. No podemos permitir que se salga con la suya tras una cosa así. Hay que pararle los pies a Belfast. Algún día pagará.

Espero.

Cinco

Embankment. Otro banco, otro descanso. Otra caricia para el culo y la madera podrida. Los bancos jalonan mis peregrinaciones de desamparado. Pequeños cobijos de madera donde uno encuentra algo afín a la seguridad y el reposo. ¿Sabes qué? Me encanta el Embankment. Me gusta la arrogancia y ostentación con que los puentes se extienden y brillan sobre las inmundicias que serpentean por la cloaca del Támesis. Sobre todo mi querido puente de Westminster. No cabe duda de que ese puente tiene todo lo que hay que tener. Para lo que son los puentes, es de lo más virguero. A veces estas luces a tiempo parcial brillan en los arcos e iluminan listones, vigas y agua de una forma sumamente atractiva. El marrón del río y el verde del puente se funden formando una balsa de líquidos destellos de un color que recuerda al de una pastilla de menta y chocolate. Esta noche no están encendidas, pero podré soportarlo.

En realidad el Embankment tiene mucho de ostentoso. Es una ostentación nostálgica y de pacotilla, cierto, pero estamos en los años ochenta. Todos tenemos problemas hoy en día. En el fondo la ostentación no sirve de mucho.

Esta noche sopla un aire cortante que le deja a uno pasmado, y mis manos huérfanas están peladas y ateridas. Me las he metido en los bolsillos, lo que no parece que cambie las cosas de forma apreciable. Esto es lo malo de la noche. Hace siempre un frío de cojones. Sí, las noches son frías, pero por lo menos está oscuro, y uno puede moverse a sus anchas.

Y bien, ¿quién se ocupa de la oscuridad y la anchura? Yo, me ocupo yo. Estas cosas son importantes para mí. La gran pantalla de la noche me permite tener mi propio espacio, me deja sitio de sobra para moverme con holgura. Es el hueco que han de llenar mis recuerdos.

Y, atención: aquí llegan, dando coscorrones y empujones alrededor de mi húmedo banco. Se sienten agraviados, quieren que se les escuche. Pitan y protestan. A su lado, viva y mortal, el agua turbia se acumula en el río, cuajándose como la leche. Esta noche la agradable ciudad abrevada es nuestra.

Escucha, tengo una serie de imágenes mentales de mi cambiante y vil persona en diferentes etapas de mi encumbramiento y posterior caída en desgracia. Permíteme enseñarte estas instantáneas. Por favor. Son pasto de álbum de fotos. Son tres, y constituyen una colección graciosa y representativa.

Ésta es la primera: yo en el mejor momento de mi niñez. Estamos en la infancia.

Ágil, rápido como una flecha, corre y anda. Con una chaqueta de cremallera moteada de color marrón; un pantalón de pata de elefante de lona azul marino con cinturón elástico de cierre de ancla; una camiseta de fútbol de rayas malvas, azules y blancas; un calcetín verde y otro gris; y unos baratos zapatos despuntados de talla gigante; se pavonea con estilo. Tiene el pelo de color zanahoria y pelillos en la cara; ojillos malévolos y chispeantes, y verrugas opulentas. Se tira pedos y eructa temerariamente, intentando que se le oiga bien en ambos casos. Tiene las rodillas costrosas y duras de jugar a fútbol, y el culo amoratado como consecuencia de sus fechorías. Su sonrisa es dentuda y bobalicona. Hace planes con bombas fétidas y tirachinas y piensa en suplicios para mininos. Carece de discernimiento y experiencia. Es francamente repulsivo. Desearía haber sido rey con un hermano llamado Richard al que pudiese insultar todo lo que quisiera sin tener que sufrir por ello.

Mientras me ocupaba del asunto de crecer, el número de miembros de mi familia aumentó a un ritmo acelerado hasta llegar a ocho, contándonos a todos. Éramos siete niños y una niña. Mi única hermana, Patricia, contribuyó en gran manera a enriquecer mis primeras experiencias con la muerte al morir oportunamente. Falleció a los tres años de edad de una enfermedad de nombre misterioso: un agujero en el corazón. Yo reaccioné con horror y escepticismo. No me parecía que aquello fuera muy científico. Apenas guardo memoria de mi hermana, pero recuerdo de forma vaga que era bonita, aunque delgada y blanca como la ropa de cama. No se parecía nada al resto de los Bogle. Nosotros encarnábamos la peor especie de golfillos y granujas, pero Patricia era distinta. Puede que ésta sea la razón de que muriera. Puede que no soportara la infancia bogliana. Quizá no le cayeran bien los irlandeses. Yo qué sé.

De lo que sí me acuerdo bien es del funeral. En un gesto de compasión, mamá Ginchy me pasó una bolsa de caramelos daneses con sabor a frutas. Virgen Santa, qué ricos estaban. Curiosamente, los envoltorios tenían imágenes de vacas caminando por prados, me imagino que daneses, y esto captó mi atención de una forma desmesurada. Los ataúdes para niños son una monada, ¿a que sí? El de Patricia era diminuto, sorprendente, incongruente. Su tamaño causó mala impresión en todos los adultos, sobre todo en mi madre, quien, para ser justos con ella, parecía algo más que disgustada con todo aquel asunto.

Como los demás miembros jóvenes de la familia Bogle no mostraban la menor inclinación a seguir los pasos de su única hermana, seguí disfrutando de su incesante compañía. Sus nombres: Peter, Patrick, John, Paul, George y Declan. (Este último siempre me pareció el más cruel de todos. El mío era chungo, pero mira que llamarse Declan Bogle. Vaya nombrecito.) En conjunto resultaban poco interesantes, puesto que en su mayoría habían heredado rasgos tan tradicionalmente boglianos como una estupidez prodigiosa y la tendencia a cometer delitos de poca importancia. George, el segundo, batió varios récords familiares al conseguir que la policía le tomara las huellas dactilares a la tierna edad de ocho años. Aparte de ser el favorito del clan, siempre fue un niño muy prometedor.

La amplia investigación sobre la dipsomanía que estaba llevando a cabo mi padre también fue a más con los años. Tras abandonar incluso la simple idea de buscar trabajo, se convirtió en un talentudo borracho a tiempo completo, que era lo que había deseado desde su más tierna infancia. Esto hizo que aumentara mi consideración por él. Su estado de ánimo era previsible: era menos intemperante y por lo menos parecía menos ansioso por zurrarme a todas horas. Sé que soy severo con mi padre, pero es que le debo bien poco. Lo único que llegó a darme ese galés de mierda fue mi ridículo y estupendo nombre.

En consecuencia, Betty Bogle continuó su lucha contra las adversidades materiales sin que su marido le ayudara prácticamente en nada. Se las arreglaba de maravilla. Aunque no tenía trabajo, se las apañó para amasar unos ingresos considerables gracias a sus muchas solicitudes fraudulentas a la Seguridad Social. Ésta podría ser una pista sobre el verdadero origen de mis insólitas dotes intelectuales. La imaginación y la creatividad con que mi madre se dedicó a engañar a las autoridades de los centros de asistencia social constituyeron un ejemplo muy edificante para todos sus vástagos en general y para mí en particular. Estos ejercicios de imaginación consistían principalmente en la hábil utilización de pelucas, direcciones falsas y seudónimos varios. Nosotros, los miembros jóvenes de la familia Bogle, pusimos nuestro granito de arena multiplicándonos de una manera alarmante y mostrando la suficiente *froideur* juvenil como para responder a la multitud de nombres que mi madre nos asignaba a fin de poder solicitar prestaciones por haber dado a luz a nada menos que dieciocho hijos. Aunque atrevidas, estas solicitudes no se toparon con ningún obstáculo a causa de la tremenda dificultad que suponía reunir en el mismo lugar al número suficiente de escurridizos Bogle como para llevar a cabo un cómputo fiable.

Las demás ramas del clan Bogle no prosperaban tanto como la nuestra, debido en parte a que la mayoría de los hombres (si así se les podía llamar) habían sido encarcelados durante la noche de internamiento. Sabe Dios por qué el ejército inglés dedicó tanto dinero y esfuerzo al encarcelamiento de semejante pandilla de imbéciles, degenerados y desechos humanos. Pero allí estaban, en Long Kesh, con su alambre de espino, sus torretas, sus bloques de celdas y todo lo demás. (Por aquel entonces, pensaba yo que todo se debía a que el Parlamento guardaba rencor a la familia Bogle por alguna oscura razón. Esto habría sido excusable, hasta puede que loable.) En realidad, al arrestar al conjunto de deficientes mentales (por no decir algo peor) que integraba el sector masculino de los Bogle, las fuerzas de seguridad consiguieron atrapar a un sujeto por el que cabía sentir un legítimo interés: mi tío, el interesante Joe Bogle. El tío Joe era un holgazán como los demás, pero había participado en una ocasión en una marcha en favor de los derechos civiles e incluso había sido visto arrojando ladrillos durante unos disturbios en Castle Street.

A mí me encantaban las horas de visita en Long Kesh. (Maze para los ingleses. Los nombres son importantes en el Ulster; como Derry y Londonderry, que indican las creencias de cada uno. Son un juramento, un grito de apoyo. En Belfast, si uno aspira las haches donde no corresponde, acaba con una soga al cuello.) Pues sí, visitar Kesh era divertido. A los civiles los desnudaban para cachearlos, y yo siempre acariciaba la lujuriosa esperanza de que me permitieran pasar por la sección de mujeres con el pretexto de mi tierna edad. Sin embargo, no hubo suerte. Siempre me metían con los tíos y tenía que aguantar a hombres gordos y sudorosos que olían y presentaban extraños brotes de pelo y carne.

Como la mayoría de los presidiarios, tío Joe se pasaba la mayor parte del tiempo tallando primorosas harpas gaélicas de madera. Los dominios de los Bogle estaban atestados de docenas de burdos emblemas de solidaridad. Fueron total y espectacularmente inútiles hasta que mi hermano George empezó a ganar ingentes cantidades de dinero vendiéndolos a equipos de televisión americanos a precios exorbitantes. Joe Bogle consagró el resto de su tiempo en Kesh a ser reclutado por el minúsculo grupo de verdaderos paramilitares que el ejército había conseguido pescar aquella misma noche.

Tras mis aventuras de la noche de internamiento, le cogí afición a la vida nocturna. Cuando anochecía, salía a hurtadillas de mi habitación y merodeaba por nuestro barrio, que estaba sembrado de minas. Fue una auténtica estupidez. Turf Lodge es un lugar tremendamente peligroso por la noche. El milagro fue que, tras escapar a las bombas y balas, aún tuve la suerte de eludir la vigilancia de mi madre, cuyo castigo habría sido mucho más sangriento y desagradable que cualquiera de las cosas que pudiera tenerme reservadas Turf Lodge. Después fumé por primera vez como es debido a la sombra de las chapas de zinc de Fort Monagh, el campamento militar que había cerca de nuestro colegio. Mi primer cigarrillo entero tuvo el gusto amargo de la experiencia, y mis gestos fueron préstamos de una televisión que rara vez veía. Mi problema fue que el tabaco me gustó casi de inmediato, y pronto empecé a fumar un mínimo de veinte cigarrillos al día o, en el peor de los casos, el número más próximo a dicha cantidad que lograra gorronear. Enseguida comprendí que el tabaco iba a desempeñar un papel fundamental en mi vida y que iban a ser muchos los himnos de gratitud y alegría que iba a cantar a los Rothmans, los Benson & Hedges, los Marlboros, los Gallaher's Greens, los Regal Number Fives y los Embassy Filters.

Turf Lodge era un asqueroso montón de mierda, pero también era un lugar maravilloso para los acontecimientos de mi etapa de desarrollo. Mucha gente respetable ha dicho que, cuanto más leproso y mortífero sea el ambiente durante la infancia, más grande será el genio durante la madurez. Creo que soy el ejemplo perfecto de esta teoría. Desde muy pequeño viví en medio de una vorágine de bombas, armas e irlandeses, y da gusto ver cómo he conseguido salir adelante a pesar de los pesares. A las pruebas me remito.

Los primeros problemas de lealtades en Turf Lodge fueron a un mismo tiempo divertidos e instructivos. Por aquella época el IRA estaba dividido en dos grupos: los «provis» (los del ala provisional) y los «integristas» (los del ala oficial). Un grupo era de adscripción nacionalista revolucionaria, mientras que los otros defendían el trotskismo ortodoxo. Nunca logré enterarme de la diferencia que había entre unos y otros, y menos aún de lo que significaban esos nombres tan impresionantes. Al parecer ambas alas coincidían en que la mejor manera de alcanzar sus distintos objetivos era asestar un golpe definitivo a la maquinaria de guerra inglesa, para lo cual había que hacer saltar por los aires los grandes almacenes de Marks & Spencer todos los sábados por la tarde.

La consecuencia principal de todo esto fue lo siguiente: siempre que mandaban en Turf Lodge los integristas, la zona era patrullada por jeeps llenos de integristas provistos de armas y pasamontañas y las tiendas de los provisionales eran destruidas y desvalijadas. Siempre que mandaban los provisionales, los terroristas llevaban medias en la cabeza y las tiendas que incendiaban y desvalijaban eran las de los integristas. De ahí que el único comerciante que siguiera ganando dinero fuese el señor Painter, el tendero judío, quien, con los beneficios obtenidos gracias a esta situación tan provechosa, compró dos tiendas vacías en Shankill Road, la calle protestante, con la esperanza de que se produjera un cisma igual de lucrativo en las filas unionistas.

Turf Lodge era un barrio genial, marchoso y divertidísimo. El conflicto no era nada nuevo para los golfillos como nosotros. Nuestra única aportación mínimamente nacionalista fue algún que otro alegre apedreamiento a los descomunales vehículos blindados que solían transitar por Monagh Road. Los tiroteos por la noche podían resultar sumamente emocionantes, por supuesto. Mi padre bajaba los colchones a la planta baja y los ponía contra la pared, y nosotros pasábamos la noche la mar de a gusto acurrucados en el desguarnecido suelo. Era una sensación muy agradable, como de campamento de gitanos, con el aliciente añadido del peligro, que no hacía sino prestar emoción a nuestro extravagante confort.

Turf Lodge fue también el escenario de mi primer amor. Me atacó pronto y cayó en mi vida como una bomba. Me hizo perder la cabeza. Peor aún: me sacó las tripas. El amor me reventó las rodillas de un disparo. Me pegó fuerte.

Jeanette Conlon fue el objeto de mis primeros arrebatos de pasión. Los Conlon eran una pandilla de apestosos marginados que se había marchado recientemente de Short Strand en circunstancias sospechosas, por así decirlo. Jeanette estaba lejos de ser una chica atractiva, pero para mí lo era todo. En cualquier caso, yo no podía evitar pensar que mis mayúsculas deficiencias físicas me obligaban a cierta humildad a la hora de elegir. Para ser tan joven, lo considero una muestra de buen juicio. La joven señorita Conlon tenía una gabardina con ribetes de color lila que me había cautivado por completo. Cuando el objeto de mi deseo no se encontraba físicamente en mi presencia, el único aspecto de su persona que lograba recordar con un mínimo de precisión era aquella maravillosa prenda de vestir. Lila y azul como era, veía en ella una delicada vía de acceso a un mundo diferente, un mundo fascinante y prometedor. Aunque estaba seguro de que era a Jeanette a quien quería, los sentimientos que despertaba en mí esta prenda de vestir me causaban cierta perplejidad.

No llegué a encontrar la ocasión de comunicarle realmente mi pasión, y la pequeña damisela permaneció en la ignorancia con respecto al ardor de mi silenciosa mirada y la discreta veneración de mis horas solitarias. Me pasaba las horas describiendo ceñidos círculos ante su ventana con una bicicleta prestada y en un estado de ánimo navideño. Daba vueltas y más vueltas sin parar, hasta que el cielo palidecía y sus colores alcanzaban el polvoriento esplendor del atardecer de Turf Lodge. Esto lo consideraba yo una declaración bastante apropiada para la linda Jeanette. Era una consumación satisfactoria de nuestra pasión. ¿Qué más se podía pedir?

La verdad es que me hacía una idea bastante cabal de lo que se podía pedir con exactitud. Ya por entonces tenía un sueño frecuente y violentamente placentero en el que, tras ser secuestrados por un grupo de peludos forajidos protestantes, Jeanette (que ahora estaba desnuda) y yo éramos atados y obligados a frotarnos nuestros estupendos traseros juveniles el uno contra el otro. Aunque la intención era que fuese una forma particularmente atroz de tortura, reconozco con horror que a mí me parecía muy gratificante. Qué fuerte el asunto, ¿verdad?

Jeanette y yo nunca tuvimos muchas oportunidades de obtener satisfacción erótica alguna. El mundo exterior estaba cada vez más cerca y empezaba a hacerse notar. Yo ya había asombrado a West Belfast al ser el primer alumno del Sagrado Corazón en superar la matrícula de honor, me concedían multitud de becas, y varias universidades americanas me habían ofrecido puestos como docente. Me anunciaron que iban a mandarme al centro de enseñanza secundaria de los Hermanos Cristianos de Glen Road. Este colegio de mala muerte se llamaba St Martha. Fue el principio del fin de mi niñez. Pasé mi último verano de felicidad tumbado en el campo al pie de la montaña Negra, intentando escapar de los equipos de televisión que querían entrevistarme y soñando lánguidamente con la libertad y la gabardina de ribetes lilas de Jeanette.

El St Martha no fue nada divertido. Fui muy poco popular. Como de costumbre, destaqué en todo lo que hice, pero nadie tuvo con mi genialidad la cariñosa tolerancia que me habían mostrado en el Sagrado Corazón. Eché en falta incluso el respeto y la paciencia que la gente tenía habitualmente conmigo a causa de mi extraordinaria fealdad. Los otros niños hacían fila para arrearle un par de golpes a mi detestable cabezota. Después de lo ocurrido con D. Stark, las peleas no me inspiraban miedo alguno y en general salía bien parado, sobre todo si se tiene en cuenta que los amigos de mis adversarios solían sujetarme.

Sólo pasé un año en aquel colegio de mierda, y fue bastante desagradable. Mi padre (mejor dicho, el señor Bogle) la espichó. Se desangró en el fregadero y lo dejó todo hecho un cisco de babas. (Luego lo cuento; espera un poco.) En fin, que fue un mal año.

Mi estancia en el St Martha llegó a su fin de una forma en verdad memorable. Una tarde de finales de mayo en que volvía del colegio a casa vi que unos chavales se peleaban en la rotonda situada al final de Kennedy Way. Lo mejor era no meterse, pero la bronca me cogía prácticamente de camino. Seguí andando poniendo cara de férrea determinación. Al menos eso esperaba.

Cuando llegué, vi que cinco o seis chicos de mi edad daban puñetazos y patadas a otro que estaba hecho un ovillo en la acera y trataba de evitar con los brazos que le golpearan en la cabeza. ¡Bah! Maldije mi suerte y busqué mentalmente excusas verosímiles para no exhibir la inevitable y costosa gallardía. Sin embargo, aunque era listo, carecía de perspicacia, así que no me quedó otro remedio. Dando vueltas a mi cartera y aullando con toda la fiereza de la que era capaz, arremetí contra el pequeño grupo de chavales. De esta manera esperaba obtener una victoria psicológica lo bastante abrumadora como para evitar el enfrentamiento.

Naturalmente, me salió el tiro por la culata. Los cinco agresores se volvieron para hacer frente a este nuevo e inesperado ataque. Cuando vieron que sólo era yo, decidieron no ceder terreno y empezaron a relamerse. Cuál no sería mi horror cuando comprendí que el Destino volvía a jugarme una mala pasada: los chicos eran de mi colegio. No podía hacer nada. Recurrir a la labia para salir de aquel aprieto podía resultar un poquitín difícil incluso para un orador como yo, de modo que seguí avanzando por la senda de autodestrucción que de forma tan ruidosa había emprendido. Aprovechándome de la sorpresa que se habían llevado al reconocerme, describí un arco en el aire con el brazo y propiné un puñetazo bastante convincente a la nariz más cercana. El propietario de dicho órgano cayó redondo, calculó en el suelo cuánto medía de largo y permaneció discretamente en dicho lugar durante el resto del combate. Estaba perdiendo ventaja, pero aun así propiné una furibunda patada en la rodilla al tío más alto. El joven en cuestión se puso a dar saltitos en un desquiciado baile de rabia y dolor, agarrándose su querida y destrozada extremidad. Decidí que con esto podía dar por concluido el primer asalto, así que pegué rápidamente un brinco para quedar fuera de su alcance y pude evitar varios furiosos ataques destinados a mis testículos.

| Ripley Bogle | 2 |
| Villanos sectarios | 0 |

Se me ocurrió que quizá los otros tres no tuvieran la consideración de ponerme las cosas tan fáciles. Acerté. Se lanzaron sobre mí en formación de tres contra uno, que tiene fama de ser eficaz. Las cosas se habían puesto realmente negras para el joven Bogle, pero entonces el chico al que estaban agrediendo se puso en pie y empezó a prestarme ayuda con una fuerza tremenda, sirviéndose del bate de críquet que llevaba con un brío enorme y una destreza innata. De esta manera, gracias a este ataque combinado, no tardamos en humillar a mis cobardes compañeros de colegio. Los bestiales batazos de aquel chaval y mis hábiles puñetazos los pusieron en su sitio.

Cuando todo acabó, me quedé jadeando como un poseso para calmar mi desbocado corazón de intelectual. Necesitaba un pitillo. Lancé una mirada a mi compañero de armas y observé que contemplaba a aquellas piltrafas católicas con siniestra satisfacción.

–¿Te encuentras bien? –pregunté, poniendo un tono moderadamente heroico.

–Sí... –Su acento era basto; y su voz, implacable. Entonces se fijó en mi corbata de la escuela, puso cara de sorpresa y preguntó–: ¿Eres feniano? ¿Vas al mismo colegio que estos hijoputas?

–Sí. –Sonreí con la expresión más ecuménica y fraternal de que era capaz y luego añadí–: Da igual cuando son cinco contra uno.

Me sentía épico, solemne, como un vaquero. El adusto muchacho hizo un inexpresivo gesto de asentimiento.

–Será mejor que les ayudes a levantarse antes de que venga la pasma. Yo me largo.

Sonriendo ante la brusquedad con que expresaba su gratitud, me incliné para atender a mis caídos correligionarios. Ésta fue la segunda cosa de verdad estúpida que hice aquel día. Oí un suave y maligno silbido, el bate de críquet se rompió amablemente sobre mi cráneo, y caí redondo al suelo.

Fuera de combate.

Me expulsaron. Cuando la policía nos recogió, los otros chicos, en una notable muestra de espontaneidad y creatividad colectiva, se inventaron un relato fantástico según el cual habían sido atacados por una enorme pandilla de degolladores protestantes dirigida y alentada por un renegado, es decir, un servidor. Semejante sincronía resultaba asombrosa, pero la pasma tenía sus dudas. A las autoridades del colegio, en cambio, no pareció importarles que pudiera haber alguna incongruencia. Cuando por fin salí del hospital con el cráneo mal curado y la frente adornada por un añadido de masa y ángulo impresionantes, me llamaron. A mis cinco compañeros de colegio los consideraban heroicas víctimas de mi vil colaboración con el enemigo. Fui desterrado de forma ignominiosa, aunque fueron lo bastante clementes como para permitirme acabar el trimestre. Esta marrullería me permitió poder disfrutar de una tonificante serie de palizas en masa a manos de mis indignados compañeros.

Como me habían echado de la escuela de una patada en el culo, me imaginé que los demás centros ya no me considerarían un alumno tan maravilloso como antes, pero estaba equivocado. Por suerte, la mayoría seguía opinando que era un prodigio. Los colegios hicieron lo imposible por que me matriculara en sus centros. Era el número uno del mercado de traslados.

El St Cecilia fue el centro que tuvo la suerte de obtener mi contribución. Allí probé el asunto ese de la educación secundaria por segunda vez. El St Cecilia era un colegio de monjas mixto situado en el mismísimo centro de Ballymena, el corazón del unionismo. Iban a él sobre todo aldeanos procedentes de las granjas católicas y de las poblaciones más pequeñas de la región. Con mi marcado acento de ciudad y mis costumbres urbanas, me tomaron por una especie de imposición para sus delicados sentimientos. Una vez más gocé de una impopularidad extraordinaria. Su estúpido machismo de pueblo me empujó a meterme en una nueva serie de deprimentes broncas. Cuantas más ganaba, más tenía que pelear, hasta que un día perdí la paciencia y dejé a un desafortunado paleto hecho puré. El pobre chico fue hospitalizado y a mí me expulsaron durante dos semanas.

Las jóvenes señoritas de aquel centro también aportaron su granito de arena a mi perdición. La educación mixta no me sentaba nada bien: era un enamoradizo porfiado e infatigable. Todavía intentaba elegir a las más feas, pues seguía siendo consciente de mi falta de belleza, pero aun así mis insinuaciones eran recibidas con desdén. Una repugnante señorita a la que llamaban «Granítica» debido a su enguijarrado cutis llegó al extremo de acudir a la madre superiora para quejarse de una proposición que supuestamente le había hecho yo, y que llevaba aparejada la utilización de una escalera de caracol y un tarro de confitura de frambuesa. Volvieron a expulsarme.

Ahora era el turno del extremismo protestante de Ballymena. (Ballymena era más que unionista. Era conservador hasta la médula, y su orangismo estaba más que probado. La inquisición española aún causaba malestar en aquella población. Allí los metodistas eran considerados poco menos que papistas, y ni siquiera los anabaptistas tenían todo lo que hay que tener. Las adolescentes colgaban pósters de Oliver Cromwell en las paredes del dormitorio.) Para entonces yo ya estaba harto de pasarlo mal y, en consecuencia, me había vuelto un imprudente. Cansado del monótono patriotismo del deslumbrante conjunto de bandas de gaitas de Ballymena, decidí en un juvenil arrebato de resentimiento que ya era suficiente y que estaba obligado a contraatacar. Con esta idea en la cabeza, pedí a mi hermano, el reticente e inexperto Declan, que pintara una emborronada tricolor en mi trasero de mozalbete. La tarde en que se celebraba uno de los desfiles orangistas más importantes del año hice novillos y...

Cuando salí del hospital aquella vez, me quedé consternado de ver que no iban a expulsarme por mi nalguda manifestación de nacionalismo. Desesperado, robé una botella de whisky de una licorería de la zona, me emborraché hasta mearme en el pantalón, intenté seducir a la octogenaria hermana Mary y, cuando llamaron a la policía, tuve un accidente con el autobús escolar mientras intentaba escapar. Era tan pequeño que no llegaba a los pedales.

Me expulsaron.

Mi educación empezaba a parecer un callejón sin salida cuando de pronto me ofrecieron una plaza en un colegio de Belfast. (Para entonces gozaba ya de bastante mala fama, pues, entre otras cosas, me mencionaban en el suplemento de educación del *Times* y era motivo de preguntas en el Parlamento, así que fue toda una sorpresa.) El colegio St Malcolm para católicos estaba situado al comienzo de Crumlim Road, es decir, en la agradable zona de Carlisle Circus, una demencial tierra de nadie con el fanático gueto católico de New Lodge por una parte y el igualmente fanático gueto protestante de Crumlin Road por otra. A un lado del colegio se encontraba el controvertido convento Mater, un foco de monjas desafectas y rebeldes, y al otro, la mismísima cárcel de Crumlin, un presidio tan incompetente que los prisioneros tenían que alquilar autobuses porque se escapaban muchos a la vez. Detrás del colegio había un cuartel del ejército, un campo de tiro y una pista de aterrizaje para helicópteros militares. El jefe de este antro era el reverendísimo padre Brendan P. O'Hara. Apodado por los chicos Paddy Husmeo (o, en su defecto, el Napias) a causa de su descomunal narizota, ostentaba un poder terrible e ineluctable. ¡Válgame el Señor, era un ser casi demoniaco! (Las autoridades religiosas siempre tienen este don. Sabe Dios de dónde lo sacarán.) El guripa del colegio (es decir, el encargado de la disciplina) era un cura llamado padre Murphy. Pero nosotros le llamábamos el Gomas. Este apodo se lo ganó por la elasticidad que comunicaba a sus víctimas cuando las hacía rebotar contra las taquillas, las paredes, los suelos y los techos del edificio del colegio más cercano. En resumidas cuentas, parecía el colegio adecuado para mí.

Una vez más, el hecho de comportarme como un granuja me fue muy útil a la hora de hacer amigos. Las lista de mis nuevos camaradas era larga, y en ella figuraban luminarias tales como O'Halloran el Zote; Sean Murphy, el Eslabón Perdido; Donal Molleras McArdle; Abdul McGonagle (el chico del bronceado); Pústulas Brady; Rob el Bobo; Johnson el Pirado y, por supuesto, mi queridísimo amigo del alma, el extrañamente llamado Maurice Kelly. Eran todos mala gente y poco fiables como amigos, pero andaba falto de colegas y con ellos podía formar una pandilla.

Por supuesto, resultaba agradable caer bien, pero al principio tuve algún que otro problema. Eran casi todos de carácter financiero, es decir, asuntos de pasta. Hube de reducir mi preciosa ración de cigarrillos a la mínima expresión. Desde el punto de vista fiscal, el St Malcolm era un mercado cerrado. Allí no había manera de lucrarse. Pero necesitaba nicotina. Era preciso tomar medidas draconianas. Tenía que meter cuchara en la Bolsa malcomiana. No había otro remedio. Iba a tener que hablar con... (¡ay, ay, ay!): ¡Lerdo!

Lerdo era el genio de las finanzas del colegio. Administraba el mercado ilegal de cigarrillos de primaria y la venta de alcohol de secundaria. Dirigía la oficina de apuestas del colegio y hacía las apuestas (no sin antes quedarse descaradamente con una parte de ellas) para todos los acontecimientos deportivos del centro. Gestionaba el casino del bachillerato superior y tenía mano en todos los chantajes, grandes y pequeños, que se hacían a la gente para protegerla. En suma: que se llevaba una parte de los beneficios brutos de todos los chanchullos, timos y fraudes que se cometían en el conjunto de la escuela. Algunos decían incluso que sobornaba al administrador. Tenía coche propio y un reloj de oro. St Malcolm se había portado muy bien con Lerdo.

Sin embargo, el aspecto realmente aterrador de este estupendo joven era, por extraño que parezca, su pata de palo. Hace falta tener mala pata (ija, ja, ja...!) para que a uno le endosen semejante cosa viviendo como vivimos en un mundo en el que las técnicas ortopédicas están tan avanzadas. Pero allí estaba, para que todos la viesen o, mejor dicho, para que todos tuvieran muchísimo cuidado de no fijarse en ella. Y es que si Lerdo tenía algún punto débil era este extravagante añadido arbóreo a su físico. En consecuencia, se trataba de un tema prácticamente tabú, puesto que, a pesar de la fobia que sentía por el apéndice, lo empuñaba con mortífera destreza, lo que infundía pavor al conjunto de los chicos y la mitad del profesorado. La vida con Lerdo podía constituir un problema, como sugería el gran movimiento de personal que se daba entre sus confidentes más cercanos. Se empeñaba en jugar al fútbol y nadar con la mayor despreocupación, como si su cuerpo no tuviera nada de extraordinario. A sus compinches se les hacía difícil comportarse a todas horas con absoluta naturalidad, y cualquier cosa que, por insignificante que fuera, pudiese interpretarse como una alusión a la deficiencia de su jefe solía resultar poco menos que funesta.

Se trataba evidentemente de un hombre con el que no se podía jugar. Al cabo de una semana decidí armarme de valor e intentar hacer una incursión en territorio enemigo a pesar de mis exiguas fuerzas. Por extraño que parezca, me interné en las arenas movedizas del bachillerato superior (lo que ya de por sí constituía un gravísimo delito) e informé al magnate psicópata de que quería una parte del pastel o alguna cosa tan americana como ésa. Ocho segundos y medio antes de que Lerdo me arrancara la columna vertebral me las ingenié para soltarle un desquiciado resumen de mi propuesta. Se detuvo justo antes de caer sobre mí y fijó su furibunda mirada en mi sudoroso y aterrado careto. Para mi infinita dicha, después de esto no se produjo ningún acto criminal, y casi cabría decir que me convertí en socio de su empresa en aquel preciso momento.

Lerdo me concedió el doce por ciento, lo que, viniendo de él, era una muestra de generosidad acojonante. De hecho, creo que me las apañé para despertar una insólita debilidad hacia mi persona en el ilustre cojo, quien parecía considerarme un tipo capaz y totalmente adecuado para la vacante de subdirector que había en su creciente imperio financiero. Por suerte, el empleo se lo quedó un desventurado estudiante de bachillerato elemental de Lisburn. (Duró tres semanas y media y acabó con los dientes tan hundidos en la garganta que tenía que meterse el cepillo de dientes por el culo para llegar a ellos.)

Y, bien, ¿qué fue lo que le sugerí? ¿Cómo me las apañé para que me concediera un indulto tan difícil de conseguir? No pienso contarlo. Soy socialista, y las aventuras comerciales son para mí anatema. Además podrían arrestarme o algo por el estilo.

De esa manera, con los cigarrillos en la boca y el doce por ciento en el bolsillo, di comienzo alegremente a una trayectoria escolar más tranquila. Fue una suerte, ya que mi querida madre había jurado machacarme la cabeza si me metía en más líos, y no era de las que hablaban por hablar. Me disponía a entrar en la edad adulta.

Éste fue el otro problema que se me planteó en St Malcolm. En sentido estricto, yo no tuve una adolescencia de verdad. Ocurrió todo en una semana, cuando contaba catorce años. El lunes era el mismo de siempre: tanto la cara como el resto del cuerpo los tenía limpios, y la tosquedad de la madurez no había ensuciado ni corrompido mi rechonchez moceril. El miércoles empecé a sentirme raro, y el viernes ya había empezado a afeitarme y ocultaba en los calzoncillos un hirsuto pepinillo de tamaño descomunal. Todo muy indecoroso. Pareció ocurrir en sólo unos segundos. Si me descuido, ni me entero. Fue algo asombroso, legendario... Lo mejor de todo fue que de golpe y porrazo me volví más guapo que la leche. Cosa de genios. Uno puede convertirse en una belleza en menos que canta un gallo, chico.

A mi mami no le hizo la menor gracia mi meteórica entrada en la edad adulta. En cuanto manifestación de cambio, la muy bruja se lo tomó mal por partida doble: por un lado, era un claro indicio de su inexorable envejecimiento, y, por otro, constituía un principio de traición por mi parte. Como era de prever, las dificultades de mi madre no me hicieron perder mucho el sueño. Al fin y al cabo, ella nunca lo había perdido por las mías.

Me complacía observar que en el colegio me había convertido en objeto de múltiples envidias y conjeturas. Existían diversas teorías para explicar el súbito florecimiento de mi pujante virilidad, aunque la mayoría de ellas podían ser rebatidas con el argumento de que era una imposibilidad personal, religiosa y fisiológica. He de decir que mis compañeros se lo tomaron bastante bien, sobre todo si se tiene en cuenta que todos sin excepción estaban ocupados intentando frenar los espantosos ataques sebáceos derivados de sus atribuladas y escrofulosas negociaciones con la pubertad. Debido a la celeridad de mi estirón, me apodaron Superpúber, y hubo incluso quien se quedó tan profundamente admirado que me invitó a acostarme con su hermana y con su madre.

Aunque me alegraba de haber eludido la carnicería del acné, confieso que eché un tanto de menos mi antigua fealdad. Estaba bien ser guapo, pero el elemento antiestético había sido tan fundamental para ese complejo ente llamado Ripley Bogle, que durante cierto tiempo fui incapaz de considerarme un ser completo sin él.

¡Estaba hecho un fenómeno, caray! De repente era una persona musculosa y en buena forma física. Gracias a la febril y triunfal energía que proporciona la juventud, ahora podía pisar fuerte. No habrías podido soportarlo. De hecho, no lo soportó nadie.

Bien, aunque las etapas intermedia y final de mi niñez habían resultado difíciles, ahora parecía estar bien preparado para el destino que me merecía. Tenía mi colegio. Tenía mis cigarrillos. Tenía mis coleguitas. Me complacía pensar que pronto el error, el caos, la desesperación y la catástrofe serían míos para toda la vida.

Sí, antes estaba fuerte y tenía las carnes firmes. Lleno de savia juvenil estaba. Pero ahora tengo la tripa fofa, y mis huesos están cubiertos de bultos y me hacen ruido. Los pulmones me suenan roncos cuando respiro, y las articulaciones me crujen y gimen cada dos por tres. Éstas son las alegrías del invierno para el vagabundo. Mi cuerpo está envejecido, quejoso, descontento. Mi cuerpo no parece tener respeto por mi juventud. Mi cuerpo no se quiere enterar.

El río se ha convertido en un hilillo de sudor frío. Aquí estoy helándome el culo. Tengo que largarme lo antes posible. Tambaleante, me pongo prudentemente en pie y recorro con la mirada el cielo sin luz. Vaya mierda de cielo que tenemos esta noche. Es un firmamento mezquino, opresivo. Esta noche las alturas la tienen tomada con nosotros. Nos observan con un aire sardónico e implacable. Es un cielo mirón. Sin neblina, *sans* nubes, libre de aviones, el ojo llega lejos. El espectáculo. *I.e.:* yo. Lo que queremos. Pobreza y dormir al raso. La juventud de los dioses. Investiguemos.

Seis

Llegamos ahora a la parte difícil de la noche. La oscuridad rebosa soledad e incomodidad. Me canso. Tengo los ojos secos y caídos, y el cráneo va a estallarme de desesperación. Oscuramente, la acera se dilata y brilla bajo mis pies, e incluso la perspectiva de dormirme hace que me maree y me entren ganas de vomitar. ¿Cómo voy a encontrar consuelo aquí? Mis extremidades son de arenisca y mi cerebro de mostaza. Esto empieza a ser demasiado para mí. Tengo que parar, que detenerme, no descansar ni dormir ni morir ni nada de eso. Estas difíciles alternativas resultan demasiado complejas; exigen un esfuerzo y una voluntad excesivos. Parar, sin más; eso es lo que necesito y lo único de lo que soy capaz.

Pero no puedo. De verdad que no. Me gustaría, y no cabe duda de que al final saldría adelante, pero no debo. Ha llegado el momento de que te enseñe esto, de que te hable de mis noches de vagabundeo, de mis noches de callejeo. El examen, la estructura, la anatomía de la indigencia. Ven.

(Breve aplauso. Escucha. Aprende.)

Nos ponemos en marcha antes de que oscurezca, a última hora de la tarde. Falta poco para que caiga la noche y el cielo ha palidecido hasta la monotonía, listo ya para la cepillada nocturna. Hace frío, y el tiempo resulta deprimente. Ya estás aquí, en la mendicidad. ¿Divertido? Ya veremos. Lo primero que hay que tener en cuenta es que posees, digamos, tres libras y cincuenta peniques. ¡Pero qué capitalista más astuto me has salido! A ver, es fundamental que mantengas este dinero en tu poder. No lo gastes, no comas, no bebas. No te pongas a hacer disparatadas inversiones en bolsa. La pasta te hará falta más tarde; es más, te hará muchísima falta. Ahora la necesitas, es cierto, pero tienes que ser estricto contigo mismo. (¿Quieres que te diga una cosa? Lo que la mayoría de la gente ignora es que los indigentes suelen llevar al menos un par de pavos encima. En realidad nadie está totalmente sin blanca. Nadie es tan estúpido. Nadie tiene tanta mala suerte.)

Enhorabuena. Has guardado la pasta. Excelente. Cualquiera diría que la prosperidad aguarda a la vuelta de la esquina. Miras alrededor con un optimismo impropio de ti. El tiempo te ronda e incordia. Estás un poquitín aburrido. En este momento el aburrimiento es probablemente tu principal enemigo. Esto no es tan grave si estás en una capital. Vete a dar una vuelta por una galería de arte y trata de hacerte el esteta. De hecho, el temperamento artístico es una excusa bastante convincente para la extravagante mugre de tu ropa. Si no sale lo de la galería, métete en el metro. No cuesta mucho, se está abrigado, y de vez en cuando resulta entretenido. La línea de Circle es la más indicada. Da gusto: hace buena temperatura y es interminable. Su principal atractivo es que es circular. Puedes pegarte todo el día metido en ella. Tarde o temprano el resto de la gente acaba bajándose, de modo que no ven la humillación que supone carecer de destino. Échate un sueñecito. Estírate un poco. Ráscate los huevos (o lo que tengas). Pronto tendrás que marcharte. Es triste, pero cierto. Si uno duerme en el metro, siempre acaba con dolor de cabeza: el movimiento continuo, el aire cargado, el olor de los viajeros del extrarradio, las vibraciones de la ventana en tu cráneo apoyado... Con esta receta se crea la gran incomodidad que sientes. La claustrofobia, el tedio y la vergüenza te empujan a salir a la superficie.

Fuera cae la noche, un crepúsculo decoroso. Si pudieras, lo apreciarías, pero tanta penuria te ha embotado la cabeza. Canino de pensamiento y obra, arrastras los pies apáticamente a la hora punta intentando restarle importancia, aunque cada vez estás más convencido de que la vida es bastante puta. Te quedas contemplando con un resentimiento estúpido las enormes dificultades que presenta el exterior urbano. De forma un tanto fortuita se te ocurre una idea. Decides ir a una estación de tren.

(De repente nuestro decorado se tambalea bajo el peso de la suciedad y la basura: hamburguesas a medio comer, periódicos mojados, jeringuillas viejas, condones usados, zurullos flotantes, desechos humanos, vagabundos, ladrones, rameras, fugitivos, violadores y locos. Hombres tendidos en sórdidas esquinas, babeando, berreando y meándose encima. En resumen: la típica estación de tren inglesa.)

Bien, éstos son los lugares en los cuales uno puede hacer el vago sin llamar la atención. Adelante, ponte en tu postura de estación de tren.

En las estaciones de tren esperan montones de gente. Las formas de espera que se dan aquí son tan numerosas como respetables: se esperan llegadas, partidas, citas, quehaceres y encuentros amorosos clandestinos. Por lo general, se trata de personas con dinero, personas que poseen casas y cocinas y camas y almohadas y sábanas. Te acuerdas de todas estas cosas, ¿verdad? Pues claro. Y con cariño además. Eso es... Róndalas. Mantente cerca de ellas. Intenta que se te contagie su encantadora aura de normalidad y salud. Que se te pegue. Procura que parezca que no eres nada del otro mundo, igual que ellas.

En tu búsqueda del pijerío, sigues mirándote con impaciencia la muñeca pese a que no tienes reloj. Es un buen truco. Revela cuando menos cierto tipo de coqueteo con los buenos oficios del tiempo y la dependencia. Es una pena que ya no tengas tu reloj. Créeme, el reloj es un accesorio fundamental para una miseria digna. Hay que conservarlo todo el tiempo que se pueda. Aparte de ser relativamente caros, los relojes son sinónimo de diletantismo y tienen el tufillo de lo innecesario. Son el sello distintivo de quienes no conceden importancia al dinero. O algo así.

Al cabo de un rato la estación de tren te resultará irritante. No te preocupes: es de lo más natural. La cabeza de un tío normal y corriente tiene una capacidad limitada para el hastío. Los primeros habitantes de la ciudad, las multitudes que han terminado la jornada, se han dispersado y han vuelto a casa, y la estación está menos poblada y más desolada que antes. Decides dar un paseo.

Esto es una estupidez. Más tarde podrás pasear todo lo que quieras y más. Sí, es una auténtica estupidez, y aun así emprendes tu pequeña caminata. En realidad, esto no deja de tener su lado bueno. Va a permitirte hacerte una idea del frío que vas a pasar esta noche. Esta idea resulta siempre totalmente equivocada. Siempre te quedas corto. Se te hielan los huevos. Incluso si no es la primera vez que haces una cosa como ésta, te habrás olvidado del puto frío que llega a hacer. Y al día siguiente volverás a olvidarte. Es una idea difícil de aceptar. No la quieres en tu casa. La pones de patitas en la calle. A nadie le gusta pensar que anoche estuvo en un tris de morir de hipotermia. Galeno no soy, pero se me ocurre que la falta de sueño y el exceso de hambre hacen también todo lo posible para que uno se vuelva aún más vulnerable al frío. Se trata de un desafortunado cúmulo de circunstancias. Pero este variado conjunto de desdichas es el constante compañero del vagabundo. La habilidad con que el destino y la mala fortuna se las ingenian para joderte es algo realmente

admirable. La deliciosa y pícara manera en que los dolores, molestias, padecimientos y reveses que sufre uno hacen piña para llevar a
cabo los máximos destrozos le deja a uno boquiabierto de admiración.

Mientras avanzas por Charing Cross Road, Strand, Long Acre, Oxford Street o el lugar que sea por quinta vez desde que empezó el día,
en el fondo te sorprendes (serás capullo) de sentir de pronto una brusca y penetrante gazuza. Ya hemos hablado del hambre, y conocemos
a ese sujeto. Ese leve arañazo en el estómago vacío... ¡Ni caso, hombre! Guarda tu precioso dinero, joder. Es de vital importancia. Intenta
olvidar en qué bolsillo lo llevas. Pasa de largo cuando veas una sandwichería que no ha cerrado todavía. Cruza la calle. No te fijes en esas
cálidas y olorosas hamburgueserías. No pierdas ahora la cabeza. Vamos,
por lo que más quieras: muestra para variar un poquito de sentido
común.

Vuelves a respirar. Dejas escapar un profundo suspiro de alivio. Permíteme que te felicite otra vez. Has resistido. Enhorabuena, chico, te
has portado. No te has gastado una fortuna en una bacanal de cinco
platos en el Savoy. Eres un héroe. Sigue andando. Anda.

Llegados a este punto es preciso hacer una interesante digresión.
Me temo que no queda otro remedio. Si da la casualidad de que el
indigente en cuestión fuma (como, por un cruel capricho de la pedantería divina, suele ocurrir), el asunto de las finanzas se vuelve
mucho menos complicado. Pongamos que el sujeto en cuestión tiene
un billete de cinco libras. Pongamos que un paquete de veinte Rothmans, Lamerts, Butlers, Woodbines, Benson & Hedges o Embassy
Regals cuesta libra y media. Comprando tres paquetes de cigarrillos
y dos chocolatinas pondrás fin a todas sus necesidades. No puedes
permitirte el lujo de comprar comida cuando necesitas cigarrillos
para aliviar los retortijones del hambre, así de sencillo. Si eres un tío
listo, durante el día fumarás sólo los que te exijan tus jodidos pulmones para así conservar el mayor número posible y disponer del
combustible suficiente para soportar la penuria y el odio de la noche. Ésta es una de las razones por las que siempre se ven vagabundos y borrachines cerca de bibliotecas y sitios por el estilo. En parte
lo hacen para estar abrigados y dormir, cierto; pero también porque
allí les está prohibido fumar. Ésa es la ayuda que necesitan para su
ascetismo.

Mira. Ha caído la noche y la ciudad se llena de sus segundos mora-
dores, los epicúreos, los que buscan el placer. Estos ciudadanos nocturnos te resultan irritantes, más incluso que los trabajadores, los habitan-

tes diurnos. Observas cómo se gastan sus grandes y pequeñas cantidades de dinero, plastificado y en efectivo, en alcohol; en escasas comidas de restaurante que al final se zampan los camareros; en dos horas de descerebrada diversión con las banales luces coloreadas del cine que tanto gustan a la masa; o en los egocéntricos y aduladores desvaríos de algún grupo de mediocres papanatas relacionados con el mundo del teatro. Te fijas en el dinero que cuesta un taxi; con él podrías pagar una cama para pasar la noche. Observas a los gordos y grasientos hijoputas que se gastan el sueldo de una semana en un polvo de cinco minutos y medio con una bruja sifilítica a la que le huele el aliento a cebolla.

¡Oooooh, cómo te molesta! Qué injusticia, ¿eh? (Una de las curiosas consecuencias que tiene carecer de casa es que acabas convirtiéndote en un socialista de cuidado.)

Éste es otro marasmo de aburrimiento que hay que superar. La pausa urbana. El profundo aliento que contiene la ciudad hasta que esos miserables de mierda con sus gordas caras, su pelo brillante y su limpia ropa interior salen de restaurantes, teatros, cines, pubs, discotecas y puticlubs en general y enfilan la calle como perros. Pero no hay por qué preocuparse: lo superarás. Si algo no te falta son recursos. Sueñas con dinero, comida y el calor de la gran normalidad de Londres.

Pero, ¡ay! Has descubierto un viejo y destartalado cine de tres al cuarto donde ponen una asquerosa y deteriorada película de serie B que ya has visto ocho veces en el televisor que no tienes. Oye, oye: a ver si resistimos este débil impulso, gallina de mierda. Ten un poco de sensatez. Esas dos horas de suave y apestosa calidez y comodidad te harán pasar más frío y sentirte más solo cuando salgas. ¡No seas memo! Sigue adelante. Además probablemente te violarían. A saber qué clase de gente se mete en esos sitios.

Ya ha pasado. Pero, tras ser rechazada, la tentación va y prueba a entrar por otra ventana. Buscas con la mirada algún lugar adonde ir. Un lugar donde puedas apartar todo esto de tu pobre cabeza. Un lugar que no sea tentador.

(Una vez más el decorado está cubierto de estratos de materia fecal: inmundicias, porquería, detritos, babas, vómitos, excrementos y zurullos en general.)

¿Otra estación de tren? Sí, claro, por supuesto. Otra estación de ferrocarril. Hay tantas que puedes elegir. Pero evita las modernas. Están demasiado limpias e iluminadas. A ti te sobran los sádicos brillos y reflejos del cromo, el plástico y el cristal. No. Busca las sombras de las antiguas, que te evitarán la vergüenza: la de St Pancras, la de Liverpool Street, la de Charing Cross (o lo que quede de ella). Escóndete allí durante otra hora.

¿Por qué no te tomas un café? Así se hace, hombre. Te deja sin una quinta parte de los activos que te quedan, ¿pero qué sería la vida sin un pequeño capricho de vez en cuando? Bebe su amarga calidez con ganas y ponte a fumar un poco en plan aficionado. Pero cuidado con los pitillos. Procura no cogerles gusto. Pon atención. Ten prudencia. Si uno cuida de su pobreza es por estas cosas. Bébetelo todo, amigo. De un trago. Café y tabaco. Sienta bien, ¿eh? Claro, claro que sienta bien.

Y, fíjate tú, que siendo como eres un joven panoli, empiezas a sentirte un poco mejor. De pronto, te da un demencial arrebato de optimismo. Parece que las cosas no van tan mal ahora. (Las cosas mienten; van tan mal como siempre.) Pero vuelves a sentirte como un muchacho lozano y bien dotado. Esa insensata adrenalina tuya escapa de la cárcel y se da una vuelta por tu cuerpo. Delgado, taimado y bien plantado, te pones a mirar a las chicas. ¡Vaya con las chavalas! Sofisticadas, modernas, adineradas e itinerantes... Y puede incluso que ellas también se fijen en ti. A pesar de tu mala pinta, recibes ofrendas de ojos enjoyados a espuertas. Es divertido, aunque peligroso. Ay, Dios mío: el optimismo te hace concebir una pequeña fantasía. Una idea sospechosa se ha pasado el día entero rondando el jardín de tu cabeza para intentar colarse en él. Ah, aquí está ese ladrón de sueños...

Vamos, piensa en la encantadora bomba sexual que eres: seguro que alguna se queda contigo. Alguna monada de cuarenta y tantos años de profesión liberal que sienta inclinación por los jovencitos de clase trabajadora. Un momento, los jovencitos como Dios manda, los jovencitos con aire de artista bohemio... ¡Caramba! ¡Pero si da igual! ¡Podrías pasar por cualquiera de ellos! Una divorciada quizá, con un montón de pasta y un bonito flequillo. Una que te eche un polvo y te deje una cama. Ay, inocentón, cómo te gusta soñar. Sigue pasándote.

Pues bien, estúpido, olvídate de ello. ¿Qué esperas? Claro, como sabes tanto sobre estas cosas... Todavía crees en esos benefactores victorianos, esos hombres milagrosos y sensibleros que ponen remedio a todo. ¿Dónde se habrán metido todos los *dei ex machina*? Algo así es lo que tú necesitas. ¿Qué te parece un hada madrina con segunda residencia y unas tetas fabulosas?

Aquí está. Sale de la muchedumbre y se aproxima a ti. Sonríe.

HADA MADRINA *(con aire seductor):* Eres hermoso. Eres joven. Eres pobre y tienes hambre y frío. Yo soy muy hermosa. Soy rica, estoy bien alimentada y voy abrigada. Acompáñame a mi mansión, donde estarás rodeado de comodidades, te proporcionaré sustento y te follaré hasta decir basta. Ya verás. *(Mutis.)*

¿Es esto lo que buscas? ¿Es esto con lo que sueñas? Pues sí que te gusta fantasear. ¿De verdad que es esto lo que esperas?

Por suerte, todas esas esperanzas, todas esas nebulosas entelequias no tardan en disiparse. Vuelta al sufrimiento. Esa clase de cosas no ocurren nunca. A ti no. No cuando las necesitas. (Eso es lo malo de la suerte, esa perezosa de mierda. No es nada tonta. Sólo aparece cuando no hace falta. Le gusta ser superflua.)

Pero, ¿cómo? Alguien se acerca. ¡Cáspita! Un encuentro. Algo de diálogo, una conversación. *Teufel!*

Arrastrando los pies, babeando, se te acerca el vagabundo infernal. En sus ojos brilla la maligna envidia de los muertos. Crispa la boca para expresarse en un lenguaje informe. Infames olores le envuelven y palabras de una malignidad inenarrable se deslizan por el tajo de su boca. Se te pone la piel de gallina, las uñas se te encogen, tus folículos pilosos se echan a temblar. ¡No, esto no!

¿No, verdad? No te apetece meterte un chute de caballo en un paso subterráneo. El hombre defiende y alaba sus mercancías. Ay, te pones a rezar para no acabar igual que él. Las súplicas de un tontaina de provincias. Oh, Señor, líbrame de los estupefacientes: son malos, cuestan dinero y corrompen la carne.

¡Zas! Te largas corriendo con el corazón encogido de miedo y tu alma de segunda mano chillando de vergüenza y asco.

Fuera, Londres está todo negro. Creado de la oscuridad y la ignorancia, el cielo lleva su capa de augur. Cuando tu frenética carrera llega a su fin en esta manchada y serpenteante ciudad, sientes un curioso aturdimiento. El pánico se desvanece, y se troca en amarga desesperación. Vas a ser un inútil hasta que acabe la noche: un cero a la izquierda. Los obstáculos de las horas se extienden ante ti, amorfos y amenazadores. Faltan horas para que amanezca. Falta una eternidad para que lleguen la luz, el día y su descanso.

Te agachas y te apoyas contra un muro empapado. Enciendes otro cigarrillo y alimentas los coágulos de tu maltrecho y embaucador pecho. Con la nicotina tienes la sensación de que el perezoso paso del tiempo te escuece en la piel. Esta almizcleña plegaria de la noche católica no presenta belleza alguna. Su entenebrecido aire golpea en tu frente insistente y violento como el viento. Las fachadas de los edificios, iluminados por el brillo de candilejas de las farolas amarillas, te lanzan miradas acusadoras y malévolas. Esta ciudad, construida por los protestantes, los ingleses y la prosperidad, esta ciudad, digo, te vuelve su consumida cara. Eres demasiado pobre, demasiado sucio y triste. Has pecado contra su luz.

Te dejas caer cansinamente sobre la sórdida acera mientras a tu alrededor el mundo bulle de noticias. Te sientas, solo, entumecido, sin amigos. Te esfumas, te consumes, desapareces del mapa.

En animada duermevela sueñas con dramas nebulosos e insustanciales. Ante tus ojos se desarrollan escenas angustiosas, un baile endiablado, infernal. En la vertiginosa pantalla se abren cavernas, abismos y túneles horripilantes. En medio de toda esta grotesca visión se hace evidente algo que encierra un significado terrible. Pero su sentido resulta difícil de captar, y no alcanzas a comprender la importancia que tiene. Sueñas con alguien que sabes que es tu padre, una figura enigmática vestida con el uniforme del Ejército de Salvación. Habla rápidamente, haciendo gestos apremiantes y extraños con el dedo.

Te despiertas, y tu pálida e irónica cara se crispa de dolor. Aunque sólo has estado dormido unos minutos tienes en la boca espumarajos de sueño. Hace un frío increíble. Parece que los huesos te crujen y se te hinchan, y que los músculos se te estiran como beicon. Has perdido la sensibilidad en los pies, y sientes en las patas unas pequeñas punzadas. Es hora de moverse.

Lo haces. Con infinitos y pormenorizados dolores, logras ponerte en pie y echas a andar. Deben de ser entre las doce y la una de la noche. Ahora empieza... este paseo.

El dolor remite de forma paulatina, y te deslizas desde King's Cross hasta Euston, doblas a la izquierda por Gordon Street, tuerces a la derecha y entras en Gower Place, donde difamas un poco la universidad; tuerces a la izquierda y enfilas hacia Gower Street, en cuyo valle se arremolina una esquirla de viento y vuelves a sentir el frío; mientras intentas reaccionar, giras a la izquierda a toda velocidad y te metes en Torrington Place, que te permite salir rápidamente a Tottenham Court Road. Si sigues así un cuarto de hora más, ya verás cómo entras en calor. Avanzas por Tottenham Court Road y llegas a nuestra querida Charing Cross Road, al Strand, a Waterloo Bridge...

Ahora te das cuenta de lo tediosa y solitaria que va a ser la noche, pero te consuelas pensando que en Londres no es tan horroroso como podría ser. Has visto cosas peores. Al menos, a esta hora de la noche, la pequeña historia de la ciudad cobra vida (es el único momento en que lo hace) y saluda. Londres desfila por los rincones de su pasado nocturno para que lo vea todo el mundo. Pero no hay nadie mirando excepto tú y quienes se encuentran en tu situación. (¿Dónde está esa gente, esos tipos como tú? ¿Por dónde merodean?) Siempre te has sentido bastante solo en tu interés por zambullirte en el escalofrío del pasado. Como no eres más que un pedantillo de nada, tienes la impresión de que estas cosas ya no le importan a nadie excepto a ti.

Recuerda que nuestro querido y atrevido Charlie Dickens era muy aficionado a este tipo de cosas. Las caminatas nocturnas por el apestoso Londres de siempre... Las daba incluso cuando no tenía por qué, incluso cuando era todo un pijo y le publicaban. Las daba para divertirse, para acordarse, para evocar las fábricas de betún y todo lo demás. En efecto, nunca hay que olvidar. Los momentos reproducibles... Como esos estetas con un pasado de indigencia. Orwell hacía lo mismo. Siempre dando vueltas a los recuerdos de su peor época. Ni ellos ni tú dejáis nunca de sentir esa estremecedora punzada de inseguridad. La pobreza es una hijaputa. Te persigue cuando muere.

Tú harás lo mismo. Incluso cuando vuelvas a disfrutar de algo cercano a la prosperidad. De vez en cuando te escaparás para pasar una noche a la intemperie. Es un síndrome curioso. Se siente uno tan a gusto cuando está de nuevo rodeado de comodidades. Esas cosas pequeñas que de pronto cobran tanta importancia... La ropa de cama, las almohadas, la comida y esa limpieza tan agradable.

Qué bonito, ¿verdad? La idea de que últimamente te codees con semejantes eminencias resulta muy interesante. Un buen número de importantes hombres de letras han vagado como vagabundos por las calles de Londres. Dickens, Orwell y el pedazo de pelele de tu persona.

(Entran Charles Dickens y George Orwell. Las caras les resplandecen de cordialidad. Se acercan a ti dando brincos sin parar y meneando los brazos enloquecidamente.)

CHARLES DICKENS: Era un frío y luminoso día de abril, y los relojes estaban dando las trece horas.

GEORGE ORWELL *(con voz de tísico):* Era una noche heladora y oscura, y soplaba un viento húmedo...

CHARLES DICKENS *(perdiendo el hilo un peu):* Naranjas y limones dicen las campanas de St Clement.

GEORGE ORWELL: ¡Pobrecillo! ¿No tienes sentimientos, que lo echas a la cruel calle a semejante hora? ¿No tienes ojos, que no ves lo delgado y delicado que está? *(Te coge de la mano.)* ¿Dónde tienes la cabeza, que no te compadeces de esta fría y temblorosa manita?

CHARLES DICKENS *(a voz en grito):* La ignorancia es fuerza. La guerra es paz. ¡Que se vaya a cagar la policía del pensamiento!

GEORGE ORWELL *(sollozando):* La vergüenza, el abandono, la desdicha y la desprotección del gran capital. La humedad, el frío, el lento paso de las horas y las veloces nubes de la lúgubre noche.

CHARLES DICKENS: ¡La habitación 101 es una mierda! ¡Quiero un cuarto de baño privado, inútil irlandés!

(Los dos grandes escritores no aguantan más y, tronchándose de risa, abandonan el escenario de un salto.)

Sonríes, virrey de la calma reinante.

Aun así caminas. Sigues andando ruidosamente a pesar de los pesares. Renqueas por la negra y temidísima noche. Todavía es pronto, pero ya empiezas a comprender cómo funciona el asunto este de andar. Es bastante fácil. La parte física del movimiento propiamente dicho es sencilla, y hasta cierto punto uno puede desentenderse de ella. Gracias a esta modalidad automática, dispones del tiempo y el desahogo suficientes para resolver los demás problemas que plantea. Los dilemas de la distancia y el destino los resuelves con facilidad. Lo único que tienes que hacer para aliviar el tedio de tu indiscriminado caminar es fijarte metas. Al igual que un preso veterano, le sacas todo el partido posible. Divide tu condena en los años en que consiste. Así se hace más corta. Mientras paseas por Bloomsbury, decides ir a Victoria o Kensington High Street. Luego, cuando llegas a tu destino, te fijas otro. Troceada, la noche no debería inspirar tanto miedo. Es un truco tonto que en el fondo no te convence, pero, si te dejas llevar, la noche se hace menos cuesta arriba, menos mortal.

Esta manera de pasear ofrece un sinfín de ventajas. Si pones empeño en ello, te evita el frío y te hace sentir a gusto. Te impide fumarte los cigarrillos demasiado rápido. Alivia el aburrimiento. Te distrae de la apremiante toxina en que se ha convertido tu salud. Divierte. Deleita.

Sin embargo, lo más importante de pasear es, por extraño que parezca, ese aire de respetabilidad que confiere. ¡Pues claro! ¡Estupendo! Eso es... ¡Si serás tontorrón! Así parece que te diriges a alguna parte, que tienes un lugar adonde ir. Ya sabes que los vagabundos de verdad, los auténticos indigentes, lo único que hacen es quedarse quietos, intentando mantenerse abrigados o en sus cabales, o levantan esos ataúdes tubulares de cartón en los que se deslizan para dormir de mala manera. Los vagabundos suelen ir tan borrachos que permanecen tirados en cualquier parte o tratan de echar un sueñecito en el portal de algún farmacéutico de High Street. Se quedan parados y duermen en cualquier parte. Les importa todo una mierda. Pero tú, tú nunca paras quieto. Así la pasma te deja en paz. Sigues andando hasta que se te acaban las fuerzas, sin importarte el dolor, dejando que las piernas olviden y los pies improvisen. Andas porque... Ésta es la clave de todo este asunto... Andas porque... ¡se te cae la cara de vergüenza! ¡Jesús, María y José, lo degradado que te sientes! Humillación, amargura y vergüenza. Esto es lo que te toca. Y no acaba ahí la cosa. Preferirías morirte antes que dejar que te descubrieran. Ahora o en cualquier otro momento.

Esa vergüenza sólo nos afecta a unos cuantos. A los pijos como tú y como yo. Anhelamos el anonimato y la inocuidad. Los vagabundos más fuertes se organizan la vida para poder disfrutar de diversos tipos de comodidades. Esos afortunados hijoputas están seguros de sí mismos y son bullangueros y desvergonzados. Nosotros, tú y yo, somos los que pasamos hambre y nos consumimos de la vergüenza. Nos atormentan las penosas dificultades que supone tratar de mantener una apariencia digna *et al.* Te pasas el día devanándote los escasos sesos que tienes en un intento de disimular, de parecer un estudiante o un obrero excéntrico, o incluso un estúpido provinciano que se ha acercado a la capital a pasar el día. Intentas desesperadamente que tu desastrado aspecto refleje un mínimo de sencillez. Tu ropa no está todavía demasiado estropeada, y sin embargo, por la razón que sea, no resultas convincente. Llevas encima la reveladora mancha de la falta de metas. Nunca lo conseguirás, amigo mío. Ni lo intentes. Te romperá el corazón.

A propósito, una de las peores cosas que tienen estos días malos es la afluencia, la inyección de pordioseros más frescos y distinguidos. Son más jóvenes, van más limpios y están menos capacitados para la vagabundería que nosotros, los veteranos. Esta gente está realmente mal preparada para una indigencia de estas proporciones. Son tantos que acaban apartándote y ocupando tu lugar. El Londres de los desamparados está llenándose. No quedan plazas libres. Puede que pronto suban los alquileres. Contemplas a estos nuevos socios con tristeza en tu magnánimo corazón. La repentina oleada de los desempleados, de los huidos de casa, de los desahuciados, de los que no han tenido una oportunidad. Estos aficionados han sido obligados a vivir en la calle por la radical meritocracia de los años ochenta. Se les había enseñado que podían esperar encontrar un empleo, vivir y tener un techo sobre sus cabezas o, por lo menos, trabajar como esclavos, vivir y tener una casucha. Para su sorpresa, han conseguido aún menos que eso. La mayoría no ha conseguido nada. Precisa y quirúrgicamente nada.

¿Qué opción te queda si eres un joven parado de Liverpool, Glasgow o Newcastle? Tu mamá y tu papá te ponen de patitas en la calle. (Es lo que siempre hacen los papás y las mamás.) Haces balance de tu situación, de tus esperanzas y tus ilusiones... Esto no te lleva mucho tiempo, puesto que no hay mucho que calcular. Te trasladas alegremente a Londres. Quizá con el dinero del paro puedas pagarte un *Bed and Breakfast* durante el tiempo que te permitan quedarte (hoy en día es de unos siete minutos y medio). Puede que des con una casa de okupas, un dormitorio de estudiantes hippies o algo por el estilo. Allí te pasas una temporada pudriéndote hasta que te violan, te asesinan o te echan a patadas, tras lo cual..., tras lo cual te vas a vivir a la calle. Ya sabes adónde has ido a parar. Y sabes por qué. Resbalas, caes y desapareces del mapa.

Bien, volvamos a ti y a tus problemas. Tras llegar a Victoria o Chelsea y perderte oportunamente durante media hora por Belgravia, das media vuelta y te sumerges en el amargo rumor de los autobuses nocturnos de Trafalgar Square. En Parliament Square has visto que no era más que la una y media. ¡Mierda! Sigue siendo demasiado, demasiado pronto. El tiempo avanza con desgana. El tiempo se para a recuperar el aliento.

Te arrastras sin rumbo fijo describiendo un estúpido círculo por Trafalgar Square, con la embotada cabeza desconcertada por tus pies de peatón y los ojos mirando desde lo alto de la pendiente. El centelleo de la ciudad iluminada... Las farolas balbucean en rojo, amarillo, blanco y verde. Las aves nocturnas trabajan para la ciudad durmiente, cumpliendo sus funciones tras los brillantes cuadrados de las ventanas de las oficinas. Personas que el día no ha tocado, orgullosas de su comodidad. Este oscuro mundo suyo te asombra. Cada vez estás más perplejo e irritable.

Los coches pasan suavemente. Es curioso que por la noche parezca siempre que hacen menos ruido. Hay menos, concluyes con sagacidad. En medio de los chasquidos y el traqueteo, en medio del sórdido tumulto, buscas la clemencia de la soledad. El corazón te da un vuelco y tartamudea de una forma espantosa. El miedo y el horror te atenazan. La ciudad, escurridiza e incandescente, palpita mientras tu fantasmal corazón ambulante retrocede a toda velocidad. Desolación, pánico y desesperanza. Ay, la cosa se pone fea. Pronto tocarás fondo, tus ojos castañoazulverdes se cierran lentamente. Te ronda la muerte. Te aprietas los brazos contra el pecho para protegerte del viento frío. Poco a poco se deja de oír el ruido de los coches y el murmullo de la gente acaba resultando incoherente. Te detienes y cierras los ojos. Respiras hondo contra los pulmones de tu enemigo. Eso es. No pasa nada. Respira.

El equilibrio urbano se restablece y los coches regresan con un zumbido quejumbroso. Las manos sobre los volantes dibujan elegantes arabescos con los faros. Te preguntas por qué jamás dormirá la ciudad. Puede que no despierte nunca. Estás cansado, y estas cosas te parecen profundas.

Te alejas lentamente de la plaza. En una muestra de intrepidez, te las ingenias para pasar las dos horas siguientes haciendo una visita rápida al Barbican. Empiezan a crujirte un poco las corvas. Pronto estarás tan cansado que no podrás ni andar. Pero, qué leches, piensas: ya se te ocurrirá algo.

Avanzas a trancas y barrancas por este barrizal de dolor y reticencia. Eres valiente, eres fuerte. Apláudete y sigue adelante.

Cuando regresas al Embankment estás agotado. Ya no puedes más. Llevas todo el día andando. No te quedan muchos pasos. La acera del Embankment se extiende débilmente ante ti, iluminada de forma irregular por desordenadas hileras de ornamentadas farolas blancas y guirnaldas de bombillas colgantes que lustran el gris del asfalto. Todo te resulta incómodo y estridente. Tanta ostentación te parece una falta de tacto. Miras hacia South Bank. Meditas. En realidad South Bank es un lugar bastante apropiado para lo que buscas. Las escaleras, los pasadizos y los demás sitios ofrecen bastante protección, y resultan discretos de vez en cuando. Es un lugar recogido y tranquilo, o casi. A esto le concedes cada vez más importancia. Es muy tarde, y ya estás bastante familiarizado con el tercer turno de los habitantes de Londres. Los que son como tú: los vagabundos, los pordioseros, las putas y los chaperos; los delincuentes y los chorizos y los violadores y los locos; las pandillas y los matones y los bichos raros en general. Sí, señor, es más o menos a esta hora cuando los putos colgaos toman realmente la ciudad. Reivindican sus derechos. Y a ti no te gusta. No te gusta nada.

Ahora bien, eres un chaval o un tío o una chica de armas tomar. No naciste ayer, por así decirlo. Pero esta gente está pirada, cojones. Es capaz de beberse tu sangre y comerse tus despojos para cenar. Con esta clase de personal no tienes nada que hacer, así de sencillo. A menos que te pases a su bando. Y es que el asunto este de la violencia está muy claro. (Como tantas otras cosas, o, al menos, así lo parece.) No se trata de lo fuerte, duro o experto que seas. Se trata únicamente de lo majara que estés. Se trata de si tienes más talento como psicópata que los demás. Si resultas convincente imitando a un colgao, no tienes por qué preocuparte: asunto solucionado. Nadie quiere líos con esta clase de colgaos. Has de gritar y echar espumarajos de mala manera para avisar: que se te crispe la cara, que se te convulsione el cuerpo. Borra bien cualquier vestigio de cordura. Si logras hacer todo esto, es probable que los chorizos y la gente como ellos te paguen para que te marches. A pocos les gusta el rollo con el que vienes. (A todo esto, no recurras a esta pequeña treta con un majara de verdad... No se la tragará; no le impresionará.) Son estos pirados los que ganan las bien documentadas guerras que se declaran en las calles de todas nuestras ciudades. Por mucho que te esfuerces, tu valentía es una cosa educada y bastante titubeante. Hay que alentarla y cultivarla. Ha de ser la justa, la idónea. Aquí no tiene la menor posibilidad. Esta gente te hará de todo: sin pausa, causa o miramientos. Da igual lo que les hagas. (Aunque tampoco puedes hacerles gran cosa que vaya a molestarles de verdad.) Éste es el personal que gestiona tus pesadillas y cataloga tus fobias. Déjales en paz. No estás a su altura. Al menos eso espero.

¿Te has fijado en ellos esta noche? Con los ojos desorbitados y el corazón en un puño, has presenciado su espectáculo. Su historia tiene poco de picaresca. Antes, cerca de Holborn Circus, has visto a ese chiflado, a ese pedazo de euforia enloquecida, inflando a hostias a dos vejestorios del Ejército de Salvación. Una mujer que iba con ellos estaba tendida en la acera, con la nariz ensangrentada y el pelo manchado de barro y meadas de la calle. Y allí estaban aquellos dos filántropos, recibiendo patadas en la cara del puto Bruce Lee ese, mientras tú pasabas encogido de miedo por la acera de enfrente.

Y luego está lo de la mujer del puente de Charing Cross. Esa pordiosera, la de las bolsas, estaba limpiándose el culo con toda tranquilidad a pesar del frío que hace esta noche. Increíble. Rascaba, tiraba, hurgaba por higiene. Su culo, blanco como la avena, brillaba a la luz de la farola contra la que discretamente se apoyaba. Su arrugada cara tenía una expresión de resentimiento, de sentirse ofendida. Te has sentido sucio. Has intentado no mirar. Estaba echando a perder el mundo para otra gente. Su mano de anciana, frotando; su piel, fofa y cubierta de manchas; su mirada de vieja loca... ¡Qué asco!

La chica. Su duro pelo lleno de odio y su boca cariada y maloliente. Su voz, tensa, débil de tanto insistir. Su dolor, su pena, acusándote los dos. Una transacción comercial. El poder y el derecho del trato carnal. *Caveat emptor*. No, eso no, con ella no. No con sus pálidos y descarnados muslos, con sus escasos y severos pechos. Con sus pinchazos, su raquitismo, su sufrimiento y su arsenal de gorgoteantes y malignas enfermedades venéreas. Y su tristeza, su dolor, su vergüenza, su delito. Su pequeña muerte. No, con ella no.

(Las insospechadas locuras de los demás son siempre mucho más enloquecedoras que tus explicables y excusables insensateces.)

En todas las calles, plazas y callejuelas se ponen en escena montajes de ebriedad y vicio. Los ensordecedores juerguistas de Londres se divierten como locos. Incluso los ladrillos y los árboles murmullan iluminados por sus chillonas franjas de luz. La noche está desfigurada. La noche es obscena. Ruido. Oscuridad. Infierno. Vayas adonde vayas, la gente vocifera, ríe, chilla y llora sin contención. Los rostros que ves son inexpresivos, han sido insensibilizados, asesinados por el alcohol y una débil lujuria.

(Estas imágenes, estas escenas son bastante suaves en comparación con el desenfreno y el pujante horror que podrías ver cualquier noche en Nueva York. No obstante, son suficientes para perturbar tu titubeante alma y, además, nunca verás las peores. Éstas se mantienen ocultas, son privadas, furtivas. En los lugares que no conoces les suceden cosas aún peores a personas a las que nunca has visto. Lo que ahora ves es el lado pijo de todo esto. Estás teniendo las cosas fáciles.)

Sí, creo que es una buena idea ir a South Bank. Mueve el culo ahora mismo.

Eso es, así se está mejor, ¿verdad? Te sientas en una de las tristes escaleras que se extienden sobre el culo del National Theatre y te pones en una posición más o menos cómoda. Rebuscas en el abrigo y rescatas los últimos cigarrillos que te quedan. Te mueres de ganas de fumar un pito y crees que te mereces un pequeño detalle. Lo enciendes. Qué bonito te ha salido. Mueves la entumecida carne de tus nalgas un poquitín. La sangre, el oxígeno, el dolor y el alivio se apoderan de tus músculos. Te tiendes sobre las duras aristas de los escalones de piedra. ¡Caramba, pero si estás en la gloria!

Sabes que tarde o temprano te harán moverte, pero no te importa mucho. En los buenos tiempos, cuando venías al rollo ese del teatro, te fijabas en cómo trabajaban los seguratas de South Bank. Sabes cómo trabajan. Siempre te han parecido unos tíos bastante amables.

Les da vergüenza tener que echar a los vagabundos a patadas y mantener el sitio limpio y libre de culpa para los enviciados espantajos que salen a beberse una copa en los entreactos. Son órdenes de la dirección y tal. No podemos permitir que un piojoso de mierda eche las tripas sobre los bonitos zapatos de charol de la gente. Válgame Dios, pues claro que no. Luego, por supuesto, a los pobres guardas de seguridad les soltará una arenga algún hijoputa gordinflón del mundo de la escena, con un chalet en el sur de Francia, una señorita de compañía de pechos lechosos colgada del brazo e ideas temporalmente igualitarias.

Pues sí, te caen bien los de seguridad y, por supuesto, tú también les caes bien a ellos. Pero vendrán. Te echarán de aquí. No queda otro remedio, hijo. Uno tiene que cumplir con su obligación. Lo comprendes, ¿verdad? Claro que lo comprendes. Eres lo bastante mayorcito y feo para aceptarlo. Lo único que hace falta es un poco de consideración humanitaria.

De todos modos al final te pillará la bofia. Te quitarán de en medio en un abrir y cerrar de ojos. No pueden dejarte dormir. Está prohibido. No puedes sentarte; no puedes quedarte parado. Puedes andar por ahí todo lo que quieras, pero dormir en la calle es ilegal. ¿Qué clase de ley es ésta? ¿Creen de verdad que si se legaliza dormir en la calle se va a producir una repentina afluencia de funcionarios, millonarios y empleados de la City locos por tumbarse legalmente a la bartola? ¡Anda ya!

En fin. Mientras sentado en estos escalones entumececulos contemplas la suave corriente del sucio río y el lacrimoso reflejo de las luces de Somerset House, empiezas a notar el frío. Sí. Ha llegado la hora de pasar la tan esperada prueba. Joder, hace un frío que pela. Andando no parecía que hiciera tanto. ¿Te acuerdas? ¡Me cago en la mar salada!, te has dicho, pero si no es para tanto. Puedo soportarlo. Tengo lo que hace falta. Estabas equivocado, ¿verdad? La temperatura de tu cuerpo se parte de risa y empieza inexorablemente a bajar. De pronto tus pies se apagan (sin siquiera despedirse), y empiezas a sentir punzadas y picores en los dedos a causa de la falta de sangre. Tu nariz se convierte en una cosa sucia, húmeda y ruidosa, y los ojos se te crispan haciendo un ruido seco. Por primera vez en tu vida adquieres un conocimiento íntimo de tus vísceras, de tus entrañas. Llegas incluso a notarte el hígado y los riñones. (Ellos también pueden notarte a ti, y tampoco les hace mucha gracia.) La vejiga se te estira y estremece, dejando caer toda una serie de tristes y fugaces meaditas sobre las convenientes paredes de tus muslos. Oyes y notas el serpenteante deslizamiento de tu intestino grueso. ¡Chico, menudo gruñón está hecho el intestino de marras!

Más. Las articulaciones se te convierten en helados signos de puntuación a lo largo de los diversos conductos de tus encogidas y temblorosas extremidades. Las rodillas, los codos, los tobillos y las muñecas capitulan casi de inmediato como los cobardes de mierda que son. Para tu sorpresa, te encuentras con que tienes un insignificante e impreciso foco de calor justo al sur del ombligo (que además, por la razón que sea, está tremendamente húmedo). Te metes las gélidas manazas bajo el cinturón y las colocas debajo de la caliente y amorfa masa de los genitales. Es una idea espantosa. Tus manos ya son irrecuperables, y el gélido frío que te comunican se abre paso por tu pelvis y te llega hasta la vejiga. La pobre bolsa de orines vuelve a sentirse confundida, y soportas otra sinfonía de heladas micciones ficticias. Has meado todo lo habido y por haber y a estas alturas tienes el ánimo por los suelos. Empiezas a comprender por qué la gente intenta por regla general evitar esta clase de cosas.

Mientras tu cuerpo se divierte de esta manera tan edificante, los dioses de la pobreza y la intemperie te juegan otra mala pasada. Pobre desgraciado. Enciendes otro pitillo, que te proporciona más calor que placer. Tras las primeras bocanadas de prueba, te das cuenta de que no estás disfrutando en absoluto y te entra tanto miedo que se te encoge el esfínter. No estás disfrutando nada de nada. Y te pasa a ti, al señor Nicotina, al faquir de los pitillos. ¡No, eso no! ¡Mi tabaco no, por favor! Tras varios carraspeos fallidos, vuelves a probar. ¡Dios mío, es aún peor! El humo rasca tu helado pecho. Puedes sentir el amortiguado golpe con que el dolor de cabeza saluda al cráneo del fumador aficionado. ¡Joder, colegas! ¡No os paséis! Le rezas a san Cristóbal para que te dé fuerzas, ¿verdad? Pues sí, eso es lo que haces. Pides clemencia a todos los santos de los sepulcros. Pero no en orden de preferencia. Qué va. Lo haces por estricto orden alfabético. Uno no debe olvidarse nunca de la diplomacia a la hora de rezar. Pides una valoración en todos los idiomas que sabes hablar.

No recibes ninguna. No te responden. Nada, ni pío. No hay derecho, chaval. De verdad que no hay derecho.

Lo que ocurre es que para disfrutar realmente de un pitillo tienes que estar cómodo y bien de salud. Sobre todo, tienes que estar abrigado. No puedes pasar frío, así de sencillo.

¿Y bien? ¿Ahora qué vas a hacer? Los cigarrillos han quedado descartados, y eso es una mala noticia. Es algo horroroso, terrible, estremecedor. Pilla un arma. Pégate un tiro. Esparce tu cerebro por la acera y caliéntate la manos con la humeante porquería gris antes de morir. Ah, lo harías si pudieras, ¿verdad? Sí. ¿No lo haría cualquiera en tu lugar? Por supuesto que lo haría, joder.

Así. Estás en la recta final.

No son ni las cuatro y empiezas a pensar que, como no entres en calor pronto, vas a mandarlo todo a tomar por el culo y vas a arrojarte al asqueroso Támesis. Date prisa por lo menos; te envenenarías antes de ahogarte. ¡Pero qué frío estás pasando, chico! Se te ha puesto de punta el vello púbico y los ojos han empezado a darte vueltas en las órbitas. Me cago en los cojones, concluyes. Tienes que largarte de aquí si no quieres morir. Llevas a cabo una dolorosa y rápida escalada con las articulaciones agarrotadas hasta lo que antes eran tus pies. Las suelas de los zapatos son ahora una entumecida parte de tu persona, y andar no resulta nada fácil. Sabe Dios cómo te las arreglas, pero lo estás consiguiendo. Vamos, inténtalo. Pisa con fuerza. Haz un esfuerzo. Tienes que mantenerte en movimiento. Eso es. Bien. Izquierda, derecha, izquierda, derecha, izquierda, derecha... Si procuras no pensar en ello, puede que tus piernas lo hagan por sí solas. Ya están bastante acostumbradas a la bobada esta de andar. Déjaselo a ellas. Delega.

Te has caído, y el cielo te gruñe sombríamente mientras calculas cuánto mides sobre estas piedras. Te parece oír el rumor del amanecer, que se escurre por ese cielo líquido y superficial arrojando una luz fantasmal sobre todo lo que ves. Pero te equivocas. Adviertes que son tus ojos, que se te mueren.

Podrido de desnutrición, con los dientes cubiertos de sarro y un aliento repugnante, te levantas. Podrido de tiempo, frío y desesperación, miras al otro lado del río, a tu ciudad. Grasienta de agotamiento, tu mente va frenando hasta detenerse, hasta llegar a su parada. Esperas allí. Te esfumas, te consumes, desapareces del mapa.

¿Y la ciudad?

La ciudad. Agazapada en la noche. Deidad urbana. Negra como la muerte. Ríndele homenaje. Venérala. Las sordas, suaves y atronadoras palabras de los coches siguen zumbando como plegarias murmuradas hasta perderse en la oscuridad. Pequeños faros en movimiento con amistosos y brillantes salpicaderos y bonitas luces coloreadas. Rojo, amarillo, verde. Ya es tarde. La inmensa mañana de la penumbra aguarda a su soleado centinela.

Espera.

83

Siete

(South Bank: au coup de soleil. *Está sentado, acurrucado, amodorrado, medio reposando al abrigo de Festival Hall. La humedad y la soledad se cuelan en la rigidez de sus extremidades cubiertas de sudor seco. Escucha el susurro del río, llorando dulcemente para sí, con un dolor marchito en su cara de hormigón.)*

¡Ah! La noche ha quedado reducida por un momento a una amarga envoltura púrpura. La fría perfección de la escarcha hace que mi pelo cruja mientras los perezosos minutos avanzan a trancas y barrancas hacia el amanecer. Esta noche el mundo ha estado remoto e imponente. No me ha hecho pasar un buen rato. Un chaparrón sucio e intrascendente empieza a acribillarme la cara y las manos. Casi no merece la pena moverse. Indolentemente, con la cabeza como un bombo, observo cómo se extiende y seca sobre las heladas losas de mis manos el destello con que las farolas alimentan a las diminutas gotas.

Pronto llegará el amanecer, el crujido que se oye al romper del día, el alzamiento de la estructura del sol. A mi izquierda el puente del ferrocarril murmura festivamente. El rumor y el quejido de las vías y las traviesas... La cansina canción del tren, suave por el sueño, amortiguada; pronto será fragor y traqueteo. Esto es divertido. Me gusta la manera en que se pone en marcha el día.

El tenue resplandor del crepúsculo comienza a trocarse en la débil promesa y bendición de la luz del sol. La fría luz acaba de empezar a filtrarse sobre los árboles, los tejados y el río. Es un crepúsculo gris y líquido, todavía un limbo desolado antes del día. En las casas de toda Inglaterra se encienden las maleducadas radios. Los hombres madrugadores se afeitan con las cortinas abiertas abrigando la esperanza de acumular la benigna belleza del amanecer, ese augur general del día que le espera a cada uno. Me atormentan pensamientos de carácter universal que me dejan dulce y amable. El lado de dentro del lado tierno. En estas ocasiones me siento viejo. Aunque soy joven, advierto el vacío y la banalidad de mi nueva vida verdadera. El vagabundo diletante. Me ha destrozado el corazón.

Cuando amanece, suelo ponerme a decir perogrulladas de carácter semiuniversal. Me paso el día penando, por lo que el mundo de la contemplación me es indiferente. Sin embargo, la noche me embota la cabeza. Pienso en las trampas del mundo. Todas ellas (el honor, la justicia, la verdad, la caridad, el poder, la fuerza, la muerte y Dios) contribuyen en la medida de lo posible a que aumente mi confusión. Dispéptico, mastico la pesada comida que me preparan. Debería dejarlo. ¡Pero si acabo de cumplir veinte años, por el amor de Dios! No me hace ninguna falta todo esto.

Ah, escucha... La mañana empieza ahora a llenarse de ruido, y pierde el profundísimo silencio que tanto me ha consolado durante la noche. Gruñen los pájaros en el aire frío, y puedo oír el lejano rumor de la ciudad que se despierta. Llega la luz. La oscuridad tiene un lustre opaco, turbio, y mi nariz arroja un intenso brillo rojo en la penumbra. Escudriño con hostilidad el arrugado y gris panorama, las pálidas y parpadeantes ventanas, la ligera llovizna que se funde con el paisaje en un suave y menudo abrazo.

Esta vida empieza a cansarme, rediós. Las horas de mi época jodida no huyen como debería hacerlo el pasado más reciente. Se acumulan y obstruyen las calles. Organizan una manifestación las muy hijaputas. Esto tiene que acabar. He de encarrilar esta vida mía. Tengo que salir de la ciudad. Ver otra vez el cielo y el mar de siempre. Conocer a esas mujeres tan maravillosas con las que sueño. Moverme. Cambiar. Vivir. Antes de que me seque, me arrugue y me marchite.

El firmamento ejerce una fuerte presión sobre la tierra, y la llovizna arrecia. Una luz gris cada vez más brillante se abre de piernas y se agacha sobre Londres.

La mañana me produce una gran inquietud.

Es en estas cadavéricas horas cuando dirijo mis pensamientos hacia mis mujeres. Las chicas de la historia. Parece que vosotras, las mujeres, habéis sido la mayor prioridad en mi vida. Cada una de vosotras ha sido una rociada de divinidad, una muleta en una playa de guijarros. Mis mujeres: pensar en ellas siempre me anima. No sé por qué será, pero, en general, las mujeres siempre se han cagado en mí desde la cima más alta que podían alcanzar. Aún así, no cambia mi opinión sobre ellas. Así soy yo.

En mi vida ha habido dos mujeres importantes. Eran dos chicas de primera. Ninguna me deparó mucho de esa cosa conocida por el nombre de felicidad. Por otro lado, a las dos se les daba muy bien hacer daño. Por eso tengo contraída con ambas una deuda de gratitud. Deirdre y Laura. Mis chavalas. Una irlandesa y otra inglesa. Laura y Deirdre.

Las dos eran malas, pero Deirdre fue la primera y la peor. La conocí una infausta tarde de jueves cuando tenía quince años. Fue mala pata. Se me hace difícil de creer que acabara metiéndome en semejante lío. Cuenta tanto la vulnerabilidad cuando todo va bien... En Irlanda, durante mi juventud, iba desde Killibeg hasta Dungiven para buscar mujeres, diciendo gilipolleces sin parar... Lo que quiero decir es que era irlandés y joven. Sin embargo, casi había logrado evitar meterme en el desquiciante lío del amor juvenil. Me gustaba imaginar que me había vuelto demasiado maduro y demasiado desagradable demasiado pronto. Deirdre puso fin a todo esto. Oh, ya lo creo que sí. Su sonoridad y sangre fría me arrancaron las alas en un abrir y cerrar de ojos. Me atemperó.

Cuando uno es joven, lo del amor es como el más elemental de los actos reflejos. ¡Pumba! Ya está. Te has enamorado, so capullo. La jugosa sacudida del reconocimiento. Es mía..., o al menos eso es lo que quieres creer. Todo conspira para estimular la incontinencia de la juventud: los ecos de las sensibleras canciones de música pop que escupen emisoras de radio de tres al cuarto; la preponderancia del sentimentalismo romántico en los textos decimonónicos que tanto te enloquecen; la empatía, la clemencia, la dicha; el simple peso de tu hinchado y complaciente ego.

Oye, llévate una ración de ese cinismo atrofiahuevos. Es impresionante, *oui?* Para mí tiene la misma pinta y el mismo olor que la mierda.

Cierto. Me revienta reconocerlo, pero me encuentro casi siempre en un estado de encaprichamiento borreguil. Si llegaras a conocerme (quién pudiera, ¿eh?), verías que soy un tanto proclive a sentir una insensata atracción juvenil por objetos fríos y lejanos. Se te caerían las tetas de aburrimiento, sin duda. Lo considerarías una señal de inmadurez, una triste pérdida de tiempo. Por extraño que parezca, tendería a estar de acuerdo contigo.

Deirdre Curran... ¡Ésa y no otra! Deirdre Curran era baja, fornida, protestante y rica. ¡Ah, sí! Y también era de una estupidez asombrosa. No tardé ni un segundo en enamorarme de ella.

(Éste es el problema de ser autodidacta. Para mí, al igual que para todas las personas que se hacen a sí mismas, las impresiones equivocadas suelen ser tenaces e inconmovibles.)

Santo Dios, cómo deseaba a aquella chica. Solía rezarle a san Judas, patrón de las causas perdidas. Tramaba, conspiraba y tenía sueños tan optimistas como extravagantes. Evocaba su imagen y vivía trepidantes e inverosímiles dramones de raptos y rescates en los que yo hacía de Tom Jones y ella se lo montaba conmigo. Preveía un ignominioso fracaso, pero aun así quería ver hasta dónde podía llegar. Di el paso.

¿Y quién lo iba a decir? No se arrojó sobre mí. De hecho, esto estaba tan lejos de su intención que me dijo (con estas mismas palabras, lo juro) que no iba a meárserme encima. (¿Acaso se lo había pedido yo?)

Me quedé un poquitín alicaído.

Sin embargo, insistí. En aquel entonces andaba sobrado de resolución. La invité a cenar. (Yo, el enrollado, que en mi vida había puesto un pie en un restaurante, que ni siquiera sabía lo que era un mantel.) No aceptó.

Volví a la carga.

YO *(encantador):* ¿A comer entonces?

DEIRDRE: No puedo... Lo siento.

YO *(ardiente):* ¿A desayunar? ¿A merendar? ¿A cenar? ¿A tomar unas tapas? ¿A vaciar el frigorífico? ¿A picar algo a medianoche? ¿A un festín en el dormitorio? ¿A lo que sea?

(¿A que me enrollé bien? ¿A que sí?)

DEIRDRE: Ya te lo he dicho. No puedo.

YO *(fino y cortés):* Pues acabarás muriéndote como no comas.

DEIRDRE: No me digas...

YO *(animadamente):* Pues sí. Créeme, sé lo que me digo.

DEIRDRE: Salta a la vista.

(Silencio. Fenomenal, ¿verdad?)

YO *(preocupado):* ¿Soy yo o la idea de comer lo que te desagrada? Privarte de mí te resultaría igual de peligroso. Te lo digo en serio.

DEIRDRE: No sabría decirte por qué, pero no estoy de acuerdo contigo.

YO: ¡Ah, qué cruel y fría eres!

DEIRDRE: Mira, tengo que irme.

(Intenta marcharse. La detengo. Me arrepiento, pero ya es demasiado tarde.)

YO (con vehemencia): ¿De qué se trata entonces? ¿Mi falta de comedimiento, mi egoísmo? ¿Mi mala educación, mi pedantería, mi inmadurez...? Mírame. Soy guapísimo. ¿No te parece?

DEIRDRE (a regañadientes): No estás mal.

YO (con viveza): ¿Qué puede ser entonces? He de confesar que por lo general me considero un regalo de los dioses. Un regalo envuelto y enviado para ti.

(?)

DEIRDRE: Es que no es mi cumpleaños.

YO (en tono de censura): ¿Nunca te dijo tu madre que es de mala educación rechazar regalos?

DEIRDRE: Sí, pero también me dijo que no aceptara nunca caramelos de extraños.

(Se produce un largo silencio. Ésta es la única vez que Deirdre va a decir una cosa inteligente; y es probable que la haya dicho sin querer.)

YO (en tono de broma): Parece simpática tu madre.

DEIRDRE: Sí, es..., es muy simpática.

YO (afectadamente): Y seguro que quiere mucho a su hija favorita.

DEIRDRE: Con locura. (Sale.)

¿A que estuve impresionante? ¿Por qué será que los adolescentes dicen tantas chorradas? Desde luego estaba tan manchado de banalidad que resultaba pringoso. Lo que quiero decir es que daba pena, aunque esto no tiene nada de extraordinario. Vamos a ver: era joven. Es más, sigo siendo joven. Deseo alegar inexperiencia e inmadurez.

En fin, el caso es que, aunque no estaba acostumbrado a que me dieran calabazas, tenía la sensación de que lo ocurrido se parecía sospechosamente a eso. Pero al menos esta vez Deirdre no me había amenazado con meárseme encima. Esto me animó a porfiar. Lo intenté una vez más.

Y otra más.

Y ¿sabes qué? Al final lo conseguí. Después de dos semanas y unos quince deprimentes intentos de seducción, me salí con la mía, por así decirlo. La pillé en la parada del autobús escolar y allí hice mi último y fructífero esfuerzo. Me lo monté bien; mejor dicho, muy bien. Con toda modestia puedo afirmar que estuve deslumbrante de cojones, y además me aseguré de que le quedara bien clarito. Bailé dentro de mi deprimente círculo para inspirarme y... surtió efecto.

Accedió a que la acompañara el sábado siguiente a hacer unas compras. ¡A hacer unas compras! Imagínate: a punto estuvo de estallarme el corazón. No era para menos. ¿A que tuve una suerte del copón?

Como era de prever, ni siquiera apareció. (Había birlado un billete de cinco libras para la ocasión y me cogí un disgusto de cuidado.)

Debería haber aprendido algo de esta clase de comportamiento. Debería haberme servido de aviso. Evidentemente, no fue así. Cuando se trata de mi destino, mi miopía puede ser extraordinaria. La carnicería que me tenía guardado el futuro si seguía con Deirdre estaba cantada para todo el mundo, excepto para mí. Lo inútil me había tentado. El desastre se había fijado en mí. Debería haberme dado cuenta. Debería haber mirado mis antecedentes para averiguar qué iba a depararme la suerte. (Parece que uno siempre se olvida de las omisiones y meteduras de pata más grandes que ha cometido.) En serio: debería haberlo dejado en aquel momento.

Ni que decir tiene que seguí insistiendo. Lo intenté una vez más. Sus negativas estaban poniendo a prueba mi resolución. Pero esta vez mostró interés, lo cual me sorprendió. Respondió a mis extravagantes deseos a su manera, es decir, con presbiteriana contención. Francamente, creo que Deirdre nunca había conocido a alguien parecido al joven católico que era yo por aquel entonces. Le resultaba gracioso. Le hacía reír. La sorprendía. La desconcertaba. Además era mucho más guapo de lo que cabía esperar. Si me llevé el gato al agua fue probablemente por este motivo. Mi incomparable belleza era el único rasgo al que Deirdre podía responder con su rudimentaria perspicacia. A mi querida Deirdre Curran no le iba mucho eso del amor cerebral o espiritual.

Quedamos en vernos en Ormeau Park el domingo siguiente. Volví a hacer mi numerito. Le hice magia. Conseguí que las sentimentales campanas de la iglesia repicaran para ella en el fulgor del atardecer. Me camelé su resonante acero. Las hice cantar y bailar. (La vena lírica me salía con facilidad en aquel entonces.) Quité el polvo a mis monólogos y saqué el máximo partido a mi talento para decir horteradas. Me devané los sesos para decidir si debía arriesgarme a besarla o no. Ella, en cambio, no pareció devanárselos mucho para introducir bruscamente una mano por la parte de delante de mi pantalón.

Le pregunté qué estaba haciendo.

Me respondió que a mí qué me parecía.

¿Una auténtica indecencia, quizá?, dije.

(Dios mío, todavía me sonrojo cuando pienso en lo panoli que era.)

Evidentemente, no iba a permitir que semejante cosa pusiera coto a mi sentimentalismo. Le señalé el error que constituían sus costumbres protestantes, su libertinaje y su falta de recato. Le recordé los ideales de la pureza, la virginidad y el respeto mutuo. Me preguntó cuándo iba a meterle mano.

Tenía quince años. ¿Comprendes lo que te digo? Quince. Intenté conservar mi inocencia. Intenté pensar en la fidelidad y la continencia sexual. Lo intenté con todas mis fuerzas. Hice un auténtico esfuerzo. Tenía quince años. Llevaba casi un año con una erección permanente. Quince años. La idea del sexo estaba siempre en mi cabeza de formas más o menos tentadoras. Podía notar la presencia de Agnes Wickfield,* sin quitarme los ojos de encima y con cara de desaprobación. Pero veía culos, vientres y pechos danzando, haciendo contorsiones, arrojando espuma. Tenía quince años. Lo llevaba claro.

No me quedaba más remedio que reconocer que, a pesar de mi profunda preocupación por su honra, iba a tener que tirármela. En consecuencia, hice planes. Me tragué mi integridad y me eché polvos de talco en el pene. Cachondos e impacientes, aguardamos juntos nuestra oportunidad.

Oh, ya tenía mucho que lamentar a causa de mi juvenil decisión, la chapucera solución que iba a dar a todos sus confusos principios. Lo que quería ahora era meterme en su cama, más por necesidad que por ganas, aunque en realidad también había un poco de esto último. (¡La juventud, la juventud!) Necesitaba consejo, pero ¿a quién podía recurrir? Era hijo de mí mismo, pero lo que me hacía falta era un padre, y rápido además. La virginidad constituía un problema para los dos, ya que, por muy niño prodigio que yo fuera, no había mojado todavía la pluma en la tinta más necesaria de la vida. Deirdre, por su parte, aunque defendía con vehemencia lo que nos disponíamos a hacer, no había tenido el lanzamiento adecuado para iniciar la trayectoria de disipación que pretendía seguir. Al menos eso decía. Yo me sentía inseguro, y como además era un estúpido, me daba miedo pensar en nosotros cuando llegara el momento y ya no pudiéramos dar marcha atrás. (¿Existió alguna vez un joven que no se sintiera así?) Mis virginales muslos estaban como un flan, joder.

A pesar de todos estos temores y escrúpulos, puse todo mi empeño en preparar el escenario para nuestro gran momento de pasión. El resultado era imprevisible. Voluntad me sobraba, pero me faltaba un poquitín de práctica. No obstante, estaba bastante seguro de la canallada que iba a cometer. ¿Qué obstáculos y peligros podían surgir teniendo como tenía una pareja tan descaradamente bien dispuesta? Pensé en

---

* Referencia al personaje de *David Copperfield* de Charles Dickens. *(N. del T.)*

su condición de doncella. Sonreí. Nada como un pequeño desvirgamiento para provocar esa sensación tan estimulante de depravación muscular.

Al final, después del sórdido asunto de esperar a que se fueran los padres; entrar a todo correr; ver que se abrían las puertas y que la virilidad aguardaba; encontrármela a ella preparada con los ojos cerrados y el pecho palpitante; sentir que se me desbocaba el corazón; pues bien, al final, después de todo eso, ¡no pude hacerlo! No pude, así de sencillo. Fue por culpa de la ropa que llevaba. Aquel conjunto de inverosimilitudes y compromisos escolares no estaba hecho para ser despojado. No estaban hechas aquellas prendas para que yo viera lo que ocultaban. Mientras se deslizaban por las turgentes extremidades de Deirdre me miraron con cara de pocos amigos. Me reprendieron. Me golpearon en los nudillos. Me contaron un cuento. El de ella. El de la pequeña Deirdre. La chica, la niña. Y también un ser humano y todo lo demás. ¡Oye, pensé, espera un momento! No es esto a lo que yo venía. Ella tiene tetas, culo y raja. Vamos, valiente Bogle. Métesela dentro. Tíratela a gusto. ¡Fóllatela bien! Pero allí estaban aquellas prendas de vestir, arrugadas, amorfas, el símbolo de su juventud. De eso nada, gritaron. ¡Largo de aquí! *Voleur!*

Y es que aunar el acto y el hecho de la ternura y el sexo constituye una tarea difícil que sólo se consigue llevar a cabo tras mucho estudio y aplicación (o, en su defecto, creciendo). Pero a mi edad y en la etapa en que me encontraba, esto era imposible. Había mirado los adornos de la chimenea mientras echaba leña al fuego. Fue un tremendo error. Aunque estaba empalmado y ya no podía más, me salió el tiro por la culata. De repente Deirdre me gustaba, lo que constituía una enorme equivocación si tenía que aplicar la cruel falta de discernimiento que comportan los polvos juveniles. Me gustaba demasiado.

Encendí un pitillo.

No creo que Deirdre lo entendiera en el fondo. Como era físicamente posible (¿cómo iba a fallar mi verga, por favor?), ella no veía ningún obstáculo para alcanzar nuestro objetivo. Le expliqué mi postura. Y ¿sabes qué? He de reconocer que se sintió complacida, conmovida y es probable que aliviada. Al menos así me lo pareció a mí. Tomamos una taza de café y hablamos de la abstinencia y de las pequeñas alegrías que depara.

Inverosímil quizá. No es exactamente lo que cabría esperar del cruel y audaz Ripley Bogle, el precoz mercader de polvos. Pero es cierto. Verídico del todo. Al echar la vista atrás, no puedo evitar sentir cierta nostalgia de mí mismo. Cuánto desinterés y respeto... Debería felicitarme por mi consideración. En el fondo era un buen chico. Si se tiene en cuenta lo que ocurrió al final con mi querida Deirdre, es irónico, es trágico, es simplemente triste. ¿Confuso? Ya verás, ya. Pronto lo entenderás.

Ah, aquí está. Ya viene. La mañana. Una luz anémica ha manchado el cielo, chorreando su místico resplandor sobre mi acostada y nostálgica persona. El susurro y el silbido de la mañana resuenan sobre un río de color gris sopa. El día instala su asqueroso tenderete. La gente ha empezado a deslizarse hacia la ciudad, descansada y preparada. Londres adopta la postura matutina: se arrellana, se repantiga. Londres está felizmente impasible.

Estoy cansado y ahora voy a dormir. Sí, dormir. Será una experiencia nueva. Dormir. Ha despuntado el día. Ya está aquí. El viernes ha llegado enterito. Hoy es mi cumpleaños, ¿sabes? Al menos, eso creo. ¿Quién puede saberlo? Yo no, desde luego. Digo que es mi cumpleaños porque nada me indica lo contrario. Bien, hoy cumplo veintidós. ¡Hurra! ¡Dichoso el día! De todos modos, nunca me han gustado los cumpleaños. Desde el punto de vista del destino, de la suerte, parece que tienen ganas de bronca.

Ah, cierra los ojos, Bogle. Se te pasará durmiendo.

De pronto, la ciudad brilla con fuerza, y un fugaz rayo de palidez matinal cae como una guadaña desde la fatídica pila de nubes que atrofia al cadavérico cielo.

Viernes

Uno

El sendero de polvo y gravilla rechina bajo el peso de los crujientes zapatos marrones de Ripley Bogle, perturbando el adormilado zumbido de la mañana. Nacido este mismo día hace veintidós años, contempla atentamente el paisaje que despierta en torno suyo. Mientras camina, mete un palo en un largo seto de ligustro descolorido.

Veintidós. Los fantasmas de su vida desfilan por su cabeza haciendo sarcásticas cabriolas. Una mascarada de cumpleaños. Veintidós. No queda nada del niño que fue.

Llega a lo alto de una cuesta larga y suave y ve las aletargadas e inactivas aguas del río matutino refulgiendo bajo el primer cielo. Contiene la respiración y absorbe la mañana con diligencia. Éste es su truco. Sentir y robar. Hay que aprovecharse de la comodidad allí donde se encuentre.

Expulsa el aire retenido en un largo e imperceptible suspiro. Una madrugadora gaviota descarriada vuela a toda velocidad por encima de su cabeza, emitiendo un estridente graznido marítimo, un chillido playero.

Ripley recorre poco a poco la ribera del río confinado por la marea. Pronto tomaré un café, piensa. Calor y amarga comodidad de vapor. Cigarrillos: uno o más. Sonríe valientemente. Se toma la idea con calma. Casi siempre lo hace. El ejercicio de la sensualidad requiere tiempo y atención. Invariablemente. Sigue andando haciendo ruido por los cursis guijarros del río. El aire es frío, cortante. Una neblina heladora se agacha sobre los pretenciosos árboles y colinas de la ciudad. El cielo está salpicado y manchado de gruesas y deslucidas masas de nubes blancas. Apenas sopla viento, y los entorpecedores vapores amortiguan el poco ruido que se oye. Los lejanos graznidos arqueados de las gaviotas, estridentes y, sin embargo, suaves.

Se aproxima a las rocas que rodean la orilla, que conducen hasta el agua por un sendero musgoso bañado por el río. Avanza en dicha

95

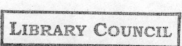

dirección, entreteniéndose entre las piedras y los fétidos charcos en su camino hacia el río. Respira marítimos recuerdos de amargas aguas saladas, la conmoción del niño al probar por vez primera el zumo de un mar plano y de aspecto tan cordial. ¡Puaj! Todavía se acuerda. La abrasada lengua se le curó con helado, y atribuyó filosóficamente lo ocurrido a la experiencia.

El desgreñado joven se acerca a una gran roca lisa situada a unos tres metros y medio de la orilla, pasando por el camino formado por sus hermanas las piedras. Se sienta en la roca todavía seca y mira hacia el río con sus verdes y arrugados ojos mientras aparece el sol amarillo de la mañana, eructando sobre Londres como un lechero etéreo, trayendo los frutos de la tierra en tintineantes botellas. ¡Hora de despertarse!

Una vez satisfechos los sentidos, nuestro héroe vuelve a sus recuerdos. Hace veintidós años que nació. Esto es lo que le han dicho y él se lo cree. Ripley Bogle, vagabundo de éxito y algún día hombre de una pieza, cumple hoy veintidós años. Felicidades. Enhorabuena. Hace años que no abre una tarjeta de cumpleaños. Vamos, vamos... Desde que murió su vida, permanece metido en sí mismo. Misantrópico. Caprichosamente inquietante.

El solitario cumpleañero Ripley Bogle (¡vaya nombre...!) contempla con ojos radiantes el río soleado y en parte puntuado por las olas que trae la marea.

Vuelve a pensar. Pronto fumará. Una luz resplandece fugazmente en su pálida cara. Ilusionados, sus desacreditados pulmones se relajan. ¡Oh, nobles Benson & Hedges y demás miembros de vuestra especie! ¡Con esos envoltorios de celofán tan monos que tenéis! ¡Con vuestros fastuosos e imponentes tonos dorados! ¡Con vuestro patrocinio de equipos de críquet y vuestras elegantes vallas de publicidad! ¡Ah, guardianes del placer y de la calma!

Entra.

No muy lejos de allí toma la curva de cantos una raquítica figura con muletas y, tambaleante, pasa por encima de guijarros y charcos.

Qui va là?

Perry.

Se acerca.

Ripley está sentado junto al sibilante y siseante río. Éste susurra y suspira. Le gorgotea sus secretos.

Perry avanza a trancas y barrancas hacia la Roca de Ripley. Lento pero seguro, mueve sus muletas sobre las piedras de la ribera. Clic, clac, clic, clac; chis, chas, chis, chas. Como una tortuga. Y con cabeza de tortuga también. Echado levemente hacia delante, le asoman unos pelajos por el cogote. Mechón de tortuga.

–Buenos días, Perry.

–¿Qué tal, chico? Tienes buen aspecto.

Perry maniobra con las muletas y, renqueando maravillosamente, toma asiento. Ripley no presta ninguna ayuda al viejo y hace como que no se da cuenta de su dolor. Y es que a Perry le gusta fingir. Como a Ripley.

El anciano habla. Atención. Pide información.

–¿Has pasado mala noche?

–¿No lo son todas?

–Cierto.

Se produce un silencio de complicidad, carente de sonrisas. Ripley aparta su codiciosa mirada de la bolsa del viejo. Se pasa la mano por el hirsuto mentón.

Con una mano temblorosa y torturada, el vetusto lisiado rebusca en la harapienta mochila de lona. Va a parir. ¡Zas! Primero el termo, un gastado cilindro forrado de tartán lleno de desesperadas promesas. Luego la machacada lata de tabaco. Tin, tan. El desayuno de los chicos.

–¿Te apetece un poco, Ripley?

El viejo carasabio compone con estudiada tranquilidad el diplomático semblante de la cortesía. Al joven carabobo le trae sin cuidado.

–Pues sí. ¿Por qué no? Gracias.

Sonriéndose el uno al otro, se preparan. Se reparten las tareas. ¿El joven? Sirve en la tapa del termo un café de arrope para los dos. ¿El anciano? Con dedos ágiles y nudosos lía cigarrillos de segunda mano para uno y otro. ¿El sol? Brilla frío y pálido a través de la sombría membrana de las nubes.

Se pasan la taza. Perry traga abundantemente. Sus consumidos labios se arrugan para saborear el café. Devuelve la taza a su acólito. El chico también echa un buen trago. Su barriga se estremece en señal de alarma. Unos extraños ruidos cacofónicos surgen de su sorprendido estómago y sus olvidadas tripas. Se ruboriza. Perry hace como que no se entera. Todavía les gusta fingir.

Otra vez se sonríen el viejo y el joven, el uno al otro y a sí mismos.

Vuelven a beber. Por turno. Es un café de primera, y ahora les sienta bien. La avanzadilla ha establecido bien las bases. A Ripley se le encogen los intestinos, pero esta vez sin hacer ruido. Esa cosa llamada Placer hace una discreta y pudorosa reverencia.

–Gracias.

Perry pasa rápidamente su vetusto brazo por la áspera roca y una llama de cerilla cobra vida entre silbidos y chisporroteos. Enciende dos escuálidos y torcidos cigarrillos y ofrece el más grande y recto de los dos.

–Toma.

Con entrega y veneración, Ripley Bogle chupa con fuerza durante largo rato, dejando que se le calienten los dedos y los labios. Esto es lo que se le aparecía en sueños en los momentos de dolor. Nota el conocido y grato temblor en los pulmones, que se impregnan de la acre y húmeda bola de humo a medida que ésta desciende por su pecho. ¡Cristo Nuestro Señor! ¡Esto cambia las cosas por completo!

–Te gusta, ¿eh?

–Mucho.

–Ya... A mí también.

–¿Sí?

Ripley se estanca. La interrogación poética. Un recurso útil: te deja escuchando, sobre todo a ti mismo. Con la boca azul de humo, Perry formula la siguiente pregunta.

–¿No te van bien las cosas?

–No exactamente.

–Eres joven. Podrías hacer muchas cosas. No deberías andar así.

–Lo sé.

Los dos contemplan el perezoso río gris. Un líquido muerto, de una pieza, que avanza bajo los inmensos y herrumbrosos puentes. Ripley se lleva el cigarrillo a la boca con mano experta y labios dichosos. Ensucia una vez más sus desesperados y estremecidos pulmones. El silencio gotea como la niebla, amortiguando los extraños chillidos de las gaviotas satélites. Pasan los minutos. La mañana se alarga. Guardan silencio. Les hablan frases sufridas y absolutamente indefendibles. El viento en sus corazones.

–¿Han vuelto esos hombres? –pregunta Ripley poniendo una cara de atención bastante convincente.

–Vinieron ayer.

–¿Qué dijeron?

Perry vuelve sus benevolentes ojos de tortuga hacia su amigo con un destello de afabilidad. Espera mansamente heredar la tierra.

–Dicen que la cabaña no me pertenece.

–¡Pero si la construiste tú, joder!

–Eso mismo les dije yo.

–¿Van a echarte? Seguramente no tienen derecho a hacerlo, ¿sabes?

–Tienen derecho a hacer lo que les dé la gana.

Los ojos del viejo, llenos de ámbar y resina de ciruelo, se cierran despacio. Con mansedumbre.

–¿Qué vas a hacer? –pregunta Bogle.

–Esperar.

–¿A qué?

Perry vuelve su arrugada y santa cara de viejo hacia el río que serpentea a su lado. Sonríe.

–A veces me pregunto cómo puede haber tantos hijoputas en este mundo nuestro.

Ripley medita con la rapidez de la juventud. ¡Ay, ay, ay...! El viejo Perry empieza a chochear. Andará ya por los ochenta. Está viejo. Busca amigos de sepultura. Su despiadada familia. Sus seis hijos. Son todos unos hijoputas. Vigorosos hombres sin problemas con su anciano padre vagabundo a punto de estirar la pata. Deprimente. Joder si lo es... No hay que olvidarse de esto. Las conversaciones con los ancianos suelen ser causa de morbosas meditaciones sobre la muerte.

Intenta seguir hablando sobre cosas triviales.

–Ya verás como no te echan. No pueden.

–Eso es lo de menos.

Silencio. Fuman.

La mañana amplía su pálida mueca. La ciudad titubea, moviéndose con torpeza, amodorrada. Las gaviotas dan vueltas y se zambullen empujadas por el miedo al hambre, y su clamor suena con más fuerza e insistencia. Los silenciosos árboles que bordean el río introducen sus escuálidas ramas en la suave piel de la bruma como si buscaran calor. Desnudos, muertos, desdeñan a los de hoja perenne y a su aliento urbano de verdor y promesas. En torno a ellos, Londres se extiende desordenadamente, con una grisura húmeda, oscurecido y amenazado por el encapotado cielo.

En un disparatado arrebato de audacia, Ripley empieza a quitarse el abrigo. Perry se sorprende y se gira despacio. Hace una señal para indicar las crecientes capas de niebla que surgen del viscoso río.

–¿Por qué te quitas el abrigo?

–Llevo semanas con el puto trapo este encima. Huele que apesta.

–No van a cambiar mucho las cosas porque te lo quites.

–Es una cuestión de principios.

–Ah.

El joven coloca la prenda de la que se acaba de despojar sobre una roca hermana que tiene cerca. Le ha dado un arrebato de furia. El acto y el hecho de oler así le llenan de vergüenza e irritación. Aprieta la mandíbula en señal de disgusto: está a punto de ponerse de mal humor. Aspira las fétidas fumaradas de su menguante cigarrillo, apurando lo poco que queda de la mugrienta pava de papel y hierba. Se sonroja como un tomate.

–¿Quieres otro cigarrillo? –pregunta Perry.

–Sí, gracias.

De pronto la ira del joven se desvanece entre los zarcillos de la húmeda y pegajosa niebla que envuelve su cabeza. Las costrosas manos de Perry se ponen de nuevo a trabajar con la lata de tabaco. Ripley tira el cigarrillo acabado, que describe un arco en el aire, cae en el barro del río, sisea y se apaga.

La bruma, que ahora es más densa, se ha acumulado en torno a ellos. Un pesado manto de niebla diáfana y leve llovizna. La bruma refulge en el pelo de los dos hombres, uno abundante y el otro escaso. Perry habla.

–¿Por qué lo haces?

–¿Por qué hago qué?

–Ser un vagabundo. Ya sabes, eso.

–Ah, eso...

–¿Y bien?

–En este preciso momento no tengo las ideas muy claras con respecto a mi futuro profesional.

–Muy divertido.

–Sí.

Enciende otra cerilla y pega fuego a los dos míseros cigarrillos.

–No te sienta bien. Pareces un muerto.

Perry alcanza otro cigarrillo a los restos mortales de Ripley Bogle. El cadáver le da las gracias.

–No querrás estar como yo cuando llegues a viejo.

–¿Por qué no?

–¡No seas estúpido!

Perry atraviesa con sus ojos de tortuga el ruborizado rostro de nuestro héroe.

–Créeme.

–Te creo, te creo...

Se produce un silencio. La discordia y el malestar son expulsados con el humo del tabaco que arremolina el viento. Con este silencio el frío se acentúa y resulta aún más cortante. Ripley contempla la fila de empapados gusanos que avanzan en zigzag por delante de la roca en dirección a un gran macizo de hojas del puerto. Van lentos y silenciosos, juntándose y separándose con sus desencaminados movimientos. Se ríe.

–Puede que tengas razón. Quizá ya va siendo hora de que lo deje.

–Consigue algo de dinero. Búscate un sitio donde vivir. Eso no te costaría gran esfuerzo, ¿o sí?

La alegría de Ripley cobra fuerza.

–Claro que no. No tendría problemas en ninguna parte.

Su risa se extingue; el lado cómico de la desesperación tiñe su rostro de amargura. El futuro no le preocupa. Mezclará algún tipo de esperanza, la amasará y la cocerá en el horno de la experiencia.

–Ah, Ripley, tú y yo nos entendemos. Hay cosas que no nos hace falta decir.

Santo Dios. Abochornado, violento, Ripley esboza una sonrisa. Ay, ay, ay, metafísica a esta hora de la mañana. ¿Qué puedo decir? ¿No te parece, mi querido Perry, que Marvell expresa maravillosamente la idea del agradecimiento en los momentos de desesperanza? Pues claro, qué duda cabe, mi querido amigo Ripley. ¿Adónde mira? Hacia el río. Mientras una ola más larga y grande salpica su roca. Mueve los dedos del pie. Tiene los calcetines mojados. Ya los tenía antes.

Se produce un larguísimo silencio.

El agua lame la base de la roca. Como no le importa sumergirse otra vez, el pie derecho de Ripley se balancea en una espuma fétida y aceitosa dentro de su calado calcetín. Perry da un respingo en señal de sorpresa. Es más viejo. Tarda más en percatarse de las cosas.

–Está subiendo la marea. Será mejor que nos marchemos.

Ripley se levanta levemente las perneras. Fíjate cómo chapotea al andar. Vuelve a sentirse joven. ¡Un aplauso para el rejuvenecimiento espontáneo! Perry se va cojeando por el camino seco, haciendo con las muletas profundos agujeros entre los guijarros. Inmoviliza a un diminuto cangrejo errante que volvía raudo a casa. Muerto. Ripley observa la agonía. Es el único testigo. Perry arrastra a todo el mundo consigo.

Lisiado y vagabundo vuelven poco a poco a la ribera, seco uno, húmedo el otro, perseguidos por la parda subida del río. La cacofónica renquera de Perry raspa el aire. Han alcanzado el lodo a medio secar y la ribera del destrozado río, salpicada de irregulares matas de enfermiza hierba ribereña en un deprimente estado de húmeda conglomeración. Aquí y allá se ven mierdas de perro y pájaro. Ripley se vuelve para mirar su mojada roca.

–¡Joder! ¿Dónde está mi abrigo?

Con torpe mano enmuletada, Perry devuelve la prenda a Ripley. El joven, tiritando y aterido por la humedad y el frío, se la pone rápidamente.

–Tengo cosas que hacer, Perry. ¿Vas a volver a la chabola?

–Creo que voy a quedarme sentado aquí un rato más –replica Perry, señalando un montículo húmedo y cubierto de hierba que hay cerca de allí–. Me gusta contemplar el río por la mañana.

En efecto. Los dos hombres se sienten incómodos, pues no saben cómo acabar. Expulsando un aliento mojado de niebla, Ripley mira al anciano. Su cara aparece en primer plano, con los ojos vendidos e intranquilos, en medio de la cortina de llovizna y bruma.

–Bueno... –dice, pero acto seguido se calla. Una frase que muere y no recibe sepultura. (Esto constituye siempre una equivocación: la frase acude traicioneramente a la cabeza de otra persona, incumpliendo todos sus deberes filiales.)

Ripley trata de no tartamudear. Piensa demasiado rápido y se olvida de lo necesaria que es la dramaturgia.

–¿Te veo mañana entonces? –logra decir.

El viejo lisiado sonríe.

–Por supuesto que sí.

Ripley sabe que, viniendo de Perry, esto no significa gran cosa. De un tiempo a esta parte, cada mañana que pasa tiene más posibilidades de ser la última. Para Perry, se entiende.

Pero no se mueven. Se diría que empieza a extinguirse la corrupción de la lluvia y la niebla. En los claros del aire surgen de pronto inquietantes formas malignas. Los pájaros reanudan sus perezosos gorjeos en las ramas. Repulsiva, leprosa, la ciudad sonríe en señal de rastrero agradecimiento. Ripley hace acopio de fuerzas. Demuestra consideración de modo convincente. La cúpula de cristal de Shelley mancha el suelo de la catedral.

–Chao, Perry. Cuídate –le aconseja.

–Adiós.

Perry se arrastra como buenamente puede hasta su asiento terrenal. Susurro del río. Aliento matutino.

Ripley se aleja por la letárgica hierba de la pendiente. Se pregunta si volverá a ver al viejo Perry. No sabría decirlo. Pero sabe adónde va. No tiene pérdida. Colina abajo con las ruedas engrasadas.

Se mete las rozadas manos en los bolsillos. Con la mano derecha nota algo que le resulta ligeramente conocido: las curiosas arrugas de un papel fino y enrollado parecido a una hoja. Se detiene con la cabeza gacha. La hierba frena entre sus pies. Mueve los dedos de forma torpe y a punto está de caérsele el premio. Despacio, con sumo cuidado, separa los entumecidos dedos y mira con detenimiento el billete de diez libras que susurra suavemente a merced de la brisa sobre la sucia palma de su mano.

Su truco es no pensar. La vergüenza y la culpa (esos enanos agazapados) engendran una sombría sensación de pena. Continúa andando, tratando de alcanzar la seguridad del seto de ligustro. Intenta no hacer caso, pero sigue queriendo volverse. Y al final mira.

Perry, esculpido, sentado en el montículo, rodeado por la mañana que circunda su mar, aguarda mansamente.

Dos

Putney Bridge Road. Enciendo otro cigarrillo. Otro embaucador para que me sangre de nuevo el pecho. ¡Eso es, rediós! ¡Con cuarenta estupendos Benson & Hedges voy a poder pasar tranquilamente la mitad de este jodido día! Y todo gracias a estas libras, a estas diez crujientes, maravillosas y socialistas libras.

Ya está. La felicidad se extiende sobre mis extremidades igual que la escarcha. ¡Dios, no hay nada como un poco de guita para subirle la moral a uno! Gracias a Perry, el humo, heraldo de la dicha y el relajamiento, se cuela en mis atascadas tripas. El humo me limpia, me hace una revisión, me lee el horóscopo, resuelve mis problemas. ¡Señor, cómo me gusta fumar!

Al día me fumaba ochenta cuando tenía dinero. A veces más. Desde el punto de vista pulmonar, era todo de alquitrán. El aliento me olía a sulfuro, la lengua me sabía a algas putrefactas y cloaca de playa, y notaba la barriga forrada de cobre. El humo era mi medio natural y mi principal sustento. El aire limpio me ponía malo y el oxígeno me daba dolores de cabeza que sólo se me quitaban con nicotina. Un cuarto de hora sin un pitillo bastaba para que me subiera por las paredes. Un año por poco no financio yo solo al equipo de críquet del condado de Essex.

Estaba hecho todo un fumador.

Pero ¿y la rojísima sangre que escupía todas las mañanas al toser? No, no era la sangre lo que me preocupaba. Sino lo otro; la papilla, la cola industrial, los bichos muertos. Tenía las tripas podridas e hinchadas de mucosa. La firme y escurridiza flema que fabricaba todos los días ofrecía un aspecto cada vez más oscuro y sustancioso. Sobre la mesa aparecían descaradamente felices goteroncitos, brillantes y temblorosos. Cual augur, solía inspeccionar sus entrañas en busca de señales. Los marrones estaban bien y los verdes aún mejor, pero no tardaron en volverse amarillos y negros. Los había incluso a rayas, de color caramelo. Todo muy poco halagüeño. Además eran más espesos, como de gelatina, elásticos. Mis cincuenta gramos de porquería pulmonar matutina.

En las oficinas de mercadotecnia de Benson & Hedges soy una leyenda. A esos chicos pronto les bastará con poner mi nombre en los anuncios.

Enfilo Armoury Way en dirección a York Road. El sur de Londres está especialmente guarro esta mañana. York Road representa un magnífico ejemplo de lo que digo. Es un lugar sórdido y húmedo. La destrozada acera; la mugre que empieza a inundarlo todo y se desliza bajo tus pies; el aire viciado por la degradación del lugar... Las tiendas y casuchas de este trecho exhiben su roña y sufrimiento. La gente se arrastra avergonzada, con abnegación. Es el sitio ideal para mí, se mire por donde se mire.

Lo malo de Putney es que se encuentra a kilómetros de distancia. ¡Una caminata verdaderamente tolkiana! Aun así, suelo acercarme hasta aquí cada mañana para ver a Perry el audaz. Para ser un viejo lisiado polaco, el bueno de Perry es una persona alucinante de verdad. Tiene una chabola de mala muerte en un descampado infecto cerca del río. Se la construyó él mismo hará cosa de un siglo. Allí vive. Sé que no es un lugar agradable, pero allí vive. Es un cuchitril, un tabuco, una jodida cochiquera, pero allí vive. Porque Perry no quiere ser vagabundo. Es demasiado orgulloso, demasiado pijo, demasiado polaco.

Perry es un viejales de lo más guapo. Una cosa que me llama la atención de los polacos. De jóvenes pueden ser un jodido engendro, pero, Santo Dios, cuando llegan a viejos son guapísimos. A Perry parece que le ha ocurrido esto. Una vez me enseñó una foto de cuando era joven, durante la guerra. Tenía pinta de pringao, de auténtico colgao. Ahora, en cambio, está estupendo. Es un Adonis curtido. Pero tan sabio y distinguido... Como un cruce entre James Mason y los cuadros de Dios que pintaba Blake. Canoso y perspicaz a más no poder. ¡Lo juro por Dios! ¡Casi me resulta atractivo el bueno de Perry! Lo digo en serio.

Perry es polaco. No lo parece en absoluto, y nunca habla de ello. Odia Polonia y a los polacos. Supongo que le ocurre más o menos como a mí con los irlandeses. En su opinión, Polonia no ha hecho más que putear a su gente. Según él, nadie odia tanto a los polacos como los propios polacos. Durante la guerra fue piloto. (Como todos ellos, ¿no?) Cuando escapó a Inglaterra le pidieron que se incorporase a uno de esos escuadrones de expatriados polacos que organizaron los ingleses. (Ah, esto es lo que me gusta de los ingleses. Son tan educados, tan hospitalarios...) Perry se negó. No quería saber nada del asunto. Creo que hubiera preferido meterse en la Luftwaffe. Sin embargo, al final se enteró de que los nazis habían hecho picadillo a su mamá, su papá, sus hermanos, sus hermanas, sus abuelitas, su novia, sus tías, sus tíos y a todos los demás. Perry se enfadó tanto que, en contra de sus más firmes principios, se alistó en la unidad polaca de las Fuerzas Aéreas Británicas. (Ay, qué poco tacto tuvieron esos alemanes...) Luego se pasó los dos años siguientes escupiendo bombas sobre el ejército nazi sin ayuda de nadie. (Es una raza rencorosa la de los polacos.) Cuando ya estaba a punto de acabar la guerra, le hicieron cisco la pelvis con fuego antiaéreo. Aunque parezca mentira, se las arregló para aterrizar. Fue al hospital, donde cogió la gripe y perdió la vista de un ojo. Un médico militar la cagó de tal manera al operarle, que la pelvis se le quedó inútil para el resto de la vida. Cuando dejó el ejército, le dieron una medalla y unas muletas.

Perry ha llevado una vida de mierda. Por eso me gusta. Perry nunca te pondrá en evidencia con su éxito.

Perry es amigo mío. Yo diría que el único. Resulta bastante extraño que yo tenga un amigo como él, ¿no te parece? ¿Qué pasa con todas las experiencias comunes? ¿En qué pueden coincidir un vagabundo irlandés y un viejo lisiado polaco? Sin embargo, él es el último amigo que me queda. El único. Cualquier día de estos me quedaré sin ninguno. La triste verdad es que Perry está en las últimas, ¿sabes? De esto no cabe la menor duda. Es una certeza. Nadie se arriesgaría a decir lo contrario. Perry está a punto de liar el petate. Yo *sé* que no va a tardar en morir. Y él también lo sabe. Todo el mundo lo sabe. No es ninguna novedad. La noticia ya ha sido difundida.

Y no es que esté muy mal de salud. Me refiero a que, dejando aparte que es un viejo lisiado y que está medio ciego, físicamente se encuentra bastante bien. Jadea como un bronquítico y, debido a la hipotermia, parece que le han puesto en adobo, pero no es esto lo que está matándole. Si quieres que te diga la verdad, en el fondo no sé muy bien de qué se trata, pero algo hay, de eso no cabe duda. Ya sé que esto que digo parece una parida. Antes, cuando leía estas horteradas en libros en los que se empleaban imágenes y presentimientos para aludir a muertes por causas desconocidas, me sentía muy escéptico. La idea victoriana de que hay señales que anuncian de forma incontrovertible el inminente fallecimiento de una persona me parecía una bobada. Para mí esta pantomima era una auténtica gilipollez. Pero estaba equivocado. Las cosas son así. Se notan. Uno lo sabe, y ya está, como en los libros a los que acabo de referirme. Perry se encuentra en esta situación. No me preguntes por qué: lo sé, sin más.

He enfilado hacia Battersea Park Road. Ahora que se halla más cerca, la ciudad retumba en medio de la bruma matinal. El cielo gris lanza una mirada desdeñosa al sur de Londres, a los sucios tejados y las serpenteantes calles. La mugre aparece salpicada de iglesias optimistas.

Perry es además una persona muy sabia. No suele compartir con los demás su sabiduría, pero la tiene, salta a la vista. Quizá se deba a esto el que se haya vuelto tan guapo en el ocaso de su vida. A saber. Esta mañana se mostraba un poco quejica, pero, si un anciano está de mal humor de vez en cuando, no hay que tenérselo en cuenta. (Ten compasión, hombre. Al fin y al cabo está muriéndose.) Me ha reñido por ser un vagabundo. En este sentido es un esnob. Cree que debería encarrilar mi vida. Pues lo lleva claro... Eso sí: resulta agradable que muestre interés. Debe de resultar difícil a su edad, cuando ya el mundo tiene tan poco que ofrecerle. ¿Sabes una cosa? Creo que el viejo se preocupa por mí. Es una cursilada, lo sé, pero así es como los viejos acaban llevándose el gato al agua.

Los ancianos acaban llevándose el gato al agua gracias a la amabilidad. La amabilidad. Sí, sí... Es algo que me puede, que me deja fuera de combate. Parece mentira, pero así es. Imagíname aquí, avanzando con decisión por esta calle. Alto, fuerte, guapo a más no poder y peligroso cual serpiente. Puede que sea un vagabundo, pero en cuanto a joven y vigoroso no me gana nadie. Soy un sarcástico. Soy despiadado e imprevisible, y sólo me quiero a mí mismo. Soy el sumo sacerdote de la doctrina de la juventud ácida. En el fondo la única cosa que me puede es la amabilidad. Esa calma pausada, esa puta ecuanimidad. Ponedme delante a un hombre verdaderamente amable, un rechoncho mediocre de mediana edad y culo escaso, con déficit en el banco y esmirriadas hijas adolescentes, y no valgo para nada. Me deja hecho polvo toda esa mansa cordura, esa implacable caridad y experiencia. La consideración, el tacto, la aceptación serena... ¡Rediós! ¡Sólo de pensar en la innecesaria bondad de esta gente me pongo enfermo! Me vuelvo humilde y comienzo a tartamudear... ¡Yo, joder! ¡Guapo, gregario y con tres pares de huevos! Antes los inflaba a hostias, me cepillaba a sus mujeres y me meaba en sus peluquines. Esa clase de cosas hacía. Pero en realidad así no conseguía nada. Continuaba teniendo la sensación de que ganaban todos los premios de nuestra competición, fueran cuales fuesen. No podía soportarlo. Con esas barrigas y esos cuellos fofos... ¿Qué tenían ellos que yo no tuviera?

¡No hace falta que respondas!

Esto es lo que sucede con la edad. Ahí está el problema. La edad es una movida de lo más curiosa. Como con la muerte, intento no pensar mucho en el tema. Pero, ya ves, chico, pronto me tocará pasar por ello y entonces, ¿qué será de mí? Ah, esa brecha, ese muro bien vigilado que separa a los viejos de los jóvenes... Ellos nos odian a nosotros y nosotros los odiamos a ellos. Pero ellos dominan el mundo y, con él, a toda su juventud. Esos carcamales que dirigen las naciones y hacen que nuestro pequeño y frenético planeta siga tirando adelante a trancas y barrancas... ¿Qué saben ellos del mundo moderno? Pasaron la menopausia durante la segunda guerra mundial. Están desfasados. ¡Ya no valen para nada, joder!

(Por otro lado, tampoco querría que un niñato de mierda dirigiera el país con ese sistema tan infantil que consiste en ir tanteando. No sería muy inteligente. La cosa no es nada fácil, desde luego.)

El problema con los viejos es que son viejos. Son presuntuosos, intolerantes y cascarrabias. Carecen de espontaneidad y de vigor. Se toman lo de ser viejos de una forma terriblemente sentimental.

El problema con los jóvenes es que somos jóvenes. Somos testarudos, vanidosos e insolentes. Carecemos de cordura y criterio. Nos tomamos lo de ser jóvenes de una forma terriblemente sentimental.

¿Sabes qué? Creo que andando el tiempo se me dará bastante bien lo de ser viejo. Bueno, no me queda más remedio, ¿no? Espero además haberme curtido bien y tener un aspecto distinguido. Aún no sé a qué atenerme con respecto a la edad. No soy gerontólogo. Pensaré más en ello cuando sea mayor.

(Al pasar por delante de la central eléctrica saludo cordialmente. Me gusta que el decorado esté contento.)

Perry me ha dado dinero esta mañana. Un billetito de diez libras de lo más cuco. Está claro que ha aprovechado que no estaba mirando para metérmelo disimuladamente en el bolsillo del abrigo. (¡Un diplomático, y de manos largas además! Este hombre es un santo, en serio.) Debo reconocer que me ha costado aceptarlo. He tenido que ceder un poco más de dignidad. No me malinterpretes. La pasta me viene de perlas, pero ha supuesto un pequeño golpe para lo que me quedaba de orgullo. Ya, ya, orgullo... ¿No constituye una maravillosa muestra de tenacidad que aún no haya superado ese vicio sin importancia? Mira que gorronearle a un chabolista lisiado a mi edad. Esto empieza a pasar de castaño oscuro. Quizá no debería tomármelo tan a pecho. Tendría que aceptarlo como algo inevitable. Celebrarlo como un acontecimiento.

Quizá debería aprender del elegante de Perry. Humildad es lo que necesito. Dada mi situación, parece un complemento bastante fundamental. Bueno, son muchas las cosas ante las que he de mostrar humildad. Pero, tampoco he de perder de vista mi máxima más importante: sé fuerte antes que humilde. Evidentemente, no ando sobrado de fuerzas de un tiempo a esta parte, lo que equivale a decir que mi debilidad alimenta mi orgullo. Siempre ocurre lo mismo. No es justo. Perry está mejor situado en la parrilla de salida de la humildad. Las apuestas le favorecen. Mi problema es que me detengo mucho en boxes.

Ahora me encuentro en Nine Elms Lane. Mi resplandeciente y chisporroteante cerilla emite un silbido y arroja una anémica llama contra la crujiente punta de mi pitillo. Le doy una calada, aspiro y expulso una nube de humo. Ha vuelto la neblina. Está haciendo el último esfuerzo del día. Aspira a ser un manto de deslucida niebla a media mañana. Parece que va a conseguirlo. Aumenta la humedad en mi mugriento pelo y mis nocivos pulmones se impregnan de vapor. El frío también ha vuelto a aparecer en escena. Es un aire penetrante, impaciente. La falta de sueño y el cansancio oprimen mi achacoso corazón como el nudo de un estrangulador. ¡Qué cansado estoy, chico! Tengo un cansancio terminal, un cansancio de ensueño. Mi renegada concentración empieza a fallarme y mi cabeza va desintegrándose en resistentes hilos de telaraña. Alzan el vuelo insensatamente en este cochambroso manto de cielo y aire. Tengo que echarme una siesta ya mismo. Un sueñecito de niño pequeño en el parque. Algo de pasta, unos pitos, una cabezada y algo de papeo. ¡Menuda vidorra para un tío tan alucinante *comme moi!*

Sí, está claro que Perry es un viejo de lo más enrollado. Tiene lo que hay que tener: el fotogénico honor del desamparado. Si se lo pido de buenas maneras, puede que me dé un poco. Perry no es avaricioso.

Maurice era también un tío enrolladísimo. Tenía puntos débiles lo mirases por donde lo mirases, cierto, pero también era joven. Se le podía excusar. Como ya sabes, el bueno de Maurice me caía estupendamente. Conmovedor, ¿eh? Es como para quedarse con la boca abierta. Fue un amor de colegial.

Maurice Kelly era el hijo mayor de una próspera familia relacionada con el mundo académico que vivía en el relativo esplendor de Malone Road. Su padre era profesor de economía en Queen's y su madre daba clases de historia en el St Mary's, una mierda de colegio para chicas de Upper Falls, que hace todo lo posible por ser pijo y fracasa de forma estrepitosa, debido sobre todo a su desacertada ubicación. Maurice tenía dos hermanas mayores, ninguna de las cuales me proporcionaba gran inspiración onanística, y mira que lo intentaba. Sus padres eran personas bastante sensatas y casi insultantemente normales, pero sus retoños estaban todos muy, pero que muy colgaos. Esto puede parecer cruel, pero no voy a perder el tiempo con las neuróticas de sus hermanas, sus depresiones premenstruales y sus arrebatos tamponeros. Eran un coñazo. Maurice estaba de acuerdo conmigo. En comparación con el resto de su familia, él era una persona relativamente equilibrada.

Maurice era católico a más no poder. Casi era papista. Los principios de la Santa Iglesia Católica, Apostólica y Romana desempeñaron un papel fundamental en la formación de su código moral, el cual era riguroso en extremo. Maurice era ineluctable e irrecuperablemente irlandés.

A lo del asunto del catolicismo había que añadir sus estúpidas ideas políticas. Maurice era un ferviente nacionalista republicano. Al igual que todos los hijoputas de sus compatriotas, era capaz de hacer las tonterías y barbaridades más desconcertantes en pro del celtismo católico. La Iglesia católica y el nacionalismo irlandés. Estupendo. Materias indivisibles por su naturaleza e importancia.

Bien sé que esto no favorece la imagen de Maurice, pero estoy seguro de que le darás una oportunidad. Lo que has de recordar es que en Irlanda nuestra generación nació rodeada de toda esta mierda. No conocimos otra cosa. Piensa en ello. Imagínatelo. Maurice y yo nacimos a mediados de los años sesenta. En realidad, en esta época no se ven todavía muchas bombas y armas; sólo un montón de parados católicos recibiendo hostias, viendo cómo les queman las casas en los días festivos del calendario protestante y aumentando su ya larga lista de odios e injusticias.

Pronto, sin embargo, empezarán las manifestaciones en favor de los derechos civiles. Los protestantes se enfadan. Prefieren que sus derechos civiles sigan siendo exclusivamente suyos, lo cual me parece razonable. De ahí que llamen al ejército inglés para proteger a la minoría católica de la brutalidad de sus compatriotas. El Domingo Sangriento el ejército inglés comete la torpeza de matar a tiros a un pequeño grupo de niños, religiosos y ciudadanos católicos desarmados. Los católicos, por su parte, comienzan a exterminar a toda una plétora de soldados, policías, funcionarios de prisiones, miembros del UDR, protestantes, católicos, ingleses de compras y clientes de pubs de Birmingham, sin olvidarnos de los hombres que incurrieron en el error de publicar el *Libro Guinness de los Récords*.

Ay, ay, ay. ¿Qué posibilidades teníamos de ser mínimamente normales? No muchas.

El problema es que cometieron una enorme equivocación con los católicos, ¿sabes? No deberían haberles mareado de semejante manera. Tarde o temprano la situación tenía que estallar. Y estalló. Puede que los católicos del Ulster fueran una pandilla de jodidos granujas y borrachines analfabetos que pegaban a sus esposas, pero pronto se puso de manifiesto que, aparte de tener el don de preñar a las brujas de sus mujeres muchas más veces de lo que consideraría probable un tocólogo, y de mostrar una facilidad pasmosa para decir gilipolleces, poseían otra virtud. Esta virtud era, por supuesto, la de matar gente. En efecto. Pocos les superan en esto.

Pues bien, ésta era la situación. Así era Irlanda durante nuestra niñez. Nos afectó de una manera diferente. La de paridas nacionalistas que pudimos oír sobre lo gaélico y lo celta. Se creían superiores. Como no conocía otra cosa, Maurice consideraba todo esto un derecho inalienable y valoraba su insensatez igual que si fuera algo propio. Como no conocía otra cosa, yo me negué a sentirme culpable y pasé del asunto. Empecé a memorizar los horarios de los ferrys de Holyhead, Stranraer y Liverpool. El crimen lo habían cometido otros, de modo que era su problema. Mi respuesta fue hacer mutis. Me alegro de poder decir que a Maurice esto le ponía malo.

Solíamos tener unas discusiones juveniles estupendas sobre esa cosa llamada «política irlandesa». Este polémico asunto era para mí un tronco perfecto para afilar las zarpas de mi oratoria. A Maurice le decía que era un gilipollas, que no hablaba más que chorradas y que sus opiniones no valían una mierda. (La retórica era el único lujo que me permitía.) Maurice se consolaba pensando que era un ingenuo en cuestiones de política. Yo me consolaba pensando que me importaba un cojón.

Tratamos de evitar el tema.

A pesar de estas pequeñas controversias, éramos amigos del alma. Maurice era el típico chico silencioso. La táctica que seguía era la del aislacionismo taciturno. Sin embargo, conmigo solía ser más flexible. Esto me llenaba de satisfacción. Para mí fue siempre un orgullo que Maurice fuera colega mío. Consideraba que esto repercutía favorablemente en mi imagen y permitía entrever una riqueza de carácter que, entre el pícaro bribón que era y todo lo demás, habría podido pasar inadvertida en otras circunstancias.

Si está leyendo esto algún sabueso aficionado a la psicología, pensará que lo que sentía por el intrépido Maurice era una especie de atracción homoerótica adolescente. Bueno, probablemente estés en lo cierto. Si lo hubieras visto, habrías sentido lo mismo. Era alto, de ojos azules, y tenía un pelo tan negro, lustroso y abundante que me entran ganas de escupir los dientes que me quedan. Creo que te parecería atractivo si lo vieras. Estoy seguro. Pero no lo verás. Ya no. Al joven Maurice le pegaron un tiro. Lo mataron. Sí, así es. Fíjate si serían malos esos brutos. Eran terribles. Soltaron un bufido y le volaron la tapa de los sesos. Vaya con los chicos...

La verdad es que fue una ironía. Allí estaba yo, Ripley Bogle, perteneciente a una clase que no llegaba ni a trabajadora, producto de la conflictiva zona de Falls e hijo de mi madre, poniendo mis huevos llenos de esperma encima de la mesa para evitar todo aquello. Y allí estaba Maurice, hijo de papá, pico de oro y pijo como el que más, tratando de ser el Che Guevara.

Debería haber mantenido sus ideas políticas dentro de los límites de la teoría: correctas, discutibles e inofensivas para la vida. Pero tuvo que pasarse al lado práctico de las cosas, el lado mortal de las cosas.

Lo mataron. Yo sabía que iba a acabar así, pero ¿qué podía hacer? Era joven. Era un chaval. Yo también tenía problemas. No fue culpa mía. No podía hacer nada.

Lo único que queda de Maurice son las anécdotas que yo decida contar. ¡Mira que morir por tan poco...! Pero, al fin y al cabo, ¿qué queda de nadie? Tus muertos son las calladas justificaciones de tus mentiras, tus malentendidos y tus imprecisiones. Muy pronto Perry pasará a formar parte de ese acervo de narraciones, recuerdos y anécdotas. ¡Ah, yo, mis amigos muertos y los que no tardarán en morir! Esto es lo que les espera. El conjunto de mis recuerdos. Como relatos sin conclusión se deslizarán sobre mi memoria.

¡Ése es el secreto! Ponte tribal y dinástico con las muertes de tu vida. Haz que cuenten. Las personas que conocías y que ya no están. Busca en el tiempo y en la historia. Ésa es la fórmula: llenar tu vida pasada con las muertes de otras personas.

El treno, el canto fúnebre, la lamentación.

*

Había una infinidad de asuntos en los que Maurice y yo no estábamos de acuerdo, y teníamos discusiones sobre multitud de temas, durante las cuales nos enfurecíamos y gritábamos. Sin embargo, la única cuestión que nos hizo llegar a las manos fue la de Deirdre. A Maurice no le caía nada bien la joven señorita Curran. Decía que le parecía un peligro, que lo único que haría sería traerme problemas tan variados como poco edificantes. ¡Esa tía va a complicarte la vida, leches!, me soltó. Si había un tema que me obsesionaba de manera enfer-

miza era éste, así que, naturalmente, traté de partirle la cabeza. Como era de prever, Maurice me dio una buena patada en los cojones y luego me puso la cara como un mapa.

No debería haber malgastado mi sangre y mi sudor de semejante forma. Maurice estaba en lo cierto (algo poco habitual en él). Tal como había previsto, mi querida madre no tardó en poner de manifiesto las enormes objeciones que veía a mis ecuménicas inclinaciones amorosas. Decía que Deirdre era protestante (es decir, una infiel, una impía, una pagana) y que, aunque era una chica bastante simpática, no por ello dejaba de ser protestante, de modo que tenía que dejar de verla. Si continuaba con mi traicionero encaprichamiento, se vería en la desagradable obligación de arrancarme los huevos. Tenía que poner fin a aquel asunto, así de claro. La cursilada esa del amor entre enemigos sólo se daba en el cine y en las canciones de música pop. En la vida real no tardaría en ver mi cabeza adornada con un agujero, algo que, en rigor, mi cráneo estaba lejos de necesitar (y que probablemente tendría que agradecer a un miembro incondicional de mi clan familiar). Al fin y al cabo, sostenía mamá, no era más que una furcia protestante de nada, y no merecía la pena tomarse tantas molestias por ella.

Como comprenderás, ésta no era ni mucho menos la manera correcta de hacerme cambiar de parecer. Mientras la indignación y la sensación de justicia embargaban mi ánimo, mi cabeza permanecía llena de espacios vacíos. En consecuencia, protesté. Ni hablar del peluquín, dije. Ni loco. De eso nada... ¡Ni lo sueñes!

Fue una verdadera estupidez por mi parte. Mi queridísima madre pidió a mi interesante tío Joe que intentara hacerme entrar en razón. No cabe duda de que los argumentos que utilizó mi tío eran de peso. Me amenazó con destrozarme las rodillas a tiros si no hacía lo que mi mamá pedía, me enseñó el arma que utilizaría si no accedía a sus deseos y añadió que, entre que era miembro de la familia y todo lo demás, le dolería más a él que a mí. Yo tenía mis dudas.

¿Qué podía hacer un pobre chico como yo? Salir por patas, por supuesto. Me largué de allí a todo meter. Puse pies en polvorosa. Me esfumé, como se suele decir. Me despedí de mi familia. No tenía ningún sitio adonde ir ni dinero ni nada por el estilo, pero no me daba ninguna pena, en serio. La familia es la familia, cierto. Pero, también sentía cariño por mis rodillas, y no me apetecía nada perderlas.

(Tuve que darle la razón a Maurice. Había pronosticado que Deirdre iba a traerme problemas. Pero en ningún momento dijo: «Ya te lo decía yo», «Deberías haberme hecho caso» o «Esto te pasa por gilipollas». Si hubiera estado en su lugar, me habría despachado a gusto con él. Pero Maurice se mostró sumamente comprensivo. Dejó de darme consejos sobre Deirdre. No volvió a hablar del tema. ¡Dios mío, ojalá hubiera seguido haciéndolo! Ojalá me hubiera leído la cartilla.)

Tres

(Hyde Park. Un banco de madera verde, rayado y sin sombra, brilla y se comba bajo el repentino sol. Vemos descender la luz del día sobre la recostada figura de Ripley Bogle. Duerme profunda y ruidosamente al son de silbidos y jadeos, arrebujado en su grueso y pringoso abrigo. En su barbilla y sus mejillas se aprecia el rastro de caracol de las babas que se le caen. Se mueve y estremece en medio del calor, y en sus sienes se ve con claridad cómo palpita una vena. Duerme agitadamente y sus sueños están poblados de visiones monstruosas y recuerdos espantosos. Gruñe y grita con un hilo de voz.)

¡No! *(Se despierta. Ya empieza.)* ¡Aaaayyy! ¡Uff...! ¡Uuuuyyy...! ¿Cómo...? Mmm... *(Se mueve.)* ¿Eh? *(Pregunta. Busca.)* ¿Qué...? *(Una ligera actividad cerebral anuncia el jugoso estímulo de la conciencia.)* ¡Aaaaah...! *(Y el árbol de su cerebro dará fruto.)* ¿Cómo...? *(Aunque despacio.)* ¡Rediós! *(Se incorpora como buenamente puede.)* ¡Señor...! *(El divino sacramento del sueño de los justos le abandona.)* ¡Ooooh...! *(Y pide a gritos su bendición y su dulce inconsciencia.)* ¿Dónde cojones...? *(El don del olvido.)* ¿Cómo es que...? *(Cuando ya queda poca cosa.)*

¡Puaj! *(Tose y escupe de modo caleidoscópico.)* ¡Pufff...! *(Mira y escucha. Le chorrean mucosidades de la boca.)* ¡Puaj! *(Asqueroso. Está empapado de escupitajos y mocos.)* ¡Ufff...! *(Es como si hubiera dormido en galantina.)* ¡Ayyy...! *(Se pasa una mano mugrienta por su mugrienta cara. Gime. Gruñe. Se limpia el dolor. Lo raspa. Cuando termina, se sienta cuidadosamente.)*

¡Dios mío!

(Despierta.)

¡Ooooh...! ¡Uf! ¡Ay! ¡Joder...!

Tengo los ojos llorosos, y la cabeza pesada, como un bombo. Estoy hecho una mierda. La pobreza y dormir a la intemperie.

Uno puede afirmar que una persona tiene problemas, que su vida está yéndose al garete, cuando dormir se convierte en un bien precioso, en algo casi sagrado. Es una vía de escape agradable, un dulce abandono de responsabilidades. Es una mala señal. Ojo con ella. La bendición del olvido. Cuando supone todo lo que te queda.

(Y ahora voy a cantar un himno al fin de mi sueño. El lamento del insomne. Como habrás podido adivinar, estas cosas no se me dan bien. La situación no es precisamente boyante en la mansión Bogle.)

¿Sabes qué? Ha empezado a hacer calor. ¿Quién lo iba a decir, eh? Válgame el Señor, casi me cago encima. Tras pasarme la noche con las gónadas heladas, va y me encuentro con este solazo. No hay derecho.

Aquí estoy, en Hyde Park. Hay chiquillos por todas partes. Pienso con cariño en la rubeola, la viruela y las metralletas. El amplio y anodino parque tiembla y se estremece bajo el agobiante sol de mediodía que abrasa el polvoriento suelo, y en el sofocante aire flota un olor fuerte y prometedor. (Aunque no para mí.) Los anárquicos movimientos de los niños que no están comiendo son indolentes y esporádicos, y no tardan en ser frenados por el húmedo manto del calor y la incomodidad. En el extremo izquierdo del banco adyacente al mío un niño pequeño al que acaban de hacerle un tajo en la boca con un aparato para los dientes trata de aliviarse el dolor con un melocotón caliente y chorreante. Observo cómo se pierden sus silenciosas lágrimas en el desastre de su boca, que le impide saborear nada. Ésta es una de las razones por las que no soporto el verano.

Dicho esto, debo confesar que empiezo a sentirme bastante bien. Creo que me falta poco para llegar a una especie de punto crítico. Hace calor, he dormido, dispongo de una cantidad relativamente grande de cigarrillos y dinero, y tengo la posibilidad de comer ahora mismo. Vaya por Dios, estás viéndome en un momento de esplendor.

Puede que esté un poco sucio. Bueno, en realidad estoy muy sucio. Me vendría bien lavarme, pero a una persona en mi situación le resulta un tanto difícil ser todo lo cuidadoso que desearía con la higiene personal. Pero la gente ignora que, tras una breve temporada de saludable abandono, el cuerpo de uno, que es muy resistente, se acostumbra a la mugre. Empieza a plantar cara. Se vuelve autosuficiente. Extraño, pero cierto. Fíjate en mí, por ejemplo. Aunque me avergüenza pensar en el tiempo que ha pasado desde la última vez que me bañé o lavé, no huelo tan mal. Mi pelo deja bastante que desear, pero a media luz y con una bolsa de papel en la cabeza podría quedar presentable. Si prescindimos del hecho de que mis sobacos parecen un sembrado y mis pies fertilizantes, resulto bastante inofensivo. Aun así, reconozco que me vendría bien lavarme.

Te alegrará saber que he sido un chico inteligente. Desde que me he despedido de Perry esta mañana sólo he comprado dos paquetes de Benson & Hedges. He conseguido resistirme a la tentación de gastar las siete libras restantes en un Lamborghini o en unas acciones de un banco de inversiones importante. A esto le llamo yo disciplina, ascetismo. Últimamente se me da mucho mejor el asunto este de ser ascético.

Estas siete libras tan cucas están subiéndome la moral. Prestan a mis cálculos estilo y elegancia. Pienso como si tal cosa en todo lo que podría adquirir. Puede que no sea mucho, pero aquí cuentan hasta los detalles más insignificantes. Una de las ventajas de haber pasado privaciones durante la infancia es que luego tienes una capacidad casi ilimitada para disfrutar con muy poquito. Me contento con poco. La satisfacción acecha detrás de las menos imponentes de las esquinas. Tengo suerte. Es una de las cosas que me gustan de mí mismo.

A pesar de que sigo una política suicida, estoy seguro de que voy a comer pronto. Me parece aconsejable, sensato. Tengo el aliento de un dragón y las tripas cubiertas de arena y alquitrán. Como me descuide, va a darme un síncope y voy a coger el beriberi, así que será mejor que me deje de una vez de autoinmolaciones. Pero he de tener cuidado. Mi sistema digestivo está un tanto desconcertado con esta inactividad. La impaciencia puede ser peligrosa. Así es como acaba uno con disentería. A mi estómago le hace falta un poco de entrenamiento antes de que pueda plantearme algo tan ambicioso como comer sólidos. Es necesario que haga unas cuantas carreras de prueba.

(Una vez conocí a un vagabundo que se llamaba Ganso Grimoso o algo así. El muy cabrón era de Glasgow, olía que apestaba, tenía los dientes completamente negros y presentaba una variedad asombrosa de enfermedades de la piel. Si dijera que el tío me ponía malo me quedaría corto. El caso es que en una ocasión se pasó ocho días privando sin probar bocado. Al noveno día se quedó sin gasolina –o lo que estuviera bebiendo– y se comió la mitad en buen estado de un sándwich de queso rancio que había encontrado en la papelera de un parque. Se murió de la impresión. Esto, precisamente, es lo que quiero evitar.)

Sopa. Esto es lo que necesito. O un poco de café y un sándwich ligerito.

Me pongo en pie. Me felicito por ello. Me parece una muestra de dinamismo. Desde aquí arriba, desde lo alto de mis piernas, parece como si el fuego del día hubiese aumentado y me bombardeara con más intensidad que nunca. En medio de un calor tan aplastante, me entran unas ganas irresistibles de aspirar humo.

Rápidamente enciendo un cigarrillo.

Me vuelvo a sentar. He sobrevalorado mis fuerzas mientras descansaba. Sigo hecho una mierda. Me siento decepcionado conmigo mismo. Debería esforzarme más. Ya no veo la diferencia. Me refiero a la diferencia entre lo que soy y lo que significa ser un vagabundo. Estoy cayendo en el vagabundeo de verdad, en la auténtica vaganbundería. Pero aún me falta; todavía soy un pijo de mierda. Reconozco que la gente me evita por la calle, pero eso es un temor indefinido, no el miedo cerval y concreto al pordiosero. Por lo menos mi ropa aún se esfuerza por ser respetable, y no he llegado a mendigar de verdad.

Unos nacen en la indigencia y otros se ven obligados a vivir en ella. No sé muy bien cuál es mi caso. Creo que los dos. Desde el punto de vista social, soy una mariposa. No tengo casa, pero no me relaciono con cualquiera. No quiero quedar mal conmigo mismo. He de tener cuidado. Soy diferente. No soy como los demás vagabundos. No.

Me dejo caer. Abandono mi triste cuerpo en los brazos de la dolorida madera y la pintura con burbujas. Boca abajo estoy mucho más cómodo. El sol tuesta mi barbuda cara y me cuezo suavemente en mi fragante sudor. Esto sí que es un lujo animal. Cierro mis perezosos ojos y veo en mis párpados esos caleidoscopios de sol que todo el mundo conoce. Manchas y rayas de colores oculares: púrpura, amarillo, naranja, ámbar y negro. Me retuerzo y cambio de postura para ponerme cómodo. Los ruidos del parque ganan fuerza y pierden importancia. Mis pensamientos se desarrollan en reposo. Mis pies se muestran profundamente agradecidos y mi querida tripita opta por tomarse las cosas con calma. Después de todo el tiempo que ha pasado, puede esperar a que llegue su turno. Esto es agradable. Le saco el máximo partido.

Por supuesto, aquí nos falta acción. Estamos perdiendo ritmo y empuje. Rebusco entre mis excedentes de teorías y recuerdos. Se me ocurre que he relatado esta infancia mía con demasiada rapidez. He descuidado al genio de la epifanía y el detalle. Me dejo de teorías y opto por la reminiscencia.

Dos incidentes que presencié de chico. Triviales e independientes uno de otro, pero, aun así, de interés. Espero que te gusten.

Recuerdo que cuando era un mocoso vi una vez cómo mataban a un soldado en Falls. Tendría unos diez años. Era mi primera muerte, y con el tiempo he ido encariñándome con ella.

Mi desquiciada madre me llevaba a rastras a consultar a varios vampiros de la psicología a los que todavía tenía que ver en el Royal Victoria Hospital. Era un día normal y corriente en Falls Road. La polvorienta miseria de la calle se pudría en una neblina de suciedad y frío de fin de año. En Falls la movida era la de siempre: detenciones preventivas, personas obligadas a desnudarse en público para ser cacheadas y disturbios desganados. A mí me resultaba todo de lo más divertido.

El caso es que, cuando ya nos encontramos cerca del viejo hospital, mi madre y yo oímos el silbido de varias ráfagas de disparos. Cumpliendo con la tradición generalmente aceptada en estas ocasiones, todo el mundo se arrojó al suelo en busca de protección. Una patrulla de infantería que avanzaba a rastras hacia Grosvenor Road se dispersó en todas las direcciones presa del pánico. Un par de gigantescos soldados se agazaparon junto a nosotros detrás de una de las paredes del consultorio de otorrinolaringología. Al final de la calle, en lo alto de la torre de Divis, había un francotirador. Era un lugar idóneo para disparar, ya que ofrecía al perspicaz hijoputa una maravillosa vista panorámica de todo Lower Falls. Se abrió un compás de espera durante el cual mi madre echó la bronca a los dos soldados por acercarse y ponerla en peligro. En un gesto de patriotismo, dijo que, en su opinión, deberían presentar un blanco menos comprometedor para su seguridad (y para la mía, qué duda cabe). Unas cuantas descargas de aviso se incrustaron de forma inofensiva en los ladrillos, puntuando la espera con precisión. Los ingleses habían pedido un helicóptero por radio, y parecían perfectamente contentos con aguantar en su sitio hasta que llegara. Transcurrieron varios minutos en medio de un silencio beatífico, aunque de vez en cuando nos llegaban noticias esperanzadoras del persistente francotirador. Yo estaba pasándomelo de la hostia y aguardaba con impaciencia a que se produjera una carnicería.

De repente, apareció en Springfield Road una enfermera gorda en bicicleta. El tráfico había sido interrumpido y había decenas de peatones tumbados junto a las paredes y los portales, pero saltaba a la vista que la muy imbécil no se enteraba de nada.

Los soldados le gritaron que se pusiera a cubierto, pero la jodida culona llevaba unas enormes orejeras de felpa y, evidentemente, no oía nada de nada. Los muy gilipollas volvieron a avisarle. Esta vez la enfermera los oyó, pero le entró pánico. Empezó a tambalearse y acabó cayéndose de bruces justo en medio del cruce. Se oyeron más gritos enloquecidos, y varios tiros levantaron el asfalto cerca de la bicicleta. El francotirador nos habría hecho un favor si le hubiera dado.

Uno de los soldados preadolescentes que teníamos a nuestro lado arrojó el fusil al suelo y echó a correr hacia la aterrada enfermera, dando grandes zancadas en zigzag. Se oyó otra andanada, y el soldado se elevó por los aires con las piernas y los brazos extendidos hasta alcanzar una altura impresionante. Cayó en la acera a varios metros de donde había recibido los disparos. Gritaba de dolor, y es que en el fondo no quería morir. Me produjo sorpresa y una macabra decepción no poder ver ni órganos ni goterones de sangre. El francotirador debía de ser un jodido genio del fusil. ¡Menudo disparo! ¡A un kilómetro de distancia y con un blanco en movimiento! Me quedé admirado, chico.

Mostrando una gran falta de ética, la angustiada enfermera se alejó a gatas del moribundo con los ojos desorbitados y cara de incredulidad. Los compañeros del soldado no podían ir a socorrerlo. Seguían inmovilizados por culpa del invisible francotirador, y es probable que pensaran que había demostrado cumplidamente que tenía buena puntería. Por lo tanto, aguardamos. Al poco oímos a lo lejos el estúpido rumor de unos helicópteros. Los soldados se animaron y aconsejaron a su colega que tuviera calma, que no se moviera de donde estaba y otras gilipolleces carentes de tacto.

Naturalmente, el francotirador advirtió la llegada de los helicópteros, y las paredes volvieron a ser acribilladas de disparos. El soldado, que no paraba de gemir, profirió un pequeño y ahogado jadeo e intentó levantarse. Se oyó otro disparo, su cuerpo cayó con pesadez al asfalto y no volvió a moverse.

Debería haberse quedado quieto el muy capullo.

Luego me enteré de que al francotirador le habían pegado un tiro cuando intentaba escapar. Los miembros de las fuerzas de seguridad se sintieron bastante violentos cuando supieron que sólo tenía trece años.

¿Sabes qué? Siempre me dio bastante pena la situación de los ingleses en Irlanda. Ellos no querían estar allí. Al principio los protestantes querían que se quedaran, pero se mosquearon cuando su presencia empezó a constituir un obstáculo para sus tradicionales rituales unionistas de exterminio de católicos. En rigor, no era un problema de los ingleses, aunque, en honor a la verdad, durante los últimos cuatrocientos años habían montado algunos follones dignos de mérito, y en el Domingo Sangriento habían demostrado cierta falta de tacto. Aun así, esto no era motivo para tener que seguir muriendo todo el tiempo.

En el Ulster los ingleses estaban metidos en un buen follón. No podían salir bien librados de aquello: si se marchaban, estallaría una guerra civil; y si se quedaban, recibían palos por todas partes. No debían de estar pasándoselo muy bien.

Los ingleses siempre andaban metiéndose en este tipo de líos. En la India los indios y los paquistaníes siempre se zurraban la badana cuando los simpáticos de los ingleses pretendían marcharse, de modo que les pedían que se quedaran un poquito más. Así lo hicieron, y volvieron a darles palos y a ponerlos a parir por tomarse la molestia. En Palestina ocurrió lo mismo después de la guerra. Los judíos y los árabes nunca han sido muy buenos colegas que digamos. ¿Quién ha pagado el pato? Eso pasa por intentar mantener el orden, por intentar jugar limpio.

Hablemos claro. La mayoría de los países europeos han tenido su imperio en algún momento. Al final los imperios se desintegran y surgen otros. Eso son los interregnos, los paréntesis de la historia. Pero los ingleses no lo entendieron. Se volvieron filantrópicos y nobles. Ellos han sido la única potencia imperial que ha intentado devolver su imperio. En esto ha consistido su error. A nosotros, los extranjeros, esto no nos ha hecho ninguna gracia. Ninguna en absoluto.

Evidentemente, las pequeñas meteduras de pata de Amritsar, el Domingo Sangriento y los campamentos de Velt no han contribuido a mejorar la situación. Pero nadie es perfecto. Resulta difícil que a uno le caigan simpáticos los ingleses, aunque yo lo intento.

También he visto cómo emplumaban a una persona. Ocurrió más o menos por la misma época, aunque incluso para mí, que tenía el estómago forrado de acero, fue un episodio bastante fuerte. Mi afición juvenil al *voyeurisme* no llegaba tan lejos. Como casi siempre, la víctima del emplumamiento fue una chica: Mary Sharkey. Al parecer, Mary iba a tener un retoño gracias a los fructíferos oficios de un cabo del Real Cuerpo de Ingenieros. Los vecinos de Turf Lodge se habían cogido un cabreo de cuidado. (Yo debía de ser un listillo de mierda para enterarme de hechos como éste, cuyo conocimiento estaba reservado en exclusiva a los adultos.)

Unos jóvenes patriotas decidieron que la joven Mary se merecía un escarmiento. La agarraron y la ataron a una farola al fondo de un callejón sin salida. La desnudaron y le afeitaron la cabeza. Sorprendentemente, no disfruté nada. Mary tenía unos pechos muy pequeños, lo que, curiosamente, parecía complicar las cosas. Yo no estaba preparado para aquello. Era domingo y me había pasado toda la tarde leyendo a Trollope. Aquellos hijoputas hirvieron la brea en sus propias narices. Incluso yo podía ver que eso era muy poco diplomático.

Dicho sea en su honor, la gente del lugar fue lo bastante filantrópica como para pensar que estaban extralimitándose. Humillar a alguien en público estaba dentro de lo aceptable; la brutalidad constituía ya un abuso. Los vecinos permanecieron en los portales de sus casas con sus trajes y vestidos de domingo, incómodos y con actitud reticente. Por supuesto, ninguno de ellos tuvo los cojones de intentar pararles los pies, pero lo que importa es la intención. Las mujeres lloraban con amargura y los hombres formaban pequeños grupos y murmuraban entre sí presa de la inquietud. Mary estaba totalmente callada y no se movía un ápice.

La brea estuvo lista enseguida, y dos hombres cogieron y se la echaron encima. Bien, los gritos de un ser humano pueden ser algo espantoso. No tienen nada que ver con esas bobadas cinegénicas que uno oye en las películas. De lo que estoy hablando es de auténticos chillidos de gato estrangulado. Mary habría ganado un premio en una competición de gritos. Los alaridos que soltó hicieron mella en mi sensibilidad juvenil, y me puse histérico. Comencé a chillar y empecé a sofocarme, de modo que mi madre me sacó al jardín de atrás para que me calmara un poco.

Me pasé diez minutos disfrutando yo solito de un tranquilo ataque de nervios.

Cuando volví al lugar de los hechos, había sucedido algo extraordinario: Bobby Bogle, el hombre que para mí era un falso padre y una auténtica pesadilla, iba a intervenir. Aquel gilipollas galés había entrado en escena.

Virgen Santa, quién me lo iba a decir a mí. Parecía que el muy capullo pensaba salir en defensa de Mary, que ya estaba medio carbonizada. Mi madre se había puesto a gritarle en un arrebato de furia y desprecio, pero él, mi papá, seguía avanzando con determinación, ante el asombro del barrio y, qué duda cabe, de mí mismo.

Dominado por un sentimiento de orgullo filial, me solté de la bruja de mi madre, que me agarraba con su huesuda mano, y salí corriendo detrás de él.

Mary se encontraba ya en muy mal estado. El pelo, que tras el corte había quedado reducido a unos cuantos mechones hirsutos, lo tenía ahora todo pegajoso y apelmazado. En los pocos puntos que permitían ver los humeantes goterones de brea observé que tenía el cuerpo en carne viva y cubierto de ampollas. Había dejado de gritar y ahora lloraba en silencio. Las desgreñadas plumas que aún le quedaban en la cabeza le tapaban la cara, pero yo veía que estaba pasándolo mal.

Observé cómo mi padre se acercaba al pequeño grupo de jóvenes que rodeaban a Mary. Mi corazón de niño estaba inflamado de furia y enconado orgullo. Uno de los jóvenes llamó algo a mi padre, y éste se detuvo a poca distancia de ellos. No podía verle la cara, pero sus grandes y perezosos hombros temblaban sin parar como si tratara de disimular una incontenible risa secreta. Entonces volvió a hablar el mismo joven de antes. Tenía unos veinte años, hermosas facciones y expresión astuta. A diferencia de los otros, iba bien vestido, aunque con mal gusto, y llevaba su brillante pelo negro peinado cuidadosamente hacia atrás, por encima de unas orejas pequeñas y regulares. Un bigotillo parecido a una pequeña franja de pelusa u hollín le desfiguraba el labio superior. Se lo tocaba a menudo, como para asegurarse de que seguía en su sitio.

–Venga, Bobby. Vuélvete a casa. Aquí no pintas nada.

Bogle no respondió. Me acerqué un poco más y observé que llevaba un listón de madera grueso y no muy largo, como un bate de béisbol. Vi que lo apretaba, que se ponía rígido, y que el temblor de sus hombros disminuía.

–Vamos, Bobby. Ya sabes que no queremos líos contigo. Eres un hombre sensato, así que vuelve a casa.

Tampoco esta vez hubo respuesta. Yo estaba jiñado de miedo, pero no podía negar que aquello era emocionante.

Los otros hombres decidieron intervenir y se pusieron también a dar consejos de amigo a mi padre. A uno de ellos (un pedazo de hijoputa con labio leporino) se le veía en su salsa. Untuoso, repulsivo, parecía que le guardaba rencor a mi pobre papá por algún motivo, y aprovechaba la ocasión para desquitarse.

–Oye, Bogle, lárgate de una puta vez. ¿Piensas que vas a conseguir algo con ese palo de nada? ¿Eh? Piérdete. Será mejor que no te metas, por tu propio bien.

Mi padre habló por primera vez mientras se acercaba despacio a la llorosa joven.

–Lo juro por Dios: como vuelvas a abrir la boca, niñato, te parto la puta espalda. Me da igual lo grande que seas.

Emocionado ante lo imponente y peligroso que se había vuelto de repente mi progenitor, vi que el miedo ensombrecía los ojos de hurón de Labio Leporino. Los hombres se miraron unos a otros sin saber qué hacer. El joven que había hablado en primer lugar cortó el paso a mi padre. Bobby volvió a detenerse. Este joven era distinto. Amenazaba menos, pero prometía más. Pensé (acertadamente, como demostrarían los acontecimientos) que era peligroso. Hablaba en voz baja, casi con sensatez.

–Mira, Bobby, déjate ya de tonterías. Ya sabes lo que ha hecho. No te metas en líos por ella. No merece la pena, Bobby.

Sin soltar el pedazo de madera, mi padre siguió adelante y empezó a desatar a Mary. Suavemente, con delicadeza, tocó su embreada piel herida como un susurro, luchando de manera desesperada contra el calor y el olor. Silencio. Miedo cerval. Su atenta espalda encorvada estaba ciega y desprotegida ante las posibles agresiones de los jóvenes. Parecía consciente de ello, como si esperara el ataque. De pronto el gallito que tenía los morros hechos una mierda se lanzó sobre él. Yo, como buen hijo, di un grito para avisarle. Veloz como un rayo, mi padre dio media vuelta para hacerle frente y levantó su extravagante palo. Le arreó un fuerte golpe y le incrustó al muy cabrón el labio leporino en la garganta. (Podría haberse dedicado al críquet, mi papá.) Como te puedes imaginar, el joven quedó fuera de combate. Obedeciendo a una señal que el generalísimo del mostacho les había hecho con la cabeza, los demás permanecieron donde estaban. Mi padre se volvió hacia mí y, con cara de rabia, gritó:

–¡Métete en casa ahora mismo!

(¿Que te parece, eh? ¿Quién iba a imaginarse que el colgao de mi padre haría semejante cosa? Valentía, caballerosidad, estilo... Desde luego aquel día ganó muchos puntos. Yo me quedé encantado de la vida. Da gusto poder admirar a tu padre de vez en cuando. Quizá no fuera un mierda después de todo.)

Pues bien.

Ésta es una imagen inolvidable, una imagen de la que nunca dejo de acordarme. Se me quedó grabada estando yo detrás de la desvencijada puerta del pintoresco jardín de nuestra casa, y, consciente del orgullo filial que sentía, observé a mi padre avanzar lentamente por la penumbra del callejón. Se dirigía a casa, y en sus fuertes brazos paternales llevaba a la joven llorando en medio del cobarde silencio de sus pasivos, pusilánimes e irlandesísimos vecinos.

Bobby Bogle acabó pagando por su recital de poesía, por supuesto. No podía ser de otra manera. El tipo del labio leporino y el facineroso del bigotillo eran de los provisionales. Se la tenían guardada a mi padre y se resarcieron pegándole dos tiros en el abdomen una noche que volvía a casa del pub. Fue una canallada. Hace falta tener mala idea para disparar a alguien en un lugar como ése. Mi padre sufrió una agonía larguísima y acabó muriendo en el suelo de la cocina. Simplemente se desangró, pegajoso y caliente todo él. Dios, había toneladas de sangre. Se formaron espesos charcos de color escarlata sobre el agrietado linóleo, que estaba manchado de barro y de huellas de botas y zapatos. La ambulancia tardó tres horas en llegar, y para entonces ya se había quedado frío y amarillo. Estaba más muerto que muerto.

Es extraño ver morir a alguien, sobre todo si se trata de tu propio padre. Saber que ya está en las últimas, ver cómo se despide del mundo... No sabes qué hacer para que los últimos momentos de su vida resulten especiales. No puedes montar una juerga.

Ahora lo llevo mejor, pero entonces estaba horrorizado y loco de pena. No era más que un niño, y al fin y al cabo era mi padre.

Calor. Bochorno. Comodidad. Banco de parque. Luz de sol. Olor a fresco y olor a rancio. Cansancio. Melancolía. Tumulto y barullo. Ojos cerrados, elevados hacia la oscuridad. Carencia de luz. Sueño. Modorra. Ronquido. Siesta. Sueño.

Cuatro

Pues sí, me puse de patitas en la calle. Eso hizo mi familia. No tardé en ser expulsado del seco y atrofiado seno materno. Mi delito fue mantener relaciones sexuales con una mujer de creencias heréticas. Deirdre era protestante, y a mi madre esto no le parecía bien. Yo tenía dieciséis años. Me marché de casa con tres libras y catorce peniques y una bolsa de lona verde con tres calzoncillos salpicados de manchas, un cepillo de dientes, un ejemplar de *Tiempos difíciles* (el libro adecuado) y un trocito de queso Cheddar del Ulster sin envolver.

Aquella noche dormí en un banco de Ormeau Park. Era agosto, de modo que estuve la mar de cómodo. No obstante, tenía una naturaleza sensible, y la primera noche a la intemperie me afectó. A la mañana siguiente intenté sacar fuerzas de flaqueza acordándome de quién era y de cuántos años tenía. Surtió efecto, cosa que me sorprendió. Fue gracias al ferviente epicúreo que llevaba dentro.

Aquel día comprendí que debía empezar a cuidar de mí mismo, puesto que nadie iba a molestarse en hacerlo por mí. Ya sé que al final las cosas son iguales para todos, pero era joven, y para mí esta idea constituía una especie de afrenta. De ahí que me pasara el día en la Biblioteca Central leyendo los divertidísimos discursos de Winston Churchill para animarme.

La segunda noche fue mucho más fría y larga. Descubrí que poco a poco la musculatura de la indigencia envejece y pierde flexibilidad, y sentí el dolor que produce la soledad y dormir en un banco. Me pasé la noche fumando y pensando en Deirdre, que estaría calentita en su cama, ajena a mis tribulaciones y con la tranquilidad que da la inconsciencia. Vertí generosas lágrimas infantiles. No sentía ni envidia ni rencor. Lamentaba que no lo supiera. Le dolería. Sin embargo, he de decir, de alguna manera, que mi sufrimiento siempre la ofendía. Conseguía que le contara mis problemas como si fueran crímenes aborrecibles. Pese a ello, decidí no decirle que vivía en la calle. Al menos por el momento. Estaría mucho mejor viviendo en la ignorancia. En eso consistía la felicidad. Para ella, se entiende.

Estas disquisiciones me ayudaron a pasar la segunda noche. Con un placer morboso, dejé que me envolviera la sensación de soledad que me producía ser consciente de la distancia que nos separaba. El hecho de que Deirdre no estuviera a la altura de las circunstancias ya no me dolía. ¿Por qué iba a dolerme? Todo lo contrario, me levantaba la moral.

Al día siguiente paseé sin rumbo fijo por Botanic Avenue, intentando hacerme pasar por un estudiante, y malgasté en la cafetería del museo los cincuenta jodidos peniques que me quedaban, en una taza de café y tres galletas de chocolate baratas.

Aquella noche no pude entrar en el parque. Me tumbé en una callejuela inundada de aguas residuales, al lado mismo de Newtonards Road, y lloré desconsoladamente hasta quedarme dormido. Cuando me desperté a la mañana siguiente, descubrí que me había meado encima.

A partir de aquel momento las cosas empezaron a irme de mal en peor.

En realidad la situación era bastante trágica. Lo que quiero decir es que me merecía algo más que eso. No podía evitar sentir una enorme lástima de mí mismo. Era un buen chico. Era un genio en ciernes. Era tan educado, tan considerado, tan jodidamente encantador, maleable y poco exigente... Pensaba en todos los padres de clase media con hijos drogadictos, pervertidos, maricones o que habían dejado el colegio. Hubieran dado un dedo de la mano por un vástago tan fabuloso y generoso como yo. Habría sido formal, hecho mis deberes, dejado encantadas a mis tías, lavado los platos, pelado las patatas y limpiado el arrugado culo de la abuelita Nora.

Se me daba bien la vida familiar. Estaba destinado a ser jefe de un clan. Cualquier familia me habría acogido con los brazos abiertos.

Pero me había tocado en suerte una pandilla de licántropos y delincuentes. No era justo. Las privaciones, la falta de ternura, las muestras de desagradecimiento que había tenido que soportar... Nadie se merece pasar por eso, y menos aún yo.

Desde luego, buscarse la vida a esa edad resultaba tan complicado que parecía cosa de chiste. Conseguir trabajo, encontrar un lugar donde vivir y volver a estudiar eran problemas dificilísimos: no podía trabajar a menos que tuviera un domicilio fijo; no podía permitirme un domicilio fijo mientras no trabajara; si estudiaba no tenía derecho a recibir un subsidio porque entonces no era un «desempleado»; y era demasiado mayor para que se hicieran cargo de mí los servicios sociales y demasiado pequeño para que me consideraran un «adulto con dificultades». Mientras mi madre seguía cobrando la jodida prestación para familias numerosas, yo estaba tan desesperado que me comía mis propios excrementos. Trabajar a tiempo parcial durante el curso iba en contra de las normas del colegio, y además no querían que volviera si no iba acompañado de un padre o un tutor. Era demasiado pequeño para ir a la Asociación de Jóvenes Cristianos y tenía demasiada testosterona para acudir a la Asociación de Jóvenes Cristianas. No podía recibir ni dinero de beneficencia, ni subvenciones del Estado, ni un sueldo por mi trabajo, ni un poco de compasión.

Mi situación no podía ser más jodida. Era víctima de un vacío legal del estado de bienestar. No disfrutaba ni de los derechos de los adultos ni de las ventajas y privilegios de los menores. Me encontraba en tierra de nadie, lo cual no me hacía la menor gracia.

Estaba pasándolas moradas, que es justo lo contrario que ponerse morado. Empezaba a tener cierto aire belsenesco, y mis pobres pulmones se portaban de una manera repugnante. En resumen: que prácticamente no tenía dónde caerme muerto.

Pero lo peor estaba aún por llegar. Mi malvada familia me había dado de lado. Me habían obligado a arrastrarme por el fango de la degradación y la pobreza. Mi madre había amenazado con dispararme en las piernas si volvía a verme la cara. Yo había soportado todo esto por negarme a poner fin a mis infantiles e insensatos amoríos con la presbiteriana señorita Curran. En consecuencia, me molestó profundamente que me abandonara después de que su familia le diese un ultimátum parecido, aunque no tan peligroso para su vida y sus extremidades.

Pues sí, fue un duro golpe. Me vanagloriaba como un gilipollas de la nobleza de mi gesto, por lo que me quedé destrozado cuando vi el desprecio con que era recibido. Lo que me fastidió no fue su infidelidad, ni tampoco su cobardía. Francamente, poco podía esperar de ella, ya que se jugaba mucho más que yo. No, no fue esto lo que me molestó. Fue algo tan poco importante como el hecho de quedar como un crío. El celo y el fervor que había mostrado no servían para nada. Había sido un gesto pueril.

Así que, lamentablemente, tuve que resolver yo solito todos mis problemas. La confianza en mí mismo y el entusiasmo juvenil me abandonaron sin dejar rastro. No quedaba otro remedio. Con mano firme, agarré mi solitaria cara y me obligué a mirar hacia donde se encontraba la solución. Me puse a trabajar. Le eché cojones, me lo monté, escupí sangre y espumarajos. Para abrirme camino tuve que fanfarronear, molestar, quejarme, suplicar e intimidar. Lleno de rencor, guardé en la memoria odios y pequeños fracasos para recurrir a ellos en el futuro y poder vengarme.

Tiré adelante. Tenía dieciséis años, estaba sin blanca y era un ingenuo. Me abrí paso por la espesura de la razón, la duda y la controversia con el machete de la determinación al mejor estilo Davy Copperfield. Sobreviví.

Deirdre y yo acabamos volviendo juntos. Bastó con que se saltara en una ocasión el embargo Bogle impuesto por su padre para que nos largáramos. Los Curran no tuvieron los huevos de plantarle cara a su queridísima hija única.

(A Deirdre no se le ocurrió que podía haber desobedecido la orden de sus padres un poquito antes. Pero ¿qué digo? A mí tampoco se me ocurrió.)

Con el apoyo (indirecto) de Deirdre, emprendí un viaje de dos años por las casas de huéspedes más cutres de la inmunda y decrépita ciudad de Belfast. En ninguna llegué a quedarme mucho tiempo. Los dueños eran todos una pandilla de mugrientos tarados, y cuando no me robaban o estafaban, me daban el coñazo. En un sitio cercano a Indiana Avenue, el dueño, Raymond Murphy, me comunicó con toda tranquilidad que trabajaba de agente secreto para el Ministerio del Interior inglés y que estaba intentando infiltrarse en el IRA. Hice un prudente gesto de asentimiento y puse cara de sentirme impresionado. (Belfast está repleta de esta clase de soñadores y lunáticos.) Decidí marcharme cuando comenzó a pegar tiros con una Smith & Wesson a las avispas que había en la pared encima de mi cabeza para probarme que tenía la misma puntería que Guillermo Tell.

La combinación de pobreza, soledad y porquería no resulta desagradable si las cosas van bien, pero, si se le añaden ingredientes tales como el agotamiento y la desesperación, el efecto es poco menos que embriagador. Iba al colegio (había sobornado al administrador para que me dejara volver), trabajaba en tres pubs diferentes (para pagar el alquiler, satisfacer la deuda que tenía con el administrador y comprar de vez en cuando algo de comida), me preocupaba, dormía, volvía a preocuparme y pasaba hambre. Estaba sin dinero, y de amigos tampoco andaba sobrado. Los que tenía eran compañeros de colegio, y aparte de manifestarme pudorosamente su buena voluntad, no podían ayudarme. Pero la buena voluntad es una cosa bastante agradable, y a mí me la mostraron en repetidas ocasiones.

¿Que si resbalé, caí y desaparecí del mapa? Por supuesto que no. De hecho, toda esta indignación narrativa ha sido hasta cierto punto gratuita, ya que, por retorcido que parezca, a pesar de las distracciones de la pobreza y la desnutrición y del peligro que suponían los ex policías esquizofrénicos armados, aquélla fue la época más feliz de mi vida. La juventud es algo maravilloso. La esperanza tampoco está mal, y la compañera perfecta de estos atributos es la imperturbable ceguera del optimismo. Fue Jauja.

He de reconocer que a Deirdre le impresionaba el tremendo sacrificio que había hecho por ella. Comprendía el significado de tales gestos y se consideraba digna de semejante homenaje adolescente. Por el dolor y la humillación me cobraba una cuota; al fin y al cabo yo me encontraba en aquella situación por ella, y quería sacarle el mayor partido posible.

Si, no obstante, alguna de mis penalidades constituía un obstáculo para ella; si, por ejemplo, no podía acompañarla a una película mediocre porque tenía que trabajar por la noche (que era lo habitual), se ofendía muchísimo. Según ella, no tenía por qué trabajar tanto. Intenté hacerle ver lo necesarias que eran naderías tales como el alquiler, la comida y la ropa, pero me acusó de ser un caprichoso y de convertir mis dificultades en «motivo de discusión». Consideraba que estaba cayendo en una espiral perniciosa y me dio a entender que no pensaba acompañarme por ese camino. Lo comprendí perfectamente. Así era yo.

Santo Dios, yo seguía queriéndola. La quería más que nunca. En medio de tanta miseria, ella era mi consuelo y aspiración. Le compraba regalos caros (¡sólo Dios sabe cuánto me costaron!) para demostrarle que podría ser digno de ella en cuanto surgiera la oportunidad. Deirdre pensaba que esto era muy loable; lo que la irritaba era que siguiera negándome a dormir con ella. No lo comprendía. Tenía diecisiete años y la libido era para ella una inagotable fuente de diversión. Sospechaba que mi extraña castidad era prueba de alguna siniestra e inhumana ley católica que prohibía tener relaciones sexuales. No le hubiera cabido en la cabeza que se debía únicamente a un ingenuo respeto hacia su persona y su pureza. Me imagino que lo habría considerado una verdadera estupidez. Y habría estado en lo cierto. Ella era una chica sensata y yo era sólo un muchacho que no sabía decir sí.

Así, entre mis dificultades, mis desastres y mis depresiones, esta parte de mi vida quedó reducida prácticamente a la mínima expresión. Tras perder el tren de la pubertad (que sólo duró un día), se me pasó la adolescencia sin darme cuenta.

Cinco

Como sin disfrutar. A causa de mi reciente debilitamiento siento una opresión en la tripa y los intestinos. El hambre y los ruidos indecentes de los otros vagabundos me ponen malo. Observo cómo se llevan esas tristes patatas grises a la boca y se me revuelve el estómago. Una tras otra van tragándose las enormes cantidades de puré. Algunos utilizan los tenedores como palas, otros se dejan de tonterías y lo hacen con los dedos manchados. Tenedores y dedos avanzan torpe y ruidosamente entre platos llenos de guisote frío, a la vez que salpican con el grasiento aguachirle de la salsa.

Algunos de los religiosos que comen con nosotros hacen el paripé. Es un gesto tan estúpido como extravagante. Uno de ellos parece tan maniático como yo. Es un joven con manchas en la piel y calva incipiente. Come sin ganas, con los ojos llorosos y la cara amarillenta. Intenta aparentar indiferencia y se pelea animosamente con sus cubiertos. Aunque hace fresco, está sudando, y en la frente y el labio superior se le ha formado una fría pátina de humedad. Seguro que sus ideas igualitarias no llegan tan lejos: está mirando cómo se ceba un vagabundo, cómo sorbe, se empapuza, gruñe, eructa y se tira pedos. Está ahogándose de asco. Le observo y espero a que profiera una exclamación de repugnancia. Va a echar la pela sobre el plato... ¡Uf! ¡Zas! Pero no, no le sale nada.

Me encuentro en un manducatorio de la vergüenza, un pequeño local de la iglesia consagrado a la beneficencia y la fraternidad. Qué triste, ¿verdad? Para rezar recitamos unos modernos monólogos en prosa, y luego nos dan un papeo estomagante. Da pena. Un grupo de vagabundos y marginados tan abochornados como pringosos babean sobre unos platos minúsculos, gentileza de Dios todopoderoso y la Iglesia anglicana. Es un espectáculo espeluznante. Los elementos activos de las manifestaciones extremas de la beneficencia son siempre así. Los vicarios (o comoquiera que se llamen) aquí reunidos lo saben. Están librando una batalla perdida contra el asco. No debería traerte a esta clase de sitios, lo sé. Pero quiero enseñarte mi nuevo mundo sin omitir nada. Es mi herencia, el desierto de mi patrimonio. Lo hago para que la narración gane profundidad, ¿sabes?

De repente el silencio se apodera de este refectorio de techos bajos y elevados principios. ¡Santa Madre de Dios, más plegarias! Es probable que no lo hagan por norma general. No existen tantas oraciones. Deben de haber averiguado que soy católico. Habrán utilizado sus antenas ecuménicas o algo así. Ya me han mirado raro en varias ocasiones. Joder, igual me han echado en la comida estricnina, mierda de perro o algo por el estilo. Con estos infieles uno nunca sabe a qué atenerse.

Tragándome mis reparos a estos ritos paganos (es decir, no católicos), agacho la cabeza en un gesto de desconcierto y conformidad. La oscurecida, desgastada y sucia mesa me sostiene la mirada con indiferencia. Cierro los ojos y oigo cómo esos antiguos enigmas susurrados rompen el silencio alimentado de bazofia. Sé que fuera, en el letárgico aire de Londres, se oye el rumor que anuncia la llegada del verano. Los árboles están echando brotes y van poco a poco llenándose de hojas. ¡La ciudad está secando su capa de polvo, lista para los repentinos vientecillos cegadores del verano, y yo chupando huesos de perro en un comedor de beneficencia!

El problema es que... no he tenido valor para entrar en una cafetería o en una tienda, ni siquiera para ir a un puñetero puesto de perritos calientes. Tengo dinero suficiente, pero me falta la confianza necesaria. No paraba de pensar que se preguntarían de dónde habría podido sacar tanto dinero alguien como yo. Me sería imposible realizar una transacción con ellos. No podría formar parte del mundo normal y dejar que sus valores influyeran en mí. Me daba vergüenza incluso gastar mi propio dinero. Esto es muy preocupante: es la primera vez que me veo como un vagabundo de verdad.

Ahora este fracaso me atormenta. Aquí estoy, con el resto de los vagabundos. Ya no creo que exista la menor diferencia entre nosotros en este momento. No quiero engañarme. Aquí nos tienes, tragándonos nuestra caridad, nuestra humillación, nuestros restos de comida para gatos. Estoy consternado de lo fácil que me ha resultado venir aquí. No he hecho más que ponerme en la cola. Me he tragado el orgullo y he perdido el apetito.

Miro las cabezas agachadas de los religiosos que siguen rezando. Sus caras pochas, blancas como el papel, me traen a la memoria los rostros de todos los sacerdotes y monjes que he conocido en mi vida.

Me pone malo su celosa devoción. Es una secreción malsana, salida de las mezquinas almas de unas personas que no valen para otra cosa.

Me fijo en mi plato. Está nadando tan a gusto en su particular mar de grasa. El engrudo de carne, verduras y alubias se enturbia y estabiliza cómodamente. Parece tan contento que me siento incapaz de molestarle. Agradecido, acabo mi condumio.

De manera oportuna, un pequeño y cálido resplandor entra por las ventanas redondas y bajas de este tugurio infecto, transfigurando a los vagabundos y los hombres que se levantan de la mesa. Vuelve a reinar en el comedor un ruido discreto, perezoso. Los religiosos se mueven con suavidad, guiando ordenadamente a su rebaño de vagabundos hacia una sala contigua. (Sería más acertado decir sala de desinfección, dado lo vomitiva que resulta la amalgama de todos nuestros olores.)

Arrastrando los pies, desgalichadamente, nosotros, los vagabundos, hacemos lo que nos mandan y nos dirigimos hacia donde nos indican. Tras despedirnos de las mesas del comedor (que, por no poder, no podían ni crujir), entramos en una habitación más grande, poblada de bancos y mesas llenas de pulcros montones de mantas de color pardo y exhumadas prendas de segunda mano, así como de nerviosos jóvenes cristianos. Ahora les toca a ellos. Aquí es donde recibimos todos palabras de aliento, apoyo moral y consejos sacados de las escrituras. Aquí es donde nos dan los abrigos desechados, los zapatos viejos y bulbosos, y la ropa interior de crin. Se supone que es bueno tanto para nuestro ánimo como para nuestro aspecto. Nosotros, los vagabundos, lo aceptamos todo dócilmente. Siempre existe la posibilidad de que al final repartan unos pitillos.

De forma instintiva, los pordioseros se apiñan en medio de la habitación. Es un núcleo gaseoso y eructante, rodeado de satélites: vicarios, estudiantes, equipos de televisión y jóvenes trabajadores cristianos. Uno de los vagabundos más ocurrentes susurra a mi lado que van a traernos a una mujer para todos. Los demás nos reímos, nos carcajeamos o soltamos una risilla según la edad, la salud mental y el estado de nuestra dentadura.

Los pastores de esta iglesia de los cojones se acercan y destruyen el epicentro de la indigencia. Se dividen y forman pequeños grupos de ocupación alrededor de las mesas cargadas. Los estudiantes empiezan a repartir las feas y andrajosas prendas. ¿De dónde habrán sacado estos harapos? Lo importante de la ropa vagabundera es que no se parece a la del resto de la gente. La indumentaria vagabundera no se fabrica, sino que crece. En lugar de confeccionarse, se cultiva. Se trata de un extraño método agrícola basado en la fermentación y asimilación de la suciedad natural y la mugre del vagabundo. La ropa de los indigentes procede de una singular región donde no existen los confeccionistas, una región que nadie ha conseguido localizar. En serio. Es la pura verdad.

Me quedo atrás con el orgulloso núcleo de vagabundos desafectos. Me iría ahora mismo, pero algún optimista ha corrido la voz de que podrían caernos unos cigarrillos. Yo tengo mis dudas, por supuesto, pero me daría de cabezazos contra la pared si me quedara sin ninguno. Por tabaco sacrificaría toda la dignidad que fuera necesaria y, además, como ya he dicho antes, los siete pavos que tengo no me van a bastar para jubilarme.

En la habitación hace calor y el ambiente está cargado. Intento armarme de valor para encender un cigarrillo. ¿Quién sabe? Puede que capten la indirecta. Reúno fuerzas, preparo los coágulos y enciendo un Benson & Hedges. El aromático humo forma una nube alrededor de mi egoísta cabeza y los demás vagabundos me miran con envidia. Pero no me piden tabaco. Saben que no tienen ni la menor posibilidad de que les dé un puto cigarrillo.

De pronto me siento mejor. Con el pitillo en la boca y la guita que llevo en el bolsillo entre los dedos estoy en la gloria. Nada me perturba. Para pasar el rato, contemplo a la pandilla de altruistas que se ha reunido en la sala. Son jóvenes casi todos. Y buenos chicos además. La mayoría contará más o menos la misma edad que yo. Sus rostros, limpios e impecables, irradian ese resplandor inglés y cristiano de fervor estúpido e inocencia banal. Las chicas llevan melenas ostentosamente largas y las caras sin maquillar, y los chicos jerséis de lana remendados por todos lados y unas barbitas ralas y rojizas que revelan sensibilidad. Nos atienden con aire de superioridad, y sus inexpresivos rostros ocultan con obstinación la posibilidad de la aversión cristiana.

(¡La leche! ¡Pues sí que tengo el día cínico, joder! ¡Si seré misántropo! ¿Qué daño pueden estar haciendo aparte del que sufre mi orgullo?)

¡Ah, qué tolerancia, qué cordura, qué precoz capacidad de comprensión!

¡Oh! Mmm... Sí. Ajá... Claro. ¿Qué tenemos aquí? Una chavala, una hembra, una chiquita, un bomboncito... En el rincón de la izquierda, en medio de tanto mujerío cristiano, estéril, sin tetas y con pelos en los muslos, acabo de ver a una tía de verdad. Dios, qué buena está... ¿Qué hace con todos estos santurrones? Es impresionante, y tiene pinta de pija además. Sí. En efecto. Ajá. Ya me ha visto. Vaya sorpresa, ¿eh? Vuelve a mirar. ¡Epa! Afirmación y correspondencia... Le

133

ha entrado pánico, y se pone pálida a ojos vistas. La pobre no está acostumbrada a ver pordioseros atractivos. Intenta no hacerme caso poniendo una prenda casi medieval a un vagabundo increíblemente húmedo y reluciente que tiene cerca.

Pero es inútil. Mi implacable y cálida mirada arrastra sus ojos de forma inexorable. Su ceño se arruga en un gesto de curiosidad y súplica. Confía en que muestre clemencia. Está de suerte. Mi clemencia es infinita.

¡Santo Dios! ¡Pero si estoy enamorándome aquí mismo! Como ya he dicho antes, esto resulta muy fácil cuando eres joven. Reboso sentimentalismo, caramba. Lágrimas de payaso bañan mis ojos. Me olvido de mi degradación y empiezo a levantar complicados andamios para seducirla.

No. Déjate de bobadas. No seas pavo. No te humilles más si puedes evitarlo.

Vuelvo a mirarla. Es una preciosidad de chavala. Unos oscuros mechones de pelo cuidadosamente desordenado enmarcan unos ojos castaños de expresión grave. Su boca es fina, tensa, sombría e impasible. Posee ese aire de gravedad que tanto me gustaba antes. Entre su franca y melancólica respuesta a mi afectada mirada y el frágil escudo de sus lujosas prendas (que ocultan el herético susurro de la desnudez y el deseo), está desarmándome. Bobo de mí, le rindo el deshonesto tributo de mis ojos. Me gustaría sonreír, pero en una extraña muestra de sensibilidad advierto que podría romper la frágil red de tristeza y añoranza que ahora nos une. Hablar con ella queda descartado. No puedo violar la silenciosa sumisión de sus ojos.

Casi me dan ganas de vomitar mis jodidas banalidades líricas. ¡Es que tiene gracia el asunto! ¡Un pringoso vagabundo de mugrienta polla intenta trajinarse a una respetable y joven belleza cristiana! ¡El gran estilo del erotismo sigue vivo! Búrlate de mí. Me encanta y me lo merezco.

Ha sido una pequeña lección de humildad. Mi breve arrebato de euforia infundada sale en busca de un vecindario más agradable. Cuando era joven no estaba mal sentir de vez en cuando un arranque de pasión sin sentido; ahora, en cambio, sería desastroso. Siento aproximarse con suavidad una alegre oleada de acritud y autocompasión. A la mierda el tabaco, pienso. Me largo.

Me escabullo, abriéndome paso de forma disimulada entre los grupos de vagabundos rezongones. Trato de evitar que se fije en mí. No quiero testigos de mi ignominiosa retirada. Salgo discretamente de la habitación a un vestíbulo que huele a humedad y beatería. Al fondo, detrás de la puerta abierta, veo la calle, veteada de luz y llamándome de manera incitante. Me arrastro con tristeza hacia el exterior.

–Perdona... ¡Espera, por favor!

Es una voz de mujer. Doy media vuelta perezosamente y, mira tú por dónde, me encuentro con la mismísima señorita Ojoscastaños y Bocafina. Se para indecisa en la penumbra ocre del pequeño vestíbulo. Tiene los labios separados y respira entrecortadamente. He de decir que no me sorprende que esté nerviosa. ¡En el nombre de Dios! ¿Cómo ha podido reunir el valor para hacer semejante cosa?

Con tenacidad, manteniendo un silencio de esclavo, espero a que hable.

Ella sonríe cándidamente, y unos dientes blancos, perfectos, refulgen en medio de su lustrosa piel. Habla con voz clara y pija. ¡Cómo me gustan estas tías tan refinadas! Su incomodidad resulta contagiosa. No estoy acostumbrado a estas sutilezas sociales, y empieza a darme vueltas la cabeza. ¡Fíjate en el brillo líquido de su carne! Es una niña mimada y de una belleza enloquecedora... El cuento de los padres y la hija única. El tiempo y el dinero que habrán invertido en ella. Su encantador papaíto. Su encantadora mamaíta. Su encantadora hija. Su bien, su esperanza. Se habrá formado yendo a colegios y de vacaciones. ¿Y quién soy yo para discutir esto?

El silencio se ha extendido y quejado hasta el límite de la elasticidad. Habla ella:

–¿Te vas?

Se arrepiente de inmediato de haber dicho semejante bobada. Que Dios la bendiga. Me mira. Su belleza implora dolor y confusión.

Estas cosas me pueden.

–Pues sí. Ya me iba.

No muy epigramático quizá, pero así soy yo cuando estoy majo. Para ello hay que poner coto a la inteligencia y a los excesos retóricos. Es de buena educación, así de sencillo.

Sonríe. Preferiría que no lo hiciera, pero lo hace. Mi deseo y mi desesperación aumentan.

–Es terrible, ¿verdad? –dice.

–Sí, lo es.

Lanza una mirada a la mano que mantengo ocupada con el pitillo.

–Luego van a repartir tabaco. ¿No prefieres esperar?

Se avergüenza de haber dicho esto, lo cual es digno de admiración. Los nervios vuelven raudo a apoderarse de ella.

–Puedo arreglármelas, gracias.

Por desgracia, busca el insulto en mis palabras.

–Lo siento. Probablemente no sea asunto mío.

–No, probablemente no.

–Lo siento –murmura–. No era mi intención meterme donde no me llaman.

Hostil como siempre, me maldigo por ser un gilipollas de mierda. Por un momento la situación resulta embarazosa, pero entonces sonríe.

Me encuentro estúpido en este oscuro vestíbulo donde no entra el sol, intercambiando sandeces con esta fabulosa mujer. Evidentemente, ella tampoco se siente capaz de decir nada ingenioso. Habla sin confianza.

–No sé por qué, pero me da la impresión de que te he visto en alguna parte.

–Me extrañaría. ¿Te mueves mucho por círculos de indigentes?

Incómoda, permanece un momento callada. Sus ojos castaños revelan desconcierto. Deberían encerrarme por las chorradas que digo.

–No, pero estoy prácticamente segura de que te he visto en alguna parte.

Continúa hablando con torpeza. En su cara se refleja el esfuerzo que le supone esto.

–¿Qué hacías...? ¿Qué hacías antes..., eh, antes de...?

–¿Antes de convertirme en vagabundo quieres decir?

¡Jesús, María y José! Puede que esta chica sea una auténtica belleza, pero desde luego no anda muy sobrada de tacto.

–Lo siento, no era mi intención...

–Unos nacen en la indigencia y otros se ven obligados a vivir en ella.

–¿Cómo dices?

–Eh... Nada.

–Me fastidia que la gente diga eso.

–¿Qué? ¿«Nada»?

–Primero algo y luego nada.

–No era nada en realidad.

Joder, Oscar Wilde se habría sentido orgulloso de mí. Estoy hecho todo un seductor. Nos miramos con cara de idiotez, aunque por diferentes motivos. Ella esboza una fugaz sonrisa y yo siento que tengo otra vez más hambre.

–¿Eres de Londres entonces? –pregunta casi a la desesperada.

–Bueno, viví una temporada en Tooting Bec –me saco de la manga.

–¿Tooting Bec?

–Sí.

–Qué bien.

136

–No creas.

Se corta y titubea de una forma espantosa.

–Pensaba que los pubs de Tooting Bec estaban llenos de poetas y pintores.

–Pues en realidad están llenos de negros ciegos de porros.

–Ah...

La pobrecilla trata de conducir nuestra estúpida conversación hacia temas más relevantes y comprensibles.

–¿Dónde naciste?

–En el norte. De ahí que incluso Tooting Bec tuviera aliciente para mí.

–¿Ah sí?

–Es que vivir en Worksop es poco menos que una tragedia.

–¿Worksop?

–Sí, Worksop.

Silencio.

¿Verdad que se me dan bien estas situaciones?

Para mi infinita sorpresa, la chica saca un paquete de Silk Cut extralargos. ¿Quién iba a imaginarse que estos cristianos fumaban?

–Llevo toda la tarde muriéndome de ganas de fumar.

Suelta un suspiro en señal de complicidad. Me ofrece un cigarrillo y sonrío con cautela. Arrojo mi mísera colilla a un jarrón con flores que tengo cerca. Acepto el pitillo cortésmente. Antes de dármelo me lo enciende. Está claro que esta chica ha visto todas las películas que no debería ver. Aun así, el gesto me resulta embriagador. El pitillo que me dispongo a ensuciar se encuentra ahora en sus limpios labios de pija. Mi pinta y mi olor no deben de ser tan repulsivos como creía.

–¿Qué haces en un sitio tan jodidamente lúgubre como éste? No te pareces a esos intrépidos filántropos.

Digo esto para dejarla impresionada con mi vocabulario, que es claramente impropio de un vagabundo. Espero que surta efecto.

–Lo mismo podría decir de ti y de los apestosos colegas que has dejado ahí dentro.

–Quizá.

¿No es esto el no va más? «Quizá.» Soy un tío virguero. Soy *chic*, fino y enigmático. Soy un barco que surca la mierda.

Se mete el humo suavemente en los pulmones. No cabe duda de que es una fumadora a tiempo parcial. La observo. He visto a muy pocas mujeres fumar con elegancia, y me quedo estupefacto. Me acuerdo de las marimachos de Belfast, con sus botas claveteadas y sus sucias colillas de Regal pegadas al buzón de la boca. Esta mujer pertenece a un género del todo distinto.

De repente, un sol cinemático atraviesa el arco de la puerta y se pone a bailar con sus ojos. La luz se filtra, y el humo del vestíbulo forma unas volutas marrones que se mueven adventiciamente en torno a ella. Siento una pequeña punzada de dolor ante su extremada belleza... ¡Cursi de los cojones!

—Si estoy aquí es sólo porque una amiga me ha pedido que venga y supongo que tenía curiosidad.

Me paso la estropajosa lengua por mis maltrechos dientes, sonrío con prudencia y luego digo:

—Yo he venido porque tenía hambre.

—Ya.

Ella sonríe a su vez con los ojos adornados por la indiferencia de la belleza.

—Creo que he metido la pata. Perdón.

—No te disculpes.

Mi sonrisa, mi deliberado encanto, mi afabilidad... Estoy cogiendo costumbres pijas.

—Era Boggy, Bogey o algo así, ¿verdad? Recuerdo que era poco corriente. —Frunce el entrecejo fingiendo concentración.

—¿Cómo dices? —exclamo remilgadamente con voz de pito.

—Me refiero a tu apellido. Era algo así. Ah, ya me acuerdo. Bogle. Eso es. Te apellidas Bogle.

Acaba la frase con un hilo de voz y la cara se le ilumina.

¡Válgame Dios! Tratando de dominar el desconcierto que se apodera de mi entristecido corazón, sonrío con estudiada finura.

—No, me temo que no.

Ella me observa con cara de no parecer convencida.

—¿Estás seguro?

—Pues claro. ¿Cómo no voy a estar seguro?

—Ya, supongo que tienes razón.

Se produce un silencio durante el cual ella duda y yo me quedo sin saber qué decir. Mi corazón de granuja late aceleradamente ante la generosidad de sus sospechas. Estás perplejo, ¿verdad? Yo también. La incomodidad que siento me preocupa y hace que aumente mi confusión. ¿Y si es de la KGB o de la CIA? Hoy en día esos hijoputas andan por todas partes y no dejan en paz a nadie.

Me he quedado en blanco, y ella clava sus ojos en mí con cara de estar otra vez segura. Es una situación bochornosa para mí. No quiero que veas esto. (Ya estamos otra vez con mis torpes caprichos de autor.) Decido, como siempre, resolver la situación en plan gallito.

—¿Cómo vas a conocerme? Mírame y luego mírate a ti misma.

¿Mmm...? ¿Lo ves? Llevamos vidas completamente distintas... –Matizo con la velocidad de un corrector de estilo–. Sólo coincidimos en la grotesca combinación de generosidad y necesidad que se da en este lugar. Tú no tienes ni idea de las complicaciones de la Sociedad de Vagabundos y yo no me acerco casi nunca por los barrios bien de la ciudad.

Hago una pausa y experimento el mismo placer que si me hubiera hecho una paja mental.

–Es prácticamente imposible que nos conozcamos de antes, ¿no te parece?

Ahora ya estoy tranquilo. Estoy sereno e impresionante. Creo que ha surtido efecto, aunque sólo sea por un rato. He dado la vuelta a la tortilla en lo que a la incomodidad se refiere. Clavo la mirada en esos ojos tan estérilmente hermosos que tiene. Les salva de la frialdad un leve temblor de incertidumbre. En este imperceptible parpadeo baso el fraude de mi juventud.

La joven se pone roja como un tomate. Su cara se tiñe de manchas rosas. Está más buena que el copón.

–Puede que tengas razón –reconoce.

(¡Uf...!)

Cuando le oigo decir esto siento una repentina y estúpida punzada de alegría y un miedo instintivo. Este misterioso e inverosímil encuentro me confiere de pronto una explosiva fuerza profana. Ante su enjoyada mirada, me siento rebosante de sangre juvenil. Mis pulmones se tiñen de su aire dorado. Es un momento de dicha, de virtuosismo... Así soy yo. Ésta es la historia de la juventud.

Miro su pelo empapado de luz, sus épicos ojos y su dramática boca. Me regocija. Aspiro con fuerza, inútilmente, el ligero, insatisfactorio, impoluto humo del cigarrillo bajo en alquitrán que me ha dado. Mi cara queda envuelta en una bruma parda que se me mete en los ojos. Soy consciente de mi creciente enigma.

Sonrío.

Seis

El hombre insiste y exige. Severo y seguro de los motivos que tiene para quejarse, sermonea a la mujer sin piedad. Ella intenta contener las lágrimas y permanecer impasible. No lo consigue. Mira a los presentes, yo incluido. Está avergonzada. El hombre sube el volumen de sus reproches para tirarle de la lengua.

–¡Me lo prometiste! ¡Me diste tu palabra!

Las lágrimas de la mujer, burbujas de silenciosa sal, han empezado a caer por sus mejillas. ¿Por qué no le responderá? Dale un cabezazo a ese hijoputa. Arréale una patada en los cataplines. Esto no se hace. No en presencia de otras personas. Si pudiera, intervendría. Sacaría mi lado heroico, mi lado caballeresco, y haría por ella lo que estuviera en mis manos. Le arreglaría un poquitín la cara a él. Lo haría si no fuera un vagabundo. Pero es imposible tal y como están las cosas.

–¿Y bien? –pregunta el hombre.

Su elegante traje se arruga de indignación. Parece que tiene la razón de su parte. Parece bastante seguro de ello. Me cae gordo. No me gustan ni su cara bronceada y bien afeitada, ni su crujiente camisa blanca, ni su estridente dinero, ni sus problemas sentimentales. Pero a ella le gusta, lo sé. Me lo dicen sus gruesas lágrimas, y su silencio me lo confirma.

–¿Y bien? –repite.

Ella hace un gesto imperceptible, un pequeño mohín de descontento y de compromiso que resulta insuficiente. Un grupo de jóvenes que espera para llamar por teléfono empieza a reírse abiertamente. El hombre pone cara de disgusto. Vamos, pienso, no desaproveches la oportunidad. Es pan comido. Ya has hecho lo más difícil. Sonríe. Déjate de lecciones morales y de desavenencias. No cuesta nada. Aceptará cualquier disculpa que le des. La tienes en tus manos. Está deseando claudicar y mostrarte admiración. No desaproveches la oportunidad.

140

De pronto, el hombre da media vuelta y se marcha enojado, golpeando fuertemente con los tacones. Los jóvenes vuelven a reírse, esta vez con más fuerza. La mujer siente tal pena y remordimiento que no puede ni moverse. Mira a su alrededor con las mejillas relucientes de lágrimas. Deja caer la melena sobre sus encorvados hombros y se tapa como buenamente puede. Sus ojos se cruzan con los míos: son unos ojos inexpresivos, sin brillo. La boca le tiembla de forma convulsiva, pero débilmente, muy débilmente... Aparto la mirada. Los latidos de mi corazón se aceleran. Oh, *misère*, ha desaprovechado su oportunidad. He intentado decírselo. Pero la ha desaprovechado, así de sencillo. Cuando vuelvo a mirar, la mujer ha desaparecido. Me fijo en toda la vulgaridad de Leicester Square, pero no logro verla en medio de la cambiante y apática multitud.

Leicester Square. Un lugar de una excentricidad monstruosa. Los cines imponen su cuadrada mole por todos lados y las gigantescas vallas publicitarias hacen daño a la vista. El minúsculo rectángulo de hierba y árboles permanece vigilado en medio de todo esto como si fuera un enfermo con un enema sobre la acera. El escandaloso clamor de centenares de estorninos inunda el aire y su negra y balanceante omnipresencia forma una gruesa capa sobre los bancos y los esqueléticos árboles. Hay mierda de pájaro por todas partes. La plaza está salpicada de excrementos de ave inglesa y cultura yanqui. Creo que prefiero la aportación de los pajaritos.

El sol del atardecer extiende grandes manchas diagonales de luz y oscuridad sobre los obstáculos de los tejados y las paredes. Vuelve a bajar la temperatura. Por la plaza desfila casi al mismo paso gente ociosa y gente ocupada: un lento y zigzagueante esquivar y arrastrar de pies. Nadie parece gran cosa en Leicester Square. Este lugar no resulta halagador para nadie. Aquí quien más quien menos tiene pinta de soplapollas.

Leicester Square está habitada por montones de indeseables. No me refiero tanto a vagabundos como a jóvenes sin hogar, carteristas menores de edad, prostitutas aficionadas y asquerosos grupos de punkis y capullos. Parece que buscan lo que Leicester Square les ofrece.

No es que esta plaza me guste especialmente, pero es un buen sitio para descansar un rato. Vengo a Leicester Square porque aquí incluso yo parezco respetable. Si se tiene en cuenta lo que se suele ver en este lugar, soy una persona próspera, pija y de vida ordenada. De vez en cuando resulta agradable destacarse en algo. Si el estanque es lo bastante pequeño, me encanta montármelo en plan pez gordo. No es una cosa muy admirable que digamos, pero creo que debo darme pequeños gustos y disfrutar de alguna que otra satisfacción.

Ayer expliqué al detalle las experiencias nocturnas del vagabundo, de modo que ahora hablaré un poco de la vida que hace durante el día.

Las horas del día son relativamente sencillas para nosotros los vagabundos. Nos brindan el consuelo del sueño, el sustento y la vida social. La noche sólo brinda sufrimiento. Esto constituye una edificante inversión de las costumbres habituales, ya que, si la noche es sinónimo de comida, descanso y coito, el día se consagra a las diversas formas que adopta el trabajo. El trabajo es una cruz para el hombre, es su manera de sufrir, el equivalente más parecido a los horrores nocturnos del vagabundo. Inevitable, *de rigueur*, pero muy poco divertido.

El vagabundo dedica el día principalmente a dormir. Echa siestas y cabezadas con abandono. (No sé por qué, pero en los días más fríos hace siempre mejor temperatura que en las noches normales.) Procurarse sustento es también una actividad propia del día. Por suerte, las necesidades alimenticias de un vagabundo suelen ser humildes y están en relación directa con la cantidad de alcohol que ingiere. Cuanto más bebe, menos necesita comer. Todavía hay un considerable número de instituciones benéficas en Londres dispuestas a poner los medios necesarios para que los vagabundos puedan darse una diversidad de gustos. Hoy me habéis visto en una de ellas. El papeo no era gran cosa, pero no soy tiquismiquis.

Las relaciones sociales no suelen caracterizar la vida diaria del vagabundo. Como ya sabes, yo no tengo muchos amigos entre la vagabundería, de modo que no soy quién para hablar de este tema, pero estoy prácticamente seguro de que la compañía representa un alivio para los demás, un baluarte contra el aislamiento y lo indeseable. Aun así, no creo que digan o hagan gran cosa.

La principal desventaja del día para el vagabundo es que es entonces cuando su salud empieza a darle problemas. Durante el rigor de la noche se halla tan ocupado con el asunto de sobrevivir que no presta atención a sus enigmas fisiológicos, pero cuando empieza a disfrutar de la relativa comodidad del día queda a merced de una multitud de enfermedades. Las dolencias vagabunderas son enciclopédicas y entretenidas. Te hablaría de ellas, pero son demasiado repugnantes.

Yo mismo padezco toda una serie de achaques. Estoy viejo y agotado, y reviento de infecciones y minusvalías. No se puede decir que mi cuerpo funcione como un reloj, pero no es algo que me preocupe mucho. Tengo un problema de salud más importante, y a él dedico todo mi tiempo.

El Cáncer me fascina. Le profeso auténtica admiración. Me tiene acojonado, pero le respeto. Es un maestro severo y creo que lo conozco bien. He pensado mucho en él, y es que no quiero que me pille desprevenido.

Parece mentira, pero no tengo Cáncer. Al menos no me lo han diagnosticado. Pero entre lo que toso y lo que expulso de mi triste cuerpo, albergo mis sospechas.

El problema es que el Cáncer es un auténtico hijoputa. No es como otras enfermedades. No obedece las normas médicas. Hace trampa. Las células normales son seres humildes, sin pretensiones. No arman jaleo y no buscan la fama. Son todas parecidas: ordenadas y democráticas. Obedecen a la burocracia del cuerpo. Son como los suecos. Pero las células neoplásicas son harina de otro costal desde el punto de vista de los microorganismos. Ellas son diferentes. No tienen nada que ver con las demás. Son malas, feas y crueles. Son unas brutas. Son unas locas peligrosas. Son perfectas para la desorganización, la anarquía y el salvaje saqueo del Cáncer.

Nadie sabe qué hacer con estos terroristas del cuerpo. Nadie sabe por qué odian la vida tan profundamente. Son guerrillas mortíferas e implacables y ganan siempre. Han descubierto nuestro punto débil. Nos han puesto de espaldas contra la pared.

Quizá pienses que soy un paranoico, pero el asunto me tiene preocupado. En los doce o trece años que llevo fumando me las he apañado para ventilarme, calculando por lo bajo, cerca de un cuarto de millón de cigarrillos. Tengo prácticamente la seguridad de que no me han hecho mucho bien. Al Cáncer le gustan las cosas imprevistas, le gusta que un hombre que fuma ochenta cigarrillos al día llegue a los noventa años. Pero seguro que no se resiste a aprovechar una oportunidad tan buena como la que yo le ofrezco.

El Cáncer me produce una sensación inquietante. Estoy seguro de que lo padecería aunque no fumara. Siempre me ha dado la impresión de que estaba apuntado en su voluminoso libro de cuentas pendientes. Con la desdichada vida que he tenido, sólo cabe llegar a esta conclusión.

Antes el Cáncer me aterraba. Ahora lo llevo mejor. La confianza no da asco, pero ayuda a ahuyentar el miedo derivado de las supersticiones. Ando sobrado de pesimismo y falto de linfocitos. Sueño con los adenomas, la leucemia y las molestias en el recto. La tiroides me tiene loco de preocupación, y en mi laringe prefiero no pensar. Los espongioblastomas, los carcinomas celulares escamosos, la descomposición de la lengua y la mandíbula... Todo esto me da miedo y pavor. Mi médula ósea, mi tejido fibroso y yo estamos jiñados.

Me preocupan el cromo, el alquitrán de cobalto, el hollín, el asfalto y la iperita nitrogenada. Me preocupan los hidrocarburos de los Benson & Hedges, la fibra de vidrio de los Marlboros y la mierda de vaca en los Woodbines. Mire a donde mire acecha siempre algún agente cancerígeno. ¡Incluso en las tostadas quemadas, por amor de Dios! ¡Las tostadas quemadas! ¡No tenemos ninguna posibilidad!

Sueño con interminables filas de neoplasmas con la cabeza rapada, atiborrados de sidra, cantando y destrozando cabinas telefónicas. Soy una arena perfecta para los excesos de gladiador que traman. Su intención es pillarme y hasta el momento siempre se han salido con la suya.

Ah, por allí se acercan los neoplasmas.

LOS NEOPLASMAS
(cantando en plan gamberro)

Somos los chicos de la calle de la Muerte,
los muchachos del barrio del Cáncer:
a las células las dejamos fuera de combate,
¿A quién conoces que sea más fuerte?

Nos carcajeamos de la radiación,
la quimioterapia nos resulta hilarante;
somos los audaces incurables,
somos el Cáncer, la Úlcera y la Putrefacción.

Enfermedades hay muchas: rabia,
hepatitis, Parkinson y espina bífida.
Nosotros dirigimos a las hordas endocrinas,
por eso tenemos a la medicina acojonada.

Somos la mejor enfermedad de todas,
nuestro índice de mortalidad es el más alto:
con la poliomelitis te quedas hecho un asco,
con nosotros te vas directo al otro barrio.

Tú sigue fumando tu tabaco
y comiéndote tus tostadas quemadas.
Los agentes cancerígenos son los que mandan:
ellos siempre terminan ganando.

Así que ojo con los melanomas,
mucho cuidadito con los quistes;
si te presentan a un carcinoma,
ya verás como no tardas en morirte.

(¿Ves lo que quiero decir? Estos tíos son unos hijoputas.)

Si uno es hipocondriaco, lo mejor que puede hacer es informarse bien.

Cerca de mí se dispersa un sinfín de enloquecidos pájaros locales soltando graznidos de irritación. En medio del confuso aleteo surge un pequeño gato blanquinegro con aire indiferente e imperioso. Se aproxima a mi banco despacio, con sigilo. Es elegante y tiene el trasero moteado. Sube de un salto y se me acerca sin miedo. Levanto una mano para acariciarlo. El animal se detiene por un instante, tras lo cual decide permitirme esa libertad. Frota su frente pinchuda contra la palma de mi mano. Espera que le dé comida.

El gato ronronea profundamente, y su cuerpecillo vibra con fuerza bajo mi mano. No tengo comida para darle. Sigue mostrándose cordial y frota sus glándulas peribucales contra mi pulgar. Es un animal feliz y parece bien alimentado. Me pregunto cómo se las arreglará para estar así.

¡Epa...! Me levanto con rapidez. Me estremezco y me alejo a toda prisa del banco. El gato blanquinegro se marcha de un brinco sin importarle que me haya ido de semejante manera. Corro como un loco hacia el servicio de caballeros que hay en una esquina de la plaza. Me abro paso velozmente entre la multitud de obstáculos humanos y me precipito por los pequeños escalones que conducen a los baños subterráneos. ¡Mierda! Hay que pagar. Busco en los bolsillos del pantalón y saco una moneda de diez peniques, que entrego a la obesa anciana a cargo de la pequeña barrera de peaje. La diminuta valla se levanta y puedo entrar en las entrañas de porcelana. Esquivando a los de la secreta y los homosexuales que rondan en el interior, consigo llegar a un mugriento cubículo desocupado. Una vez a salvo en mi repugnante cabina, me inclino y me preparo. Lanzo una fugaz mirada al sucio papel higiénico y los cigarrillos empapados de orines de borracho que atascan el retrete, y me pongo a vomitar.

¡Dios...! ¡Ya estamos otra vez! (¡Puaj....! ¡Paf!)

145

¡Joder! (¡Mmm...! ¡Paf!)

¡No! ¡Ya basta, por favor! (¡Ufff...! ¡Paf!)

Cuando termino de chorrear, salpicar y resbalar, doy por concluido el asunto y lanzo un escupitajo de color marrón. Aún queda una mucosidad colgando de mi boca gracias a un leal y obstinado hilillo. Vuelvo a escupir, suelto un bufido y soplo con fuerza. La hilacha de baba sigue fielmente unida a mis labios. Me paso la mano por la boca y me la limpio en la pared junto con el resto de mocos y porquerías.

Así está mejor. Miro en el retrete por si se me ha caído algún pedazo de intestino y, agradecido, tiro de la cadena. Cuando salgo de la cabina, siento tanto asco y dolor que creo que me va a estallar la cabeza. Alguno de los esperpentos que andan arrastrándose por los servicios me mira esperanzado. Cree que tengo una pinta lo bastante asquerosa como para estar interesado en lo que él ofrece. Se equivoca, aunque por poco. Me escabullo, dando las gracias por no haber hecho demasiado ruido ni haber sido arrestado como sospechoso de mariconear en un meadero.

Arriba, en el exterior, el día declina y ya no tiene ninguna utilidad para mí. La multitud fluye alrededor del minúsculo dique que representa mi persona. Miro a mi antiguo banco. Hay gente en él. Se ha sentado una pareja de vagabundos piojosos con una bolsa de papel llena de patatas húmedas entre los dos. Se pasan una botella sin etiqueta que contiene un líquido azul, mientras el pequeño gato blanquinegro permanece acurrucado a sus sucios pies y los observa con atención.

Me arrastro hacia Charing Cross Road. Es una calle muy venida a menos, pero allí por lo menos hay unas cuantas librerías y se respira un falso ambiente de cultura y ocio. Me vendrá bien esa fugaz ilusión de respetabilidad. Estoy harto de Leicester Square.

Prefiero no decirte lo que acabo de vomitar. No ha sido muy agradable. Me ha hecho daño. Ha sido una cosa horrible. Puede que los neoplasmas de marras hayan empezado ya a hacer de las suyas. Desde luego tenía todo el aspecto. Y el olor también.

Creo que podría estar muriéndome. En cierto sentido, espero que así sea. Lo que quiero decir es que, si he soportado algo así, la muerte debe de ser algo muchísimo más jodido. Esta idea me inquieta. Me gusta acabar primero con la parte desagradable. No quiero sorpresas.

Todo este sufrimiento, toda esta severa autoinmolación, ¿qué opinión te merece? ¿Resulta convincente? ¿Horroriza o irrita? ¿Por qué me molesto en soportarlo? ¿Para curtirme? ¿Por qué no me tomo las cosas con calma durante una temporada? ¿Y si me relajo? ¿Y si me doy un baño, me pongo las zapatillas, acerco una butaca a la chimenea y me echo una cabezadita? ¿Por qué soy tan esnob con los placeres del confort y la docilidad?

No lo soy. No lo soy en absoluto. Es más, antes era un ferviente defensor de la comodidad. Me parecía lo más sensato y democrático. No me quejaba por nimiedades. No anhelaba sentir emociones fuertes ni sufrir con fines educativos. Quería que mi evolución estuviera marcada por el lujo y la ausencia de dolor y exenta de incidentes azarosos.

Nada me cabreaba tanto como los tratados sobre la desintegración y los padecimientos autoinfligidos (o, al menos, sufridos sumisamente) que dan cuerpo a la idea de evolución personal durante el siglo XX. Esta incontestada autodestrucción me parecía falsa. Toda esta coacción para aceptar el caos y la capitulación, ese bombardear las propias trincheras, ese enorgullecerse de la humillación, esas teorías inconsistentes. El virtuosismo de esa gente me parecía aborrecible. La nueva nobleza de la degeneración: su espantosa e inexplicable manera de satisfacerse. Era una gilipollez y me deprimía.

Naturalmente, me equivocaba de medio a medio. Como de costumbre, mis vehementes opiniones adolecían de una audaz falta de fundamento. El sufrimiento, si tiene una buena oportunidad de dejarte agotado, hacer una bola contigo y tirarte a la papelera, está justificado. Se convierte en su propia *raison d'être*. Constituye una especie de función, una forma particular de existencia. Por grotesco que parezca, divierte y entretiene. Es un papel como cualquier otro y, desde el punto de vista de la dramaturgia, incluso mejor que algunos.

En resumen: que cuando uno está hecho una mierda, se consuela con cualquier parida mental.

*

Supongo que debería terminar de contarte lo que ocurrió con esa chica, la tía buena del centro de beneficencia. Creo que no podría permitirme cometer semejante omisión. Siguió insistiendo que me conocía, lo cual, entre la vida tan decididamente barriobajera que llevaba yo y todo lo demás, era, por supuesto, imposible. Oiría a alguno de los vagabundos decir mi apellido. Si no, fue una casualidad. Aunque entonces tendría que ser una auténtica casualidad. Bogle no es como Smith: no es muy fácil de adivinar, ¿no? Bueno, no puedo explicar por qué sabía cómo me llamaba. Pero no vayas a desconfiar ahora. Yo jamás te mentiría.

En cualquier caso, le pareció trágico que yo hubiera acabado de semejante manera. Estaba horrorizada la pobre. Pensaba que debía hacer algo. Esto me llevó a considerar la posibilidad de gorronearle algo de guita. Pero no lo hice. Habría sido un espectáculo lamentable.

Dijo que iba a intentar encontrar algún sitio donde pudiera quedarme. Una amiga suya tenía una casa vacía en Enfield, y trataría de arreglarlo con ella. Me dio su número de teléfono y me dijo que la llamara el lunes. ¿Qué necesidad tenía yo de vivir en la indigencia?, añadió. La calle no era un lugar adecuado para mí. Cuando tuviera un sitio donde quedarme, no tardaría en encarrilar mi vida. (A saber qué querría decir con esto.)

Bueno, ¿qué opinas? Yo, personalmente, tengo mis dudas. Fue muy amable de su parte tomarse la molestia y todo lo demás, pero a mí me da que lo que quería la muy listilla era mi culito respingón. No puedo prostituirme de esta manera. Creo que voy a pasar del tema.

Siete

Exterior. Última hora de la tarde. Calados y cochambrosos puestos de mercado enclavados en la parte de abajo de Covent Garden y Southampton Street. De los arcos de la fachada del mercado salen filas de turistas extranjeros, jóvenes y ruidosos. La lluviosa tarde no parece restarles vivacidad, y sus gracias y travesuras no se ven afectadas por la grisura del aceitoso cielo y el repentino desbordamiento de sumideros y aceras.

Como puedes ver, se ha puesto un tiempo de mierda. Yo ya sabía que esto ocurriría.

Contemplo la chapoteante y húmeda escena desde una horterada de refugio situado en una de las espurias terracitas que pueblan Covent Garden. Me encanta el espectáculo. Saboreo la grisura del cielo que se extiende sobre mi cabeza. Me gusta la lluvia.

Esto es una auténtica estupidez. Cuando llueve tengo que improvisarme un refugio con los desechos y las porquerías de la ciudad. La lluvia no es amiga mía. Sin embargo, si soy objetivo, he de decir que me causa admiración. Me encanta cómo le toca los huevos a la gente.

Este puñetero frente de precipitaciones es un buen ejemplo de lo que digo. Las gotas caen como dardos y acribillan el polvo y la sequedad. El cielo es inexorable e inhóspito. Desbarata el fraude de este chapucero crepúsculo urbano.

Me he vuelto a dormir. Me he quedado traspuesto en la silla. Seguro que, con lo autónomos que se me han vuelto el catarro y los mocos, he estado carraspeando y jadeando, pero, curiosamente, nadie se ha atrevido a molestarme. La gente puede ser muy amable si se toma el tiempo para pensar en ello. Me he despertado descalabrado y triste. Tengo la columna rígida y dolorida. Es la única parte de mi pobre cuerpo que no se ha helado todavía, y para compensar está trabajando en la sección de molestias.

Cambio prudentemente de posición. No sufro ninguna hemorragia ni se me cae nada. Me animo al ver lo bien que estoy de salud. Busco un simpático pitillo en la indescriptible penumbra de mi viejo abrigo. El paquete está destrozado y no vale para nada. Me quedan dos cigarrillos. A uno se le ha desprendido el filtro, del que cuelga gracias a un fiel trocito de papel. Arranco el filtro y me fumo el resto. En cierto modo, es mejor sin el filtro. Ya sabes: hay que acabar con los intermediarios. Aspiro el humo fresco, duro y áspero del tabaco y oigo la conocida respuesta de agradecimiento de mi petrificado cuerpo.

Estoy en la gloria aquí sentado, en Covent Garden, en medio del desorden de esta sandwichería. Cada vez hay menos gente. Tengo una mesa y dos sillas para mí solo. Sobre la mesa hay cuatro tazas de café vacías con restos de azúcar que parecen manchas de desesperación. Me las he tomado todas y la camarera las ha dejado donde están para que me hagan compañía.

La destartalada terraza de este vulgar local me sirve de marco para el triste cuadro en tonos ocres que ofrece la lluvia a mis admirados ojos. Ahora cae con más fuerza, y el agua golpea con placentero sarcasmo los sucios toldos de este mercado improvisado. La gente se apiña, se abriga, corre o espera. Sus paraguas sufren las bromas del viento y sus complicados peinados quedan defoliados en un instante de crueldad. Si no fuera por el puñetero frío que hace, estaría de lo más a gusto. Me froto las manos para generar un poquitín de calor. ¡Puto mes de junio!

¡Cuatro tazas de café! Esta locura me ha costado una libra y sesenta peniques. Pero las necesitaba. El café es imprescindible. Me ha entrado pánico. De repente, después de echar la pela, he pensado que iba a morirme si no me tomaba exactamente cuatro tazas de café. Y cuatro tazas es lo que me he tomado, ni una más ni una menos. Ha sido un festín. Me las he tragado en un abrir y cerrar de ojos. Me he recuperado. He sobrevivido. Ha sido una falsa alarma.

Y ahí están ahora mis cuatro tazas de café. Clavo la mirada dentro de ellas. Se me ponen los cojones por corbata. El nombre y el número de todos mis pecados. Hoy recibo mi justo castigo. Hoy es para mí el día de las tazas de café. El día de mi triste juicio final. La hora de la verdad. Cuando, tras hacerles una chapucilla de carpintería, consigo abrir los ojos, puedo ver la pena que doy, el desastre que he acabado siendo.

El aguachirle, la asquerosa payasada en que se ha convertido la repugnante vida que llevo. Lo veo en los posos del café. La cantidad de cosas profundas que estoy soltando hoy. Y todo por cuatro tazas de café.

(Todo el mundo tiene un mal día.)

El cielo escupe. La acera está alfombrada del asqueroso y resbaladizo barro pisoteado por un niño en un día lluvioso de colegio. La pátina de suciedad y grasa es tan traicionera que un robusto policía que pasea por la zona se resbala y está a punto de caerse. No se oye ninguna risa, ni disimulada ni de ningún otro tipo.

Lluvia. Lluvia, violenta y fría. Manchas de barro de color gris pálido describen círculos en las aceras y los muros. Todo es aceitoso y móvil, fluido y chorreante.

Éste es, como habrás podido adivinar, el tiempo perfecto para contar lo que quiero contar. Es el barro adecuado, la lluvia idónea, la inclemencia apropiada para la reflexión. ¡Es la expresión más violenta y encabronada del engaño sentimental!

Porque...

Ésta es la parte que no me gusta. Ha llegado la hora de la tristeza, la hora de sacar mi pequeña tragedia. Es el momento de conseguir que te compadezcas de mí. El rollo sentimentaloide. El asunto del romanticismo. El dilema de Deirdre. La peor de las malas épocas.

Durante mi adolescencia fantasma tiré adelante como buenamente pude: trabajando, haciendo economías, adelgazando e improvisando. La vida era dura, pero yo era más duro todavía. Me quedaba admirado de mí mismo. Con cuidadosas manos de jardinero, cultivaba mi resentimiento. Si no tenía un motivo de rencor, alimentaba otro. Hice lo posible por ser un oprimido, un amargado, un vengativo. Hasta cierto punto lo conseguí. No me faltaba razón. Acumulaba motivos de rencor como si fueran monedas y contaba mi tesoro de amargura en noches teñidas de avaricia. Estaba sufriendo, de eso no cabía duda, y algún día alguien iba a pagarlas todas juntas. Esta idea me subía muchísimo la moral. Me animaba a seguir viviendo y a seguir rebelándome. La venganza es excelente para la autodisciplina.

El problema estaba en que el resentimiento y el rencor que sentía no tenían prácticamente objeto. Era evidente que alguien me hacía daño, pero se trataba de una persona incorpórea, una persona sin número de teléfono ni hija a la que pudiera violar. El destino era mi fructífero enemigo, y con él no podía esperar tomar represalias. Cada vez que daba una coz recibía otra. Era la letrina personal del infortunio disentérico. Me llovían por todos lados desgracias, crueldades, horrores, padecimientos y desastres. Estaba literalmente empapado de calamida-

151

des bufonescas. Según la ocasión, mis desventuras eran insustanciales, elegantes, complejas, previsibles, sorprendentes, sórdidas, lamentables, conmovedoras, épicas, inverosímiles, bien documentadas, improvisadas, necesarias, inútiles, malignas o virtuosas. Nadie habría apostado por mí.

Solía consolarme pensando que la situación no podía empeorar. Pero siempre empeoraba. Quien espera desespera, y yo no hacía más que esperar. Me daban ataques de risa cuando veía las reservas de mala suerte que me quedaban. Me tumbaba y me rendía. Me ponía en pie y seguía luchando. Aceptaba sumisamente y resistía con ferocidad. Consulté a un asistente social y a un exorcista. Ambos me consideraron un caso perdido. Pronto el infortunio se quedó sin saber qué más desgracias podía infligirme. Durante una breve temporada vi las cosas con optimismo. El infortunio decidió volver al principio y empezar otra vez. Me quedé calvo, arrugado e impotente. Los amigos huían despavoridos cuando me veían por la calle. Mis reveses desafiaban las mismísimas leyes de la probabilidad, como demostraron varias eminencias de las matemáticas. Los humanistas sufrían ataques de nervios por mi culpa y los teólogos me citaban como prueba de que existía un Dios, aunque bastante sarcástico. Me entró incontinencia, me volví nihilista y me salió un tic nervioso.

La situación empeoró.

No es que me faltasen personas vivas a las que poder expresar mi más sentido agradecimiento. Los dueños de los pisos y los pubs eran para mí sinónimo de explotación y humillación. Los padres de Deirdre también hacían todo lo posible por perjudicarme y destruirme. Contrataron a detectives privados, mandaron cartas anónimas a mi colegio para difamarme y pusieron bombas en mi cuarto de baño. Es decir, lo que suelen hacer los suegros. En efecto: a la hora de demostrarme su odio se mostraron incansables, pero no eran más que unos pobres desgraciados sin atractivo, y nunca representaron un auténtico peligro.

Las inconscientes pullas de su encantadora hija resultaban infinitamente más dolorosas. Con su despreocupada intolerancia y su desconsiderada prosperidad podía machacarme sin el menor problema. Mientras yo me moría de hambre y me consumía, ella se convertía en una jamona cascarrabias. Si yo tenía más agujero que zapato, ella envolvía su vulgar figura en ropajes cada vez más lujosos. Si ella poseía una cuenta de banco rolliza y boyante, yo tenía un delgado álbum con las fotografías de todos los billetes de cinco que había visto en mi vida. No era más que una discrepancia de nada. (¿No lo son siempre?)

La comida que Deirdre ponía cada día en su fiambrera contenía una cantidad media de calorías superior a la que podía tomar yo las semanas en que mejor me alimentaba, pero la muy jodida aparentaba no darse cuenta de esta delicada situación de desequilibrio, y por supuesto esperaba que yo mostrara exactamente la misma discreción que ella. Como era un jodido romántico de mierda, mantuve un diplomático silencio ante las grotescas atrocidades que sufría. Ni una sola palabra de queja o indignación manchó mis educados labios. Si me desmayaba o vomitaba parte de la hierba que había estado masticando, le restaba importancia pensando que no era más que otro agujero en el zapato de mi desdichada vida.

Cuando uno vive desahogadamente, cuando goza de prosperidad y está satisfecho, lo que más incómodo le hace sentir son las espantosas desventuras de otras personas. Yo me daba perfecta cuenta de ello. No deseaba ser un aguafiestas.

(El escritor satírico ha de ser consciente de las insensateces y los vicios del objeto de su sátira, pero debe evitar la superioridad moral y la hipocresía. La sátira posee una función: censurar la insensatez y el mal y fomentar el espíritu de reforma. Deber ser constructiva, no vengativa. Es un arma que sirve para bajar los humos, y ha de emplearse sólo con las cosas mundanas.

¿Es esto cierto? ¿Es todo lo que se puede decir al respecto? Creo que no.

Todos somos víctimas de la sátira. Lo pasamos mal con la mordacidad, el sarcasmo, la ironía y el ridículo. Nuestras acciones son blanco del cinismo, las invectivas y las mofas. El problema de nuestras penalidades es que son frívolas, traviesas y buenas imitadoras. Un elemento de dramatismo o de tragedia nos permitiría pensar al menos que las cosas son coherentes mientras sufrimos. Pero, no: la sátira es feculenta e implacable. Nos molesta en todo lo que hacemos y deja en nuestros desastres la impronta de la farsa y el oprobio. La ironía y el ridículo muerden con fuerza y a menudo. Para la burla somos un plato suculento.

Todo se reduce a esto: en los peores momentos somos grotescos, y en los mejores, litóticos.)

El año en que cumplí los dieciocho no fue muy bueno. Me sucedieron un montón de desgracias. Para Maurice tampoco fue un año precisamente bueno, ya que murió y tal... Su muerte constituyó sólo una de las muchas desdichas de aquella época aciaga. Por aquellas mismas fechas me ocurrieron muchas más, pero hay una que destaca con toda claridad entre todas ellas. Escucha.

El 17 de febrero de aquel año, durante la hora que tenía en la escuela para comer, estaba trabajando como de costumbre tras la barra del Shannon Inn. La hora de la comida en el Shannon Inn era sumamente instructiva. El espectáculo era soberbio. Tras pasar las primeras horas del día recorriendo pubs, unos ancianos piojosos y harapientos empezaban a sentirse allí como seres humanos. En los pretenciosos reservados se oía un rumor lejano de voces amortiguadas. Una sucia nube de humo y nocivos gases humanos flotaba pesadamente en el recargado ambiente del local. En fin, una juerga.

Tom Mullen, mi despreciable y desdentado jefe, me dijo que había alguien en la calle que deseaba verme. Mullen estaba cabreado. Si me pagaba un sueldo tan maravilloso no era para que hiciera el gilipollas con mis amigotes en la calle. Hice caso omiso de sus torpes imprecaciones y salí a todo correr. La persona que preguntaba por mí era el padre de Deirdre. Me quedé sorprendido. No era ni un colega del alma ni un gran admirador mío. Tenía cara de pocos amigos. Cuando se volvió hacia mí, su cara no reflejaba la más mínima alegría.

Lo que me contó fue muy desagradable. Se trataba de algo en verdad espantoso. Me dejó conmocionado. Me dejó hecho polvo. Por suerte, fui lo bastante listo como para pensar de inmediato una solución. Me emborraché. En el acto. Me cogí una borrachera de cuidado.

Por lo visto, Maurice me encontró más tarde sacrílegamente dormido en el altar de la capilla del colegio. Llevaba dos botellas de whisky de refuerzo, por si la sobriedad intentaba contraatacar en el último momento. Estaba ciego a más no poder, pero no me fiaba ni un pelo. Eran muchas las cosas en las que no quería pensar.

Maurice se sorprendió de encontrar a su colega tan pedo en semejante sitio, ya que yo siempre había sido abstemio. Intentó averiguar qué me pasaba. Le costó mucho enterarse de la verdad, y para ello tuvo que armarse de paciencia y oírle decir unos cuantos piropos a mi intolerante persona. Dicho sea en su honor, se quedó horrorizado. Al menos eso me dijo más tarde. No se esperaba semejante cosa. Debió de ser algo muy penoso para él.

El padre de Deirdre me contó que su hija había abortado. La operación ilegal se había llevado a cabo unas semanas antes y tenía toda la pinta de haber sido una chapuza. Por lo visto, Deirdre casi se muere. Estaba de varios meses, como se suele decir. Había sido la típica historia de retrete... El aborto, se entiende. O sea, que el indeseado y destrozado feto había ido a parar a la taza del váter de la familia. Qué forma más desagradable de marcharse de este mundo. Creo que para mí este truculento detalle fue la gota que colmó el vaso. Me imaginé al impío desecho humano muriendo en el retrete, pegado a las paredes de porcelana de su ataúd de orines y agua, con las rodillas dobladas y los brazos en jarras. Por un ducado.* Pobre chaval, me dije. Pero entonces pensé que no debía llamarlo así. Pobre lo que fuera. Recuerdo que en aquel momento me pareció interesante esta cuestión. Una dificultad semántica.

Aquello me dejó el ánimo por los suelos. Me dejó triste y deprimido. La desesperación, el dolor y la vergüenza vinieron a mi casa a pasar el fin de semana. Estaba tan consternado y borracho que omití decirle al padre de Deirdre que yo no era el responsable de aquella obscenidad. Tras mi primer fracaso por culpa de los escrúpulos, lo de tirármela había quedado totalmente descartado. Me olvidé por completo de comunicarle que había sido otro, no yo. No se me ocurrió y, como él me había acusado de la fértil fechoría, era evidente que Deirdre había omitido informarle de que era inocente.

Me quedé desolado, y es que si no me la había cepillado era únicamente por la desmesurada importancia que concedía a su castidad, y por el juvenil respeto que sentía por su virginidad. Pensándolo bien, he de confesar que, en este aspecto, sin lugar a dudas perdí el tren.

Sin embargo, en aquel momento fue su dolor lo que más me afectó. Me costó caro. Estaba horrorizado. El asunto me daba asco, y en este sentido el alcohol me ayudó sobremanera. Maurice estaba apenadísimo. ¡Qué muchacho más maravilloso! Por algún grotesco motivo, de repente vi con claridad el lado cómico de la situación. Era una persona ridículamente abyecta, algo que además podía demostrar: había aceptado la responsabilidad de lo ocurrido, no había sabido que estaban poniéndome cuernos, mis buenas intenciones resultaban poco creíbles y mis explicaciones desafortunadas. Era como para partirse de la risa, créeme. Sentí un regocijo morboso y mezquino, y mis carcajadas resonaron en la pequeña capilla. Maurice se

* Referencia a las palabras que dice Hamlet al matar a Polonio, equivalentes a «por dos reales» o «por una nimiedad». (N. del T.)

sintió espantado ante mi reacción, lo cual es digno de elogio. No pilló la broma.

Ojalá pudiera describir con exactitud lo mal que me sentía (y quizá también lo mal que estaba pasándolo Deirdre). Pero es difícil. No me veo capaz de hacerlo. Me quedé hecho cisco. Me derrumbé. Me declararon zona catastrófica. Mi cabeza era una esponja llena de mocos y lágrimas de dolor, y de mi corazón caían enormes goterones de sangre y amargura. Amenazado por las lágrimas y la pena, capitulé ante el insuperable odio de mi suerte. Bebí mucho. No podía obtener reparación ni interponer un recurso. La desesperación estaba al orden del día. Resultaba difícil encontrar el tono justo en semejantes circunstancias. Resbalé, caí y desaparecí del mapa.

(¡La sátira es una hijaputa! Espero que algún día le paguen con la misma moneda.)

El fin de semana después de enterarme del percance ginecológico de Deirdre fue todo menos divertido. La noche del viernes me la pasé bebiendo las dos botellas de Pernod tamaño gigante que había conseguido añadir a mi nueva colección de bebidas alcohólicas. El sábado lo dediqué en su mayor parte a intentar recuperar los órganos vitales más necesarios de la vomitona de color púrpura que había arrojado descontroladamente por mi indignada garganta. El domingo traté de cortarme la garganta con un abrecartas desafilado, pero estaba tan borracho que ni siquiera esto me salió bien. Eso sí, me hice unos buenos cortes. Estaba hundido, horrorizado y malherido. Derramé lágrimas amargas y chispeantes sobre la sucia ventana de mi ruinosa casucha. Perdí montones de negra sangre por el cuello. En resumidas cuentas, lo pasé mal.

Pues sí: las cosas se habían torcido de mala manera. La vida se había vuelto muy desagradable. Así es ella: le gusta mostrar su versatilidad. Eso es lo que me gusta de la vida: su ostentosa y desinhibida teatralidad.

Me encontraba en una situación desesperada. Vivía en un microscópico tugurio lleno hasta los topes de todos los elementos interesantes y voraces del mundo de los insectos y las bacterias. Trabajaba treinta horas al día limpiando con la lengua los suelos de los pubs, con las cuatro perras que ganaba había de pagar un alquiler exorbitante, y mi chica acababa de perder un hijo en cuya procreación yo no había tenido ni arte ni parte. Pobre Bogle: siempre a las duras y nunca a las maduras.

Lo que pude clamar a los cielos por un mínimo de justicia y clemencia. Acababa de cumplir dieciocho años y pensaba que me merecía que me trataran con una consideración especial. Mientras se me iba la juventud entre berridos, babas y hemorragias, alegué que era inocente, inofensivo, pobre, joven y mortal. Pero fue una puta pérdida de tiempo. Gasté saliva de forma inútil. No debería haberme molestado.

Tras un comienzo tan poco alentador, mi situación no hizo más que deteriorarse. Deirdre permaneció en silencio, negándose a reconocer que yo no había tenido nada que ver con su desdichado embarazo. Me dieron pocas oportunidades de defender mi buen nombre, aunque, por extraño que parezca, no me importaba cargar con la responsabilidad. Al lado de las otras cosas que estaban ocurriendo en mi vida, el sentimiento de culpabilidad carecía de importancia. Mi vida giraba en torno al alcohol. Me puse el brazo en cabestrillo y empiné el codo. Me venía bien cuando la vida me resultaba confusa. Es decir, siempre. Me tomaba el sufrimiento por vía oral.

El hecho de trabajar en pubs constituía una gran ventaja. Disponía casi de todo el alcohol que quería, y a medida que aumentaba mi aguante y mejoraba mi gusto, mis hurtos fueron ganando en audacia. Salía del trabajo con los brazos peligrosamente cargados de botellas y me ponía a gusto para enfrentarme a los terrores de mis noches de insomnio. Cada vez me revolvía más en el fango, por lo que en los pubs empezó a resultarles difícil pasar por alto mis crecientes borracheras y robos. Pronto me echaron de todos en los que trabajaba (unos cuarenta por aquella época). Como era de esperar, Tom Mullen fue el primero en ponerme de patitas en la calle. Me dio su bendición amablemente y convenció a sus dos enormes y estúpidos hijos para que me propinaran una buena paliza. Se emplearon a fondo. Me machacaron la cabeza con tanto vigor como virtuosismo. Cuando acabaron, fue necesario ponerme dieciocho puntos en los morros, tenía una clavícula rota y tres costillas fracturadas, y sufría conmoción cerebral. (La verdad es que nunca me cayó bien la familia Mullen.)

Nada de esto me hizo abandonar mi inquebrantable fe en la bebida. Vendí las pocas y tristes pertenencias que podía vender. Pedí prestado a amigos y enemigos. Busqué y rebusqué hasta conseguir el dinero necesario para avivar mi insaciable sed de alcohol.

El alojamiento se convirtió a su vez en un asunto complicado. Apenas me molestaba en ocultar los lamentables efectos de mis excesos etílicos. Mientras me precipitaba en una espiral de vicios y problemas de salud, la bruja de mi casera me echó. Una vez más fui víctima de una paliza, esta vez a manos de sus hijos. Aunque no eran tan grandes como los Mullen, gozaban de una inventiva infinitamente superior, y me las hicieron pasar canutas. (¿Por qué será que esta gente siempre parece tener una prole de psicópatas mutantes?) Mi caleidoscópica colección de contusiones, subluxaciones, dislocaciones y hemorragias aumentó a ojos vistas. Los daños sufridos por mis fracturados y entristecidos huesos eran de índole diversa, al igual que los dolores que me causaban. (¡Ah, mis huesos, mis atrevidos y apuestos huesos!) Los tenía sencillos, compuestos, parciales, completos o lineales, longitudinales, oblicuos, espirales, desplazados, conminutos, transversales, articulares, intra y extra capsulares. ¡Me hacían ver las estrellas! La estentórea dueña de la propiedad me birló las pocas pertenencias que me quedaban para cobrarse el dinero del alquiler que yo había invertido en alcohol. Me importaba tan poco que no me quejé, y además los huesos me dolían tanto que no podía hacer nada.

Aterrador, ¿verdad?

Por alguna oscura razón, seguí acudiendo a clase durante cosa de un mes. No sé qué bien podía hacerme, ya que me había consagrado por entero el estudio de la dipsomanía, pero el caso es que no dejé de ir. Todavía debía de alentar en mi desfallecido corazón el deseo de aprender. Por lo general mis compañeros se quedaban desconcertados ante mis excesos, pero la mayoría se mostraba comprensiva. Sólo Maurice conocía la causa de mi imparable deterioro, pero no hablaba de ello con nadie. (Por aquella época él también tenía problemillas bastante delicados, en su mayoría relacionados con su inminente muerte.) Granos McGonagle se apostó con varios estudiantes a que no llegaba a final de curso. Las apuestas llegaron a ser de cinco a uno en mi contra, aunque recibí un gran apoyo moral. McGonagle se forró. (Me pasó disimuladamente varias botellas de ginebra para tener más posibilidades de ganar. Siempre supe que McGonagle llegaría lejos.)

No les resultó fácil. La mayoría eran hijos de la prosperidad católica, y yo estaba cada vez más cerca de convertirme en un vagabundo y un borrachín de mierda. Dicho sea en su honor, adivinaron que se encontraban en inferioridad de condiciones y se mostraron dispuestos a complacerme. A pesar de sus limitaciones y de la influencia de sus padres, se esforzaron por ayudarme en la medida de sus posibilidades, pero por lo visto yo me obstinaba en mandarles a la puta mierda. Hasta llegué a zurrar a un par de ellos, Maurice incluido. Siempre había sido un puñetero cabezota, y el alcohol no contribuía precisamente a mejorar la situación. Parecía que no podía o no quería aceptar su ayuda y, aun así, mis generosos compañeros insistían. ¡Pobres diablos!

En clase perdía a menudo el conocimiento y me pasaba la mayor parte del día tratando de vomitar los intestinos en los hediondos cagaderos de los de bachillerato superior. O'Halloran Cabezanabo mangó un cubo de hojalata al conserje, y entre varios se turnaban para seguirme con el recipiente y recoger mis repugnantes vomitonas.

Al principio los profesores intentaron por todos los medios no prestar atención a mi comportamiento y, a pesar de mi hostilidad, mis compañeros lograron disimular los estropicios más espectaculares, confiscando la colección de botellas y petacas que solía llevar al colegio. (Como era un tipo astuto, siempre me las arreglaba para esconder un par. Eran demasiado grandes para llevarlas en el culo –si lo sé es porque probé a metérmelas–, pero encontré varios escondrijos en los vestuarios del equipo de hockey irlandés y los mantuve bien abastecidos para mis frecuentes situaciones de emergencia.)

Cuando estaba tan pedo que no podía ni tenerme en pie, algunos de mis compañeros me llevaban a las duchas y, soportando mis golpes, intentaban hacerme entrar en razón con agua helada. En una ocasión me afeitaron una oscura y sucia barba que tenía desde hacía tres semanas. Me hicieron varios tajos, pero fue con la mejor intención.

¡Un poco más y esos chicos me llevan al huerto! Cuando pienso en ello, no deja de conmoverme que todos sin excepción se unieran para ayudarme. Entonces no me hizo la menor gracia.

Ni que decir tiene que pronto me volví demasiado asqueroso como para pasar inadvertido. Mi delirio iba a más, y el colegio ya no podía seguir mostrando indiferencia. El viejo Napias fue avisado. Antes de que tuviera ocasión de poner en práctica sus conocimientos de religioso, yo había alcanzado tal grado de alcoholismo que ya no me acordaba de a qué colegio iba.

Bien, chicos y chicas, ¿qué puedo decir? Fue una época aciaga. Ya lo creo que sí. Mi decadencia era imparable. Mi decadencia creció, floreció, le salieron cuernos y cola, hizo flexiones. Como no tenía ni dinero ni sitio donde vivir, me eché a la calle (mi mejor colega). Se me nublaron los ojos y perdí el orgullo. Esta vez no intenté fingir. Me daba igual quién pudiera verme en semejante estado de degradación. Dormía donde podía. Cual fantasma, rondé las vetustas y sucias calles de Belfast y cerré mis apagados ojos a cualquier tipo de esperanza. Comencé a frecuentar la compañía de otros vagabundos y borrachos, y en mi tersa piel se formó una capa de mugre y empezaron a aparecer bichos. Los dientes se me picaron y cubrieron de costras, y la cabeza, aunque despierta como un búho, se me trastornó por la amargura y el dolor. Las heridas se me quedaron a medio cerrar, y perdí salud a velocidad de vértigo. Deirdre había dejado de obsesionarme. ¡Lo encabronado que estaba para lo joven que era! Me daba la impresión de que mi vida había llegado a su fin, y, a mi triste y etílica manera, me regodeaba con la impía miseria de mi futuro.

Otra instantánea. Otra fotografía de mi álbum. Resume lo mejor de un periodo. Así era yo. En una Polaroid. En la mala época.

Encorvado, deforme, con las rodillas magulladas, se arrastra entre los charcos. Sobre su deshuesado y maltrecho cuerpo lleva una gabardina barata de plástico, tres tallas más grande que la suya y manchada de negro. La arrugada parte de arriba de un pijama hace las veces de camisa y chaqueta. De sus destrozadas piernas cuelga un pantalón harapiento y salpicado de barro, perteneciente a un uniforme escolar. Los zapatos, que lleva completamente descosidos, le chapotean sobre los costrosos dedos y los enlodados pies sin calcetines. Un par de centímetros de mugre cubre sus manos. Lleva el pelo desgreñado y grasiento, y el mentón se le ha desfigurado a causa de una hirsuta barba de tres días y el rastro de las babas. La cara se le ha quedado fofa y demacrada, la nariz pegajosa, las mejillas hundidas, la frente arrugada y los ojos envejecidos y sin brillo. Todo está sucio y en vías de descomposición. En torno a él flota el hedor de sus propios orines brillantes de ginebra. Chilla y se queja del mundo. Tiene la cabeza embotada y el corazón duro, pero le inunda una repentina alegría de borracho. Siente la amistad del sol y la luna y ríe en compañía de las estrellas.

Maurice me encontró al cabo de unos cuatros meses dormido en un banco del Jardín Botánico. Prometiéndome una enorme cantidad de alcohol si me ponía en sus manos, se las arregló para llevarme a una pensión de University Street relativamente limpia de mugre. Una vez allí, me limpió como pudo. Me inclino a pensar que no fue tarea fácil. Según me dijo, daba auténtica grima: estaba rebozado en mis propios excrementos, bañado en las indescriptibles inmundicias de las calles y cosas por el estilo. Limpiarme debió de constituir una prueba de fuego para la filantropía del señor Kelly. Fuera como fuese, me enjuagó y me dio una botella de Bells. (Gloria bendita: si me hubiera llevado al campo del Tottenham no me habría hecho más feliz.) De este modo me calmé y no tardé en dormirme.

Aquella noche Maurice se quedó conmigo. No podía llevarme a casa de sus padres en semejante estado. Creo que en general sus padres esperaban que los compañeros de colegio de su hijo pertenecieran más o menos a la misma especie que él. Pero tampoco podía dejarme solo, pues yo podía poner los pies en polvorosa, de modo que se quedó. Tuvo la suerte de dormir en el suelo y de pasarse la noche entera oyendo mis carraspeos, mis gemidos y mis pedos.

Como era de prever, a la mañana siguiente la dueña de la pensión puso mala cara al vernos. Evidentemente, sospechaba que nos habíamos dedicado a hacer todo tipo de mariconadas. El pobre Maurice tuvo que soportar toda una retahíla de improperios moralizantes de aquella bruja tan locuaz antes de poder sacarme a rastras de allí. A mí todo esto me traía sin cuidado, por supuesto, y me ofrecí generosamente a echarle un casquete a la vieja para demostrarle mi rectitud heterosexual.

Al final, Maurice logró sacarme de allí y me condujo (botella en mano) hasta el St Malcolm. Me dijo que era día de exámenes y que íbamos a hacer una cosa llamada «pruebas de bachillerato superior». Por lo visto, reaccioné con absoluta indiferencia. Tanto es así que acto seguido me tumbé boca arriba en la acera y me negué en redondo a seguir andando. Por mí los exámenes podían irse a la mierda.

No puedo evitar cierto orgullo infantil al decir que el hecho de que apareciera en el colegio después de tantos meses constituyó una de las más grandes sensaciones en muchos años. Fue todo un acontecimiento. Me trataron con delicadeza y cierto sobrecogimiento. Algunos estudiantes perspicaces del último curso de secundaria incluso me pidieron un autógrafo.

Fue toda una sorpresa que con mi espantosa pinta y mi dudosa reputación me permitieran hacer los exámenes. El padre Paddy Husmeo se saltó varias normas y tuvo la merced de dejarme entrar en la sala de exámenes. Entré. Me senté. Cogí un bolígrafo prestado y, tras una hora de siesta, comencé a escribir. Maurice se puso como loco de contento. Pensaba que había evitado que siguiera haciéndome daño o algo así. Estaba equivocado. Escribí unos ripios virulentos y sorprendentemente buenos acerca del tema de los examinadores y volví de inmediato a mi jodida vida de vagabundo. Esto dio al traste con las esperanzas de Maurice. Triste, pero previsible.

La lluvia cambia de dirección y pierde fuerza. El veloz tamborileo de gotas y salpicaduras cesa lentamente. El oscuro aire se vuelve transparente, nítido, luminoso. El frío se mueve, busca salidas y corre por pasillos de aire secos. Covent Garden se estremece y encoge. Las últimas gotas de lluvia sisean en el aire y las empapadas aceras arrojan un brillo duro y húmedo. Por el cielo avanzan en silencio las optimistas y parpadeantes luces de un avión. Allí arriba hace buena temperatura, se está cómodo, y hay ginebra y azafatas. Gente alegre y descansada, que viaja flotando sobre ráfagas de aire.

Ya estoy harto. Mi tristeza es cada vez mayor. Todo esto me pone melancólico. De pronto me siento solo y contemplo a los últimos grupos de alicaídos habitantes de la ciudad. Avanzan deprisa, en busca de diversos tipos de calidez. Pero esto no me consuela. Estoy tan triste. *Misère*. Necesito la sonoridad y la inconsciencia de tres al cuarto del alcohol. Necesito una copa.

Estoy triste. Estoy tan triste.

Ocho

Una sala oscura de techo bajo; los espejos de la pared reflejan otras salas ficticias, creando amplios espacios carentes de *glamour* y en general engañosos para la vista. El aire, cargado, espeso como la mantequilla, está lleno de largas franjas de humo de tabaco, el cual describe volutas y espirales alrededor de los grupos de hombres que beben, como un fantasmal follaje surgido de los cigarrillos de picadura que, mutilados y delgados como cerillas, sujetan entre sus destrozados dedos amarillos. Se oye un clamor constante, un jaleo de borrachos, de irlandeses discutiendo, vociferando, cantando y chillando con una falta de armonía racional y nacional. El olor que se respira en la sala es una repugnante y empalagosa mezcla de vapores dulzones de whisky, cerveza derramada y seca, y alfombras putrefactas. Es cálido y embriagador; como una fragancia acogedora. Reina la confusión, los estómagos burbujean y se extienden los balbuceos.

Un joven aparece por la izquierda en esta divertida escena, entrando disimuladamente por la puerta más pequeña y baja de las dos que dan a la calle. Va mal vestido, está pálido y sin afeitar, y tiene cara de animal acorralado. La mugre cubre sus destrozados zapatos, y los ojos se le ven hundidos y tristes. Es él, Ripley Bogle. Se arrastra con los pies entumecidos entre la multitud celta, dirigiéndose en diagonal hacia la barra. Internándose de forma imperceptible, alza los ojos y habla con lentitud y amargura.

–¿Y bien? ¿Qué hago? –pregunta–. ¿Pedir trabajo? ¿Buscar un sitio donde dormir? ¿Rehacer mi desastrosa vida? No, por supuesto que no. He venido a Kilburn a ver si algún capullo irlandés como yo me invita a unas copas.

Se produce un breve silencio. Los ojos se apartan de él, aburridos ya. Toda la clientela le ha escuchado y pasa de él. Ahora se ríen y carcajean malévolamente, disfrutando como verdaderos cabrones. Es un ruido desagradable, una cacofonía de sonidos estúpidos y sin sentido.

Son risas de borrachín, burlas cerveceras. El joven vuelve a hablar, su voz suena cargada de una leve ironía.

–¡Un pub de Kilburn! ¡Por los clavos de Cristo, ya estoy en casa! Un pedacito de Irlanda. Incluso en el culo del mundo puede uno encontrar algo del Ulster eterno.

El camarero y dueño del local estira su grueso y grasiento torso hacia Ripley. Es Martin Malone, el de la delgada cabeza y el grueso cuerpo. Un regalo de los cielos para Irlanda.

–¿Puedo ayudarle en algo? –pregunta con un quejumbroso acento de Derry y los ojos incitantes y brillantes de codicia.

El joven se siente perplejo y farfulla algo inaudible. Malone le anima con su gentil sonrisa de acomodador.

–No sabe qué pedir, ¿eh? –Extiende el brazo para indicarle orgullosamente la geografía de botellas alineadas detrás de él–. Tenemos todo lo que desee. Para dar y tomar. Mire y aprenda. Lo que pida se lo daremos... Siempre y cuando tenga guita, *bien sûr*.

Vuelve a sonreír, satisfecho de su retórica y su afabilidad. El joven sigue confuso y responde con evasivas. Maestro de ceremonias, árbitro y vendedor por excelencia, Martin Malone opta por la erudición.

–Permítame, joven... –Hace una mueca y guiña un ojo al creciente público de borrachines y clientes habituales del pub–. ¡El alcohol! ¿Qué más se puede pedir? Es una cosa sencilla, de lo más tonta. Pone alegre a todo el mundo. El espíritu puro del vino. Una clase de compuestos de carbono, hidrógeno y oxígeno, algunos de ellos sólidos (esa pandilla de aburridos...) y otros líquidos (¡alegría, alegría!).

Se ríe histriónicamente y sus acólitos barriobajeros aplauden un poco con cara de desconcierto. Malone escudriña con mirada de inquietud la indecisa cara del joven cliente. Coge unas botellas con rapidez y pericia. Se las ofrece con ánimo de complacerle.

–¿Ginebra? Ginebra. Una de las mejores cosas de Inglaterra. Está a la misma altura que las mujeres y el críquet, aunque ¿quién sabe en qué orden de importancia? ¿Qué opina?

En medio del barullo que reina en el enorme pub se ha reunido un pequeño grupo para presenciar este diálogo. Quieren ser testigos de la venta y la caída. Observan a Ripley con atención. Éste se pone rojo al ver que le miran y habla con una mezcla de torpeza y cuidado.

–La tristeza ha llegado. Y todo por mí y mi pésima historia. Toda la culpa la tiene el pasado. ¿Qué puedo hacer? He acabado ahogando mi pasado, y mi presente no sabe nadar. –Suelta una risita nerviosa–. ¡Dios mío, espero que mi futuro flote!

Los presentes no le ven la gracia. No se esperaban esto. Murmuran entre sí, perplejos y descontentos con la respuesta del joven. Malone se mueve con rapidez y le enseña el siguiente lote de botellas.

–¿Whisky tal vez? Vomitona de manantial. Una patada en los cojones a la meditación y el criterio. No estamos hablando aquí de esa cosa tan indefinida que es el sabor. Esto te deja las amígdalas cubiertas de sarro. Quienes se preocupen por la salud o rebosen de felicidad que se olviden del tema. ¿Le apetece un poco?

–Mi pequeña tragedia es una horterada. ¿Qué ocurre con el discernimiento y el gusto por la anécdota durante las malas épocas de mi vida? Qué americanada... ¡Daría cualquier cosa por un mínimo de originalidad o estilo!

Mira alrededor ante las muestras de incomprensión. Malone lo intenta otra vez. Está jadeando del esfuerzo. Siente la necesidad de vender, de que le den dinero.

–¿Vodka? ¿Mmm...? Volátil, inflamable, tóxica. La bebida del entendido. ¿Quiere probar?

Bogle no responde. Se vuelve hacia el pequeño grupo de borrachines y desechos humanos. Tiene expresión sombría y quiere dar explicaciones.

–Su amor supuso el súmmum para mí. Aunque no fue todo lo que me esperaba.

Una vez más, las palabras del joven no son muy bien recibidas. Cunde rápidamente la tensión y el descontento entre quienes le escuchan. Martin Malone, deseoso de agradar y calmar los ánimos, reanuda la venta.

–¿Prefiere oporto? ¿Vino quizás? Espero que no. No es de hombres. No es irlandés. ¡Claro! ¡Cerveza! *Bier.* ¡Cerveza de la buena!

Se queda sin aliento y se calla. Tiene los ojos desorbitados y le tiemblan las aletas de la nariz. Todas las miradas se posan ahora en Ripley Bogle. Reina un silencio expectante y amenazador. Habla.

–Hacerse mayor es encontrar el último vestigio de ternura. –Se vuelve hacia Malone y le mira a la cara por primera vez. Al ver los suplicantes ojos de mentiroso del dueño del establecimiento, frunce el ceño–. El alcohol. La priva. La demandada bebida del demonio.[*] Es un fraude. No merece la pena. Déjelo.

En las mesas se oye un clamor generalizado: «¡Aplícate el cuento!», «¡Vete a cagar, comemierda!». Los espectadores están consternados y sus quejas empiezan a subir de tono. Malone hace un último esfuerzo y habla con franqueza:

<hr>

[*] Referencia a *the demon drink,* expresión acuñada por el Ejército de Salvación. *(N. del T.)*

–¿Qué desea el caballero?

–Lo de nunca, Martin –responde el joven.

–Enseguida.

Bogle recibe un aplauso, aunque poco generoso. Todos están otra vez contentos y alegres. Bogle vuelve al redil. El rechoncho de Malone llena de aguachirle un vaso de cerveza sucio; en su perezoso rostro se dibuja la animadversión y la desconfianza. Ripley, el mercenario, espera a que su amo exprese satisfacción. Da unas monedas a cambio del aguachirle y bebe un buen trago con una mezcla de avidez y pavor. Siente un ligero ardor, y su joven, pálida y barbuda cara se enciende por un momento. Les habla con tristeza:

–Y el rey Finn* dijo: «Que se haga la luz»... Y se hizo la oscuridad.

Se arrastra entre el público, que ahora se muestra más tolerante. Martin Malone va a ocuparse de otras tareas y el pequeño grupo se dispersa, disgustado por el decepcionante desenlace. Malone, con su carnosa cara desfigurada por la codicia y el vicio, susurra y hace señas al resto de su clientela.

–¡Acercaos y bebed, menesterosos patanes hiberneses! ¡La mejor cerveza rubia de Londres! ¡La mejor cerveza de Inglaterra! ¡Acabaos vuestros vasos de vino del Rin! ¡De un trago, machotes! Cuanto más meéis más libras me embolsaré.

Suelta una risilla y se pone a dar brincos. Los capullos lo aclaman.

–¡Hip, hip! ¡Hurra!

–¡Ponme dos más, Marty, y un pozal para mi hermano!

–¡Que no decaiga, Malone el Valiente!

–¡Porque es un muchacho muy listo! ¡Y siempre lo será!

(Risas generales.)

Martin Malone se llena los brazos de vasos de cerveza empañados. Se mete debajo de la barra y pasa unos segundos en la intimidad. Luego, elegantemente, declama:

> Santo Dios, cómo me gusta babear,
> es una cosa que me sube la moral.
> Cómo me revienta tirar las babas,
> las guardo todas en una taza.

Tose, escupe lo peor que lleva dentro y deja caer las babas en los vasos de cerveza. Lentamente, éstos se llenan con sus repugnantes escupi-

---

* Rey perteneciente a la legendaria *Tuatha De Danann*, raza de dioses y semidioses que gobernaron en Irlanda durante una supuesta edad de oro. *(N. del T.)*

166

tajos color cerveza. Malone se yergue y se pone a vender sus productos a sus glotones clientes con un brillo maligno en sus ojos saltones.

Se acerca a Ripley una mujer de mediana edad, mal vestida y con mucho colorete. Va demasiado arreglada y lleva una piel de zorro deteriorada y cubierta de manchas. Avanza con paso inseguro, animada por el líquido obtenido con el último cheque de la Seguridad Social. Se sienta al lado del joven, se tambalea y le lanza una torpe mirada de lascivia: sus ojos revelan una devoción de niña.

–¿Cómo te llamas, guapetón?

–Armand.

–¿Armand y qué más?

–Lefevre. Armand Lefevre.

–Qué nombre más curioso.

–Es francés.

–No tienes acento francés.

Ripley da un buen trago a su vaso y por poco se acaba la cerveza. Los datos autobiográficos han dejado a la vieja bruja un tanto perpleja. Intenta ordenar sus perezosas ideas y luego añade alegremente:

–Y dime, Armand, ¿qué hace un joven tan mono como tú perdiendo el tiempo en un asqueroso tugurio como éste?

–Busco amor.

–Ah...

Una amplia sonrisa de sinceridad ilumina el mentiroso rostro del joven. La mujer se siente profundamente conmovida. Una incoherente mirada de ternura se extiende a trancas y barrancas por sus bastas e hinchadas facciones.

–¿No tienes a nadie que te quiera, entonces? –pregunta con malas y repugnantes intenciones.

–Creo que no. No tengo a nadie que me invite cuando necesito una copa.

Se produce un silencio durante el cual ella le observa con una mezcla de astucia y desagrado.

–¿Quieres que te invite a una, encanto?

La expresión de Bogle es de cautela y tristeza.

–Es usted muy amable. ¿Por qué no?

Inclinándose hacia él, la mujer coge el rostro del joven con sus manos deterioradas. Arruga el rostro en señal de triunfo; su risa es fría y revela determinación. Acerca la destrozada y pegajosa cara a la suya y le da un beso baboso. Ripley no siente ningún asco.

–Tardo un minutito, encanto –dice la mujer al tiempo que se levanta.

La mujer se aleja en dirección a la barra, atontada por la excitación.

Al cabo de un rato, Ripley se limpia la pringosa boca y contempla la cerveza con que va a ser recompensado. Es el fruto de su imaginación. Los reyes del taburete le miran con desdén, y se muere de vergüenza varias veces mientras su nueva amiga regatea en la barra. Está abatido, está triste. ¡Oh, tiene el ánimo por los suelos! Su mugrienta y amazacotada barba es una buena guía gastronómica para su concurso de penas.

Alrededor de una mesa situada en un húmedo y apartado rincón del pub celebran los siete hermanos Murphy una disparatada conferencia. Han advertido la presencia de Ripley Bogle y sus tapiados ojos fraternales brillan en señal de etílica melancolía. Todos lo conocen. Lo recuerdan del Ulster. Todos sin excepción. Paddy Murphy, Billy Murphy, Frankie Murphy, Danny Murphy, Mickey Murphy, Marty Murphy y Mobadingwe Murphy. Lo conocen todos y cada uno de ellos.

Paddy habla sin apartar la mirada de Bogle. Cada vez está más convencido.

–Eh, fijaos. ¿No es ése...? ¿Cómo se llama? Sí, hombre... El tipo ese. El menda que hay ahí... Ése.

–¿Quién? ¿El vagabundo de la barba que está bebiendo con esa pellejo?

–Sí, ése.

–No lo sé.

–Sí, es él. Ya sabes a quién me refiero.

Billy le da inmediatamente la razón.

–Bolinga III, así le llamaban todos los que le querían. Me pregunto qué estará haciendo por aquí.

–Nada bueno para ninguno de nosotros, de eso podéis estar seguros.

Danny Murphy le interrumpe. Está mucho más borracho que los demás. Tiene ganas de armarla, de montar bronca. Una constelación de cardenales adorna su combativo rostro. Interviene.

–¡Cerrad el pico, caraculos, que se mueve corriente! ¿Qué os parece si vamos y le damos un par de patadas en los cataplines?

Paddy Murphy, patriarca, augur, profeta, agarra a su hermano de las gónadas y le da un sonoro tirón para censurarle. Marty Murphy, *raconteur*, *bon viveur*, bromista *extraordinaire*, cuenta un chiste (consciente de lo brillante que es.)

–A ver, a ver, a ver... ¿Cuánto le cuesta cagar a una inglesa?

Consternación generalizada. Se oyen unos tímidos balbuceos: «No sé»; «Es una pregunta difícil»; «Me importa una mierda». Marty se responde a sí mismo.

–Nueve meses. Y luego encima le pone nombre.

(Risas.)

Mobadingwe está perplejo. Entorna sus oscuros ojos y mira cómo se ríen sus pálidos hermanos. Tuerce el gesto solemnemente.

–*Ba zan ci dankali ko doya ba!*

–¿Qué dice?

–Dice que no va a comer boniatos ni batatas.

–Ah...

–Ahora ya lo sabes.

En su rincón, acompañado por su mujer, nuestro querido Bogle se ha animado. El señor Alcohol está causando efecto y hay buen ambiente. Coge la priva con las dos manos y se la echa al pobre coleto con auténticas ganas. Llega enseguida. Mueve montañas. Le hace a uno mejor. La arpía le pide cervezas sin parar. Parte de la base de que, si lo emborracha pronto, tendrá muchas posibilidades de poner sus manos de vieja en un falo joven. Está equivocada. Probablemente.

–¿Qué tiene mamaíta para su chiquitín? –pregunta con gesto de ironía y un temblor de regocijo en su gorda cara.

–Algo muy desagradable, me imagino –responde Bogle con creciente altivez.

–Mamaíta tiene un besito para el niño.

–Pues qué bien.

–Oye, oye, no seas niño malo. –La mujer habla en un tono más serio, un tono de seguridad, autoritario–. A ver, seamos justos: un beso a cambio de una cerveza.

Se besan.

–Para decir que uno es guapo antes tiene que demostrarlo –dice Bogle mientras pasea la mirada por la barra.

Siguiendo la dirección de sus ojos, su vulgar acompañante se vuelve bruscamente hacia Martin Malone y su Sociedad de Botellas. En el rincón de los Murphy se oye un grito de desprecio y discordia.

–¡So guarra!

Bogle pasa por alto el comentario con cierta elegancia. Esto se le da bien. Tiene práctica.

Los hermanos Murphy vuelven al tema de Bogle. Paddy habla con admirable amargura.

–¿Os acordáis de cuando se paseaba por Dungannon con esa golfa protestante sin tetas...? Ese cabrón nunca ha sido un irlandés de verdad.

–Y fijaos cómo intenta fingir que no nos ve el muy hijoputa –dice Billy con etílica malevolencia.

–Seguro que tiene la cabeza metida en el culo, así que no es ninguna sorpresa que no nos vea –dice el petimetre de Marty.

Billy intenta acordarse de la dama en cuestión.

–Menuda estaba hecha...

–¿Cómo decís que se llamaba? –pregunta Paddy, dirigiéndose a todos. Le responden enseguida y con entusiasmo:

–Fido.

–Rover.

–Lassie.

(Fuertes risas y regocijo.)

Bogle, de nuevo en compañía de su bebida y anciana amada, se vuelve hacia ellos. Un recuerdo espantoso le hace arrugar el entrecejo. Mientras la mujer le magrea y besuquea, él susurra tristemente para sí con los ojos brillantes de un dolor sin lágrimas.

–Deirdre Curran. Escuela Secundaria de Modelos. La mejor de todas. Era culona y tonta. El fuego en el que ardió mi pasión.

Está irónico, está sarcástico, está vengativo. Tira su cerveza y pellizca a la vieja en el pecho izquierdo con cierta delicadeza.

Paddy Murphy, juez, mediador, hombre de estado:

–¡Curran! ¡Así se llamaba! ¡Puta infiel! ¡Ulster jodida, jamás será vencida!

–Eran el uno para el otro. La furcia mimada orangista y el jodido mediocre feniano –comenta Billy con crueldad.

Mobadingwe ha fijado sus oscuros ojos en la persona de Bogle. Aparta la mirada y la dirige hacia sus hermanos con un gesto de desprecio y displicencia.

–*A bar kaza cikin gashinta* –sugiere.

Paddy responde con afabilidad y prudencia.

–Eso dicen, hijo. No dudo de tus palabras.

Frankie Murphy suelta un eructo y se tira un pedo, ambas cosas al mismo tiempo y de forma muy ruidosa. Luego profiere un grito triunfal.

–¡Chúpate ésa, Bogle, cabrón!

Todo el pub responde a su grito y se pone a increpar a Bogle. El ambiente se carga de insultos y tacos.

–¡Anda a cagar, comemierdas!

–¡Manchapaja!

–¡Hijo de mona mal follada!

Bogle sonríe con indiferencia y rechaza los cumplidos con la mano. Está prácticamente desnudo y sólo piensa en poner freno a los furibundos ataques de su vil concubina. Hace gestos al clan Murphy para provocarlos. Ellos responden insultándole y subiendo el tono de sus calumnias.

–¡Él y su cochina puta protestante...! ¿Quién se pensaba que era?

–¿Y ella qué? ¡Doña Listilla! Y su padre no era más que un tendero con ínfulas de Shankill Road. ¡Dios, pero si era un trepa!

170

Danny, que es una especie de experto en cuestiones sexuales, contribuye con una alusión.

–Dicen que a la muy puta le gustaba ver partidos de críquet.

–¿En serio? –exclama Paddy.

Danny es veloz como un relámpago y rápido como una flecha.

–Y mucha gente comenta que iba mucho por el palco de los socios. O al menos eso es lo que he oído decir. Y, si lo he oído decir, es que no me lo invento.

(Risas.)

–Él decía que le había prestado ayuda en una mala época –dice Marty riéndose por lo bajo.

–Lo que dices es totalmente cierto –añade su hermano–. Le echó una mano y, si no he entendido mal (y ya sabéis que no suelo equivocarme), le hizo además un par de mamadas para subirle la moral. Ya sabéis a qué me refiero.

–Lo sabemos –responden todos a una.

Todos se muestran encantados con la mordacidad de sus malévolas ocurrencias. Escupen intolerancia y tienen los ojos inyectados de xenofobia. Danny prosigue:

–Tenía talento y vocación para la felación. Y además era su pasatiempo favorito. A la chica le encantaba su trabajo. ¡Era como un túnel de lavado para coches!

–La única diferencia era que ella salía más barata –dice Billy.

Estallan de risa.

Paddy mira a Bogle con un odio profundo e inquebrantable.

–Es digno hijo del cabrón de su padre.

Hace un gesto a su víctima, cuya boca está ahora pegada a los fláccidos y enormes melones de su pareja. Bogle, ciego a la ironía de tanto pecho que tiene delante, piensa en su madre y se pone a lloriquear. Los Murphy responden a sus gemidos.

–Ah, sí, su querida mamá –grita Paddy con lengua viperina–. Esa furcia que tenía por madre. Betty la Barata, una guarra a precio de ganga. ¡La desenfrenada bruja sifilítica, nada menos!

Billy está de acuerdo y asiente con la cabeza.

–La de gilipolleces que decía... –reconoce–. Y el pintalabios y el rímel que usaba. Por un polvo en el sótano te cobraba como mucho una libra. Y eso después de que medio Turf Lodge se la hubiera cepillado gratis.

–¡La viva imagen de la maternidad! Bogle, la profesional: dos perras el polvo. ¡No merece la pena, tío!

Paddy esboza su ingeniosa sonrisa irlandesa. Los aplausos resuenan en la sala. De pronto Marty se siente celoso del éxito de su hermano, salta sobre la mesa, adopta una postura clásica y ruge melancólicamente:

–¡Escuchad a Caruso! ¡El cagarro flotante que no desaparece por mucho que tires de la cadena!

(Abucheos, chiflas y silbidos.)

Decepcionado, Marty vomita gran cantidad. Los demás hermanos se apartan asqueados y la mesa queda inundada. Los vasos chocan entre sí y cae la cerveza. Paddy, Billy y Frankie rodean a su babeante hermano y empiezan a arrearle puñetazos en una muestra de jovialidad y tolerancia. Marty evita sus suaves golpes y se pone en pie con la boca hecha un asco. Dice:

–Eh, colegas, alto ahí. Me bajo un rato a las letrinas. Mi misión no es otra que la defecación.

Marty el rumiante se marcha a cumplir la tarea asignada. Los lentos andares de la plenitud insatisfecha.

PADDY *(con admiración, orgulloso de su hermano):* Siempre cagando, el chico este.

BILLY: Es un prodigio de hombre. Un prodigio de la naturaleza.

(Varios grupos satélites ponen por las nubes el épico vientre móvil de Marty Murphy.)

Bogle decide volver al ataque. Arranca sus encogidos labios de los senos de la señora y se lanza hacia la barra sirviéndose únicamente de sus limitadas fuerzas. La vieja abandonada le chilla indignada antes de ponerse a buscar a alguien más complaciente. Se pone la ropa sobre su arrugado cuerpo y avanza decidida aunque tambaleante hacia el centro de la sala. Martin Malone ve aquí una buena oportunidad.

MARTIN MALONE *(como un subastador):* ¿Quién quiere empezar a pujar por esta entretenida mujer? Es de probada eficacia. El precio de salida es de cuarenta pavos. ¿Alguien da más? ¿Alguno de los caballeros está dispuesto a ofrecer cincuenta? Está un poco mustia, pero sale barata. ¡Anímense, *milords!*

MICKEY MURPHY: ¡Cuarenta y cinco y dos camellos!

MARTIN MALONE *(dando ánimos):* ¡Cuarenta y cinco pavos y un par de mamíferos del desierto me ofrecen! ¿Alguien da más? ¿Caballeros? Es un magnífico ejemplar de todo lo que está de moda en el mundo de la mujer. Mírenla bien, amigos míos: tonta, dócil, agradecida. Todo lo que puede desear un irlandés. Un auténtico chollo a mitad de precio.

172

MOBADINGWE *(a voz en grito): Dare rigar mugu!*

MARTIN MALONE: Gracias, caballero. *(Observa a sus clientes sin parpadear, cauteloso y con expresión codiciosa.)* A la una, a las dos y a las... tres. ¡Vendido al irlandés etíope por la cantidad que haya dicho! ¡Marchando!

(Aplausos y algún gruñido sin importancia. La arpía se vuelve hacia la mesa de los Murphy. Está consternada.)

LA ARPÍA *(mirando a Bogle con tristeza):* ¿Quién va a quererme a mí? ¿Quién? Mucho mirar y no hacen más que babear. Siempre me llevo la peor parte.

(Confusión.)

FRANKIE *(gentilmente):* Cierra el pico y a beber.

(De repente, acabada la subasta, se oyen por todo el pub –animado, católico e infestado de hombres– consoladoras obscenidades de machito y jocosos comentarios procaces. Bogle solloza al ver todo esto. Se ha desplomado en un rincón manchado de orines con la tripa llena de cerveza. Casi lamenta su ingratitud y falta de ardor. Pero no del todo. Marty Murphy vuelve de evacuar con su achatada cara henchida de orgullo. Ve la mesa de color de vomitona, los vasos rotos y la cerveza derramada. Llora amargamente y, embargado de dolor, llama a Martin Malone.)

MARTY *(quejumbroso):* ¡Oye, Malone! ¡A ver si vienes a atendernos por aquí, cabrón de mierda!

(Vuelca sillas en buen estado y tira lo que queda de la cerveza de sus hermanos. Se derrumba sobre su propio charco de vómito y bebidas derramadas. De vez en cuando suelta un eructo y vomita. El descontento.)

PADDY *(asegurándose):* Hónrenos con su atención, señor Malone. Otra ronda de lo mismo.

(De pronto, de forma tan inesperada como milagrosa, aparece una bandeja llena de cervezas flotando a un metro sobre la mesa manchada de vómito y cerveza de los Murphy. Todos agarran un vaso y beben un buen trago. Se les aguza el ingenio, se les ensucian los pantalones y se les reviene el cerebro que da gusto. La bandeja vacía oscila un poco, se ladea y alza el vuelo.)

Pone rumbo a casa y surca el humo, los gases y las repentinas ráfagas de metralleta. El lejano sonido del conjuro cabalístico de Martin atraviesa el tumultuoso aire.)

MARTIN MALONE *(el camarero vampiro, guiñando un ojo y sonriendo con estilo):*

> Estos libros necrománticos son una guía
> de líneas, círculos y caracteres celestes:
> Ay, esto es lo que Marty Malone más ansía.
> Y es que todo un mundo de ganancias y deleites,
> poder, honor y omnipotencia divina
> es lo que al artesano estudioso prometen.

(Mientras tanto, Frankie Murphy, alias el Hombre de las Glándulas Mamarias, se ha acercado sigilosamente a la adquisición de Mobadingwe, alias la Pellejo. En su cara rechoncha y antigua se despliega una sonrisa de devoción. Sus ojos brillan, su voz se desliza.)

FRANKIE *(lascivamente):* Querida, déjame ser el maestro de obras de tus emociones.

(Ella solloza, aunque sin mostrar ingratitud.)

FRANKIE: Vamos, mujer, que con el hijoputa de Bogle no te habrías divertido nada. Es a mí a quien quieres.

(Bogle le discute con vehemencia. Frankie no le hace caso, pero el resto de los Murphy le contesta a grito pelado.)

EL RESTO DE LOS MURPHY: ¡Caraculo! ¡Pringao! ¡Gilipuertas! ¡Mamón!
FRANKIE *(dirigiéndose alegremente a la Pellejo):* Enséñame los labios de la vulva. Te pago. Vamos, en esta vida hay que arriesgarse. ¿Cuánto cuesta echar un vistazo? Déjame mirar un poquito. Cinco pavos por ver las glándulas. Diez por las tetas. Uno por el perineo. Confía en mí. Mi interés es puramente científico.

(Terminada la operación de seducción, Frankie mete la mano por debajo de la falda de la mujer. El puño y las partes pudendas entran en contacto, haciendo un ruido sordo, como de pelo. Ella sonríe de forma beatífica.)

LA ARPÍA:

Sabes que me gustan los chicos malos
Que yo a ellos los vuelvo loquitos.
Somos románticos y divertidos,
no nos cuesta nada pasar un buen rato.

(Se ponen manos a la obra y empiezan a follar con energía. Ripley Bogle los observa. Es consciente de la envidia que siente, pero le da igual. Mobadingwe esboza una peligrosa sonrisa africana y le hace un gesto. Ve algo que le desagrada y sus blancos ojos refulgen en su piel de ébano.)

MOBADINGWE: *Ga Ripley Bogle Can!*

(Bogle se pone en pie de un salto con los ojos iluminados en su barbuda cara. Se oyen aplausos y vítores clamorosos.)

PADDY *(astutamente):* Escuchad. Un tumulto en las montañas. El Señor de los Ejércitos se prepara para la batalla...

(Paddy Murphy y Ripley Bogle se ponen el uno delante del otro con la pareja folladora en medio. Han pasado varias horas y Bogle lleva una buena tajada. En su rostro se ha dibujado una sonrisa estúpida, de borracho pasmado. Ha perdido el guión y tiene miedo de improvisar.)

RIPLEY BOGLE *(triste y con ganas de dar explicaciones):*

Antes, cuando era estudiante,
vivía igual que un marqués,
tenía talonario de cheques
y pagaba siempre el alquiler.

Ahora duermo a la intemperie
pido dinero a los viandantes,
huelo a orines y excrementos,
y ya no hay quien me aguante.

Me gustaría tener algo de dinero,
techo, cama y un poco de comida,
Vivir rodeado de comodidades,
y no en medio de tanta porquería.

(No hay aplausos.)

BILLY *(parodiándole):*

> Antes me meaba siempre en la cama
> y se me hacía muy desagradable.
> Pero ahora ya sé controlar el pipí
> y utilizo siempre los pañales.

(Aclamaciones irónicas.)

PADDY *(con los ojos brillantes):*

> Mastica el mendrugo de la privación,
> hinca el diente al dolor y la pena.
> La pobreza es su misión,
> y el hambre su condena.

(Hurras entusiastas y lágrimas de gratitud. Gritos espontáneos de alegría y agradecimiento.)

LOS BEBEDORES *(sollozando todos al mismo tiempo):* ¡Bravo! ¡Otro, otro!

(Los Murphy se inclinan con modestia y jovialidad. El público, vociferante y agradecido, les arroja flores, esmeraldas, lingotes de oro y monedas de gran valor. Frankie y la arpía terminan de follar con resultados desiguales y el clan Murphy forma una piña. Juntos son más fuertes y, con ánimo vengativo, hacen frente a Bogle, que se siente triste y solo.)

LOS MURPHY:

> Bogle es más tonto que el copón,
> no hay en el mundo mayor gilipollas.
> Si algo le gusta es ser un perdedor,
> hasta ahora no ha sido otra cosa.

(Los Murphy levantan sus vasos ante el clamor y los aplausos, que son cada vez más fuertes y se extienden por toda la sala. Sonríen para sus adentros, entre sí, para sus familias y para sus tradiciones. Paddy da un paso al frente mientras siguen los elogios y las felicitaciones. Enarca la ceja izquierda, que

176

tiembla pícaramente. Sus ojos irlandeses brillan, y aprieta los labios con gesto de pillín. Guarda silencio durante un brevísimo instante. Ha llegado su momento. Es hora de que su portavoz pronuncie unas palabras. Habla.)

PADDY *(con profundidad):* Si le partiéramos la cara al mundo, ¿sonreiría?

(Es el no va más. Los bebedores le rodean entusiasmados.)

PADDY *(con modestia):* ¡Por favor! Eso no ha sido nada, chicos, en serio. Gracias. Sois maravillosos. Un aplauso para los músicos. Gracias. Sois todos estupendos. Gracias.

(Los Murphy se dispersan, firmando autógrafos y patrocinando a todo aquel que se lo pide. La arpía los sigue con andares cansinos, secándose con la falda y cogiendo a Frankie del brazo. Lanza una mirada lasciva a Bogle con gesto triunfal. El resto de los Murphy recibe proposiciones de matrimonio, pólizas dotales, palos de lacrosse, chocolatinas, discos de reggae, revistas pornográficas, maquetas de aviones, cigarrillos libres de impuestos, pequeñas islas en el Pacífico, burros, Oscars, el premio Nobel, el Pulitzer, artículos de cocina de todos los tipos y diversas enfermedades gástricas subcontinentales. Se juntan con la multitud de admirados bebedores, mientras suena su canción.)

Canción de los Murphy *(perdiéndose en la lejanía):*

> Somos los hermanos Murphy,
> tenemos mucho talento:
> difamamos al compás,
> y censuramos en verso.

(Salen.)

Sin los Murphy, el barullo en el pub se generaliza y se vuelve antiestético. Los bebedores tienen tal sensación de pérdida que se ven obligados a acabar sus consumiciones a todo correr. Martin Malone hace su agosto, satisfaciendo su tensa y acongojada sed. Bogle se alza sobre sus entumecidos y carnosos pies y avanza hasta el centro del escenario tambaleándose como un borracho. Titubea de una forma espantosa. Tiene todas las ventanas rotas y le entra lluvia. No tiene cerveza, por lo que centra su atención en Martin Malone.

–Ah, señor Malone. Una copa, por favor. Estoy sin blanca, pero mi reputación vale un billete de cinco libras en media ciudad.... ¿La otra mitad? Bueno, reconozco que eso es un problema. Pero, anímese, asuma el riesgo. Debemos mantener una actitud distópica.

Malone levanta los ojos de sus aguachirles y sus monedas. Su respuesta es breve y sucinta, pero refleja una inteligencia más amplia que debe su concisión a la ambivalencia.

–Cuidado con lo que dices, chaval, que te mancho la reputación de una vez para siempre.

El fracaso de Bogle es objeto de despiadadas burlas. Los bebedores se carcajean en señal de triunfo.

–El hilo dorado de la poesía... –responde el joven Bogle–. ¿Qué sabréis vosotros de eso?

A algunos bebedores el comentario les parece ofensivo. Se oye un gran clamor y la hostilidad hacia su persona aumenta de forma considerable. Bogle se mantiene firme.

–La fría magia de la ignorancia –dice con solemnidad–. No, nunca falla.

Se oye en la multitud un grito de respuesta, pero Bogle decide alegremente asumir el riesgo y hace caso omiso. Los bebedores no están nada contentos. Tras el *tour de force* murphiano que acaban de presenciar, esta actuación les sabe a poco.

Suena una campana, sonora e imperiosa. Se produce un silencio, algunos hombres empiezan a sollozar, y todos tienen cara de preocupación. Las miradas se vuelven hacia la carismática y tambaleante figura de Martin Malone. Todos aguardan su terrible y oprobiosa orden. Los camareros indican con gestos imprecisos que es hora de limpiar. Llegan asistentas, mujeres de la limpieza y gente por el estilo, y se ponen todos a trabajar. Algunos clientes empiezan poco a poco a irse, pero los bebedores a ultranza se mantienen prácticamente imperturbables, y son pocos los que rompen filas. Se sienten seguros. Malone nunca ha dejado pasar una oportunidad de ganar un penique.

–¿Que se ha acabado el tiempo, caballeros? –pregunta Malone en tono burlón–. Pues no. No estoy nada de acuerdo. El tiempo no es un absoluto. ¡Qué cojones! ¿Quién soy yo para poner fin a una velada tan alegre y festiva?

(Vítores, júbilo, concesiones de títulos nobiliarios y gratitud.)

Malone continúa al estilo heroico.

–Y ahora dará comienzo la Reunión de los Fantasmas, si les parece. Se aconseja a los clientes que se mantengan sentados; se seguirán sirviendo bebidas mientras duren las apariciones. Gracias. ¡Un aplauso para los espíritus!

Aplausos. Los bebedores se acomodan y esperan con impaciencia a que dé comienzo el espectáculo. Bogle se pone en pie de mala manera. Levanta los brazos sobre la cabeza y dobla las rodillas. Empieza a bailar al estilo grecoturco. En primer lugar aparecen los fantasmas de sus antiguos amores. La sala se llena de múltiples espectros. Hay cientos de ellos. Todos muertos, desaparecidos. Bogle sonríe con toda naturalidad. Saluda, cautiva. Baila.

–¡Vaya, Catherine, qué sorpresa! Qué tal, Carol, ¿cómo estás, querida? ¡Dios mío, Judy! ¡Sarah, qué alegría verte! Hola, Maggie. Diane. Oh, Marion. Querida Tess. Lesley, Vicky, Siobhan, *cad e mar ta tu?* Hola, Tina. Beryl, Emma, Fiona, Jane, Elizabeth, Georgina, Mary, Alice, Julia, Susan, Debbie, Claire, Celia, Jenny, Anne, Annie, Annette, Anna, ¿qué tal? Charlotte, Rachel, Thérèse, Frances, Iris, Natasha, Suzy, Muire, Norma... ¡Queenie, encanto! Philippa, Lucy, Miranda, Olive, Lisa, Tania, Sally, Samantha, Susannah, Sonia, Madeleine, Geraldine, Les, Tes, Justine. Oh, Erica. *Ça va?*, Henriette. Roisin, Matilda, Joanne, Vanessa, Nicole, Helen, Yocasta, Kimberley, Harriet, Josephine, Yvonne, Zana, Ingrid, Jodie, Wendy, Úrsula, Thomasin, las hermanas Rosemary y Agnes, Roberta. ¡Victoria, querida! María, Lucinda, Patricia, Paula, Pamela, Amanda, Quita, Christine, Karen. ¡Rhoda! Valerie, Denise, Melissa, Camilla, Joan, Laura, Hermione.... ¿Qué tal? ¿Cómo estáis, chicas? Siempre habéis ocupado un lugar muy especial en mi corazón.

Los hombres abuchean. Dudan de la cantidad. Bogle sonríe imparcialmente. Contempla las filas de fantasmas. Su rostro se ensombrece. Habla.

> Las chicas que me gustan,
> las chicas que yo quiero,
> no pueden nunca ver
> lo mucho que deseo.
>
> Aquí forman filas alegremente,
> con las caras llenas de esperanza;
> ni la razón lo quiere aceptar
> ni tampoco las personas sensatas.
>
> Intentaré ser discreto con las cuentas
> intentaré ser imparcial,
> las matemáticas son algo imponderable,
> los resultados, una muestra de amabilidad.

Los fantasmas de sus antiguos amores empiezan a cantar una complicada canción de Hollywood titulada: *Escuchad, escuchad, nunca en su vida se acercó a nosotras.*

Bogle se muestra tranquilo y reacciona con profesionalidad.

–¿Cómo podéis decir semejante cosa? Os quise a todas. No hubo ni una que no pintara estrellas en mi corazón.

Todo el pub se echa a reír. Se oyen fuertes risotadas de hiena, burlonas e insultantes. Los fantasmas de sus antiguos amores se marchan con paso vacilante, sin parar de reír. Malone y sus acólitos circulan rápidamente entre los clientes, despachando alcohol a todos (aunque no gratis). Los bebedores privan, se mofan y abuchean. Esperan el segundo acto. Los asiduos de la pesadilla.

Entra Maurice Kelly y se acerca a Ripley cojeando grotescamente. De pronto se hace un silencio. Bogle se ha quedado quieto en el centro de la sala. Está paralizado, aterrado. El fantasma de Maurice tiene un aspecto repugnante. En la sien y en el cuello presenta unos agujeros enormes manchados de sangre ennegrecida. Un ojo purulento cuelga de su destrozada cuenca, sujeto por un conjunto de nervios y tendones. Su ropa de espectro está rígida y negra de sangre fresca y seca. A su paso va dejando una estela de color escarlata oscuro. Avanza entre los felices y agradecidos bebedores, manteniendo una mirada implacable y severa con el ojo que le cuelga. Con cara de dolor y resentimiento, se dirige a Ripley.

–¡Tú!

Bogle está aterrado, pero intenta salir del apuro marcándose un farol.

–Sí, en efecto. Soy yo. ¿Qué pasa?

La terrible cólera de Maurice resulta estremecedora.

–¡Morí por ti, prosélito! Dejaste que me desangrara. Permitiste que me pudriera en la ignorancia. Seguro que no te gustaría pasar por una situación así. Dudo que aguantaras mucho.

Debido al arrebato de ira, empiezan a caérsele pedazos podridos de la cara y el cuello, que resbalan y dejan manchas por el suelo. Bogle adopta una actitud displicente.

–¡Anda y que te zurzan la cara!

–¡Traidor! ¡Chaquetero!

–¡Vete a criar gusanos, tío mierda!

Se oye un murmullo generalizado. Los bebedores vuelven a mostrarse hostiles. Les parece indignante la manera en que Bogle trata al fantasma. Uno de los borrachines más fuertes arrea un puñetazo al joven vagabundo en la nariz. El espectro de Maurice adopta una postura clásica.

–Oh, Ripley –exclama con grandilocuencia–. ¡Qué desastre! En la caracola de mi oreja un filtro infecto virtieron: tres cartuchos de plomo disparados a una velocidad de cañón de 1405 kilómetros por hora y una deceleración de 16 k.p.h./6,6 m., con un revólver de repetición Webley 1925 calibre 38 reglamentario, con el cañón rayado y el percusor oxidado. El cráneo se rompió, el cerebro reventó y la sangre brotó. ¡Me hizo ver las estrellas! ¿Por qué no pruebas esa delicia cuando tengas cinco minutos libres?

–¡A otro perro con ese hueso! –responde Bogle en tono burlón.

El fantasma se marcha rápidamente recogiendo sus pedazos por el camino. Algunos de los bebedores le ayudan. Entra Bobby Bogle, padre de Ripley, con una botella en la mano y el páncreas sobre las rodillas. Él también aparece manchado de sangre, pero mantiene una expresión de jovialidad e indolencia. Al verle aparecer, los bebedores se animan un poco y, cuando se callan para escuchar el siguiente diálogo, se ponen de pronto de buen humor. El difunto Bobby Bogle está triste y borracho como una cuba.

–¿Cómo has podido acabar así, hijo mío? Has mancillado mi memoria. Nadie salió a recibirme al final del viaje. Fue culpa tuya. ¿Cómo quieres que cause una buena impresión si eres tú mi garante? ¿Eh? Siempre fuiste un mierdilla y siempre lo serás.

–¡Piérdete, colega! –dice Bogle hábilmente, con confianza–. Sólo soy hijo tuyo en la vergüenza.

Bobby Bogle se vuelve hacia el público.

–Díganme, por favor: ¿qué clase de respuesta es ésa? ¿Ven qué clase de hijo me ha tocado en suerte?

Los bebedores le muestran su apoyo, pero Bogle se mantiene inflexible.

–¡Vamos! ¡Lárgate de una puta vez!

El fallecido y llorado Bobby Bogle echa a andar de mal humor. Pero antes de marcharse, se vuelve y exclama:

–Pagarás por esto, hijo mío. Algún día comprenderás cuán equivocado es tu proceder. Te conozco, muchacho. Tu secreto no está seguro conmigo.

Aunque se queda por un momento preocupado, Ripley se ríe burlonamente, y el segundo espectro llora como una plañidera. La botella salta de su mano y se encarama en la barra. Se planta ante Ripley, se quita el tapón y le muestra la etiqueta.

BOTELLA DE WHISKY *(pícaramente):* ¡Ripley, soy el espíritu de tu padre!

Se oyen abundantes risas y aplausos. Hacía falta un poco de humor. La botella de whisky recibe llamadas telefónicas de diversas agencias teatrales de Londres y sale corriendo para acudir a una rueda de prensa. Empieza el siguiente número. Deirdre Curran avanza con tremenda seguridad. Bogle se lleva una sorpresa al verla. Si ha cambiado ha sido para peor. Su voz refleja una mezcla de frustración y mediocridad. Salta a la vista que está dolida. Ripley pierde confianza y le increpa en tono indignado.

–¿Y tú qué quieres? No estás muerta, ni morirás nunca. Nunca te he querido. Eso no era amor. No te engañes. Era otra cosa.

–Tú sabes lo mismo que yo –responde ella con amargura y aire de misterio–. Sabes lo que puedo contar.

Bogle se asusta. Se pone pálido, aprieta los labios y aparta la mirada. Se oyen de nuevo abucheos. El público aguarda el punto culminante del espectáculo, y la falta de valor de Bogle le resulta poco convincente. Quiere acción y da gritos de ánimo a Deirdre. Aun así, Bogle le exige que se marche.

–Vete. Aquí no pintas nada. ¡Fuera!

Para sorpresa y decepción de los bebedores, Deirdre se marcha sumisamente, y su único gesto de rebeldía es una sonrisilla malévola. Se produce una pequeña pausa. Todas las miradas se posan en el ensangrentado pero victorioso Ripley Bogle. Un silencio expectante se apodera de la sudorosa y repugnante sala. Falta la última aparición, el último de los fantasmas. Entre las capas de humo que ensucian el ambiente se respira tensión e inquietud. De repente surge en medio de la sala un inodoro de porcelana limpio y relativamente nuevo. Ripley se encoge de miedo. Cunde la inquietud. Al joven empieza a correrle el sudor a chorros por la cara. En el inodoro se oyen unos inaudibles chapoteos de desesperación. Algunas mujeres empiezan a gemir, presa de un miedo indescriptible. Vuelven a producirse nuevos chapoteos, y entonces aparece en la taza una espantosa manita roja que se aferra al borde con desesperación. Se oye a alguien que chilla desaforadamente con una voz muy aguda, enloquecido por el miedo, el dolor y la muerte.

–¡Socorro, papá! ¡Ayúdame, padre, por favor!

Los chillidos acaban en un horrible sollozo ahogado, tras lo cual la diminuta mano ensangrentada desaparece en el agua. Se arma un auténtico caos. Los bebedores, tanto hombres como mujeres, gritan aterrorizados y salen corriendo hacia la puerta. Muchos son pisoteados en medio de la desbandada de personas que trata de escapar del horror. Varias brujas enloquecidas se cortan el cuello con los vasos de cerveza rotos. El tumulto es terrible, infernal, obsceno. La muerte conduce a sus pequeños rebaños, mientras pies descontrolados aplastan, parten y pisotean cabezas. Los gritos alcanzan un volumen demencial. De repente, vuelve a reinar el silencio. Los bebedores han huido y todo está en calma o casi. El polvo se posa suavemente sobre las sillas, las mesas volcadas y los cadáveres de las víctimas de la estampida. Ripley Bogle se tumba en el suelo con la cabeza sobre un charco de oscura y espumosa cerveza, gimiendo y gruñendo para sí. Salta a la vista que está recordando alguna experiencia personal sumamente desagradable, inventada por él mismo. Martin Malone, agotado y con ganas de acostarse, se acerca al joven con gesto de irritación. Le da una fuerte patada. Tiene cosas que hacer y Ripley ya no le sirve para nada. El dueño del pub está cada vez más enfadado y le arrea otra patada.

MARTIN MALONE *(con impaciencia):* Vamos, vago de mierda. A la realidad se va por allí.

(Le da otra patada.)

Sábado

Aquí hay un enorme meandro. Paso ahora por debajo de la ruina de Putney Bridge. De Putney a Barnes. Sí. Me largo de la ciudad. Echo un vistazo a Fulham Palace, que se encuentra en la otra orilla. Tiembla y baila en la calima. Por allí se va a Parsons Green y Brompton. Pero yo no me dirijo hacia allá.

Pues sí, hoy vuelve a pegar con fuerza. Hace calor. El sol, luminoso e hiperactivo, me escalfa en el sudor y la grasa de mi cuerpo. Tengo problemas para respirar el caliente y viciado aire de la ciudad. En estas circunstancias, no creo que merezca la pena hacer el esfuerzo.

Perry se encuentra cada vez peor. Lo de esta mañana ha sido un verdadero espanto. No estoy de humor para ser testigo del desconcierto y la alarma de un viejo desamparado. Tras la horrorosa noche que he pasado, se me hace difícil mostrar compasión. Pero Perry se encuentra cada vez peor. En serio.

Hace tanto calor en este momento que la calima alcanza unos dos metros de altura y metro y medio de profundidad. Aunque es posible que esto se deba a que mis párpados están hechos una mierda, ya que cuando no los tengo pegajosos, los tengo cubiertos de costras. No paran de dolerme. Puede que lo que veo en este preciso instante no sea calima, sino pringue en primer plano. Por sorprendente que parezca, no sabría decirlo. Debería limpiarme los ojos un poco, lo sé, pero me falta el valor suficiente.

En cualquier caso, sigue haciendo muchísimo calor. ¿Qué sucede? No sé qué le pasa al tiempo últimamente. Sospecho que me guarda rencor por algún oscuro motivo meteorológico. Parece una parida, lo reconozco, pero estoy prácticamente seguro. Sé cómo funciona. Lo sé todo sobre el tiempo. Estoy al tanto de los fenómenos físicos y químicos que se dan en las capas superiores de la atmósfera: su temperatura, densidad, movimiento, composición, sus procesos químicos, reacciones a las radiaciones solares y cósmicas, etcétera. Sé lo que me digo.

El tiempo perfecto para los vagabundos es esa suave monotonía otoñal que reina en septiembre y a principios de octubre. No hace ni frío ni calor, no llueve y apenas sopla viento. Hay que encontrar un equilibrio y no dejarlo escapar. La tranquilidad y la quietud es lo que más nos gusta. El verano es demasiado caluroso, seco y sucio. Nos asfixiamos con la mugre y las impurezas de nuestro cuerpo. Pasamos sed, se nos pone la voz ronca y contraemos enfermedades de verdad insólitas. En invierno hace, evidentemente, demasiado frío. Nos helamos, nos descongelamos y volvemos a helarnos. Vienen a visitarnos la hipotermia, las congelaciones, la bronquitis, la neumonía y la gangrena. Vamos de un lado para otro con la vejiga a reventar, y las calles aparecen llenas de cadáveres de indigentes. En primavera llueve demasiado. Con el tiempo acaba resultando deprimente pasarte el día hecho una jodida sopa. Es la estación del pie de trinchera, los destemples, los escalofríos, la polio, la puta fibrosis cística y la peste bubónica. (Esta mañana casi me cago de miedo al ver el monstruoso bubón que tenía en la garganta. ¡Ya está!, he pensado. ¡Se acabó! ¡La puta peste bubónica! Evidentemente, no era más que un grano enorme, una especie de forúnculo, un bulto de vagabundo. Pero era grande, se le veía muy entusiasmado, como una judía coronada de amarillo... ¡Igual que un astroblema!)

Como iba diciendo, las estaciones están ahora todas liadas. Cuando no es una congelación, es una insolación. No hay término medio: pasamos de las molestias polares a los agobios tropicales. No ha pasado una hora y el tiempo ya se ha sacado de la manga alguna perturbación atmosférica para hacerme daño. Quizá se deba a esa nueva época glacial por la que todos los cerebritos están meándose en los calzoncillos. Sí, puede que sea éste el motivo. Sin embargo, sigo teniendo la sensación de que no es más que rencor sobrenatural. Allí arriba hay alguien a quien no le caigo simpático.

¡Dios Todopoderoso! ¡Vaya mierda de noche pasé ayer! Mira si soy gilipollas que me puse ciego y derroché la poca guita que me quedaba. Era una cantidad despreciable, pero para mí era como un tesoro. Soy un cretino. Lo juro por Dios. ¡Seis pavos despilfarrados en bebercio! ¡Con lo bien que me habrían venido! ¿Y qué saqué a cambio? Un dolor de olla de no te menees y una leche en la jeta de un puto descerebrado irlandés que decía conocerme. ¡Y encima me gasté más de cinco libras! ¿Pero dónde tengo la cabeza últimamente?

Por lo tanto, yo no llamaría resaca a lo que tengo esta bonita mañana de junio. Ni muchísimo menos. Los excesos etílicos no son más que miembros del séquito en esta tragedia de venganzas que está poniendo en escena mi malhumorado cuerpo. El Enfisema Crónico encarna al violento e implacable protagonista, bien secundado por el delgadísimo Escorbuto, el anoréxico usurpador que desea a la lujuriosa Ginecomastia, reina de los Desarreglos Hormonales. Melanoma se lleva todos los aplausos en el papel del saludable Coro, mientras que la risueña Endocarditis Bacteriana Subaguda está resultando una decepción como Interés Romántico.

El descomunal dolor de cabeza que tengo anuncia su cruel propósito. El cuello me duele de mala manera, y me crujen y chirrían los nervios raquídeos. Ha llegado la hora de la jaqueca. Esto va a dejarme fuera de combate. El cerebro se me retorcerá y crispará de dolor. (No te imaginas lo elástico que puede llegar a ser mi cráneo cuando me duele la cabeza.) Al cielo le falta poco para estallar: el aire está cargado, y cae como una losa sobre el creciente dolor de mi cráneo. El ambiente es tenso, de espera. Se avecina tormenta y mientras tanto continúa con toda su furia mi tempestad particular.

¡Ufff...! Noto que un tosco nudo de náuseas se me desenreda en la garganta, y me entran unas espantosas ganas de defecar. Mi vientre está hinchado y tenso y oculta unas inmundicias viscosas que no dejan de burbujear y borbotear. He de ponerme en marcha. Del bajo vientre a la letrina. De hermano a hermano. Tengo que echar una cagada. Eso es. Está más claro que el agua. Cagar. Jaqueca. Esfuerzo y dolor. Náusea. Bascas. Melancolía.

Sin blanca, fecal y con náuseas, me alejo de la orilla del río y enfilo hacia Richmond Road. ¿Por qué me alejo de la ciudad?, puede que te preguntes. Es una pregunta justificada. ¿Qué placer me pueden de parar los frondosos claros de Roehampton o Mortlake? Ninguno, reconozco sin reparo. Escapo de la ciudad porque hoy es sábado y los sábados la ciudad de Londres me hincha las pelotas de una forma alucinante. El movidón del fin de semana... La gente que sale a hacer compras, el Ejército de Salvación, las amas de casa que van a hacer su visita mensual a los burdeles de niños de coro, los adolescentes que se hurgan como otorrinolaringólogos, las colegialas con el sábado libre que enseñan sus cositas de preadolescentes precoces, los pueblerinos que babean ante el caos metropolitano, los alegres policías en mangas de camisa, las familias que juegan en los parques, las parejas de jóvenes (serán cabrones), los deportistas, los guarros, los paseantes, la gente... ¡La gente...!

Y lo que es peor: los vagabundos, los mendigos y los tullidos. Los marginados, los colgaos, los adictos y los desechos humanos. El sábado representa para ellos el mejor día para pedir. El día perfecto para gorronear. Es un espectáculo abominable que trato de evitar. El sábado es el día en que todo el mundo está de buen humor. La gente se vuelve caritativa. Da mucho de lo mucho que tiene. Es muy agradable, pero sigue deprimiéndome.

Por eso suelo pasar la mayor parte del tiempo en el extrarradio de la capital sabatina. Puede que parezca pedante, pero, como ya he dicho, me revienta ver a mis compañeros de vagabundeo dejándome en mal lugar.

(En realidad, el verdadero motivo de que evite a la mayor parte de la población es que me aterra ver a gente que conozco, gente del pasado, gente que no sabe que soy un vagabundo. Sólo de pensarlo me pongo a temblar de miedo. Decepcionante, ¿eh?)

Sigo arrastrándome, con ingenio, joven y despreocupado.

Pues sí, el viejo Perry está empeorando. (Tiene gracia que diga yo esto.) Esta mañana le ha faltado poco para echarse a llorar. Por lo general es un tipo muy fuerte. No sé exactamente qué le pasa, aunque supongo que el hecho de ser un anciano y de estar a punto de morir sería un buen punto de partida para averiguarlo. Tenía la cara amarilla y crispada, lo que, sumado a sus lágrimas furtivas y su espectacular pobreza, me ha dejado el ánimo por los suelos. Creo que Perry se ha cansado ya de luchar y encajar reveses y contratiempos. Ya está muy mayor. Le trae sin cuidado. Esto es funesto. Ahora habrá que adelantar la fecha de su muerte. En el curso de la indigencia, la juventud es imprescindible para la despreocupación. Cuando eres un vagabundo joven, esa clase de desesperación te da dolores de cabeza; si eres un anciano, te mata.

Esta mañana no me ha traído discretamente café y tabaco como de costumbre, lo cual es una señal alarmante. Es la primera vez que omite este pequeño detalle. Aparte de no augurar nada bueno, significa que va a privarme de uno de los pocos gustos que me doy cada día.

> Yo y mi egoísmo,
> corremos alegres por las callejuelas;
> somos la pareja ideal,
> como una bola sin cadena.

He tratado de consolar al pobre viejo, pero me he dado cuenta de que me faltaba madurez y me sobraban tópicos. Tú te habrías divertido de lo lindo. Él pasándose la poca vida que le queda sollozando y yo soltándole el típico rollo peliculero y adornándolo con chorradas juveniles. Debería ir al hospital. Necesito una cura de guión.

No sabía qué decir. En serio. Ha sido una situación violentísima; debería haberla evitado en el estado en que me encontraba, pero he pensado que tenía una deuda con el bueno de Perry y que debía ayudarle un poco. Para ser tan joven e insensible, soy todo corazón, ¿no te parece?

De todos modos, ¿cómo puede prestarse ayuda a alguien que ha tenido una vida tan jodida como él? ¿Eh? Difícil, ¿verdad? Pocas cosas pueden mejorar una historia de sufrimiento y dolor como ésa. Sé lo que me digo.

Como ya he dicho antes, no tardará en morir, de modo que pronto esto no tendrá la menor importancia. Martín Muerte vendrá a buscar a Perry cualquier día de estos. Le echaré de menos. A Perry, se entiende. Dios mío, ya lo echo de menos. Adiós, Perry. Fue tan grande su munificencia como sincera su alma. La melancolía le hacía polvo fuera a donde fuese. Adiós, Perry...

(Al igual que Perry, me encuentro en una disyuntiva, en una encrucijada. Él ha de elegir entre la desesperación actual y una muerte inminente. Yo he de elegir entre Mill Hill y Rocks Lane. Yo lo tengo más difícil. Miro la guerrilla de hierba y árboles que me rodea, los muros hinchados de ladrillos, los campos de críquet, los cementerios, y elijo... ¡Mill Hill! ¡Uf...!)

Me quedan doce cigarrillos. Doce pitillos justos. He de andarme con cuidado. Tengo que organizarme. En lo que respecta al tabaco, lo que he de perseguir es la frugalidad. No obstante, enciendo uno como premio por mi previsión. Ya está. Eso está mejor. Humo.

Ya podía bajar un poco la temperatura; el dolor de cabeza podía irse a la mierda y dejarme en paz, y la burbujeante porquería que está jodiéndome el estómago podía solidificarse. Y, sobre todo, ¡ya podía tener algo de dinero, leches!

(Esta mañana Perry no me ha metido disimuladamente un billete de diez en el bolsillo como la otra vez. Resulta difícil de creer, pero así es. Entre que está muriéndose y todo lo demás, no me ha parecido bien pedirle nada.)

Camino. Sí, camino.

Bien, ¿quieres que te cuente lo que ocurrió anoche? ¿Quieres una lista de las bebidas y una investigación sobre las regurgitaciones? ¿La historia repetida de todas las goteras de mi familia, de los parientes desencallados que quedaron a la deriva? Como el bueno de Bobby Bogle. Mi queridísimo papá, que echó su vida a perder. ¿Quieres verme hacer el Bogle? ¿Quieres que demuestre que, en lo que respecta al alcohol, gozo de ventajas culturales y biológicas? ¿Que ponga al día mi herencia? ¿Que lance unas invectivas sin fundamento contra mi clan, al que odio profundamente a pesar de lo poco que sé de él?

¡Vale, vale! ¡De acuerdo! Me puse ciego. Me agarré una castaña, un colocón, un cebollón. Eso fue lo que ocurrió. ¡La misma triste historia de siempre! Ah, esos recuerdos...

(Permíteme dar rienda suelta a mi sentimentalismo etílico. Es barato y no hace daño a nadie.)

De todos modos, no creo que te interesara. Te morirías de aburrimiento. Esa juerga descerebrada, esa incorregible e inútil afición irlandesa a la cerveza... ¡El jaleo que se arma, las gilipolleces que se dicen! ¡Menudo rollo!

Lo que importa es mi historia, así que ahora vamos a volver a ella. Pasemos al asunto de los anticlímax.

Cuando dejamos al joven Ripley, se encontraba en una situación bastante desesperada. Antes de cumplir los dieciocho años era ya un vagabundo, un borracho y un nihilista. Uno de esos tenaces borrachines jóvenes que pueden verse tumbados en las aceras de las ciudades de provincias, con la cara curtida y surcada de arañazos, los ojos inyectados en sangre, dando gritos como locos. Era un desecho humano. La hez. Lo peor de lo peor.

Por increíble que parezca, salí a flote. Me las arreglé para dejarlo antes de que sellaran mi pasaporte a la iniquidad de forma irrevocable. En buena lógica, debería haber seguido así durante los tres o cuatro años que me quedaban de vida. Debería haber ido consumiéndome hasta acabar hecho un cadáver mareado en una conferencia sobre cirrosis para estudiantes de medicina sin remilgos. Pero tuve suerte. Afortunadamente, logré escapar. Tuve una suerte de cojones.

Una noche de finales de verano, cuatro agentes de la Royal Ulster Constabulary cogieron a un vagabundo que intentaba atracar una licorería en Lisburn Road. Tras hacer una serie de rebuscados chistes sobre lo poco que se habla del amor entre las fuerzas de la RUC, fue e intentó darles una paliza... a los cuatro. Cuando terminaron de zurrarle la badana, consiguieron que les proporcionara algunos datos sobre su vida.

Lo llevaron al St Malcolm y sacaron de la cama al bueno de Paddy Husmeo. El joven había farfullado algo acerca de esta luminaria. Los policías se mostraron caritativos y dieron a Canon O'Hara una oportunidad: o se hacía él cargo del chaval o lo arrestaban y lo mandaban a juicio. Afortunadamente, Napias actuó con generosidad.

Tuve una suerte que te cagas. Y es que aquel vagabundo era yo. Los cuatro pasmas no me sacaron las tripas. Si hubieran sido unos amorales, me habrían hecho papilla sin interrogarme siquiera. Fui un chico con suerte. Hay veces en que la gente puede ser un verdadero encanto.

El padre O'Hara debió de pasárselo en grande. Seguro que se partió de risa. Yo olía a rayos, y él tendría que contener las ganas de vomitar y se caería de sueño. Me hubiera gustado estar presente, por así decirlo.

Al día siguiente, Paddy Husmeo me dio un montón de guita y me mandó a un monasterio cisterciense de Portglenone para desintoxicarme con los monjes. Qué vergüenza pasé. Con un traje gris monacal y un par de rígidos zapatos de cura me fui para allí y entré en la vida monástica.

Cuando regresé a Belfast tres meses después, todavía conservaba mi traje y mis zapatos de bendito, pero el alcoholismo lo había dejado en el monasterio. También había dejado otras cosas. Ya no era el inútil Ripley Bogle de antes, que sacaba pecho en los momentos de adversidad y lanzaba divertidos gritos de indignación ante las malas pasadas que le jugaba la vida. Ahora tenía odio y fuerza. Y también cierta idea de lo que quería hacer.

Pedí dinero prestado a un usurero a cuyo hijo conocía del colegio y encontré una mierda de habitación al lado mismo de Downview. Un tugurio. La casera, la señora Collins, era una borracha asquerosa que no veía una bañera desde hacía años (o al menos eso parecía por la peste que soltaba). Cuando bebía, le daba por recordar la interminable historia de la vida y muerte de su esposo. Yo tenía que quedarme sentadito y escuchar el lacrimógeno relato de su quimioterapia, su calvicie y su degradación física, pues de lo contrario me habría puesto de patitas en la calle. Aunque lo cierto es que tampoco habría sido mala idea; la casa era el colmo de la insalubridad. Estaba llena de mugre y bichos, y olía como si hubiera cadáveres sifilíticos escondidos debajo de la tarima. La cocina, en concreto, era una cosa inmunda cubierta de grasa y de extraños organismos de identidad desconocida. Yo andaba bastante flojo debido a las privaciones que había padecido recientemente, pero, dadas las enormes posibilidades que tenía de contraer salmonela en aquel lugar, no me importó lo más mínimo seguir debilitándome. Era mejor pasar hambre que combatir los hongos de la comida. A la vieja bruja, que era muy astuta, esto también le convenía. Un muchacho inapetente resultaba muy económico como inquilino.

Ahora necesitaba un domicilio. Para poder hacer lo que me proponía me hacía falta un mínimo de estabilidad inmobiliaria. Organicé mi economía y resolví mis problemas académicos. Conseguí convencer a la Seguridad Social para que me ayudara, amenazando con escribir al presidente de Estados Unidos o alguna cosa por el estilo. Al mismo tiempo, hice valer mi encanto juvenil y mi profunda humildad y me camelé al bueno de Paddy Husmeo para que me dejara volver al colegio. Tenía una meta. Cuando le dije de qué se trataba, me sorprendí de que no se desternillara de risa, me echara a la calle o llamara a los loqueros. Me permitió volver al colegio durante una temporada; es decir, durante el tiempo que me hiciera falta. Aquel hombre era un santo. Espero que le hagan Papa pronto.

¿Y qué meta esa ésa?, te preguntarás. ¿Qué me proponía hacer? Bien, hazte cargo de que en aquella época yo era la escoria de la sociedad. No tenía dinero ni familia ni amigos ni trabajo ni títulos ni posibilidades ni esperanza. El miembro más insignificante del proletariado me miraba con desdén, los vagabundos y los mendigos me evitaban en la calle y los marginados, fueran del tipo que fuesen, me volvían la espalda. Era un indeseable, una peste, un fracaso.

Como es natural, decidí que tenía que ir a Cambridge. ¡Iba a ser estudiante universitario!

No te burles, so cínico. Se me ocurrió que, puesto que iba a salir del fango, lo mejor que podía hacer era pegar un buen salto y pasar directamente de comemierdas a alumno de Cambridge. Podía ir de un extremo a otro. La idea me hacía gracia, pues coincidía con mi concepción de lo absurdo. *Quel arriviste!*

Fue esto lo que me hizo dejar el alcohol. No fueron los monjes con sus tópicos humanistas y sus humildes aspiraciones. Sino la ambición pura y dura. El vagabundo alcohólico paseándose por la principal universidad de Europa. Me gustaba la idea.

Puse en ello todo mi empeño. Deseaba conseguirlo a toda costa. Aunque no lograba imaginarme hollando las aceras de Cambridge con mis mugrientos pies, abrigaba cierta confianza. Entre que era mi única oportunidad y todo lo demás, tenían que salirme bien las cosas. No contemplaba la posibilidad del fracaso.

Después del aborto, los padres de Deirdre habían mandado a su hija a pasar una temporada en casa de una tía gorda que tenía en Alemania. Cuando regresó, amenazó con suicidarse si no le dejaban volver a verme. Su familia cedió, como siempre. Y es que el señor y la señora Curran se merecían a la hija que tenían.

(Debería señalar que Deirdre aún no había contado a sus padres que no me la había cepillado y que, en consecuencia, era inocente del delito de paternidad en relación con la desgracia que le había sucedido. Imbécil de mí, yo tampoco había intentado aclarar este malentendido. No se me había ocurrido, así de sencillo.)

Cuando volví a verla, todo el odio y la estupenda amargura que sentía me abandonaron. ¡Y tenía que ocurrirme precisamente cuando más falta me hacían! Me habían servido de mucho, pero ya no los necesitaba. Es posible que madurara un poco. Comprendí lo que era y lo que es un hombre. Aunque puede que me equivoque. Deirdre había cambiado, pero a peor. Había dejado por completo de fingir que era una persona normal, y ahora saltaba a la vista que andaba mal de la azotea. Esta vez me acosté con ella. En realidad no me cupo más remedio. Si me hubiera negado, le habría provocado nuevos ataques de histeria, y además en el fondo aún me hacía la ilusión de que la quería. Pensaba que nuestro amor era más fuerte porque había sido templado en las abrasadoras llamas de la adversidad. Muy bonito. Precioso.

De todos modos, empezaba a resultarme difícil pasar por alto la locura de Deirdre. Daba la impresión de que el placer que derivaba del sexo dependía del dolor que se le infligiera, y a mí me perturbaban los gustos tan violentos que tenía. En una ocasión, cuando estábamos en pleno polvo y nos acercábamos ya al clímax, empezó a contarme la historia de su aborto, demostrando una sorprendente intuición para el detalle. En el gozoso momento del abandono, acabó su relato diciendo que el «niño» era igualito que cualquiera de los que hubiéramos podido tener. Me pasé la noche vomitando y, como era muy diplomático, intenté disimular el ruido de las arcadas.

En sus licenciosos arrebatos extáticos me atacaba con mi bate de críquet; me escupía, me injuriaba, me daba puñetazos, me arañaba y me estrangulaba. Resultaba muy desagradable. Había adoptado la divertida costumbre de aparecer semiinsconsciente en la puerta de mi casa y decir que se había tomado una sobredosis mortal de algo. No me quedaba más remedio que llevarla al hospital en su coche. (La pobrecita tenía ya uno propio.) Esto resultaba sumamente ameno. Los coches y yo nunca nos hemos llevado bien. Juntos funcionábamos de forma desastrosa. Deirdre corría más peligro a causa de mi extravagante forma de conducir que de sus cócteles de estupefacientes.

La única noche que Deirdre y yo pasamos entera juntos fue un fin de semana en que sus padres se habían marchado fuera. Después de copular con tanta energía como desinterés en su cama de matrimonio, nos quedamos los dos dormidos, que es lo que uno suele hacer en tales ocasiones. Tras un par de horas de somnolencia, noté de repente un extraño hormigueo en la espalda. La plácida superficie de mis sueños apenas se agitó, pero, cuando me disponía a quedarme de nuevo profundamente dormido, oí una serie de amortiguados ruidos metálicos. Era un sonido suave, discreto. Luché durante largo rato con la lasitud que atenazaba mi cuerpo. Estaba tan a gusto y calentito en aquella cama grande y limpia... Y tan cansado. Por fin, haciendo un esfuerzo ímprobo, me espabilé.

Cuando le hube confiscado las tijeras a mi interesante y joven amante, fui corriendo al cuarto de baño para limpiarme la sangre de la espalda. Los cortes no eran muy profundos, y saltaba a la vista que no se proponía nada serio. Pero eran largos, numerosos y dolían el copón. Me curé las heridas, me marché haciendo el menor ruido posible y recorrí a pie los veintipico kilómetros que había hasta la ciudad. Decidí que sería mejor no ver a mi querida Deirdre durante una temporadita.

Esto no quiere decir que renunciara definitivamente a encontrar el amor y la ternura. Seguía queriéndola. Su desequilibrio era comprensible e incluso disculpable, pues la experiencia por la que había pasado era horrorosa. No sé cómo, pero me las apañé para desoír las virulentas protestas de mi amor propio y mi egoísmo. El legado de culpa que había recibido tras el embarazo de Deirdre debería haber sido motivo suficiente para preocuparme, por ejemplo. No me había parado a pensar en el verdadero responsable del catastrófico aborto. A Deirdre no le había preguntado nunca por la identidad de la persona que la había dejado embarazada. Es más, la idea de que mi supuesta amante hubiera puesto de manifiesto su incontinencia sexual de una manera tan desagradable no me atormentaba lo más mínimo. Fui de principio a fin un pobre tonto sensiblero incapaz de encontrar razones para enfadarse.

Así que seguí queriendo a Deirdre a pesar de los pesares. Su imagen quedó para mí sólo levemente empañada; no era gran cosa, pero menos es nada.

Me presenté al examen de ingreso de Cambridge en noviembre de aquel mismo año. Mientras lo hacía estallaron tres bombas de quince kilos en un garaje situado al final de la calle. Fue la leche. Me pregunté cuántos aspirantes a entrar en Cambridge con un historial de vagabundeo y alcoholismo como el mío estarían haciendo aquel mismo examen al son de aquellas explosiones. Era una pregunta estúpida, pero me sentí especial.

Hice el examen. Escribí con ilusión y zozobra. Rogué para que tuvieran compasión y me dieran un voto de confianza. Escribí todo lo que sabía y más.

Naturalmente, lo aprobé. Pero hacía ya un buen rato que te lo imaginabas, ¿verdad? Recibí la carta en la madrugada del último viernes antes de Navidad, cuando volví a mi chabola.

«Estimado señor Bogle:
»Nos complace informarle...»

Una euforia absoluta, apabullante, inundó mis venas. Piensa en lo que había conseguido, lo lejos que había logrado llegar. Desde la miserable habitación en la que vivía con aquella repelente casera borracha me había abierto camino hasta Cambridge. No acababa de creerme el alcance de mi hazaña. Deirdre y la gente como ella, con sus cariñosos padres, su útil dinero y sus caros colegios, habían fracasado. Aun teniendo todo lo que tenían, habían fracasado. Yo, en cambio, que era un indigente, un repudiado, una persona de dudosa fama, los había superado a todos. Y lo había hecho yo solito. No tenía que dar las gracias a nadie más que a mí mismo y a un puñado de caritativos curas.

Estaba a punto de amanecer cuando me recuperé de la conmoción que me había causado recibir esa amistosa epístola. Todavía me daba vueltas la cabeza de felicidad, y no tenía ganas de acostarme, así que salí a dar una vuelta.

Fuera la noche brillaba con suavidad, acogedoramente, susurrándome la noticia entre las casas dormidas y los altos árboles pelados del invierno. Antrim Road, esa vieja amiga, se desplegaba, espléndida y hermosa, ante mis mal calzados pies como una alfombra de alquitrán extendida para felicitarme. La aprobación de la lejana Cavehill me llegaba flotando sobre la oscura brisa eléctrica.

Llegué paseando hasta Alexandra Park, que estaba abierto y dormitaba bajo el negro cielo del crepúsculo. Un lechero madrugador pasó por mi lado, entonando un bello canto matinal. Le dirigí un saludo inaudible. Caminé bajo la enramada de árboles sin hojas (ese techo fragmentario alzado sobre el suelo oscurecido) hasta llegar a la pequeña laguna de aguas negras. Cisnes negros como el hollín se deslizaban majestuosamente por la superficie, haciendo caso omiso del feliz muchacho que seguía sus evoluciones con la mirada. Les traía sin cuidado.

Comenzaba a rayar el alba, inundando poco a poco el parque invernal con su fría luz gris. Mis ojos brillaban como destellos de felicidad en la penumbra. Di media vuelta. Adiós, Irlanda. Mientras regresaba a Antrim Road, me pareció que las conocidas y destartaladas fachadas se despertaban y me hacían una reverencia, a mí, a su antiguo hijo. Volví a casa por la avenida formada por sus silenciosos aplausos, sonrojándome con modestia al pasar.

Estaba encantado de la vida. Estaba feliz. Creía que me merecía algo así. Empecé a hacer planes.

(Cuando llamé a Deirdre para contarle la gran noticia, se enfadó tanto que colgó. Pensaba que no era capaz de enfrentarme al mundo y que me había rajado. Ella era capaz de enfrentarse al mundo porque su padre le había pagado la matrícula de primer curso en una escuela privada de Bellas Artes de Leeds.)

Si algo tuvieron de malo los siguientes meses, fue que se cargaron a Maurice. Esto me dejó hecho polvo, pero Cambridge me sirvió de consuelo. Lo ocurrido no era sino una confirmación de los motivos que me habían impulsado a marcharme en un primer momento. No quería que acabaran conmigo. No quería morir. No como había muerto mi padre. No como había muerto Maurice.

Mi etapa irlandesa se acercaba a su fin. Aunque destrozado por la muerte de Maurice, hice los preparativos para marcharme y embarcar lleno de ilusión. Tenía de nuevo los ojos verdes; volvía a ser joven. Me sentía otra vez fuerte y dispuesto a todo. Estaba todo preparado. Mi ciudad estaba guardada y etiquetada. No quería saber nada más. Ya estaba todo preparado.

Dios mío, ojalá me sintiera ahora fuerte y dispuesto a todo. El espeluznante orden de estas extrañas calles de Londres se ha trocado en un confuso caos. No sé adónde ir ahora. Aquí me siento un tanto perdido. Contemplo las sofocantes y arruinadas calles y el insustancial y marmóreo aire. En una pared cercana veo una pintada burlona. Es una obra de buena factura que revela talento. Dice así:

¡D.H. LAWRENCE FOLLA PERROS!

Me alegro de ver que las mareas gemelas del ingenio y el buen juicio no se han retirado del todo del sur de Londres. Esbozo una sonrisa furtiva en señal de asentimiento y el dolor pasa a un segundo plano. Esto es lo que necesitaba, un poquito de humor. Las pulsaciones de mi pobre cabeza toman un ritmo menos doloroso. El vaivén de mi tripa se hace más lento y mis ojos quedan limpios de calor y de costras. En cuanto vomite un poco estaré como nuevo. Pronto podré descansar. Voy a comenzar la parte más agradable de mi historia, los episodios que me gustan. Mis años universitarios también te levantarán a ti el ánimo. No todo ha sido dolor y sufrimiento. También he vivido etapas idílicas. Laura... Pronto sabrás más de ella. Un poco de lirismo, de romanticismo. Salgo un momento a vomitar y ahora mismo vuelvo.

Dos

¿E Irlanda? ¿Qué pasa con esta Irlanda nuestra? No puedo olvidarme de ella así por las buenas, ¿verdad? ¿Qué opinión me merecía el insoportable lugar donde nací antes de salir huyendo de él?

Los irlandeses somos todos unos putos idiotas. Nos regodeamos en un sentimentalismo estúpido, algo a lo que no nos gana nadie. Ni a nosotros y ni a los del Ulster. Los putos irlandeses, el pueblo amado por Dios. Qué más quisieran. Como pueblo somos un desastre; como nación, una desgracia; como cultura, un aburrimiento; y como individuos, en general repelentes.

Pero a nosotros, los irlandesitos, nos encanta nuestro país. Nos lo bebemos de un trago. Cuanto peores somos, más nos gusta. Esta Irlanda nuestra nos encanta, y ella está encantada con nosotros.

¡Rediós! ¡La cantidad de chorradas sobre Irlanda que han fomentado los americanos y los profesores de literatura inglesa! La amenaza y la codicia... Nada más que gilipolleces. Irlanda y sus placeres. Partirle la cara al primero que se le cruza a uno por la calle. A la violencia le gusta extenderse. Mi país es un lugar curioso. Con su bandera, bien estirada y pegada a los mástiles. La tricopón. Verde, blanco y todo lo que refulja. Cantemos:

> Nuestra Irlanda es un lugar estupendo,
> un país supermolón:
> la intolerancia es su pasatiempo,
> la muerte su ocupación.

¿Qué tiene Irlanda que tanto les gusta a los irlandeses? ¿Qué les impulsa a pasarse el día diciendo paridas sobre su país? ¿Es el dolor y la pobreza, la muerte y el peligro? ¿Es el rencor, el odio, la traición, la estupidez, la brutalidad, la inhumanidad o la inconsolable desesperación? Sea lo que sea, está claro que los irlandeses tienen mucho por lo que sentirse agradecidos.

¿Qué puedo decir de los irlandeses que no vayan a discutirme? ¿Qué puedo añadir a la larga lista de tópicas evocaciones del estercolero gaélico?

Ya sé. Voy a contarte una historia. Una historia real. Una historia irlandesa. Ocurrió cuando todavía estaba en el colegio, y dio mucho que hablar en la sala de reuniones del bachillerato superior.

Una noche cualquiera del mes de octubre dos tipos de mi escuela cometen el sorprendente error de entrar en Crumlin Road. (Están en una zona peligrosa, en tierra de nadie, entre Shankill y New Lodge, en el punto de encuentro de los dioses de uno y otro lado, es decir, entre lo malo y lo peor.) Mis dos compañeros de colegio se sienten un poquitín nerviosos, y con razón. Nos hallamos en la época del Carnicero de Shankill, un caballero furibundamente antiecuménico aficionado a decapitar a los seguidores del Papa. Nos hallamos en un territorio de cazadores de cabezas, por lo que los dos jóvenes siguen caminando, evitando con cuidado las trampas que les tiende el miedo.

Tres hombres les obligan a pararse y sacan unos pistolones de cuidado. Pues claro. Es lo que tenía que ocurrir. Como puedes imaginarte, nuestros dos héroes se cagan de miedo. Se acabó, piensan presa del histerismo. ¡Hola bala, adiós vida! Los miembros de la patrulla de vigilancia preguntan a nuestros chicos si son católicos o protestantes. Aquí surge un diminuto resquicio de esperanza, una microscópica posibilidad de escapar. ¿Católicos o protestantes? Tienen que acertar a la primera. Aquí no se conceden accésits. Nuestros chicos se devanan los sesos. El lugar donde se encuentran no les sugiere nada y los hombres armados no les proporcionan ninguna pista. Uno de los chicos arroja mentalmente una moneda al aire y, a pesar del miedo, se atreve a aventurar una respuesta: son católicos. Los hombres se miran desconcertados. «Demostradlo», dice uno de ellos.

¡Me cago en Dios!, piensan los dos malcolmianos. ¡Nos hemos librado! ¡Nos hemos librado, joder! Sus corazones se arrugan de alivio y en sus oídos suena el zumbido de la supervivencia.

Recitan el avemaría y los matan a los dos de un tiro en la cabeza. ¡Ja, ja, ja, ja, ja...!

Ya lo habías adivinado, ¿verdad? ¿A que es la leche? ¡Los muy hijoputas querían asegurarse! ¡Querían tener una jodida prueba! La crueldad perfecta, cíclica, de aquella oración de esperanza y optimismo. La despiadada maestría de aquel momentáneo y feliz conjuro. He de reconocer que fueron listos los muy cabrones.

(Si conozco esta historia es porque uno de los chicos sobrevivió. ¡Sobrevivió a un disparo en la cabeza! Por supuesto, no salió muy bien parado. Se quedó paralítico y tal... Pegarte la vida en una silla de ruedas no es precisamente agradable, pero, por extraño que parezca, lo que en verdad le molestaba era el momento que le hicieron pasar. Se ponía malo de pensar en ello. Aquella oración... Y la respuesta...)

Pues sí, mi ciudad era una mierda, una ciudad leprosa y no especialmente bonita.

Piensa en lo que significa matar a alguien. Venga, piensa. A un tío cualquiera. A un pobre desgraciado. A cualquiera. Piensa en lo que significa matarlo. Tómate el tiempo que quieras. Piensa en ello. Piensa en su vida, en sus padres. Piensa en sus hijos. Piensa en todos los polvos que ha echado, en todos los pechos que ha besado, en todos los muslos que ha arrugado, en todas esas cosas. Piensa en sus dolores de muelas, en sus estreñimientos, en su barriga de bebedor de cerveza. Piensa en los libros que no ha leído, en las personas a las que no ha conocido y en los lugares que no ha visto. Piensa en su vanidad y su ignorancia, en su codicia y su egoísmo. Piensa en su diligencia y su amabilidad, en su clemencia y su ternura. Piensa en esos zapatos tan pasados de moda y esas chaquetas tan espantosamente vulgares que se compraba. Piensa en los chistes malos que contaba y en los momentos en que pasaba vergüenza. Piensa en su lengua de trapo y en sus dientes, en su termo y en sus sándwiches, en sus fotografías, en sus números rojos, en sus muebles, en su letra, en su incipiente calvicie, en sus platos favoritos, en sus cigarrillos, en su equipo de fútbol, en sus calcetines sucios, en su cara y en los años que ha vivido. Piensa en él. Piensa en su vida.

Piensa en matarlo. Piensa en ello.

¿A cambio de qué? ¿Eh? ¿Qué necesidad hay?

*

Ah, sí. Deirdre y yo no tardamos en distanciarnos. Nuestro pequeño amorío llegó a su fin justo antes de que me fuera a Cambridge. Menos mal. Durante los últimos y lamentables días de nuestra relación a Deirdre se le fueron aflojando más y más tornillos. Sus exigencias y caprichos eran cada vez más extravagantes y disparatados. Al final me reveló quién le había echado el casquete que había desembocado en el aborto de marras. (Que conste que yo no se lo pregunté.) Fue un fontanero que estaba haciéndole una chapuza en el cuarto de baño. Se la tiró a gusto, por lo visto. Y en el suelo del cuarto de baño, nada menos. Repugnante, ¿verdad? Bien, evidentemente el fontanero no llevaba encima una gomita, de ahí que nuestra querida Deirdre acabara metida en semejante tomate. Son detalles deprimentes como éstos los que evitan que nuestra vida sea una continua tragedia. La constante presencia de lo absurdo; la divertidísima miseria de lo incidental.

Vi a Deirdre por última vez en Robinson and Cleaver, sentada al otro lado de una mesa llena de suciedad. No hubiera podido encontrar un terreno más neutral. Había ensayado mucho para la escena. Ya había pensado lo que quería decirle en líneas generales y tenía intención de pegar unos gritos y soltarle un buen rollo. Se trataba de lo habitual en estos casos: que últimamente estaba muy rara y todo lo demás. Quería hacérselo pasar fatal. Como es natural, cuando llegó el momento de la verdad, me achanté. De pronto me pareció que no merecía la pena. Ahora era libre. Libre. Cuando caí en la cuenta, sentí de repente una placentera sensación de euforia. Y es que me había olvidado de lo jovencísimo que era. ¿Qué curioso, ¿verdad? En consecuencia, lo único que hice fue sonreír y despedirme. Creo que esto la ofendió más que cualquier colección de lindezas que se me hubiera podido ocurrir soltarle. Me largué, sin más. ¡Dios mío, fue la monda!

Soy severo con Deirdre, ¿verdad? Cuando se trata de echar la culpa, no me ando con chiquitas. En mi opinión, Deirdre era un monstruo. Era cruel, egoísta y cabezota como ella sola. Esto que digo es en buena medida cierto, aunque con ello no pretendo decir que yo fuera inocente. Ella era mala, pero yo era peor. Yo era una mezcla de demagogia, rencor, engreimiento e insensibilidad. Por extraño que parezca, cuando uno aún no ha cumplido los veinticinco, suele pensar que tiene derecho a ser egoísta, cruel, terco e irresponsable. Por lo visto, a esto se le puede quitar hierro con la ingeniosa excusa de que uno es muy joven y tiene poca experiencia. Pues bien, no cuela. Al menos para mí. Yo era simplemente un mierdilla, así de claro. Un hijo de la gran puta.

(Dios mío, vaya manera más despiadada de darse ánimos que tiene uno.)

¿Que cómo es que acabamos separándonos? ¿Quieres saber qué causó el alto el fuego? ¿Quieres que te explique qué fue la gota que colmó el vaso? Pues claro que quieres.

Deirdre pasó de mí. Decidió prescindir de mis servicios y traspasarme. Estaba tirándose a otro (comme d' habitude). Me retiró de la circulación.

Qué gracioso, ¿eh?

Tres

Barn Elms. Amplias caricias de calor y sol rozan perezosamente los campos de deporte. Delicadas hileras de educados álamos se curvan e inclinan a merced de una suave brisa con fragancia estival. Se oye un leve rumor de ciudad, como de aburrimiento de principios de verano. Calor y tranquilidad. Unos pasos pesados y lejanos puntúan un silencio exento de multitudes. El lanzador corre a todo meter, con las aletas de la nariz dilatadas al máximo y retumbando con los pies en la hierba seca. El bateador golpea la bola limpiamente junto a sus pies y se oye un dulce estallido de satisfacción. El profundo y cálido placer del bate de críquet al chocar con la bola, que lo rechaza con una fuerza idéntica. Ésta sale disparada hacia las cuerdas que limitan el campo, se eleva, abandona el terreno de juego con un gemido y cae justo delante de mis pies produciendo un ruido amortiguado.

Nervioso, se la devuelvo a un jugador desconcertado.

Pues sí, estoy viendo un partido de críquet. ¿Quién se lo iba a imaginar? ¡Un partido de críquet! A ver: ¿existe forma más idílica de pasar una tarde ociosa de junio? El sol ya no pega con tanta fuerza como antes y la deliciosa brisa que sopla difunde mi olor a sudado. Ya no me duele tanto la cabeza y, dentro de lo que cabe, tengo la tripa en calma. ¡Y encima estoy viendo un partido de críquet! Cómo me lo estoy pasando.

El críquet es un deporte de una importancia sorprendente. Incluso para un vagabundo como yo encierra un significado extraño. Es el más coherente e integrador de todos los deportes. El críquet es elegante, pulcro, considerado, simpático y enciclopédico. Resplandece en verano y vibra con su pausado ritmo de siesta. Es un juego mental, para la imaginación. Naturalmente, lo más importante es que los americanos no juegan al críquet.

El lanzador echa de nuevo a correr, acelera sobre la aplastada y pisoteada hierba. La bola sale disparada en línea recta de un remolino de brazos y piernas. Las rodillas del bateador se alzan para entrar en acción, se echa hacia delante. Los palos reciben el golpe y se separan con estrépito. Los miembros del equipo que no batea profieren un grito apagado de ánimo. El lanzador parece modesto en la lejanía. El aire canturrea su canción de calor, claridad y expectación mientras el bateador se aleja del área central arrastrando los pies. ¡Caramba! Qué gusto debe de dar que te dejen arrojar cosas a la gente con impunidad.

Ya he echado la papilla y ahora me encuentro mejor. Antes ha habido un momento en que me he visto un poquitín perdido. No sabía qué hacer exactamente. Me sentía cansado, enfermo y estúpido e incluso tenía la impresión de que estaba un tanto mal de la cabeza. Me he dejado llevar un poco por la situación. Pero ha sido sólo un instante. Debo evitar que vuelva a ocurrir. No debo pensar en otras alternativas ni en cosas por el estilo. Resulta cruel e inoportuno. Me las he apañado bastante bien hasta el momento y me reventaría tener que dejar este asunto después de haber llegado tan lejos. Y no hablemos ya de dejar mi historia a medias. Me he animado en un abrir y cerrar de ojos. Esto se me da bien. (De vez en cuando.)

Me tumbo otra vez en la hierba del terraplén mientras sale el nuevo bateador. Parece que la tierra suspira y exhala una humedad caliente y letárgica. Mi cabeza y mis sentidos reaccionan entregándose a un suave vaivén de abstracciones. El sudor me hace cosquillas en las orejas, y viajo por etéreas geografías de tranquilidad y reposo. Me siento terriblemente europeo.

Al principio Inglaterra me pareció un país de belleza manejable. En el tren de Stranraer a Londres advertí que las señales de las estaciones acercaban a mi ventana los pueblos y las ciudades que habían poblado las fantasías de mi infancia. Aquél era un lugar donde podía *ver* mis libros.

Era un palurdo y un cateto de la cabeza a los pies. En medio de la prodigiosa ciudad de Londres, el corazón me palpitaba presa de un delirio embriagador mientras recorría las calles de mi libresca memoria. Covent Garden, con el aire canalla de la Restauración; Westminster Bridge, por donde seguía pasando una enorme muchedumbre anónima; Bloomsbury, un pueblo troquelado de museos y... el río, amigo y enemigo de Lizzie Hexam.* Las fantasías de otros hombres.

---

* Referencia al personaje de *Nuestro común amigo* de Charles Dickens. *(N. del T.)*

Lo cierto es que al principio Inglaterra me pareció un país de mierda. Londres, rápido y repelente. ¿Qué había sido de Dickens? Era la primera vez que veía a una fulana. Y un *sex-shop*. La mugre era distinta a la irlandesa. Era pegajosa y esnob. Y yo, nada, tan campante. (Qué va, en absoluto...) Era un hombre. Y tenía a donde ir.

Estaba cagado de miedo. La ciudad era demasiado grande para un paleto como yo. Me perdí en el metro y, no sé cómo, acabé en Hampstead Heath. Desde allí arriba la ciudad parecía extenderse con la inercia de una perversidad gris y somnolienta. Las mujeres que veía en Londres volvían de las playas de *top-less* con los pechos bronceados, lascivas y mal vestidas al calor del otoño. Eran impresionantes, fabulosas, arrebatadoras. Caras tocadas por el brillo metálico de la riqueza y el artificio. Nunca había visto semejante tipo de belleza. Me sentía espantosamente provinciano cuando aquellos generosos ojos recorrían mis facciones con una despreocupación maravillosa y enloquecedora.

El metro era magnífico. Pasé en él interminables horas de gozo. Era un monstruo extraño y serpenteante de populosa indiferencia. Me sentaba en vagones medio llenos y cambiaba de línea cuando me apetecía. Al igual que cuando uno vuelve a encontrarse con un antiguo conocido, los nombres de las estaciones constituían un reto y un misterio. Me llenaban de un placer y un entusiasmo furtivos. Trataba de aparentar despreocupación. Como si fuese un auténtico londinense. Pero tenía conciencia de lo provinciano y tosco que era. Entre admirado y envidioso contemplaba la tranquilidad que mostraban los demás pasajeros, que se bajaban con agilidad y confianza, sin mirar los carteles de las estaciones.

Volví a perderme y al final logré zafarme de ese abrazo subterráneo en Turnham Green. Abandoné toda precaución y fui a la estación de Liverpool Street en taxi. Si quería conocer Londres, tendría que hacerlo poco a poco.

Llegué a Cambridge a última hora de la tarde, cuando ya se me echaba la noche encima. La primera impresión que recibe uno de los lugares como Cambridge es siempre la mejor y la que guarda con más cariño. Contemplé la perfección de juguete de la ciudad. El débil eco del pasado vibraba en la minúscula grandiosidad de sus decorosas calles estrechas y sus sombríos y sagrados callejones. La grisácea luz del crepúsculo reflejaba a la perfección la enclaustrada humedad de sus antiguos patios y parques. Los colegios universitarios se diseminaban por el centro de la pequeña localidad con descuidada y elegante indiferencia. El aleteo de mi desbocado corazón aumentó. Tan bien conservada, tan limpia, tan perfecta... La belleza estaba labrando la inculta tierra bogliana.

Me costó un poco encontrar mi colegio, y cuando llegué pegué la hebra con el primer bedel, un irlandés canoso y sin gorra llamado Sepulcro. (¡Lo juro!) Era muy enrollado. Era la viva imagen de la respetabilidad, la modestia y la discreción. Hice el típico numerito del joven currela irlandés que ha salido adelante en la vida, y le caí simpático. Le obsequié con la mejor de mis sonrisas, fumamos unos pitos y nos lo pasamos pipa. Siempre he tenido don de gentes.

Ya habían escrito mi nombre encima de la puerta: R. BOGLE. El entorno prestaba a mi curioso y antiguo nombre un aire aristocrático del que había carecido hasta aquel momento. Por primera vez en mi vida tuve la sensación de que mi nombre era una combinación extravagante de consonantes absurdas. Escrito allí arriba, en la pared, tenía un aspecto solemne e importante. Yo estaba encantado de la vida. (Mi nombre puede dar más problemas de lo que cabe imaginar. Es que vaya nombrecito: Ripley Bogle. Sabe Dios en qué estarían pensando Betty y Bobby cuando me lo pusieron. Probablemente en todas las desventajas de la aliteración.)

Mi habitación era fantástica: oscura y con paneles de madera. Además veía el río por las ventanas. No daba crédito a mis ojos. Aquello era algo maravilloso, increíble. Apagué la luz y me quedé contemplándolo mientras me fumaba un cigarrillo. Derramé la mirada por la hierba y los árboles sombríos hasta el río ennegrecido por la noche. Estaba tan contento que no podía creérmelo. Era yo, Ripley Bogle, el vagabundo, el vago, el borracho; el mismo que había resbalado, caído y desaparecido del mapa. ¿Qué pintaba en aquel lugar?

Allí me quedé, en mi oscura habitación universitaria, fumando pensativamente. Por fin había empezado a abrirme paso en la vida, y ahora empezaban a abrirse paso en mi vacilante corazón enormes esperanzas e ilusiones.

«Y aquí tenemos la solución al acertijo del sábado pasado, con la que podríais haber ganado un ejemplar del nuevo disco de Kim Wilde... Pero qué suerte tenéis... Y la respuesta es...: Conde Borulawski, el enano polaco que cautivó a la baronesa más hermosa de la corte de Dresde... Sí, ya lo sé. La pregunta se las traía, ¿verdad?»

La radio escupe un ruido grosero, irritante. Dos mujeres jóvenes se han sentado en el terraplén no muy lejos de mí. Si su radio es chillona, su ropa lo es todavía más. Se vuelven hacia mi inofensiva y agradable persona y sueltan una risilla maliciosa. Su risa es estridente, apremiante. Algunos de los jugadores han oído el inoportuno jaleo y hacen leves e inútiles gestos de protesta. Las jóvenes siguen riéndose, encantadas de llamar la atención.

«¿A que ha sido alucinante? Luego invitaremos a Rodney al estudio para que nos hable de su nuevo sencillo, que se titula *Mi madre me pegaba*. Me pregunto si tiene los moratones para demostrarlo, ¿eh? Ja, ja, ja, ja, ja, je, je, je... Hoy sábado nos lo estamos pasando en grande en el programa de mediodía. Acabamos de recibir una llamada de un oyente de Bletchley que dice que antes he citado incorrectamente a Immanuel Kant. Lo siento mucho, señor Jenkins. Nos ocuparemos de ello tan pronto como podamos, pero antes de nada vamos a dar paso a redacción para que nos procuren un avance de tráfico...»

La chicas empiezan a despojarse de su vistosa ropa. Mientras se desvisten, me miran y se ríen tontamente. Se quedan en ropa interior, que es cualquier cosa menos fina. Algunos de los jugadores del equipo que no batea disimulan al mirarlas con cara de desaprobación. No me extraña. Con independencia de todo lo demás, las carnes de estas robustas chicas hieren la vista. Que se las queden, que yo no las quiero. Si hiciéramos una colecta, podríamos comprarles una lámpara de rayos UVA o algo así. Sería un dinero bien invertido.

(¡Ése sí que es un buen golpe! ¡Le ha dado de lleno! Yo sería incapaz de un batazo así. El críquet me encanta, pero soy un puto desastre como jugador.)

Una de las chicas me hace un gesto provocador y grita algo incomprensible. Evidentemente las muy focas se piensan que disfruto con el espectáculo que están dando con esa ropa interior tan cutre que llevan. Cometen un grave error. Me pregunto si debería acercarme y explicárselo. Mejor en otra ocasión.

«Gracias, Rob. Ahora vamos a dar el resultado de la última encuesta que hemos realizado entre nuestros oyentes. Recordaréis que os pedimos que nos describierais con detalle vuestras fantasías sexuales favoritas. Se trata de nuestra primera encuesta picante del año, y me alegro de poder decir que hemos recibido unas respuestas de lo más interesantes y comunicaros que..., ja, ja, ja..., la fantasía sexual más común..., ja, ja, ja..., entre los oyentes de esta..., ja, ja, ja..., emisora es...»

¡Fuera! ¡Seguro que la manda fuera! Aproximadamente un kilómetro... ¡Pam! El bateador se aleja tan tranquilo, sin esperar la decisión del árbitro. Da gusto ver este tipo de cosas. Los jugadores hacen una piña para celebrarlo. Dos del otro equipo se dirigen fuera del terreno de juego, hacia el lugar donde se broncean las dos novias de Drácula. Se diría que están tramando algo y se les ve optimistas. ¡Vamos, chicos! ¡Con esas dos no! Hace falta estar desesperado... ¡Abrid los ojos! ¡Miradlas bien!

Pero ya han tomado la decisión y avanzan a buen paso en dirección a la cuerda que limita el campo. Se acercan a las chicas, pero dando un rodeo, aunque no resultan muy convincentes. Los chicos no están nada mal. Podrían montárselo mucho mejor. Aunque puede que sea una apuesta o algo así. Espero que se trate de eso.

«Y ahora tenemos al otro lado de la línea a Dave, que nos llama desde Reigate. Hola, Dave de Reigate, ¿puedes oírme? ¿Hola? ¿Dave? Ja, ja, ja, ja, ja... Parece que tenemos problemas para hablar con Dave de Reigate. Intentaremos conectar con él más tarde. Bueno, ja, ja, ja, ja, ja, je, je, je... Nuestro técnico de sonido está buscando algo a todo correr para llenar este repentino silencio. Esto es lo último de Mick Jagger y Frank Sinatra. Un aplauso para los chicos... Ja, ja, ja, ja, ja, je, je, je...»

Las chicas se han incorporado y ahora están hablando con los jugadores descarriados. El espectáculo me resulta deprimente. Algunos de sus compañeros les llaman. El partido va a reanudarse de un minuto a otro, pero ellos parecen haber perdido interés. Se sientan al lado de las chicas y hacen señas a los de su equipo para que sigan ellos solos. En el campo se oyen murmullos de protesta. Su renuncia no ha sido bien recibida. Se hunde la democracia y reina el caos. Los románticos jugadores de críquet parecen bastante contentos y se diría que avanzan en sus conquistas. Las chicas se ríen como locas y me señalan de forma descarada con el dedo. Uno de los hombres suelta una grosera carcajada, mientras el otro, que es manifiestamente socialista, trata de hacer un comentario conciliador, para excusarme o algo así. Por lo visto les parezco divertido. Me pregunto qué tendré para resultar tan gracioso.

Al final los dos jugadores vuelven al campo a regañadientes. Está claro que han dado por terminada su cita con las dos trogloditas amantes del sol. Las risas de las señoritas suben notablemente de tono e intensidad. No es para menos: entre lo feas que son y todo lo demás, es difícil que hubieran podido prever semejante halago. Suben el volumen de su chirriante radio para que los demás no nos olvidemos de su escandalosa presencia. ¡Jesús, María y José, es que no caben en sí de gozo! El desprecio que muestran hacia mi persona parece mucho más intenso a causa de su victoria erótica, y arrecian su campaña gestos ofensivos e improperios poco convincentes. Por lo visto ahora les resulto tronchante. Bromean cruelmente con los dos galanes criqueteros, que se entretienen sin necesidad junto a la banda. En su mundo todo va bien.

«Y ahora unas cartas que nos han llegado precisamente esta semana. Una es de Gillian Crawley, que vive en Slough. Gracias por escribirnos, Gillian. Dice lo siguiente..., ja, ja, ja...: "Creo que tienes la voz más sexy de la radio y quiero que me hagas un hijo..." Ja, ja, ja... ¡Todo vale en tu emisora favorita de Londres! Menuda chica, ¿eh? Pues, bien, Gillian, por mí, estupendo. Ja, ja, ja, je, je, je, jo, jo, jo... Pero antes de nada voy a poner la nueva canción de UB40... Ja, ja, ja, ja, ja, je, je, je, je, je...»

Las chicas empiezan a cantar la canción. Le echan tantas ganas que sus carrasposas voces de pito suenan estridentes. Los jugadores miran, sonríen, vuelven a mirar, hacen señas con la cabeza, se ríen disimuladamente y hacen gestos de complicidad. Empiezo a deprimirme. Vaya muermo que me está entrando. Que alguien me dé una pistola. Tengo que hacer lo que exige la nobleza en estos casos. Aunque no estoy pensando en mí.

¿Quién lo iba a pensar? ¡Yo en Cambridge! Es que no me lo podía creer. Qué espectáculo. Acompañadme y fijaos en el decorado.

Cambridge, una ciudad de octubre, gris y sin gracia. La estrecha Trinity Street serpentea hasta Great Saint Mary para desembocar en el gran bulevar de King's Parade, flanqueado de tiendas y colegios. Un minúsculo escaparate, un débil resplandor académico en la pesada tarde; una pincelada de bibliotecas y lámparas de lectura, brillantes y lejanas. Los estudiantes recorren las calles de la ciudad, evitando inútilmente a los turistas de fin de temporada que todavía quedan. Cuando se paran a saludarse, se cuentan historias embellecidas sobre las solitarias vacaciones que han pasado. Poco a poco se pone en marcha el nuevo curso académico, como una apática cuenta atrás. El aire atrapado en el antiguo y húmedo abrazo de la tierra y el cielo. Cambridge se dispone a abrir sus puertas, y tanto los vecinos como las fachadas de los colegios universitarios se muestran indiferentes a las cambiantes generaciones de jóvenes prometedores y fríos por igual con los novatos estudiantes de primer año y con los demás, que no por ser mayores son más sabios.

En medio de todo esto, Ripley Bogle, el héroe, surca premiosamente la cargada penumbra del alto y estrecho callejón de Senate

House, empujando con confianza su destartalada bicicleta negra. El seco traqueteo de suelas y ruedas constituye su única canción. La dorada luz del atardecer penetra en la palidez de su héroe.

Precioso, ¿a que sí? Conmovedor. Es la tercera y última instantánea que voy a dar. Era cuando las cosas me iban bien. La buena época.

Un traje de los años cincuenta del Comité de Ayuda contra el Hambre de Oxford, color gris marengo, holgado pero con estilo; una especie en vías de extinción; precio: quince crujientes libras en dos bonitos billetes. Una camisa suave de color blanco. El cuello sin almidonar, en marcado contraste con sus oscuras solapas, y cortado en partes iguales por el gris decolorado de una vieja corbata de lunares. Cuando termina de arreglarse, sale a las elegantes calles iluminadas por el crepúsculo. Estamos a mediados de octubre y el aire es todavía tibio. Sueños de reyes y fanfarrias. La marcha de la victoria, de la virilidad y de todas esas cosas tan antiguas. Pisa con sus zapatos de cuero marrón, una cuidada discrepancia con la oscuridad de su vestimenta. Susurra al son de sus pasos. Al término del segundo crepúsculo, con la luna baja y teñida de rojo, su cara y su mano irradiarán. Y todo lo que espera nunca ocurrirá.

Aquélla fue sin duda la mejor época. Con diferencia. Tenía lo que quería y había dejado atrás las preocupaciones, la pobreza, la vergüenza y la necesidad de hacer planes. Estaba en mi mejor momento: pijo, limpio y atractivo como nunca. Lo digo en serio: podrías haberme llevado a casa a presentarme a tu madre. Se me saltan las lágrimas de pensar en ello, en serio. Todo parecía tan prometedor. Era tan fácil concebir esperanzas. Pensaba que lo tenía todo a mi favor para ser feliz. Había pasado la peor parte. ¿Qué más podía sucederme?

Pero no tardé en descubrir que Cambridge era un lugar decepcionante. Al principio su belleza me distrajo, pero incluso ella cayó pronto en las garras de la rutina. Era simplemente vistoso; carecía de ese olor a aspereza y teatro escabroso de Belfast.

Los ingleses me llamaban la atención. Por lo menos los de Cambridge. Eran corteses, encantadores, tolerantes e integradores, pero, a pesar de todas estas buenas cualidades, me desconcertaban. Como soy un paranoico, sospechaba que poseían una especie de hilo íntimo y secreto que unía las diferentes hebras de su raza, clase y cultura.

Naturalmente, los ingleses no encerraban ningún secreto. Puede que tengan alguna característica bien escondida, pero secretos, ninguno. Yo veía cómo las personas de mi edad se afiliaban a una infinidad de sociedades, clubes y facciones. Veía con qué rapidez apoyaban cualquier corriente del mundo de la política, el arte, la moda o la universidad que estuviera en boga, y con qué desesperación se unían a grupos grandes de compañeros suyos. Para ser ellos mismos necesitaban a los demás. Si algo temían era quedarse al margen. El miedo a estar solos era general, mejor dicho, el miedo a que les vieran solos. Los jóvenes poco populares se inventaban fantásticas historias sobre sus actividades fuera de la ciudad y los estudiantes que gozaban de popularidad organizaban un frenético circuito de deprimentes cócteles en los que cuidaban de su éxito con esmero. Hablaban sin cesar de la multitud de conocidos que tenían y decoraban sus desnudas paredes con invitaciones antiguas.

Ningún otro amor les había conmovido. Se entregaban a la presunción y el egoísmo estéril. No era su intención ser egoístas. Se pegaban como lapas a cualquier grupo de gente que fuera más grande que el suyo. Tenían poca personalidad y nada de alma. Casi era imposible distinguir a unos de otros. Siempre preferían la vaga intangibilidad de las ideas y las tendencias al bruto empirismo de la humanidad. El espinoso tema de la personalidad era abordado con cierta zozobra, las individualidades eran escasas y en general no se les hacía caso. Temían la relación de uno consigo mismo. Veían con desagrado la idea de que las personas difirieran entre sí. En uno de esos momentos clásicos, épicos, en que demostraba una inteligencia poco común, llegué a la conclusión de que la falta de interés de los ingleses por sí mismos les impedía manifestar cualquier tipo de interés por los demás. Eran distantes, mantenían relaciones impersonales, no se comprometían. Eran blanco fácil para la oscura y ficticia vitalidad del celta. (Es decir, mía.)

Pero me aguardaba una sorpresa. Como conocía perfectamente los felices relatos del homocomunismo idealista de Cambridge y los fingidos acentos proletarios de los años sesenta y setenta, me quedé pasmado ante la tremenda transformación ideológica que había tenido lugar. Ahora cubría la antigua ciudad el suave manto de un fascismo desfasado. Dickens había soltado bilis por menos que eso. Hablando en plata, las calles estaban todas llenas de hijoputas y cabrones entregados a una orgía de estupidez y poder. Las asociaciones de estudiantes se hallaban en manos de una pandilla de auténticos tarados, y los grupos conservadores de la universidad dedicaban su tiempo a sacar a la luz el papel desempeñado por la KGB en el sindicalismo británico y sugerir la repatriación de las minorías étnicas como una solución viable para el declive económico del país. Sin imperio y en decadencia, daban auténtica pena.

Por si fuera poco, el esnobismo y la mentalidad aristocrática volvían a estar en auge. Yo, el mismísimo Ripley Bogle, la figura más destacada del ducado de la naturaleza, tenía dificultades para comprender la dinámica de la aristocracia. Observaba con calma a los Sainsbury, los Cadbury, los McVitie y los hijos de mercaderes griegos que cumplían este código. Acababan de llegar y eran unos horteras arribistas sin familia. En mi cateta ingenuidad esperaba que los bastiones más importantes de las clases altas inglesas los repudiasen, pero no. Los aceptaron sin poner la menor pega. Tenían lo que siempre ha sido necesario tener: pasta, poder y más pasta. La aristocracia, *qu'est-ce que?* Nada. No existe. Ni empírica, ni conceptualmente, ni de ninguna de las maneras. ¿Qué convierte a un aristócrata en un aristócrata? Hace años un antepasado dio una paliza a unos desdichados campesinos y les birló todos los cerdos y gallinas. A un mozo de cuadra pederasta se le concedió el título de Sir por limpiarles la mierda a los caballos del rey. El origen de todo se encuentra en el comercio y el servilismo. Nunca ha existido la nobleza, ni antes ni ahora. Son hijos de ladrones y mayordomos. Y lo mismo cabe decir de los reyes.

A esta compleja y precaria estructura, el bueno de Ripley Bogle le planteaba un par de problemas. La dificultad estaba en que, como era un aguafiestas, no me importaba que me despreciasen o tuvieran mala opinión de mí. Eran unos flojos y veían con temor mi imperturbabilidad y mi fuerza de extranjero, mi soledad y la altivez con que desdeñaba buscar el apoyo de los demás. Mi arrolladora pedantería e inquebrantable confianza en mí mismo los dejaba apabullados. ¿De dónde sacaba tanta fuerza y seguridad? La elegante confianza que confiere autoridad... Al fin y al cabo no había ido al mismo colegio que ellos. ¿Dónde la había aprendido? ¿Cómo era posible que la tuviera?

Conmigo no les quedó más remedio que emplear su arma más eficaz: la integración. Intentaron convertirme en uno de ellos. Me invitaron a entrar en su diminuto mundo cuando lo deseara. Trataron de cortar las pequeñas garras de mi inteligencia. Era el favorito de la gente bien. Fue una lástima. Hasta cierto punto me apetecía que me mirasen por encima del hombro y que se produjeran los desagradables roces que esto podía desencadenar.

Pero las chicas... La chicas eran distintas. Con ellas merecía la pena tomarse la molestia. Principalmente porque eran más guapas y tenían las tetas más grandes que los chicos. En cualquier caso, yo tenía lo que quería la mayoría de ellas. Era una vía para satisfacer deseos. El guapito de Bogle, para contento de señoritas. Cuando vivía en Belfast, el hecho de ser irlandés no constituía un rasgo distintivo especialmente notable. Sin embargo, en Cambridge no tardé en aprender a explotarlo al máximo. Aquellas elegantes mujeres, cansadas de los estériles jóvenes de su raza y clase, vieron en mí, siendo como era un estupendo prosélito, un ejemplar de la rudeza irlandesa, aunque muy educado y con el amaneramiento suficiente. Creo que esto fue una suerte; es posible que un ejemplar auténtico les hubiera parecido demasiado vigoroso para su gusto.

No iba a discutir con ellas. La historia de ser irlandés funcionaba tan bien que no dudé en aprovecharme de ella. Cultivé la impronta del celtismo. (De la cual estaba totalmente libre. Pero sólo porque me había marchado. ¿Qué motivos tenía para quedarme? ¿Los estudios, la Iglesia, las armas? Opté por el placer de Albión. Se trataba de una decisión temeraria. Al fin y al cabo, Inglaterra me debía toda una vida, ya que me había arrebatado mi maravilloso país, mis impuestos y mi idioma. Desde Cromwell y los presbiterianos escoceses hasta la cárcel de Long Kesh y la Liga de los Mentirosos.[*] Como no tenía país propio, se me ocurrió que podía apropiarme del suyo. Me parecía justo: ojo por ojo y adefesio por adefesio.) Por lo tanto, yo, desertor de aquel caos limpio de serpientes,[**] me esforcé por mejorar mis maneras gaélicas. Empecé a dármelas de héroe proletario celta. Estaba encantado de poder hacerlo en Cambridge y no en Belfast. Naturalmente, resultaba vomitivo. No me hacía mucha gracia la clase trabajadora (como no podía ser de otra manera, por pertenecer a ella). Pero, ¡qué leches! Daba el pego y me convenía.

Doy a continuación algunos ejemplos del Cambridge en el que viví. Son descripciones de personajes, de gente que conocí.

Benedict Sparrow estudiaba derecho en Trinity Hall. (¿Dónde si no?) Era un sujeto extrovertido que compensaba el hecho de medir sólo un metro veintitrés y tener una cara como una bolsa de plástico llena de mierda blanda con sus profundas convicciones morales, políticas y jurídicas. Además había ido a Eton, lo cual también parecía servirle de compensación.

Este prodigio defendía entre otras cosas el restablecimiento de la pena capital, el completo desmantelamiento del estado de bienestar, la repatriación de los grupos étnicos, la separación de la Comunidad Europea y (no exagero) la inmediata invasión de Francia. En Cambridge estas ideas no eran infrecuentes por aquella época (con excepción quizá

---

[*]   Nacionalistas en general. Expresión acuñada por el autor. *(N. del T.)*
[**]   Referencia a una leyenda según la cual san Patricio expulsó a las serpientes de Irlanda. *(N. del T.)*

214

de esa muestra de xenofobia del final), y en un principio no les concedí mayor importancia. No empecé a preocuparme hasta que me enteré de que el abuelo de Sparrow era presidente de la Cámara de los Lores, de que su bisabuelo había sido presidente de la sección civil del Tribunal de Apelación, de que su padre era fiscal general del Estado, de que todos ellos habían estudiado derecho en Trinity Hall y de que su familia consideraba al joven Benedict el más prometedor de todos. Yo no tenía nada de socialista, pero me aterraba pensar que pudiera estar conociendo a los futuros titulares de gobierno, justicia, industria y comercio y que, casi sin excepción, estuvieran todos ya como una puta regadera.

Otra faceta de Cambridge me la descubrió un joven llamado Joshua Swinnington-Booth. Joshua también había estudiado en Eton, pero se había cambiado el nombre por el de Bazza Wilkins, pues en su opinión reflejaba mejor su auténtica naturaleza. A pesar de que su padre era nada menos que miembro de la Cámara de los Lores, Bazza llevaba la cabeza rapada y calzaba unas enormes botas negras con larguísimos y serpenteantes cordones que siempre parecían estar subiéndosele por los muslos. Sólo se ponía ropa vaquera y hablaba con un extraordinario acento del East End. En resumidas cuentas: no habría desentonado en una reyerta callejera del sur de Londres, aunque puede que en tales circunstancias se hubiera revelado la índole un tanto teórica de su habilidad pugilística. Sus temas de conversación se limitaban casi exclusivamente a las peleas, los crímenes violentos, el fundamentalismo islámico y las brutalidades de diversos grupos paramilitares, aunque yo sospechaba que no tenía experiencia de primera mano en ninguna de estas cosas. Por lo general, quienes desean olvidar algo así no lo cuentan con pelos y señales para edificación de sus compañeros de universidad. Este joven disfrutaba hablando del odio, la sangre y la muerte. Además, cuando se refería al tema del IRA, lo hacía con una confianza y una cantidad de información abrumadoras.

Mi relación con este joven tan interesante acabó de forma brusca un día en que, tras haberse bebido todas mis provisiones de alcohol, el Honorable Bazza me comunicó que yo era un «puto chaquetero» y que estaba traicionando a sus compatriotas en mi lamentable empeño por mejorar mi condición social. Por desgracia, el intrépido de Bazza no fue capaz de mantenerse en pie el tiempo necesario para que pudiera incrustarle los dientes en la garganta.

Otra joya era el canijo de Art Likely, el estudiante americano con acento de Brooklyn años cincuenta. No hacía más que decir paridas y quejarse de que Nueva York estaba mucho mejor que Londres y era mucho más «molón». La de chorradas que podía decir sobre Central Park, Times Square, Broadway, Madison Avenue, Greenwich Village y todo aquello. ¡Qué manera de divagar y soltar alabanzas! ¡Con su ortodoncia y sus plataformas! Por supuesto, al final resultó que era de Albuquerque y sólo había pisado Nueva York dos veces en su vida. El ultraamericano.... (En su defensa he de decir que fue él quien me dio a conocer el sándwich de pastrami, así que no podía ser tan mal chico.)

Desde luego, éstos no eran los únicos. Había docenas de estudiantes tan espantosos como ellos. La esnob de Sandra Whitsun (Sándra para ti y para mí), una monstruosa y ceceante gorda con una voraz y bamboleante incontinencia sexual que tenía aterrorizados a todos los hombres guapos de la ciudad; la pija de Vanessa Hampton, una anoréxica gigantesca que se pasó dos deprimentes años tratando infructuosamente de llevarme al huerto; Roger Marckham, un sionista salido de un internado que se teñía el pelo de rubio y quería hacerse miembro del ultraconservador Monday Club; Sebastian, el encantador pintor homosexual que se llenaba la bañera de pintura y luego recorría Milton Road en busca de golfillos a los que dar un chapuzón. Eran lo más de lo más. Si hubiera que definirlos, diría que eran una pandilla de capullos. ¿Por qué será que siempre son los más listos entre nosotros quienes cometen los errores más garrafales durante la juventud? Profundo, ¿eh?

Un aspecto de mi paso por Cambridge que no he mencionado es el del aburrimiento. ¡Dios mío, era espantoso cómo se aburría uno allí! La mayoría estábamos sumidos en un tedio insoportable, aunque nadie quería reconocerlo. ¡Ni se nos hubiera ocurrido! Allí estábamos todos, en nuestros deprimentes e idénticos cuartuchos, sin familia y sin afecto. Diecinueve añitos y lejos de casa por primera vez. Unos más y otros menos, nos sentíamos todos terriblemente solos. La mayoría de las noches las pasábamos sin nadie al lado, anhelando afecto, sentimentalismo o un mínimo contacto humano. ¿Te imaginas lo que podían ser aquellos momentos de soledad? Noches decoradas por las inexistentes fiestas universitarias y acompañadas por los pasos en la escalera de quienes tenían más cosas que hacer o eran más felices. Nuestras relaciones eran frágiles y desesperadas, y en general carecían de intimidad o recompensa. Éramos como pajarillos recién salidos del nido, llenos de dudas y sin mucha idea de cómo podíamos hacer algo útil.

(La soledad resulta embarazosa. Sobre todo en Cambridge. Nunca se aludía a ella, nadie confesaba que la sentía. Pero allí estaba: escrita en mayúsculas. Para casi todos. Excepto para mí, claro está.)

216

¡Mi querida Cambridge! Puede gustarte o darte asco, pero nunca te deja indiferente. No te deja en paz. Si caes en sus temibles garras, ya no te suelta. Quizá sea esto lo que más me gusta de ella. Su estúpida persistencia.

Con el tiempo el sol acaba siendo una pesadez. Hace un par de horas que rebasamos ese punto, y el calor resulta ya irritante, fastidioso, excesivo. Mi pelo flota a merced de un mar de sudor capilar y los ojos me pican por culpa de la sal. Ando lentamente, recorriendo distancias cada vez más cortas. Mis pasos son cansinos, vacilantes. Voy encorvado, con la cabeza gacha. Ya no puedo más.

Estaba disfrutando con el críquet, pero he tenido que largarme porque ya no podía soportar la actitud que habían tomado conmigo las dos espantajos de la radio. He de reconocer que sigo sin saber muy bien qué era lo que tanto les molestaba de mí. Resulta bastante humillante ser blanco del desprecio de gente de ese tipo. Debo de tener peor pinta de lo que creía. Está claro que he ido engañándome. He caído, y muy bajo además. Mucho más bajo de lo que juzgaba posible. Joder...

Vuelvo la cabeza y contemplo la escenita. Veo a las dos chicas, que siguen despatarradas sobre la hierba, pero apenas distingo las formas blancas de sus dos fervientes admiradores. He de decir que produce una impresión de intensa monotonía. Todavía oigo el imperceptible chirrido de la radio. Entre el calor, la claridad y el insistente ruido, el cuadro resulta bastante vulgar. No sabría decir por qué, pero me resulta muy deprimente.

Levanto el ánimo y sigo adelante con renovadas fuerzas. Soy consciente de que despido un olor bastante fuerte y de que mi antiestética persona está salpicada de curiosas manchas de humedad caliente. Tengo la cara bañada en sudor y mis boquiabiertos zapatos levantan una nube casi visible de podredumbre y degradación. Los oblicuos rayos del sol me obligan a entornar los ojos, y arrugo los labios y hago muecas mientras trato de absorber oxígeno caliente. Se acerca una anciana con un perro; no va a quedar más remedio que cruzarse con ella. Cuando veo que el animal se lanza hacia este feliz depositario de todos los misterios del mundo de los olores, se me cae el alma a los pies. La anciana llama al perro al instante. Probablemente le dé miedo que el chucho coja algo. Entre la pinta que tengo y la peste que despido, me siento de repente profundamente humillado. La anciana pasa por mi lado y, a pesar de lo mucho que me esfuerzo, no puedo evitar que mis ojos legañosos se fijen en los suyos.

Y ¿sabes qué? Me sonríe. En efecto, me sonríe. Contempla mi mugre, mi porquería, mi aureola de moscas, y sonríe. A mí, a mi suciedad y a mi depresión. Me dirige una sonrisilla. ¿Qué te parece eso?

Qué cosa más curiosa es la vida, y también los que la viven.

Cuatro

En circunstancias normales, no habría comprendido el significado de una belleza tan extrema. Laura era hermosa, impresionante, fabulosa, increíble. Yo estaba colado por ella. Estaba colado, colgado y acongojado por ella. Me había enamorado, hazte cargo. Estaba que perdía el culo.

Laura es la chica con la que sigo obsesionado. Suspiro por ella. Lloro su desaparición. La echo de menos. Se me aparece en sueños, de forma espontánea, sin necesidad de buscarla. Me habla a través de un espejo ensoñado, y se queda encantada con mi escenario, mi representante y mi idiota. No es que me quisiera mucho en el pasado, pero en estas fantasmagorías se lo monta bien conmigo. Me quiere al derecho y al revés. En sueños es muy simpática. Muy, pero que muy simpática.

Como digo, los hechos no justifican este extravagante optimismo por parte de mi subconsciente. Nuestra relación fue sumamente accidentada. ¡Fue una relación a rayas! ¡Una relación con lunares! Es curioso, pero sólo me he mostrado soberbio con mujeres que en el fondo no me interesaban. He sido encantador, fino, sensible, lanzado, viril y enigmático. Cuando aparece una mujer que me interesa de verdad, soy la viva imagen de la torpeza, la falta de tacto, la arrogancia, la brusquedad y el fracaso. Por lo visto, nunca he conseguido fascinar a las chicas a las que debía fascinar. Me abro paso como buenamente puedo por la muchedumbre de desfallecientes admiradoras boglianas y, en cuanto doy con la chica a la que quiero, me porto como un gilipollas. Es deprimente, de verdad.

Cuando llegué a Cambridge, estaba listo y dispuesto para esparcir mi simiente, para engendrar millones de hijos, para dejar mi huella genealógica en Inglaterra, y tuve la satisfacción de ver que las mujeres inglesas eran mucho más guapas que las cardos borriqueros de Belfast a las que estaba acostumbrado. Me dejaron fuera de combate. Preví fracasos y falta de mujeres. Sorprendentemente, tuve éxito. Encontré a mis chicas, a mis mujeres. Aquellas chavalas eran pijas, bonitas y firmemente pro-Bogle. Si dijera que estaba en la gloria me quedaría corto. Viniendo de donde venía, la idea de que pudiera haber mujeres inteligentes me resultaba del todo extraña, y el hecho de disfrutar a mi disposición de tal cantidad de pervertidillas con talento me producía una sensación embriagadora. Tenía ganas de aprender y estudié de firme. Les estoy agradecido. Me dieron muchas cosas. Fue un buen trato. Yo disfruté de su belleza, su sentido del humor y su tolerancia; ellas disfrutaron de mí. Hice el agosto con aquel pequeño acuerdo. En este caso no se puede hablar de un reparto automático y equitativo de tareas y beneficios. Yo siempre he jugado fuerte.

Tras las tribulaciones juveniles que había pasado con mi querida Deirdre, pensaba que ya le había cogido el tranquillo al asunto de las mujeres. Mi actitud en este sentido constituye otro ejemplo de la re-acción bogliana ante las cosas que desconoce por completo: fui allí, vi de qué se trataba, hice lo que había que hacer y me olvidé del asunto. El compromiso y la monogamia ya no figuraban entre mis prioridades. Estaba preparado para seducir indiscriminadamente. Yo, el de los ojos risueños y el pene puntiagudo. Lo que quería era divertirme. Nadie era digno de partir mi pobre corazoncito.

Laura partió mi pobre corazoncito casi de inmediato. Fue por mi culpa, por mi incapacidad para resistirme a la belleza. Laura era una chica que creaba necesidades y despertaba deseos irreprimibles. Yo no tenía la menor posibilidad en el juego de la indiferencia. Y es que resulta tan difícil evitar enamorarse de las mujeres bellas... Lo intento por principio, y suelo lograrlo, pero Laura me echó el lazo sin hacer el menor esfuerzo. Me dejó atado y bien atado. Me había pillado.

No fue lo que me dijo o hizo, ni tampoco cómo lo dijo o hizo. No sé muy bien por qué sucedió..., pero sucedió, de eso estoy seguro. Lo sé. El día en que nos conocimos fue de antología. A ti te habría encantado. Imagínate la situación. Estamos a principios de octubre, en una fiesta de Cambridge vulgar y corriente. Por un lado vemos a los jovencitos imberbes, con su desesperación, su embriagadora alegría y su cháchara solitaria. Por otro, a Bogle, montándoselo en plan irlandés, bebiendo mucho y pensando más. Entonces vemos a la chica bonita. Vemos a la belleza. Vemos a la glacial Laura. Bogle aborda a la pobre. Se acerca a ella, con los ojos desorbitados y una sonrisa de mentiroso satisfecho.

BOGLE (*cual aterrador fantasma*): Cásate conmigo.
LAURA: ¿Cómo?
BOGLE (*ebrio de pasión*): El único mal de este mundo es la crueldad.

LAURA (estupefacta): ¡¿Cómo dices?!

BOGLE (misteriosamente): Si fuera una mosca, ¿me arrancarías las alas? (Silencio. La pregunta ha hecho gracia a la joven, que se siente desconcertada, aunque no precisamente seducida.) Quiero decir... Hola, ¿qué tal estás?

LAURA: Eh... Hola...

BOGLE: Soy irlandés.

LAURA: Ah.

BOGLE: Pero tú no.

LAURA: Pues no, no lo soy.

BOGLE: ¿Ves? Ya te lo decía yo.

(Silencio, lo que no es ninguna sorpresa.)

LAURA: ¿Tiene eso importancia?

BOGLE: La tiene en la medida en que somos diferentes.

LAURA: Ya.

BOGLE: Algo es algo.

LAURA: Ah...

(Se produce un silencio breve y frágil. Bogle no puede dejar que dure. Insiste a pesar de los pesares.)

BOGLE (tras pensárselo mucho): Oye, ¿te apetece venirte a mi habitación a quitarle el sarro a la tetera? (La joven suelta una carcajada en señal de sorpresa.) ¿Qué te hace tanta gracia? (Ella sigue desternillándose.) Dime. ¿Por qué te ríes?

LAURA: ¿Así es como ligas en Irlanda?

BOGLE: Yo no ligo en Irlanda.

LAURA: ¿Por qué no?

BOGLE: ¿Conoces a muchas chicas irlandesas?

LAURA: No, sólo a unas pocas.

BOGLE: No lo entenderías. (Silencio. Sonríe como el seductor que es.) Me ha gustado eso.

LAURA: ¿A qué te refieres?

BOGLE: A cuando te has reído. Me ha gustado.

LAURA: Gracias. (Sonríe, titubea y decide quedarse.) Eres un tipo gracioso.

BOGLE (entusiasmado): ¿Te gusto?

LAURA (sorprendida): Bueno...

BOGLE (apasionadamente): ¿Darías la vida por mí? (Ella vuelve a partirse de risa.) Dime, ¿darías la vida por mí?

LAURA: Sin lugar a dudas..., aunque no sé si me gustaría vivir contigo.
BOGLE: Sí, ahí duele.

(Otro silencio. Todo el encanto de Laura conspira para menoscabar la fuerza de su lógica. Sus ojos brillan ante la insensatez de Bogle.)

LAURA: No se te da muy bien esto, ¿verdad?
BOGLE *(torciendo el gesto):* Vaya, y yo que creía que estaba saliéndome bordado. ¿Me he equivocado entonces?
LAURA: No del todo.
BOGLE: Menos mal, pues si algo deseo es brillar para ti.
LAURA *(divertida):* Descuida, que lo estás consiguiendo.
BOGLE *(insistente):* No, me refiero a brillar de verdad, como tú brillas para mí. Dime, ¿qué tengo que hacer?
LAURA: Pues...
BOGLE: Los incidentes y la narración deben formar una suerte de fría unidad. Si reina la calma, se podrán alcanzar la mayoría de las metas sin demasiado dolor. Ten piedad de mí. He tenido una vida difícil, una vida llena de dificultades.
LAURA: No entiendo.
BOGLE *(poniéndose en plan maduro):* ¡Ah, es tanta la intolerancia que hay en el mundo! Eres demasiado joven y bonita para tener que soportar todo eso.

(Silencio.)

LAURA: Literatura inglesa, ¿a que sí?
BOGLE: Sí.
LAURA: No tienes pinta de ratón de biblioteca.
BOGLE *(con calma ahora):* Mi literatura guía mi existencia, la cual resulta vacía e improductiva desde el punto de vista de las mujeres. Da pena, auténtica pena.
LAURA: Tienes toda la razón. *(Sonríe y se marcha sin ser conquistada. El joven se queda donde está, y la inspiración da paso al dolor.)*

Un desastre, ¿verdad? Mi táctica no había cambiado mucho desde la época de Deirdre. Sólo se me daban bien las incongruencias. Era un prodigio a la hora de acompañar mis palabras con las colillas de los significados a medias y los recuerdos fragmentarios. Intentaba hacer gracia sin que me comprendieran. Había salido en busca del amor y me había saltado el desvío de la seducción. Deirdre, que era subnormal y tonta del bote, se lo había tragado. Pero Laura tenía cerebro y no se había llevado una impresión muy favorable.

Las primeras semanas en Cambridge me las pasé tratando de encontrar la ocasión de provocar un encuentro fortuito con mi hermosa hechicera. Esta penosa estratagema pasaría a la historia por su poco éxito. Todavía no nos movíamos en los mismos círculos. Nuestros escasos e infrecuentes encuentros constituían auténticos monumentos al fracaso y el ridículo. Siempre la jodía. Entre que se me trababa la lengua, que no sabía cómo ponerme y que tenía la cabeza hecha un lío, siempre acababa metiendo la pata. Ella me evitaba continuamente. Cuando me quedaba solo por la noche, agitaba los andrajos del deseo hasta dejarlos hechos trizas. Bebía mucho y apenas decía algo que mereciera la pena. No tenía ninguna suerte. Era curioso: estaba siempre suspirando por verla, y cuando por fin lo lograba, no conseguía más que salir escaldado por culpa de mi torpeza y mi ineptitud.

Además salía con un tipo. Sí, tenía un rollo. Se llamaba Greg. Greg, el pijo de mierda. Greg, el puto enano bizco. Yo no le caía precisamente bien. Me consideraba un extravagante y, como era muy bajito, no tenía por dónde cogerme. Pensaba que quería cepillarme a su chica. No andaba muy descaminado. Fue la vez que más cerca estuvo de demostrar algo de perspicacia.

En realidad, lo que andaba buscando no era exactamente tirarme a la encantadora Laura. Era víctima de uno de mis beatíficos encaprichamientos. ¡Pero si ni siquiera había tratado de imaginarme cómo tenía los melones! Lo que buscaba era amor, no el calor y la distracción de un polvo. Necesitaba la intangibilidad de las inexpertas y conmovedoras relaciones que fomenta el deseo cortés. Laura parecía la mujer perfecta para esto.

¡Qué mal lo llevaba! Me tenía dominado por completo. Estaba obsesionado con su pálida imagen. A veces resulta difícil de creer lo bonitas que son algunas mujeres. La imagen que tenía de ella se me aparecía por todos lados, en todas las mujeres que veía. Descubría rasgos de ella mirara donde mirase. Veía a alguien a lo lejos y se me paraba el corazón. Pero nunca era ella. Siempre estaba oliendo la dulzura de su ropa y sus cabellos. La aureola de sus lechosos cabellos. Tan conocidos y temidos. Un paso en falso para mi vacilante corazón. La deseaba, y mi desdichada e inverosímil necesidad teñía todo lo que hacía y, sobre todo, lo que no hacía. No era más que un julay enamorado.

La confianza me abandonó sin dejar rastro, y me quedé sin capacidad de decisión. Se me encendía la cara, y mi corazón se desbocaba presa del pánico que me causaba Laura. Su discreta e indescriptible belleza resplandecía en las tinieblas que me envolvían. Intenté adoptar una actitud de indiferencia, pero nunca me gustaron los términos medios. El júbilo y la adrenalina de mi deseo eran sofocados por el convencimiento de que no había manera de satisfacerlo. Se trataba de una pasión no correspondida. Laura quedaba completamente fuera de mi alcance.

Me pasaba el día deambulando por la ciudad sumido en la desesperación y abrumado por la babosada de mi secreto. Hacía el julay. En un momento dado reuní todas las fuerzas de que era capaz y decidí (¡qué demonios!) declararle mi amor. Estaba seguro de que se sentiría halagada. Este truco no fallaba casi nunca. En consecuencia, trepé por las escaleras que había delante de su habitación y me detuve a tomar aliento antes de realizar mi hazaña. Fue un desastre, así que me arrojé por las escaleras con la esperanza de romperme una pierna. (Condición bien conocida por el apetito sexual que despierta.) Dos tramos sobrevolé antes de pegármela. Bueno, pensé con una sonrisa, muchas son las vueltas que hay que dar para obtener un poco de compasión. Pues bien, ¿qué saqué de todo aquello? Una conmoción y un esguince de tobillo. Mientras tanto ella se había largado a Londres a pasar el puto fin de semana. Las circunstancias requerían actuar de forma coherente o capitular, pero yo lo único que hacía era dejarme llevar por la fantasía.

Aunque no me faltaban motivos de ánimo. Un día en pleno invierno, a principios del segundo trimestre, me surgió un resquicio de esperanza. Imagínate mi situación: me encontraba sumido en un estado de juvenil desconsuelo; estaba sin ilusiones y sin amor; me sentía acongojado, deprimido, amargado de esperma y profundamente desamado. Necesitaba una alegría y la conseguí. Era una de esas tardes de Cambridge teñidas de melancolía y soledad. Hacía un día frío y gris. Había estado lloviendo mucho, pero ahora reinaba la calma. En cada una de las espartanas habitaciones de los estudiantes vibraba el infame aburrimiento de la tarde, que empujaba a la población universitaria a salir a las húmedas e incómodas calles e intentar dar color a la monocromía de su soledad y aflicción. Bibliotecas, funciones de tarde, ensayos y reuniones de todas las clases: esto era lo que buscaban con desesperación las fluctuantes oleadas de jóvenes aburridos. Unas feas manchas acribillaron el cielo gris y volvieron a arrojar una lluvia fría y desangelada sobre las reblandecidas calles. Me lancé animadamente por Castle Hill sin rumbo fijo. Me encantaba aquella especie de amargura parda y húmeda.

De repente, el cielo descargó un aguacero furibundo, empapando el ambiente e inundando las calzadas y aceras encharcadas. Los coches se alejaban a toda velocidad de aquel chubasco tachonado de diamantes, salpicando ruidosamente al pasar y arrojando tras de sí una espumosa estela de agua. Me metí en Kettle's Yard para guarecerme y poder fumarme un cigarrillo con tranquilidad y lejos del diluvio. Meneé la cabeza, que tenía empapada, y miré alrededor. Se trataba de un pequeño patio cubierto, con un interior en ruinas que habían remodelado con un estilo hortera y decadente. En uno de los coquetos portales llamaba la atención un póster que anunciaba una exposición de obras realizadas por estudiantes. Qué bien, pensé; divertido de cojones. Pero estaba indolente, y no me apetecía mucho plantar otra vez cara a la repentina enemistad del cielo, así que entré.

Me costó libra y media, nada menos. Por esta suma me dieron un catálogo hecho con un ciclostil y permiso para pasear por el local. Eché una ojeada sin mucho interés. La mayoría de las obras no valían gran cosa: eran arrebatos tamponeros, al estilo «madre trabajadora» y tal. Resultaba gracioso que pintaran cuadros así unas tías privilegiadas que iban a la universidad y no tenían hijos. Me disponía a volver al mundo masculino cuando leí una cosa en el pequeño catálogo que hizo que mi vacilante corazón se detuviera y se desbocara acto seguido. Laura tenía tres obras en la exposición. Entusiasmado, salí corriendo a buscarlas.

Primero me fijé en los dos cuadros. Con una repugnante punzada de celos, vi que uno era un autorretrato: oscuro, de tonos marrones, *très sombre*. Pero a pesar del elaborado fondo a lo Rembrandt, ella seguía teniendo un aspecto incandescente. Un pálido resplandor atravesaba los anticuados tonos ocres. Y se la veía bonita, muy bonita. Yo estaba furioso. El cuadro podrían verlo otras personas. Me quedé mirando tristemente aquella representación sin vida del objeto de mi bufonesco deseo. El otro cuadro era un paisaje, académico y carente de espontaneidad. Sentí decepción y alivio ante semejante muestra de imperfección. Fui a ver el dibujo, que era la última obra suya en la exposición.

De pronto, la sangre se esfumó de mi cara y el corazón golpeó con fuerza en mi sordo pecho. Se trataba del retrato de un joven, un retrato grande y muy elaborado. Pintado de cintura para arriba, el joven aparecía con el torso desnudo. Tenía el pelo oscuro y largo, y una mirada franca y arrebatadora que producía desasosiego. Era más directo y provocador que el autorretrato. Pero la razón de que a mi héroe empezara a bullirle la sangre de forma inquietante era que el retratado era yo mismo. ¡Sí, yo! ¡Ripley! Nunca había tenido esa pinta, pero era yo. Saltaba a la vista. No cabía la menor duda.

Allí me quedé, paralizado del susto y alimentando esperanzas disparatadas, mientras una pareja de turistas de mediana edad del centro de Estados Unidos se acercaba a ver los cuadros de Laura. ¡Sí! ¡En efecto! Una prueba era lo que necesitaba. Ellos me dirían si estaba en lo cierto. Aguardé a que se aproximaran al dibujo y me coloqué a un lado mientras ellos lo miraban con atención. Se produjo un silencio tenso: aunque tenían los ojos clavados en el boceto, parecían perplejos y alzaban la vista disimuladamente hacia mi sonriente rostro. Advertí que les costaba reaccionar, como suele ocurrirles a los americanos. Volvieron a mirar el dibujo, esta vez con más atención. Se produjo un largo silencio y entonces volvieron a levantar los ojos hacia mí. Estuve a punto de echarme a reír, pero me contuve, y observé cómo trataban de superar el comprensible desconcierto que les embargaba. Se quedaron un momento cavilando con cara de sentirse culpables y vi que sus mejillas se iluminaban en señal de sorpresa y reconocimiento. Se sintieron forzados a sonreír, se miraron para buscar confirmación a su desasosiego, y me hicieron un comentario entre dientes. Yo les desarmé con mi sonrisa. Luego se fueron, perplejos ante tanta extravagancia inglesa.

Estaba en lo cierto. No cabía la menor duda. Aquella pareja de adocenados americanos había visto el cuadro y me había reconocido. Este símbolo secreto de mi persona tejió guirnaldas de esperanza en torno a mi corazón. Volví a mirar a la figura desnuda y me puse como un tomate. Aquello era creación de Laura. Se lo había inventado. No había otra posibilidad. No tenía fotografías mías. Debía de haber utilizado la memoria y la intuición. Me había imaginado. Allí aparecían mi pecho y mi abdomen, grises y trazados a lápiz. Me había dado cuerpo con la imagen mental que tenía de mí. Me había perpetrado con sus inmaculadas manos.

Salí de la pequeña galería tambaleándome. Estaba eufórico y aturdido. El día había cambiado. Ya no había que hacer ningún esfuerzo para descender por la lenta pendiente de la noche. El herrumbroso y húmedo panorama se había trocado de repente en algo fundamental, preñado de significado, esperanzador. Feliz como nunca, pasé por Magdalene Bridge, el monumental conjunto de calzada y acera alzado sobre el saludo verde pimiento del río estrechado entre los muros. Decidí buscarla y plantearle el asunto cara a cara. ¿Qué asunto? Daba igual: cualquiera serviría.

Por extraño que parezca, la vi por casualidad aquella misma noche. Venía de echarme un sueñecito de un par de horas en la biblioteca de Trinity y me topé con ella cerca de la garita del bedel. El cielo estaba oscuro y severo. Se trataba de uno de esos horribles encuentros de Cambridge en que las dos personas se paraban a hablar por la sorpresa más que nada: decidir cuánto tiempo había que esperar para reanudar la marcha constituía un delicado problema diplomático y siempre resultaba sumamente irritante tener que prestar atención al interlocutor.

A pesar de la oscuridad pude notar que esto era justo lo que sucedía. Ella saludó tensa y a regañadientes. Yo estaba tan nervioso que daba risa. Tímidamente, le pregunté qué tal estaba.

–Bien. ¿Y tú?

–Pues bien también.

El silencio fue horroroso. Me apresuré a decir algo para no darle ocasión de irse.

–Vanessa me ha dicho que hay unos cuadros tuyos en una exposición de Kettle's Yard –mentí con desparpajo. Lo imprudente que podía llegar a ser.

Ella esbozó una tímida y descorazonadora sonrisa.

–Pues sí.

La respuesta tenía un final sorprendentemente abierto. Mientras pensaba qué podía hacer se produjo otro incomprensible silencio. Yo veía cómo se acercaba la pelota a la portería y seguía sin moverme de mi sitio. Espera un momento, pensé. Nadie duda que seamos gente educada, pero la sangre fría tiene un límite. ¡Esta chica ha hecho un dibujo de mis tetas desnudas, rediós! De repente brilló en sus ojos una chispa de vida, y preguntó con inquietud:

–No habrás ido a verlos, ¿verdad?

Esta vez el silencio fue mínimo. Preocupación, azoramiento, esperanza. Le respondí con una sonrisa y dejé escapar la oportunidad por cobardía.

–No, no he ido. Pero me gustaría. Puede que vaya mañana.

Pero ¿quién me mandaría a mí decir semejante cosa? Bella y cautivadora como de costumbre, Laura trató tranquilamente de desanimarme.

–Yo no me molestaría. No son nada del otro mundo. En serio.

–Vaya... –dije tristemente.

Pese a que mi elocuente respuesta era como para echarse a llorar, ella se quedó donde estaba. Esto me consoló un poco. Estaba claro que no le importaba hablar conmigo. Si no, ¿por qué se quedaba? Le dirigí una de mis sonrisas juveniles.

–Pues... –dije en una muestra de locuacidad– resulta gracioso que...

227

En aquel preciso momento el tapón de Greg salió a paso rápido de la garita del bedel. No frenó al verme.

–¿Qué hay, Bogle? Ahora no puedo pararme –dijo con voz de pito.

Puso su raquítico e injusto brazo en torno a su precioso tesoro y se alejó, contoneándose visiblemente en señal de triunfo. Podría haber sido un enano, pero no era más que medio idiota. Sumido en la tristeza, vi cómo se perdían poco a poco en la oscuridad. Laura no se volvió. Habría sido difícil tal como la agarraba el joven Greg con su odioso y posesivo brazo. ¡Enemigo, hijoputa, miedica!

Ripley se quedó mirando compungidamente cómo su beldad desaparecía en la penumbra acribillada de farolas de Great Court. Me sentí humillado y desmoralizado. Joder, había desperdiciado una ocasión de oro. La única oportunidad de verdad que me surgía y, ¡zas!, la dejaba escapar. Por ahí estaba, volando entre los árboles de la noche, agitando sus patitas. ¡Mierda! Y encima me había felicitado por conseguir que se quedara. Estupendo. Qué chico más listo. Ni siquiera se me había pasado por la cabeza que podía estar esperando a su querido Greg. El bobo de Bogle. Perdedor y bufón. El blanco de sus bromas. Probablemente ahora estaban cachondeándose de mí. Ella estaría dándole las gracias a su barbilampiño amante por librarla de ese irlandés tan raro. Se burlaría de mi ardor. No había concedido la menor importancia al hecho de que se refiriera al dibujo. Había sido una coincidencia, una gilipollez. Había quedado como un imbécil. Y delante de ella además. Bueno, me la menea, pensé para consolarme. O no, según se mire.

(Por lo tanto, de poco me sirvieron mis encuentros con la hermosa Laura. Sin embargo, no pude evitar advertir cierta antipatía de Greg hacia mi persona. Su animosidad sólo podía ser beneficiosa para mí, pues daba a entender que no confiaba mucho en la fidelidad de Laura. Ella, por su parte, no me daba el menor motivo para concebir esperanzas. Me quedaba la trampa de la fe ciega y la seguridad en mí mismo. Por mucho que titubeara, era preciso que tuviera la absoluta confianza de que algún día Laura llegaría a ver el interior de mis calzoncillos.)

Cinco

Londres se achicharra, sudando suavemente, mientras la enorme orbe del fiero sol cuelga blanco e implacable del cielo bajo. Las aceras y los edificios de hormigón brillan deshonestamente con su luz. Sobre los escaparates de las tiendas se extienden toldos de alegres colores. De pronto reina en la ciudad un ambiente festivo, veraniego. El sol pega y vuelve a pegar en una espuria farsa mediterránea. Las pálidas máscaras de las caras londinenses empiezan a coger color y a reflejar el resplandor del sol. En bares pequeños y pegajosos las ancianas mojigatas contemplan con expresión malévola el predominio de la juventud y la carne. Se consuelan pensando en el invierno, su estación favorita. Y, sin embargo, el sol cae, extendiendo sus rayos por todos lados y definiendo olores.

El Serpentine hierve del intenso calor que hace. El agua parece atravesada de franjas de luz, y se ven montones de chicas semidesnudas tendidas perezosamente sobre la hierba y las inestables barcas. Una multitud de vendedores de helados anuncia sus dulces mercancías a voz en grito, y los niños llevan las camisetas pringadas de mocos, lágrimas y polos derretidos. Sus quejidos inarticulados resultan irritantes con este calor, y a sus madres se les está acabando el sudor y la paciencia. En las filas de hamacas hay ancianos tumbados, y los jóvenes juegan con desgana al fútbol en la ondulada hierba con la esperanza de atraer la atención de las bellezas que toman el sol. Me quedaría corto si dijera que no estoy de humor para esto.

El día ha frenado la marcha. Ahora anda a paso tranquilo. Avanza con despreocupación, meciéndose. Varios casetes escupen diferentes canciones sin melodía. Deberían sonar discordantes, pero se funden limpiamente con el enardecido himno de este joven día, este caluroso, pesado y lento día. Miro a los jóvenes que hay cerca de mí. Tengo su misma edad. Soy tan digno de este día como ellos. O al menos debería serlo, pero no lo soy. Miro con tristeza y envidia a los ancianos de las hamacas. Debería estar con ellos. No tengo humor para este desfile de jóvenes.

A pesar del polvo y la incomodidad, éste es uno de los mejores sitios donde hoy se puede estar. Este sol tan saludable resulta aquí mucho más soportable que en la calle, ese caótico microondas de cristal, hormigón y polvo. La caldera de la ciudad. De todas formas, necesito descansar. He tenido una mala tarde. Quiero estar cómodo para verla morir. Lo que necesito es permanecer un rato sentado.

He vuelto a desmayarme. Se me ha ido la cabeza. Esta vez ha sido mucho peor. He tenido un montón de pesadillas. Sueños desagradables, deprimentes. Y dos han sido sobre cosas que no deseaba saber. ¿Qué les ocurre a mis sueños? ¿Por qué quieren que lo pase mal? Yo no los he invitado a los muy cabrones. Pueden irse cuando les dé la gana. Pero se quedan. ¿Qué quieren de mí? Mi situación ya es bastante desagradable. ¿Acaso no es el autor quien manda?

El asunto este de los desmayos empieza a preocuparme un poco. Durante las últimas semanas ha aumentado el número de veces que he perdido la noción del tiempo. Por ejemplo, el último viernes no es que me desmayara (creo), pero sufrí un lapsus de memoria entre mediodía y el atardecer. De repente me encontré con que estaba en la estación de autobuses de Victoria, un lugar al que, a pesar de mi pobreza, no voy si puedo evitarlo. Me quedé desconcertado y me entró miedo. No tenía idea de dónde había estado ni de lo que en el ínterin había hecho. Esta laguna me sorprendió y me bajó la moral. Sabía lo que significaba. Bueno, más o menos. En cualquier caso, sabía que no era nada bueno. Probablemente no había hecho muchas cosas cuyo recuerdo me resultara gracioso. Era una cuestión de principios. No tengo una actitud tan optimista ante la vida como para ponerme de vez en cuando a borrar días desagradables. Me hacen falta todos, sean buenos o malos.

Como podrás imaginarte, este tipo de cosas le hacen a uno pensar un poco. Me pregunto a quién debo darle las gracias por esta nueva distracción. ¿Al hambre? ¿Al agotamiento? ¿A la pobreza? ¿Al aburrimiento? Sabe Dios.

Ni que decir tiene que los sueños son todos sobre Laura. Son auténticas pesadillas. Tienen muy poco de romántico. Y acaban todos de forma sórdida, sin elegancia y sin ofrecerme ninguna posibilidad de disfrutar un poco. Cuando uno sueña con mujeres, por lo general espera que haya algún tipo de relación sexual, buena o mala.

En el momento de despertarme del último de estos tristes trances, me he sentido tan mal que he puesto rumbo a la ciudad. Se me han quitado las ganas de andar por las afueras. Se me han quitado por completo. De ahí que esté ahora aquí, recorriendo las orillas del caluroso Serpentine, esquivando familias, perritos y gente corriendo. No es el sitio ideal, pero es probable que cambiar de aires haya sido la mejor idea del día. Barn Elms empezaba a deprimirme.

Voy en busca de un banco, un lugar donde sentarme. Quiero descansar. Creo que me sentará bien. Avanzo lentamente entre los árboles con los pies cubiertos de ampollas y moviendo los ojos de un lado a otro. Ésta es tierra de hamacas, sin lugar a dudas. Te cobran dinero por usar esos asientos largos y destartalados. En consecuencia, no puedo sentarme en ellos. Es lógico. Carezco del valor suficiente para plantar cara a un simple encargado de hamacas por achacoso que esté. Me arrastro por delante de las filas de jubilados, gordos hombres de negocios, y aburridos, desafiantes y morosos punkis. Barajo mis posibilidades y trato de encontrar un árbol en el que apoyarme. Ya está. No ha sido tan difícil. En medio de la cuesta que se extiende ante el lago se alza uno alto, magnífico y libre de hamacas satélites. Se yergue sobre mí, frondoso, inmenso y gratis. Planto el culo entre sus raíces y apoyo mi huesuda espalda contra su complaciente corteza. Dejo escapar un suspiro de alivio y sonrío. Mis pobres pies se hinchan y mis rodillas hacen un ruidito seco, disfrutando del inesperado lujo. Ésta es la felicidad que buscaba.

Satisfecho, observo cómo vibra el lago con el agonizante calor y cómo va desapareciendo la achicharrada y parsimoniosa multitud. La escoba de la lasitud pasa por encima de mí, refrescándome un poco. Mi sudor burbujea y se seca. Declina la tarde, cansada y agradecida. Pronto oscurecerá. Será sábado por la noche y la gente se divertirá. Incluso yo me divertiré. A mi manera. Hasta cierto punto. Ya sabemos que, por regla general, la noche no me trae más que disgustos, sobre todo la de sábado. Pero tengo la sensación de que ésta va a ser una noche simpática y agradable, una noche cordial e indulgente. Vamos. Me hace falta un poco de noche.

He de confesar que estoy bastante peor. Hacía tiempo que no me sentía tan viejo, triste y poco animado como ahora. La gravedad de mi deterioro es pasmosa, y su velocidad prevista, impresionante. Fui un estúpido al pensar que la indigencia no me pasaría factura. Ahora empiezo a notarlo. Empiezo a hartarme de este cansancio de mendigo. De pronto se me ocurre que no soy ni una cuarta parte del hombre que pretendo ser. Es lamentable. Confío en que todo acabe en lágrimas.

No, no debo disimular a la hora de contar la historia de mi deterioro, pero he de tener cuidado con la hipérbole que caracteriza los momentos de autocompasión. No es que haya forzado la máquina, sino que prácticamente no me queda máquina que forzar.

El sol, que ya estaba bastante bajo, sigue descendiendo y roza ahora la parte inferior del reluciente horizonte. La gente se protege los ojos de los deslumbrantes rayos oblicuos y forma un extraño cuadro de siluetas. Junto con el calor también ha disminuido el ajetreo, y una profunda atonía invade la tarde. Las tardes de sábado son siempre iguales a última hora: extrañas, desafectas, como una especie de limbo. Carente de hechizo, impaciente, es el momento en que uno se entera de los resultados del fútbol y se viste para los excesos de la noche. Nunca fue una hora especialmente agradable. Compuesta de polvo, olor a cerveza y aburrimiento, de pequeño solía deprimirme. Ahora me ocurre lo mismo. El olor proletario de la tabla de planchar, el polvo y el aburrido brillo festivo.

Sólo porque Laura cometiera el pecado de no quererme no iba a privarme del consuelo que podían brindar las mujeres en Cambridge. De hecho, las chicas se me echaban encima con una frecuencia pasmosa. La mayoría sin éxito, habría que añadir. No sé por qué, pero en Cambridge me volví de lo más moderado. Me negaba continuamente a acostarme con mujeres preciosas. Increíble, pero cierto. Está bien documentado. Ve y compruébalo si quieres.

Primero conocí a Vanessa, de uno ochenta y tres de altura, escuálida, requetebronceada y agotadora con sus peinados de cien libras. Aparte de ser amiga de Laura, era una consentida acostumbrada a hacer lo que le venía en gana. Desearme era fácil; hacérselo conmigo no tanto. Pero no exageremos. Quizá te parezca poco diplomático que una persona intente conquistar a una chica (Laura) cepillándose a su mejor amiga (Vanessa). Estás en lo cierto. Por eso no lo hice. Cepillarme a Vanessa, se entiende. Hice de todo menos eso: la seduje, la cautivé, alimenté sus sueños y esperanzas, y me aseguré por todos los medios de que perdiera la cabeza por mí. Lo hizo, y con prontitud. Yo tenía muchas de las cosas que ella buscaba. No sin cierta malévola nostalgia, he de reconocer que le partí el corazón a aquella pobre niña rica. Visto con perspectiva, creo que le vino bien. ¿No dijo alguien que todas las experiencias tienen un valor inestimable, sobre todo la del dolor? Sí, eso lo dijo alguien. Creo que yo.

Vanessa amenazó en una ocasión con quitarse la vida si yo no le echaba un quiqui inmediatamente. Me sentí halagado, pero no me convenció, y cuando le dije que no, se enrolló con un estudiante de arqueología y antropología de Magdalene. Creo que el suicidio le habría resultado más agradable.

Mis breves incursiones en el mundo de la interpretación fueron también sumamente fructíferas en lo que a las mujeres se refiere. Gracias al teatro conocí a la minúscula Sarah. Yo interpretaba a un Hamlet magistral, y ella hacía de Ofelia y se moría de ganas por conocer el interior de mis calzones, pese a que no me quedaba mucho sitio ahí dentro, puesto que en aquel momento Gertrude me prodigaba sus gimnásticas atenciones. De ahí que el rollo que tuvimos Sarah y yo fuera más o menos platónico. De vez en cuando, se desvestía y me ofrecía sus pechos diciéndome: «Dios, ¿no te encantan mis tetas?». Sarah estaba tremendamente satisfecha de sus pequeños pero espléndidos senos y, la verdad sea dicha, no le faltaban motivos. Me escribía unas cartas interminables en las que sobre todo se quejaba de mi «otredad existencial» y de mi «destructiva sensualidad». (Lo digo en serio. Preguntadle si no me creéis.)

Mi extraña relación con Sarah no tardó en dar paso a recriminaciones y muestras de desprecio. El problema de Sarah radicaba en que su inteligencia sólo era equiparable a su inmadurez. Creo que llegué a mencionárselo en alguna ocasión. Fue una pena: Sarah me gustaba, y hubiera podido acabar liándome con ella. Por desgracia, el asunto no cuajó.

A Julia también la conocí gracias al teatro. Julia era una estudiante de derecho con mucha marcha que interpretaba el papel de Kate. Yo encarnaba a un Petruchio brillante y pícaro. Con ella llegué a tener una *especie* de rollo. (En Cambridge estas cosas resultaban siempre imprecisas.) Julia era dura, enérgica y brillante. Al principio, en mi época de cateto, simbolizó para mí el espíritu de Londres: rápida, inflexible y con despachaderas. Las relaciones sexuales con ella eran algo parecido a ir al cuarto de baño. En una ocasión empecé a descender por sus generosas formas con la caballerosa intención de dirigirle un cumplido de naturaleza cunnilingua y me apartó de forma brusca tirándome del pelo. Me miró fijamente con cara de furia y me espetó: «¡Nunca! ¡Nunca vuelvas a hacer eso!». Ni que decir tiene que le hice caso. Julia sentía pánico por la ternura y el cariño. Todo lo que estuviera por debajo de una cautelosa muestra de mala leche constituía una afrenta para ella. La menor manifestación de gratitud o cariño le inspiraba tal desprecio que le entraban ganas de vomitar y salía a todo correr a ponerse a cubierto. La debilidad, la pobreza, la imperfección y la infelicidad le revolvían el estómago. Ni le importaban ni disponía de tiempo para ocuparse de ellas. Como yo contaba con una amplísima colección de deficiencias, rarezas y duras realidades, le planteaba un sinfín de problemas, que ella hacía todo lo posible por soslayar. Al final conseguimos ser amigos (por los pelos), pero el amor, tan defectuoso y humano, se fue al garete.

Hubo más mujeres, bastantes más. Yo era un tipo muy guapetón y atractivo, y con muchas me resultó sumamente fácil. Pero podría haber echado muchos más polvos. No aproveché ni de lejos todas las oportunidades que se me presentaron. Perfeccioné la técnica de responder con una negativa a mi pesar. Dando muestras de una profundísima tristeza rechazaba todos los desafíos eróticos que se me planteaban. Metía unas trolas antológicas. Para excusarme levantaba tambaleantes edificios de mentiras y fantasías. Llama la atención la de rollos macabeos que es capaz de tragarse la gente si se le da la ocasión. Las chicas aceptan no acostarse contigo siempre y cuando les sueltes un buen embuste. Basta con que uno les diga que tiene cáncer, faringitis gonocócica mexicana, unas irreprimibles tendencias homosexuales, o que carece de polla. (N.B.: Nunca, repito: nunca le digas a una chica con la que no quieres acostarte que sólo te quedan tres semanas de vida. ¡Estará peinándote el vello púbico con los dientes en un abrir y cerrar de ojos!)

Si rechacé a tantas chicas fue porque creía que de vez en cuando debía dejarle el campo libre a la preciosa y distante Laura. Al final no sirvió de nada, puesto que, si bien dormí solo y en mi cama durante la mayor parte de la carrera, se inventaron y exageraron multitud de historias sobre mi promiscuidad. Según los rumores que corrían por la universidad, sólo dejaba de follar para comer y a veces incluso me llevaba un termo y unos sándwiches para poder alimentarme *in situ*. Esta historia era completamente falsa, por supuesto, pero, por extraño que parezca, resultaba difícil de desmentir de manera convincente. Además puede que constituyera un mito no del todo desagradable para mi autoestima. En consecuencia, Laura era informada puntualmente de mis fogosas aventuras. Dios Santo, cómo me arrepiento ahora de no haber echado la mitad de polvos que me atribuyeron.

A pesar de todas las pataletas tamponeras, las delirantes incongruencias y las tremendas insensateces que tuve que soportarles, las mujeres de Cambridge me lo hicieron pasar teta. Eran todas jóvenes e inteligentes, y las repercusiones de sus actos les traían sin cuidado. Incluso la relación más tirante que uno podía establecer en Cambridge estaba libre de las amargas humillaciones, los morbosos sentimientos y las dolorosas consecuencias que afligen a la mayoría de las aventuras amorosas del mundo. Probablemente esto se deba a que en Cambridge la gente no tenía muchas preocupaciones. No había casi nada por lo que mereciera la pena mover un dedo. El planteamiento no estaba mal, si bien resultaba un tanto aburrido. La vida tendía a ser bastante civilizada cuando se le quitaban los traumas. Los excesos no desempeñaban ningún papel (excepto en mis lacrimógenas cavilaciones sobre Laura).

De ahí que la pequeña ciudad de Cambridge me traiga siempre a la memoria la dulce fragancia del sexo y los sentimientos inocentes. Los recuerdos que guardo son tan gratos que, la última vez que estuve allí, hará cosa de un año, tuve una erección mientras paseaba por King's Parade. Las mañanas eran todas imperfectas, pero, cuando salía una buena, me levantaba de la arrugada aunque acogedora cama de alguna encantadora estudiante de ciencias naturales, me ponía las pilas con el café de las doce en alguna cafetería anodina, comía, me fumaba un pitillo, me despedía con unas breves aunque conmovedoras palabras de mi querida empollona y volvía tambaleándome a mi habitación a echarme una siesta o leer unas páginas de metafísica. Ésta era la clase de vida que llevaba: una vida que te cagas. Viajaba de la frivolidad a la más absoluta satisfacción, y por el camino me detenía en un reposo indoloro. Las cosas me iban bien, como tenía que ser. Tras los diecinueve implacables años de mierda que había soportado, me merecía pasar una buena temporada. Saldé mis deudas, saqué tajada, me cubrí las espaldas, me quedé con la última palabra, pegué la hebra y me apropié de todos los tópicos incomprensibles habidos y por haber.

De repente tenía dinero, privilegios, inteligentes y educativas mujeres y un montón de cosas más. La situación habría sido idílica salvo por la crueldad con que me trataba la malvada Laura, quien parecía empeñada en no enamorarse de mí. En un momento dado se me ocurrió llevar a cabo una proeza deportiva demostrable. Convencí a Vanessa para que fuera a verme a la final de la Copa Universidad y me aseguré de que Laura la acompañaba. El fútbol era mi fuerte, y estaba convencido de que la deslumbraría y encendería en ella esa pasión que seguía inexplicablemente dormida. Al final jugué bastante bien. En realidad, jugué de la hostia. Ágil como nadie, rápido como una flecha, brillé con luz propia. Apuesto y astuto, hice un partido cojonudo. (Si George Best hubiera jugado la mitad de bien que yo, habría llegado muy lejos.) Metí tres goles sin ningún problema y a los patosos de mis adversarios les di sopas con honda. Mi éxito quedó hasta cierto punto empañado cuando me expulsaron por intentar pegar al portero, algo que no había ocurrido en los ochenta años de competición. A mí me pareció la más elegante de mis canalladas, pero por lo visto Laura le dijo a Vanessa que era una pena que fuera tan bruto. Éste fue probablemente el intento menos desastroso de los que llevé a cabo para impresionar a Laura.

Pagué sobornos para entrar en el primer equipo de remo, escribí poemas, le envié ramos anónimos (que ella agradeció al maloliente escomendrijo de Greg), me cepillé los dientes, me peiné y me porté de la forma más insensata que quepa imaginar. Ni por ésas. Cuando Laura se fijaba en mí era siempre por algún disparate o humillante error de cálculo. Aparentemente no daba con el tono justo para que mi desesperación resultara atractiva.

Cuando miraba al bueno de Greg, me desconcertaba. No me entraba en la cabeza. ¡Era un pequeñajo, un imbécil, un desgraciado, un inútil, un mediocre! ¿Qué veía en él? Llegué a la conclusión de que yo era demasiado alto, atractivo e inteligente para el gusto de Laura. Esto me consoló un poco. Pero sólo un poco.

(¡Ay, Laura! La de quebraderos de cabeza que me dio. Me las hizo pasar canutas. Por el sendero flanqueado de árboles de todas mis fantasías paseaba vestida de hermosura, pisando una tierra atribulada, pensando en Inglaterra y en lo que había robado, un brochazo de éxtasis en mi ennegrecida hierba.)

Nos encontramos de nuevo en Hyde Park, y el bueno de Lorenzo ha descendido pesadamente por estas escaleras de aire. Un brillante aunque mortecino haz de luz se asoma por encima de la torre más alta de un lejano bloque de viviendas. Seguimos con el problema del resplandor. El sol, lineal y pegajoso, se arrastra por la tierra, delimitando claramente las sombras entre las figuras de los edificios. Unos reflejos bajos y solitarios me ciegan. Hago una mueca en señal de disgusto y me pongo de perfil para protegerme los ojos de este ataque. Bajo un brillante árbol que tengo al lado veo a un colega, a un compañero mendicante.

Se trata de un hombre feo y sucio de mediana edad con un lado de la cara surcado por un sarpullido repugnante. El pelo le brilla y burbujea de calor y humedad. Por entre los pliegues de su roída y apolillada ropa asoma una barriga oblonga, gris, peluda y picada de hoyuelos. Tiene la cara demacrada, enfermiza y cubierta de una barba sucia, y los ojos caídos, recuerdo de antiguas disipaciones. No es precisamente un hombre con el que a uno le apetecería irse a la cama. En absoluto. Tiene pinta de ser un auténtico indeseable. ¡Dios, espero que no sea amigo mío!

Es penoso, pero existe la posibilidad de que sí lo sea. Es más, diría que me mira como si me conociese. Al final va a resultar que el bicho este es un conocido mío. Virgen Santa, no debería avergonzarme de ello... Ya lo creo que no. Incluso Jesús era amigo de los indigentes, y entre nosotros se le consideraba un auténtico apestado. ¡Pero si era poco menos que un vagabundo! Lázaro era un mendigo. En efecto, nuestro querido Lazarillo era un vagabundo de la cabeza a lo pies. Da gusto conocer *clochards*. Es *chic*. Es de gente elegante. Si un tío tan virguero como Jesucristo fue capaz de soportarlo, yo no debería tener ningún problema.

Cuando consigue captar mi atención, el vagabundo esboza un burdo remedo de sonrisa con la intención de establecer un vínculo de amistad. Su babosa mueca revela unos dientes amarillos, mugrientos y carentes de brillo. Qué asco... Presa de la inquietud, hago memoria. Consulto los dos volúmenes titulados *Vagamundos que conozco*. Miro la lista de Paddys, Mickeys, Jimmys, Billys, Jocks y Johnnys. No, no parece que figure su nombre en ella, y dudo que haya podido olvidarme de un desecho humano como él.

¡Hospa! Bocacostrosa abandona el árbol cual babosa y de pronto se queda quieto presa del desconcierto. ¡Ay, Dios, salta a la vista que está pensando en acercarse aquí! Por muchos arrebatos de tolerancia estilo Jesucristo que me den, creo que sería una pésima idea. No me apetece nada que me haga compañía. Aparto la mirada y simulo estar pensando en otra cosa. Tarareo mentalmente una canción y, desesperado, rezo para que no se me acerque. No quiero que veas esto.

Vuelvo a mirar y, por suerte, me lo encuentro plantado en el mismo sitio de antes. Me pregunto qué querrá de mí. ¿Dinero, compasión, sexo...? Ahora que lo pienso, el caso es que sí que me resulta familiar. Pero me extraña que lo conozca. Es un vagabundo de los cutres. Un vagabundo sucio, enfermo y codicioso. Es uno de esos con los que otros vagabundos no querrían que se casaran sus hijas. ¿De qué lo conoceré?

¡Mierda! Se acerca. Ha vencido su timidez y se arrastra hacia mí enarbolando una horripilante expresión de solidaridad en sus asquerosas facciones. Sus sucios y decrépitos ojos se han clavado en los míos y se niegan a soltarlos. Lo miro con cara de indisimulada repugnancia (espero).

–¿Qué passsa, socio? –pregunta solícitamente.

Estupendo, es escocés. Justo lo que me hacía falta en este momento. De cerca es mucho más feo e, incluso para un veterano de la transpiración como yo, el olor que despide resulta nauseabundo. A pesar de mis esfuerzos, no consigo evitar portarme como un esnob y arrugar la nariz en señal de asco.

–¿No llevarásss un pitillo encima? –masculla.

–Lo siento, pero no.

Tuerce el gesto y me lanza una mirada implacable, de borracho.

–¿Estásss seguro? –insiste en tono exigente, tratando de intimidarme.

¿Conque el espantajo de marras tiene ganas de bronca? Quiere jugar a las peleas. Es una pena. No estoy de humor. En este momento no ando sobrado de odio. De todos modos, si no queda más remedio, haré lo que esté en mi mano por complacerle. Le respondo de una manera que, en mi opinión, combina la paciencia y la amabilidad con la cautela y la amenaza.

–No tengo tabaco, ya te lo he dicho.

Se encoge de hombros de manera extravagante y me dirige una sonrisa verde y babosa. Adopta una actitud cordial y trata de rodearme los hombros con un brazo. Me escabullo rápidamente, pero al oler la peste que le sale del sobaco me mareo. Se queda parado con cara de ofendido. Los vagabundos son así. Siempre están a la defensiva. Es un comportamiento estúpido, ya que no tienen mucho que defender. Vuelve a hablar.

–Vale, tío, olvídalo. Olvídalo. No pasa nada. Lo entiendo. Tú ya me conocesss... Lo entiendo perfectamente. No pasa nada. No te preocupesss...

Son justo estos vagabundos borrachines los que siempre acaban saliendo con estas paridas tan deprimentes. ¿A qué umbral del disparate y el delirio habrán de llegar sus cabezas para poder soltar semejantes chorradas sin sentido? ¿A qué viene tanta palabrería si no tienen nada que decir? ¿Quién les pregunta? ¿Quién les responde? ¿Qué interés tiene lo que dicen?

–¿Me oyesss, tío? Puedes decírmelo. Lo comprendo perfectamente. Soy tu colega.

Sus ojos brillan de dolor, ocultando un propósito extraño. Sabe lo que se dice. Aunque es el único que lo sabe, parece bastante seguro del terreno que pisa. Pongo rectas las piernas y la espalda para que sepa lo alto que soy. Que se entere de quién tiene delante. No parece impresionarle mucho, y me mira con cara de pocos amigos, sin inmu-

238

tarse. El sol me da de lleno en los ojos y me hace el favor de restar nitidez y claridad a los rasgos de este engendro.

–Venga, déjame –le aconsejo de buenas maneras y con bastante calma.

Puede que haya cometido un error. Como ya he señalado, resulta sorprendente lo sensibles que pueden ser los vagabundos. Sin embargo, éste no es más que un viejo mendigo, y creo que tengo la suerte de mi parte.

–Oye, ¿a qué viene eso? Somos colegasss. Dame un par de pitos y me largo. Un par de cigarrillos y te dejo en paz. ¿Vale? Lo entiendo perfectamente. En serio. No pasa nada. Nada. Tú y yo, tío, nos entendemosss. ¡Que sí, que nos entendemosss! No me vengas con ésas, joder. No soy ningún estúpido. ¿Te piensas que soy estúpido, hostia? ¿Es eso lo que piensas? ¿Es eso? Dime. ¿Es eso...?

He advertido que las conversaciones vagabunderas tienden a caer en una espiral deprimente. Y se hace difícil no dejarse arrastrar. Uno no puede lucirse. Cuando uno dialoga con un vagabundo resulta imposible hablar y actuar como Oscar Wilde. No funciona. Los aforismos quedan fuera de lugar. Intento decirle a este hombre que se marche, pero no hay manera. El mensaje no le llega con la claridad suficiente. Me he enzarzado en una disputa, en una disquisición sobre intenciones y resultados. Me estoy liando. Siempre ocurre lo mismo.

–¡Vete a cagar! –le planteo inteligentemente. Ya he dicho que en estas situaciones resulta difícil lucirse.

–¡Y una mierda! ¡No me vengas con ésas, colega! ¡No me vengas con ésas! ¡Serás cabrón...! ¡Ayer te vi con un paquete entero, puto mentiroso...! ¿Te creesss superior a mí o qué hostias? ¿Eh? ¿Eh? ¿Te creesss superior a mí? No valesss una mierda. ¿Sabes lo que eresss? ¡Un hijoputa! ¡Un hijoputa de mierda!

Intento sonreír a una joven que pasa cerca de nosotros manteniendo una distancia prudencial. Trato de poner cara de disgusto, de estar agobiado. ¡Jodidos vagabundos!, le digo con los ojos. ¡Siempre molestando!

Miro fijamente a mi interlocutor y aprieto los labios. Empiezo a perder la paciencia. Él también está cabreado. Escupe palabras y tartamudea de lo furioso que está. Mueve las manos rápidamente, con violencia y rabia. Señala y gesticula, llevándose a la cara los mugrientos dedos. Retrocedo un poco más y observo que las respetables personas de las hamacas contemplan nuestro numerito con cara de desagrado. Estos altercados suelen prolongarse bastante. Comienzan con unas palabras airadas e intimidatorias por parte del suplicante, van dando paso poco a poco a una fase de obscenidades e insultos durante la cual las dos personas se gritan sin miramientos, y acaban degenerando en una pelea cuya violencia depende de la edad y de la importancia del asunto.

—¡Ya te lo he dicho: no tengo tabaco! ¡Ahora lárgate antes de que te hinche a hostias!

Vaya chapuza. Pues sí que voy a llegar lejos así. El miedo que debe de haberle entrado. He metido la pata. Mis endebles puyas le dan alas, y su furia aumenta rápidamente. Lanza un escupitajo a la agonizante hierba. Está tan rabioso que le sale voz de pito.

—¡Eresss un hijoputa! ¡No me vengas con ésas, so cabrón! ¿Quieres que te arranque los putos huevosss o qué? ¿Me vas a decir que no estabasss allí ayer? ¡Eres un puto mentiroso! ¿Quién hostias te crees que eresss? ¡Ayer vi cómo te pirabas con esa furcia de mierda, fumando como el puto agarrado que eresss! ¡No eres capaz de soltar ni un puto cigarrillo por un colega! ¡Eresss un hijoputa! ¡Un hijoputa de mierda!

Ah, conque se trata de eso. Resulta que ayer me vio... Claro. Este tío se fijó en mí cuando estaba en el manducatorio de los cojones. No debió de gustarle mi espectacular salida. Vio mis tímidos pitillos y ahora quiere que le dé unos cuantos. Pues lo tiene claro. No le daría uno ni aunque me quedaran. Empieza a tocarme los cojones el tío este. Lo siento si tiene problemas, pero yo también tengo los míos, y cada vez peores. Más vale que se vaya. Lo digo en serio.

Se ha dado cuenta de que lo he reconocido. Se planta delante de mí y separa sus cortas e infectas piernas para colocarse en posición de combate. Joder, me dan ganas de reír. Preferiría no tener que pegarle, pero, si no queda más remedio, no dudaré ni un segundo en partirle los huesos y abrirle la cabeza. De pronto, me siento mejor y me dirijo a él por última vez con cierta elegancia.

—Vamos a ver, amigo indigente, será mejor que cojas y, pasito a paso, te marches. Tienes que convencerte de que no llevo tabaco. No vas a sacar nada de provecho con insistir. Si te quedas, me veré en la desagradable necesidad de partirte la cara. En resumen: si amas la vida, esfúmate, no vayas a perderla.

Eso está mejor. El vagabundo deja de farfullar por un momento y me mira con expresión de extrañeza en sus turbios y mezquinos ojillos. Sonrío para darle ánimos. No cabe esperar gran cosa de esta gente. Está tan furioso que se le salen los ojos de las órbitas, babea y le tiemblan los labios.

—Hijoputa, cabrón, cabrón de mierda, hijo de mala madre... —Su espumajeante y mascullante bocaza escupe chorros de estridentes obscenidades. Sus mugrientas manos se transforman en unos ridículos puños, y los acerca a mi divertida cara con gesto amenazador. Da golpes con los pies y sigue profiriendo sus estúpidos alaridos–. ¡Cabrón! ¡Hijoputa! ¡Puto agarrado! ¡Cabrón de mierda! ¡Hijoputa...!

Por lo visto ya hemos pasado a la fase de los despropósitos. Espero que a la tercera sea la vencida. Algunos de los ocupantes de las hamacas ya se han marchado, rezongando en señal de mal humor. Su interminable bocinazo de odio suena sin parar, como un torrente continuo, carente de sentido. Esta gente pierde los nervios por cualquier cosa. Están tan desesperados que necesitan desahogarse. He oído decir que, cuando un actor tiene que llorar, lo que suele hacer es pensar en las cosas tristes que le han sucedido en la vida, de manera que los que mejor lloran son los que peor lo han pasado. En el caso de los vagabundos debe de ser algo parecido. Sólo que más fácil.

–¡Me cago en la madre que te parió! ¡Hijoputa! ¡Cabrón! ¡De ésta no salesss, joder! ¡Voy a machacarte la cabeza, hostia!

¡Hale, venga...! No te canses. Sigue hablando, pedazo troglodita. Venga, eslabón perdido. Cuéntamelo todo. Que me entere bien.

–¡Eres hombre muerto, so cabrón! Te voy matar, hijoputa. Te voy a...

Le encajo limpiamente un puñetazo a un lado de la boca y se oye un ruido crujiente y seco. Por un momento se queda sorprendido y luego se echa hacia atrás, apoyándose sobre los talones. Se lleva las manos a la cara y me mira consternado. Le arreo otro; muevo mis carnosas manos con rapidez y alegría, sin titubear. Le doy un puñetazo en la mandíbula, y mi mano choca violentamente contra el hueso. Esta vez el vagabundo muerde el polvo. Ha caído en un santiamén, con fuerza. Un profundo gemido se escapa de sus labios crispados, y rueda por el suelo tapándose la cabeza con las manos.

Empezaba a tocarme los huevos. Ya estaba harto. He perdido los estribos. No es como para sentirse orgulloso, lo reconozco, pero ¿qué quieres que yo le haga?

El vagabundo no tarda en recuperarse y se levanta como buenamente puede. Suelta un aullido de dolor y rabia. Este grito sobrenatural me desconcierta un poco y me pongo un tanto nervioso. Lo cual le da tiempo para echarse sobre mí agitando sus tremendos brazos. Me propina una leche debajo de la nariz y noto cómo se extiende por mi cara algo húmedo y caliente. A continuación recibo en la garganta un golpe de una fuerza inusitada. Mientras toso y trato de recuperar el aliento, me da una brutal patada en la pelvis y se pone a machacarme la espalda y la cabeza. Me encojo de dolor. El asunto no va tan bien como preveía. No me imaginaba esto. Me da un golpazo en la pierna izquierda y noto cómo se me parte la espinilla. ¡Ya está! Éste es un dolor penetrante, agudo y eufórico. Es justo la medicina que necesitaba. Se trata de una grave equivocación. Empiezo a perder los estribos.

Pasada la sorpresa, superado el dolor y animado a cometer excesos, reanudo el ataque hecho una furia. Le doy en la cara con la parte de atrás de la cabeza y oigo un agradable y húmedo crujido. Yo estoy de pie, y él permanece quieto delante de mí, titubeando y con la cara destrozada pero fija como una diana. Describo media circunferencia con el brazo y le arreo un fortísimo codazo justo en medio del rostro ensangrentado. Suelta un gruñido como si tuviera serios problemas para respirar y vuelve a retroceder con paso inseguro; lo sigo y repito la misma operación dos veces, con lo que le obligo a echarse hacia atrás y abrazar el árbol en el que yo estaba apoyado. Me detengo un instante para recuperar el aliento antes de darle un fuerte puñetazo en la garganta. Noto que algo cede ahí dentro, y se me desboca el corazón presa de un furioso arrebato de odio. Levanto la pierna con el pie metido hacia dentro y le piso con fuerza en la entrepierna dos veces, tras lo cual pierdo el equilibrio y me caigo.

Me aparto por si las moscas y me pongo en pie de un salto, me siento de pronto ágil y lleno de energía. Él sigue apoyado contra el árbol y deja caer de los asquerosos morros unas babas sanguinolentas sobre el pecho. Se protege los triturados testículos con las manos ahuecadas. Tose, jadea y carraspea; resopla y escupe sangre. Yo vuelvo a la acción.

(La verdad es que debería haber empezado de esta manera. Mis puñetazos siempre han dejado mucho que desear. Tengo facilidad para combinar golpes, pero no sé manejar los puños. Debo pelear con todo el cuerpo. Boxear no me sirve para nada en esta situación; lo que hay que hacer es machacar al adversario.)

Entran en juego mis leales pies, y pruebo a propinarle una serie de salvajes patadas en las costillas y la cadera. Oigo cómo le cruje el cuerpo, cómo se le parte, cómo le estalla, y a pesar de que me hago daño en un dedo con el fémur, se me levanta la moral. Ahora está boca abajo. Como se me van cansando las piernas, opto por tomarme un respiro, no sin antes arrearle un patadón en la cabeza para disponer de unos segundos de tranquilidad. No quiero llevarme ninguna sorpresa desagradable.

¡Ay! ¡Uf...! Chico, estoy destrozado. Estas cosas te dejan hecho polvo. El vagabundo vuelve a moverse y me pongo a dar saltos sobre él con cierta furia, apretando bien con los pies por si aún abriga alguna esperanza de usar los puños. Tras una serie de pisotones de despedida, me aparto dando tumbos. El corazón me late desbocado del asco y la desconfianza que siento. Mientras trato de reivindicar mi derecho a respirar, noto un astuto ramalazo de dolor sordo justo debajo de las costillas. ¡Ay, Dios!

Mientras respiro sin perder el ritmo para recuperarme, oigo sus gemidos y gritos ahogados y advierto que la gente que nos rodea aparta convincentemente la mirada. Exceptuando a los punkis desafectos que han lanzado un par de gritos de ánimo, no creo que haya disfrutado nadie del espectáculo. Los viejales se marchan indignados, es evidente que para buscar a un policía. Vuelvo a mirar a mi contrincante, que está hecho un ovillo y tiene un aspecto lamentable. Hay un montón de sangre por todos lados. Será mejor que me dé el piro antes de que aparezca la pasma. Esto no parece obra de alguien que haya actuado en defensa propia. ¡Podría haberle matado al muy cabrón!

Me acerco a ver si todavía respira y me largo tratando de aparentar indiferencia en la medida de lo posible. Lo que no hay que hacer es correr. Paso ante la ceñuda mirada de desaprobación de los testigos y cruzo el parque en diagonal. Pongo rumbo a Speaker's Corner manteniendo un paso rápido pero prudente. Va a estallarme la cabeza, y siento en el cráneo un hormigueo de dolor e irritación. Me ha propinado un par de buenos golpes, lo cual me sorprende. Me limpio la nariz y encuentro más mocos que sangre. Me paso las manos por la cara para ver si sigo disfrutando de la espuria normalidad de antes. Parece que está todo en su sitio. Sobreviviré, aunque por los pelos.

Camino por la hierba y me escondo entre los árboles. Después de este pequeño episodio, no tengo ganas de mostrarme sociable. Quiero volver a la calle, ya que aquí pueden arrestarme.

No sé qué me ha dado. He perdido la cabeza. He explotado. ¡Rediós! Me he pasado... ¡Si sería hijoputa! Yo no quería líos. Dios, espero no haberlo matado... Sería el colmo. ¡Un asesinato! Lo que me faltaba. Lo he dejado para el arrastre. No creo que se recupere. No era mi intención. Se me ha subido la sangre a la cabeza. He empezado a echar espumarajos por la boca, me he puesto a dar gritos y he montado en cólera. He perdido los estribos, joder.

El sol ya ha desaparecido de vista, la calima está levantándose y el cielo tiene un color apagado y deslucido. Se mueve un poco de viento y se me seca el sudor de la cara. Veo un par de policías andando con parsimonia por un sendero cercano y aprieto el paso con la mayor discreción posible. Luego sigo adelante, asustado y deprimido. Hoy ha sido un mal día, y no parece que vaya a mejorar. Empiezan a írseme los pies, y tengo que hacer un esfuerzo para andar a un paso más normal y evitar llamar la atención. Preferiría que durante un rato no se interesara por mí ningún alma caritativa.

¡Oh, no! ¡Dios, no! ¡No puede ser! ¡No, no puede ser!

A unos cincuenta metros de distancia veo a un hombre encorvado y manchado de sangre gritándome obscenidades como un loco. Es él. Parece mentira, pero viene por más. Avanza hacia mí a trancas y barrancas, y yo me quedo paralizado de miedo. No doy crédito a mis ojos. Ha regresado de entre los muertos igual que Lázaro. Tiene cara de estar fuera de sí y, a pesar de la cojera y de mi acertada contribución a sus minusvalías, se mueve con rapidez, arrastrándose de una forma horrible. ¡Socorro! ¡No quiero volver a pasar por esto!

A unos diez metros de distancia veo el brillo de su navaja. El miedo hace reaccionar a mi cansada cabeza. La situación ha cambiado por completo. El vagabundo quiere dejarme un recuerdo imborrable.

Veo cómo su grueso brazo se acerca malévolamente hacia mí con el fino acero en la mano. Retrocedo con suma lentitud y el abrigo se me abre, dejando que la navaja se introduzca sin topar con nada por la parte de delante de la camisa. Se oye el susurro de la tela al ser cortada, y me hace un tajo. Una punzada diagonal, caliente y curiosamente agradable me pone el pecho en carne viva. Asustado, suelto un alarido de terror. ¡Dios! ¡El muy hijoputa me ha rajado!

Debería estar aterrado, pero es tal la exasperación que siento que no me queda tiempo para miedos. ¡Se acabó! Ya estoy harto de este tío. En un arrebato de ira, trato con desesperación de pegarle un puñetazo. Por suerte, no le doy, y oigo cerca de mi vacilante cara el silbido de su navaja. Iba dirigida al ojo. Se pone enfrente de mí con el arma en alto. Cree que ya me tiene. Se lanza contra mi estómago con la navaja por delante. Me muevo a un lado sin el menor esfuerzo y le propino una dolorosa patada en los achacosos riñones. Da media vuelta con el arma en alto y amenaza con alcanzarme en la garganta. Yo hago caso omiso, lo cual le sorprende, y le arreo otra patada. Esta vez le he dado en el abdomen y con verdadera fuerza. Me mira, pero pego un salto para ponerme fuera de su alcance. Se produce un silencio breve, ridículo, y entonces se pone a toser. Se encoge y empieza a salir un espeso chorro de sangre por su sucia bocaza. El cuchillo le tiembla en la mano, y yo avanzo para quitárselo de una patada. Cuando se queda sin el arma, el hombre se dobla por completo y se protege la machacada tripa. Gime y vuelve a vomitar abundantemente antes de caer de rodillas al suelo. Está acabado. Su pequeña historia conmigo ha llegado a su fin. Se queja, echa espumarajos, balbucea y se atraganta con su propia sangre. Se ha quedado sin argumentos.

Me examino la herida. Se extiende describiendo una fina línea desde la tetilla izquierda hasta el ombligo. Arriba es más profunda, pero, por sorprendente que parezca, apenas hay hemorragia. Ha sido un intento fallido, debería decir. De todos modos, resulta dolorosa y molesta. Al ver la ensangrentada figura de mi enemigo de rodillas, en actitud de desagravio, vuelvo a perder la paciencia. Estoy tranquilo y en mis cabales, pero me siento bastante contrariado. Miro rápidamente a ver si hay algún policía cerca y le propino al muy hijoputa una patada en el pecho con todas mis fuerzas. Oigo un ruido que sólo puede ser el de varias costillas al romperse, y cae hacia atrás con una lentitud sorprendente. Bien. Lo rodeo y le arreo la segunda patada del día en el cráneo. Suena un crujido, la cabeza sale disparada hacia un lado y se queda colgada de una manera espantosa. No le he dado muy fuerte. No es fácil pegarle a alguien en el tarro. La civilización ha velado por ello.

Miro su pringosa y derrotada cara. Tiene la boca abierta, y en un diente situado en un pliegue de la garganta se le está formando un charco de sangre. Cuando respira le salen burbujas por la nariz y la boca destrozadas. Tampoco él ha tenido un buen día.

Un cuarteto de bocinas malhumoradas entona una animada canción en Park Lane. Las ruedas gimen cuando el perdedor frena y el ganador se aleja haciendo descarados gestos triunfales. Debo decir que el tráfico me parece algo estúpido en un momento como éste. Estoy muy cansado, me duelen las piernas y el largo corte que tengo en el pecho llora cuando me inclino para recoger el cuchillo. El repentino dolor me molesta y reaviva mi flaqueante furia. No es un cuchillo en realidad, sino un pedazo de metal afilado con una parte envuelta en cinta negra. Me pregunto de dónde lo habrá sacado. Me extrañaría que lo hubiera hecho él mismo. No parece un tío muy manitas. La chapucera naturaleza de este instrumento raja-Bogle aumenta mi irritación. Lo agarro por el mango con fuerza y vuelvo a donde está su dueño.

Qué mala pinta tiene, oye. Ofrece un aspecto terrible, horroroso. Da auténtica pena. Éste es un momento importante en la vida de esta criatura. El día de hoy constituye el final de un montón de cosas para él. Parece que se le ha roto la mandíbula, estoy convencido de que tiene un par de costillas hechas polvo, los riñones se le han quedado probablemente para el arrastre, y la cabeza debe de dolerle el copón. Además debe de tener algo mal dentro; de lo contrario no escupiría esa sangre tan espesa y maloliente. Está en las últimas. Pero no es culpa mía, joder. Yo no le he pedido que venga a matarme.

Una vez más agarro con fuerza la improvisada arma. Mido y calculo. Elijo el sitio. Dominado por la furia y el odio, pero manteniendo la serenidad, me agacho junto a su descalabrado cuerpo. Mira que estar en Hyde Park y que nadie venga a pedirme cuentas por este asunto... Pero ¿en qué mundo vivimos? Cuando me inclino sobre él con el cuchillo en la mano, unas gotitas de mi sangre caen sobre su pecho y se mezclan con esa cosa tan oscura y húmeda que le sale. Qué casualidad que tenga que ocurrir ahora una cosa tan profunda... He elegido el lugar. Tengo el arma bien cogida. Estoy preparado.

Cuando me dispongo a rajar al muy cerdo, el tío suelta un gruñido y babea ruidosamente. Está intentando hablar. Me sorprende que todavía le queden fuerzas. Alza la cabeza y me mira (creo) a través de su máscara de sangre y dolor. En el momento en que se cierne sobre él su propia arma trata de levantar una mano. Emite un sollozo ahogado y, abriendo los ojos de par en par en señal de terror, vuelve a caer pesadamente al suelo.

Me paro, reúno fuerzas y acumulo ira. Lo miro, levanto el cuchillo, cierro los ojos y...

¿Y...?

Tiro el sucio chisme con gesto de cansancio y me levanto despacio, apenado y dolorido. ¿Para qué? ¿Qué necesidad hay de hacer algo así?

Me alejo rápidamente. Tengo la camisa rota, me duele la cabeza y llevo la tripa sucia de sangre húmeda. Hace un rato que se ha puesto el sol y ya declina este día primaveral cuando salgo a las aceras de Park Lane. Vuelvo la vista y veo que se ha congregado una pequeña multitud alrededor de mi amigo herido. No creo que estén pasando un buen rato.

Actualmente Oxford Street no cierra por la noche, y de pronto me encuentro en medio de un enorme trasiego de gente. De forma instintiva la multitud me deja espacio alrededor, así que no me machaca mucho. Es una suerte, ya que el menor golpe podría acabar conmigo.

Las tiendas resplandecen con una luz mojigata y clandestina, y las farolas emiten al encenderse un zumbido seguido de un ruido sordo. Oscurecen el cielo y añaden un peso sombrío a este nuevo dolor que siento. Las caras que me rodean son calculadoras y febriles, caras de comerciantes y de gente que compra. Son jóvenes y severas, y revelan cierta animación. Pasan por mi lado como un suspiro, fijándose en la mancha roja y húmeda de mi estómago. Me abrocho el abrigo y me abrazo fuertemente el pecho. Se me está quedando frío. Ha bajado la temperatura. Ya no hace el calor que hacía antes, y se me ha puesto la piel de gallina. El corazón me palpita cada vez más despacio. Tranquilidad. Reposo. Informe de la operación... Respiro profundamente y me paro sin ningún motivo. Los transeúntes siguen sin quitarme los ojos de encima con expresión de desprecio. Me doy cuenta de que estoy llorando. Las lagrimas, húmedas y pequeñas, me hacen tropezar. Me detengo en medio de la acera y acabo con la cabeza apoyada contra el alegre resplandor del escaparate de una tienda de zapatos. La gente pasa por mi lado arrastrando los pies y cambia de rumbo para esquivarme a mí y a mis penas. Muevo la cabeza para limpiarme la cara y advierto que he ensuciado el escaparate de sangre y sudor. Lo limpio, me olvido de mi cara y echo de nuevo a andar. Lento como un caracol, el cielo se oscurece ante mis ojos. ¡Dios...! ¡Me cago en Dios...!

*

Creo que muchos de mis problemas personales se derivan del hecho de que nunca he sabido quién fue mi padre. Mi auténtico padre, quiero decir, el hombre que pagó cuatro perras o la cantidad que costara en 1963 tirarse a mi madre. Aunque parezca mentira, el problema de la paternidad prácticamente ni me importó hasta que fui a Cambridge. Pero entonces alguien me preguntó si nunca me había planteado este tema. Empecé a planteármelo acto seguido.

En cierto sentido tenía suerte. Disponía de un amplio abanico de posibilidades y, haciendo conjeturas, podía elegir al padre que más me gustara. Eran muchos los hombres que habían estado alguna vez con una prostituta. En realidad casi podía ser cualquiera. Pronto, me bastaba con ver a un hombre atractivo o admirable de más de cuarenta años para ponerme a hacer mis extravagantes cálculos cronológicos. La cabeza se me llenaba de tiernas ideas filiales, se me empañaban los ojos y se me hacía un nudo en la garganta. En un momento de locura llegué incluso a advertir un inconfundible parecido entre el duque de Edimburgo y yo. Lo digo en serio. La nariz larga y ganchuda, la frente recta, la boca fina, rígida y plana... No resultaba tan inverosímil, y además nunca se sabe. Veía su pomposidad, su esnobismo y aspereza, y gritaba: «¡Papá!».

Entre los hombres que en aquella época pensé que podían ser mis padres figuraban los siguientes: Richard Burton, Gerry Fitt, Philip Larkin (!), Denis Law, Colin Cowdrey, Rab Butler, Ringo Starr, Bill Shankly, Robert Graves, Paul Schofield, Peter O'Toole, Cliff Richard (!!), Richie Benaud, Robert Kennedy, Jean-Paul Sartre, Clint Eastwood, Chris Bonnington, Harold Pinter, Gore Vidal (?), Tony Jacklin, Lord Lucan, Jean Genet, Anthony Burgess, Robert Mitchum y Pat McGahey, camarero del Sports Bar de Lower Falls durante los primeros meses de 1963.

Triste, ¿verdad? Y bastante enternecedor. En realidad no sé por qué me tomé la molestia. Probablemente mi padre no era más que un asqueroso mierdilla irlandés. ¿De qué sirve soñar? ¿Para qué tomarse la molestia?

Seis

Sloane Square. Anochece. El cielo se oscurece y arremolina sobre las franjas de color blanco mate de las vibrantes farolas. La luz que cubre la plaza a ras de suelo se desentiende de la envolvente e infinita extensión de oscuridad que tiene encima y la rechaza. Permanezco sentado tristemente mientras la gente se mueve con el silencio y la prisa de las multitudes y los coches dan vueltas por la plaza haciendo un ruido sordo. La sangre llena mi lengua de amargura, y con el rabillo del ojo veo de forma borrosa el fogonazo de unas líneas brillantes. Cae la tarde, y estoy preparado para la noche. Aquí se está mal. Aquí *estoy* mal. Tengo que dormir. No aguanto más.

Puede que se haga pesado tanto detalle sobre mi situación, pero para mí es lo que más importancia tiene. Últimamente son pocas las desgracias que me ocurren de puertas adentro. Tengo mala memoria, y mis interiores dejan bastante que desear. Pero no me hacen falta. La inmensa intemperie es mi único hogar. Soy un experto en exteriores. Soy el Príncipe de las Aceras, soy el Rey de los Bancos de Parque, y los fríos vientos de la calle me pelan la piel sin parar. Para venir conmigo has de poder soportar el aire y el aburrimiento puro y duro. En efecto. Aquí de lo que se trata es de deambular. Yo pertenezco a esa clase de personas que tienen que estar siempre fuera, aunque no está claro que lo haga por voluntad propia. Recorro las calles de la ciudad con determinación, miedo y gratitud.

Esto no está nada mal. Reconozco que en general hace frío, llueve y es un asco, pero las comodidades que ofrece son innegables. La variedad y la autonomía que gano con todo este espacio me proporcionan un agradable equilibrio. Puedo ir y venir sin restricciones. La amplia música de este paisaje sin telón suena para mí, y respiro sin límite de techos y paredes. Disfruto de una suerte de libertad. Mis noches son largas y austeras, y están cuajadas de luz e incidentes. ¿Cuántas personas que viven en una casa podrían decir lo mismo? Bastantes, me imagino.

Intento encontrar algo bueno que decir sobre el hecho de no tener casa y lo único que se me ocurre es ese esporádico atractivo visual que tan obstinadamente busco. Bueno, algo es algo, y por lo menos me esfuerzo.

Santo Dios, qué cansado estoy... No me tengo en pie. Estoy tan agotado que se me va la cabeza, y mi deshabitada tripa burbujea de asco. Las extremidades se me han vuelto líquidas, y noto la cabeza vacía. Se ha puesto exigente, militante, y se niega a funcionar. Me ha dado el bajón hace cosa de diez minutos. Tenía que sentarme, de modo que he plantado el culo aquí mismo, en medio de Sloane Square. Me he quedado aplastado contra el suelo bajo una enorme losa de cansancio. Me ha dado un vahído, sin más. Me encontraba mal, pero ya estoy recuperándome.

Seguramente querrás que te cuente qué tal va lo de mi herida. Bueno, podría ir peor. Mide entre quince y veinte centímetros y describe una línea irregular desde la tetilla izquierda hasta mi pobre y frío ombligo. No es muy profunda, pero en la parte inferior ha quedado suelto un pequeño colgajo de carne que duele de la hostia. Me lo he vendado lo mejor que he podido con unas estrafalarias tiras de camisa. La camisa se me ha quedado hecha una mierda después de la pelea, y este nuevo menoscabo en su estructura no le ha hecho ningún bien. Mientras hablo da húmedos golpecitos sobre mi tripa, dejando buena parte de mis michelines a merced del cruel aire nocturno. O por lo menos eso es lo que haría si no me hubiera abrochado el abrigo cuidadosamente para tapar mi nuevo punto débil.

Vaya si duele... Sí, duele a más no poder. Es innegable que esa parte de mi cuerpo constituye en este momento un enorme foco de dolor. En fin, que, si me hubieran preguntado me habría negado a disfrutar de este nuevo placer. Pero nadie me ha preguntado, y ahora ya no tiene remedio, para que nos entendamos. Creo que tendría que ponerme unos puntos. Ha habido un momento en que he estado tentado de llegarme hasta urgencias del Hospital de Guy o el de St Thomas, pero me he rajado. Me harían preguntas. Y para colmo lo más probable es que me fumigarían. Cuando se trata de vagabundos, esos médicos son implacables. No se andan con chiquitas. Antes de ponerles un dedo encima pasan a los muy desgraciados por la manguera. Y además me daba miedo encontrarme con algún conocido. Hay un montón de estudiantes de medicina de Cambridge haciendo prácticas en hospitales de Londres. Imagínate qué corte, ¿eh? «En la número cuatro hay un vagabundo con una cuchillada, doctor», «No se preocupe, enfermera, fuimos juntos a Cambridge. Dime, querido Bogle,

¿cómo te van las cosas últimamente?» Me pondría como un tomate, en serio.

(Lo cual me trae a la memoria a la caritativa chica del comedor de beneficencia al que fui ayer. Te acuerdas, ¿a que sí? Pues bien, he de confesar que, en efecto, la conocía. Fue a Cambridge conmigo. Ayer no me apetecía decirlo. Aún no había llegado a la mejor parte de mi historia. Debió de quedarse conmocionada la pobre. Je, je, je.)

En fin, volvamos a mi herida de guerra. Como digo, es casi seguro que necesite puntos, pero me temo que va a tener que cerrarse ella solita. Espero que lo consiga. Yo no sabría apañármelas con la gangrena.

Y, bien, ¿qué te ha parecido el asunto este de la pelea? Asquerosillo, ¿no es cierto? A mí no me ha hecho la menor gracia, créeme. Pero, seamos realistas: ¿qué alternativa me quedaba? ¿Parlamentar? ¿Rendirme? ¿Hacer un alegato a favor del pacifismo y la cortesía? ¿Piensas de verdad que él habría tenido en cuenta mis decadentes y decorosas reservas? A mí no me parecía una persona afable y sensata precisamente. Dios, le he dado una buena paliza... Lo he dejado para el arrastre. Me parece que me he pasado de la raya, pero al menos no le he pegado un navajazo. Algo es algo. Dado el estado en que se encontraba al final, probablemente no habría importado mucho. Qué asunto más desagradable. ¿Te doy asco? ¿Estás decepcionado? ¿Indignado? ¿Crees que mi reacción ha sido desmesurada? ¿Tú qué habrías hecho? Eso no, ¿verdad? Espero que todavía te caiga simpático. Lo digo en serio.

Pero, ¿qué digo? ¿Por qué habría de disculparme? El tío me ha rajado. El muy cabrón me ha dado un buen tajo. Incluso cabría decir que se merecía cualquier cosa que le hiciera. He hecho lo que debía hacer. He hecho lo que haría un hombre.

De todos modos, el incidente no ha contribuido a alegrarme el día, al cual todavía le quedan fuerzas para seguir adelante, aunque a trancas y barrancas y sin alegría. Me he sulfurado. Los nervios tardan en calmarse tras una cosa así. Me he pasado cosa de hora y media jadeando como un perro rabioso. Me sentía cabreado y triste. Estaba hecho un manojo de nervios. Ahora ya estoy más tranquilo. Me he calmado. El asunto este de la violencia no tiene la menor gracia.

Cuando he recuperado el aliento, me sentía peor que mal, así que he decidido acercarme a King's Road para animarme. Ha sido un error. En este sitio lo he pasado bien muchas veces, pero de eso hace ya mucho mucho tiempo. No ha sido nada bueno para mi moral ver pasear a esos niños bonitos esta noche. Con el abundante pelo y la suave piel que lucían han acabado poniéndome malo. Así consiguen que el asunto ese de la juventud parezca fácil y deseable. Entre su elegante ropa, sus andares envidiablemente coreografiados, su inquebrantable fe, su indiferencia y su confianza, me han dejado hundido en la miseria. Qué jóvenes, qué fuertes, qué jodidamente guapos iban... ¡Joder! Han conseguido que termine mirando mi atuendo con otros ojos. Dios, qué engañado estaba. Tengo una pinta espantosa. Creía que iba pasable, pero no podía estar más equivocado. Al lado de esta gente tan deslumbrante parezco lo que soy. No engaño a nadie: mira mi pobre y macilenta cara con el sucio casquete de pelo amazacotado encima; mi descolorida ropa con sus manchas y sus jirones; mis deslucidos y rajados zapatos, y el triste espectáculo de mis calcetines harapientos. Y ahora hay que añadir la mancha carmesí en pleno centro, el pequeño churretón de sangre. Mi aspecto no deja lugar a dudas: soy un despojo humano.

Llevo todo el día intentando quitarme el tabaco de la cabeza. Probablemente habrás observado que ahora hablo menos de él. No era más que un mal truco, y durante las dos últimas horas no me ha servido para nada en absoluto. Después de la pelea estaba sofocadísimo, pero lo de King's Road ha sido la puntilla. Hubiera dado cualquier cosa por un poco de nicotina. Lo malo era que esos modernitos de mierda fumaban que alucinas. ¡Daban un par de caladas y tiraban al suelo cinco centímetros largos de tabaco en perfectas condiciones! Pero el poco orgullo que me queda me ha impedido recoger esos tesoros. Si no llega a ser por su buen rollo, su juventud, su arrogancia y mis celos, puede que me hubiera animado. Sólo me quedan cinco cigarrillos, y me consumo de ganas de fumarme uno.

Unos taxis negros y gordos vomitan delante del Royal Court a aficionados al teatro blancos y gordos. Los espectadores se arrastran inofensivamente hasta el edificio y siento otro arrebato de celos. Me encantaría hallarme entre ellos. Me encantaría sentarme en medio de la acogedora y populosa oscuridad y dejar que mis fatigados ojos descansaran con el lejano borrón que forman las ingeniosas luces del escenario. Ver una obra de teatro es para mí sinónimo de pasta. Sólo he podido ir cuando tenía un montón de guita, de modo que sólo me trae recuerdos de épocas agradables y solventes. Es una forma de expresión casi eminentemente burguesa, reconozcámoslo. Por muchas quejas anarquistas y bien retribuidas que lancen todos esos dramaturgos, directores y soplapollas, el teatro pertenece a la gente acomodada. El patio de butacas del Royal Court no suele estar lleno hasta los topes de orgullosos desempleados. Bueno, ¿y qué? ¿Qué tienen de malo la burguesía y sus amables formas de diversión? Ya me gustaría ahora poder divertirme un poquito así, demontre. La comodidad de la escena, el placer del teatro... El aire de prosperidad, la siestecita y fumar como un descosido durante el entreacto... Caramba, vendería el alma por eso.

Pero ¿por qué sueño? Carece de sentido. En lugar de hacer eso, veamos qué tengo aquí: esta iluminada plaza con todo su ambiente; el desfile de la muchedumbre de jóvenes; los inflexibles coches y el ruido que hacen al dar vueltas; este alucinante pedazo de noche; mi herida de medio metro; mi aburrida desesperación, mi triste persona y mi lamentable historia... Quizá soñar un rato no sea tan mala idea después de todo.

Al otro lado de la plaza una joven suelta de pronto un fuerte grito. Miro enseguida. Tengo miedo de que le haya ocurrido algo y me entra una gran preocupación. Ahí está, con sus resbaladizos pantalones blancos y su abrigo gris de cuero de imitación, tambaleándose sobre unos altos tacones rojos. A su lado hay un hombre con pinta de ser su galán esta noche. Da la impresión de que está cabreadísima con él y vuelve a chillarle a la cara. Él mantiene la vista clavada en el suelo; le tiemblan hasta los calcetines blancos. Hace un vehemente gesto conciliador, y ella le pega un bofetón en la jeta. Él se le queda mirando un momento y se aparta con educación para dejar pasar a alguien. Luego vuelve y le arrea una buena leche. Le da en plena mandíbula, y ella se desploma al suelo seguramente sin sentido. Exasperado, el joven se pasa una mano por su teñido y ahuecado pelo antes de agacharse para ayudar a su pareja a levantarse. ¡No! ¡Ay...! Lo veía venir. Le ha dado en todos los huevos con uno de sus rojos y afilados tacones. El joven cae encima de ella con las manos entre las piernas y los dos forcejean furiosamente sobre la inocente acera. Doy media vuelta y les dejo que sigan.

Desde luego esta noche se está poniendo de lo más desagradable. Parece que, cuando llega el sábado, nuestros pensamientos y actos se centran en la violencia, la destrucción, la barbarie, el exceso y la brutalidad. Por un momento he estado a punto de echarle la culpa de todo esto a los gamberros de turno, pero, tras mi aventurilla de esta tarde, no se lo tragaría nadie, ¿verdad? No, no colaría. ¿Por qué nos afecta de esta manera el descanso semanal? No se puede negar que, cuanto más libertad se tiene, mayor es el desenfreno, lo cual implica una menor contención y, por lo tanto, un mayor abuso. Pero debe haber algo más. No cabe duda de que el alcohol que se bebe durante el fin de semana fomenta la anarquía, pero esto no explica la delirante embriaguez, la locura etílica en que desembocan los sábados. El sábado por la noche todo el mundo se pone hasta arriba. No se corta nadie. La gente se lo bebe todo en un santiamén, sin contención. Priva, traga y abreva. Se coge tales cogorzas que es incapaz de pensar y luego intenta hinchar a hostias al primero que se le cruza. Para señalar el final de la semana laboral, por así decirlo. Dios, esta gente debe de tener unos trabajos de mierda si así es como lo celebran. Se trata lisa y llanamente de una venganza, de una represalia, de un fogoso ajuste de cuentas.

Los pecados del sábado son líquidos y espumosos, y salen de las botellas. La penitencia del sábado es afilada y brillante, y sale del cajón de la cubertería. Pero su sentido, su razón de ser, se me escapa. ¿El fútbol, los supermercados, los grandes almacenes de muebles, los escolares inquietos, ir de pesca? ¿Compensan todas estas cosas la somnolienta depresión que tiñe el arrepentimiento del domingo? Olvidémonos de los sábados. Prescindamos de ellos. ¡Suprimamos a esos cabrones!

La sanguinolenta carretera que surca mi tripa se estrecha, y me encojo de dolor. Los bordes, que ya empiezan a secarse, se rozan, y siento lo que cabría llamar una ligera incomodidad. Profiero un pequeño aullido y me protejo las costillas como un vaquero al que le han llenado el cuerpo de plomo pero se niega a rendirse. Toro Loco Bogle ha recibido un disparo en la tripa, pero va a llevarse a un centenar de malditos indios a esa gran tontería que hay en el cielo. (De pequeño nunca soñé con ser vaquero. Esto me preocupaba; me preguntaba si sería maricón o algo así. El salvaje Oeste no me atraía. Pensaba que los vaqueros eran unos gilipollas. Se pasaban el día mascando tabaco, echando el lazo y diciendo paridas. Y encima tenían que cagar al aire libre. Vaya pandilla de capullos... El jodido Séptimo de Caballería aparecía en el momento oportuno y ocho millones de apaches con la sangre hirviendo pensaban de repente: «Joder, Ardilla Sentada, por ahí viene el Séptimo de Caballería. Larguémonos, no sea que nos muramos de aburrimiento». Y entonces la valerosa May-Ann, la tía buena de la caravana, a la que habían clavado una flecha en la teta, le hacía al intrépido y apuesto capitán Cutre una mamada al calor de la hoguera. Yo prefería a los indios, que tenían unas vestimentas alucinantes, unos nombres rarísimos y unas chicas que se amoldaban a todo. Siempre pensé que sería un buen piel roja. Daría cualquier cosa por pegarle un tiro al puto John Wayne.)

Estos recuerdos tan intrascendentes y agradables han surtido efecto. La penetrante punzada de dolor se ha calmado y, gracias a Dios, ahora sólo me siento igual que antes, es decir: una mierda. No hay nada como el escapismo.

Ha sido una equivocación venir a echarme a Sloane Square. Aunque no tenía muchos lugares donde elegir. Necesitaba tirarme en alguna parte. Sloane Square es un mal sitio debido a todos los pijos que hay por aquí luciendo el palmito. Gracias a ellos puedo ver el delirante grado de deterioro al que he llegado. En Cambridge me trataba con gente así y no llamaba la atención. Ahora habitamos galaxias diferentes y pertenecemos a especies distintas. Hace un minuto una pandilla de bellezas ha pasado por este islote central al cruzar la plaza en dirección a la estación de metro. Tras caminar garbosamente sobre estas piedras, han pasado por delante de mi banco, rebosantes de entusiasmo. Daba gusto verlas. Las he mirado con melancolía, sin hambre, pero lleno de esa *tristesse* que causa estar al margen. El dolor de la distancia. Causaban tal sensación de limpieza, juventud, riqueza y simpatía... Y todo ello quedaba fuera de mi alcance. Lo malo es que se han fijado en mí. Me han echado una ojeada. Y lo han hecho con esa expresión tan suya, esa expresión que he visto poner a algunas chicas al mirar a un lisiado, un accidente de tráfico o un insecto. Esa expresión significa que no deberían ver esas cosas, que esas cosas no caben en su mundo de salud y belleza. Conozco esa mirada, y es la misma que me han lanzado esas chicas: una mirada de serena repugnancia. Pero esta vez lo han hecho con más franqueza que de costumbre. Deben de haberse pensado que no era lo bastante humano como para comprender su significado. Aunque también es posible que esa mirada parezca distinta vista desde este lado.

Por lo menos resulta edificante ver el cielo tan agitado. Es una preciosidad, una auténtica monada. Los atardeceres no siempre son fáciles de situar en la escala de *glamour* que se establece entre la mañana, la tarde y la noche. Pero no cabe duda de que, en lo que a la belleza se refiere, ésta ha sido la mejor parte del día. Por el cielo se extienden gruesas costillas de color naranja oscuro y el calor se ha puesto el abrigo. A esta hora el día respira. Los fracasos caen en el olvido y el día se te echa encima, haciendo sonar su amargo júbilo. Como el aceite en el agua, se mezcla con él y se separa. Te golpea con fuerza y tú le dejas. Pero debes evitarlo. Tienes que acordarte de sus mentiras y crímenes y oponerte a él por todos los medios. Has de ser fuerte.

Los grupos de modernos continúan dando vueltas alrededor de mi banco en su amplio círculo de acera. Ahora hay menos coches, pero siguen contribuyendo con sus bocinazos. El aire se tuerce y dispersa, inquieto y confuso. Las luces parpadean y se dilatan y gotean y brillan y balbucean. Sigo abrumado de dinámica desesperación. Las cosas han empezado a complicárseme aquí. Ay, qué va a ser de mí.

Las cosas no tardaron en complicárseme en Cambridge también. La libertad de acción que me concedía la gente a causa de mi origen irlandés me daba alas. Yo seguía apostando fuerte. Probaba fortuna, desafiaba a la suerte y tentaba al diablo. Insistía en pasarme de la raya. Me enzarzaba en peleas, faltaba a clase, contaba mentiras, me emborrachaba, me burlaba de los profesores y hacía cada vez menos amigos. Mandaba a todo el mundo a cagar sin cortarme un pelo. A los bedeles me los había ganado con mi descaro, mi picardía y mis miradas encantadoras, y al personal de cocinas y habitaciones me lo traía de calle. Pero el resto de la gente tenía cada vez peor opinión de mí. Durante la cena del Club Náutico (en la que me colé) intenté camelarme a la esposa del presidente en plan bruto y conseguí que me echaran. En otro exceso etílico me insinué a nuestro indeseable capellán franciscano, el hermano Bunting. Eché la pela durante una clase sobre Jane Austen y pegué a uno de los encargados del mantenimiento de los campos de deporte por decirme una gilipollez. Impresionaba, destacaba y deslumbraba. Dejaba al personal alucinado como el bestial Bogle que era. Debía de creerme que era divertido, guay, quedón o algo por el estilo. Me equivocaba.

Empecé a oír rumores de que estaba dando que hablar entre los profesores. Se decía que no iban a soportar ni una más de mis ostentosas gamberradas. Había tocado las narices a unas cuantas personas, y empezaban a hinchárseles. A finales de mi primer año de carrera la situación llegó a extremos intolerables cuando puse verde a una periodistilla independiente de King's por decir una serie de paridas acerca de mis ideas políticas. Y al parecer ocurrió cuando estábamos hablando de la puta reina de las hadas de Spenser. Esos gilipuertas trotskistas me sacaban de quicio. Perdí los estribos y le expliqué punto por punto por qué era tan soplapollas. Me costó un buen rato.

El caso es que me lo hicieron pagar. Era un día frío y desangelado cuando me arrastraron hasta el despacho del director de estudios, el profesor Byron. Cuando llamé a su gruñona portezuela soplaba por la vieja escalera una corriente chillona y elegiaca. Me hizo pasar su secretaria. Como a casi todos los hombres, siempre me ha dado morbo el asunto este de las secretarias personales. Siempre me ha parecido un apaño estupendo. La bruja que ahora me miraba con remilgado desagrado femenino puso fin a cualquier tipo de morbo que pudiera sentir. Era un espantajo de mediana edad, poco agraciada y con olor a hospital y caramelos de menta. Tenía exactamente la misma pinta que una puta arpía que se enorgullece de lo bien que se le da ser una puta arpía. Entre los románticos estudiantes como nosotros existía el mito de que en realidad era una ninfómana insaciable con una afición perversa por los decrépitos profesores de Cambridge. Yo no quería ni imaginármelo. En su cara de patata aplastada se dibujó una expresión de asco cuando inspeccionó mi andrajosa ropa y mi barbilla sin afeitar. (En honor a la verdad he de decir que aquel día presentaba muy mal aspecto. Había pasado otra infructuosa noche soñando con Laura, hablando a solas y dando besos a la almohada.)

La secretaria me dijo en tono glacial que llegaba con diez minutos de retraso. Disfrutó diciéndomelo. Yo me alegré de poder proporcionarle semejante placer y a punto estuve de contarle la complicada vida que llevaba. Pero no me dio tiempo, ya que desapareció en otra habitación con un suave y eficiente susurro de faldas y medias. Pasaron unos segundos que aproveché para hurgarme la nariz. Entonces regresó aquella formidable sargentona y, en un tono teñido de estudiado desdén hacia todo lo relacionado con el mundo bogliano, anunció con voz sepulcral:

–Ya puede entrar.

¿Cómo? ¿Que puedo? ¡Ahí va la leche! ¡Pues sí que soy un tipo con suerte! ¿Entrar yo? ¡Por supuesto que sí! ¡Hip, hip, hurra...!

–Gracias.

El despachito del profesor Byron estaba muy bien. Era como una cueva: enorme y con un arco en lo alto. Estaba provisto de montones de paneles de madera en tonos oscuros y muebles antiguos, lujosos y pesados. Allí reinaba la belleza, la molicie y ese venerable ambiente apolillado de las típicas películas de época sobre el mundo universitario. Casi parecía un plató de cine. Tenía unas enormes ventanas con celosía por las que entraba en la habitación luz a raudales. Pero era una luz extraña, como polvorienta, claustrofóbica, de museo. El despacho rebosaba de libros y parecía no tener fin. En un rincón había un gran globo terráqueo (descolorido, como correspondía) y, bloqueando la puerta, un gigantesco telescopio en forma de araña. En los estantes se veían libros tanto manoseados como sin manosear. Estaban perfectamente ordenados y formaban una empalizada de papel de sabiduría e información. Eran libros antiguos, libros pomposos, polvorientos y distinguidos, sin manchas de café o mermelada. Ninguno de ellos estaba encuadernado en rústica. El profesor Byron se encontraba sentado detrás de un escritorio junto a una de las enormes ventanas luciferinas que daban al río. Alzó la vista con aire distraído cuando cerré la puerta

256

y, estirándose con elegancia, se levantó de la silla. Su traje de *tweed* ocre claro cantó un dueto fosilizado con la decrepitud que presidía la antigua habitación. La ampulosidad de un sabio.

–¿Qué pasa, profe? –dije–. El despachillo este mola cantidad.

No es cierto. No dije nada. Fue Byron el primero en hablar.

–¡Ah, señor Bogle! –Nos dimos la mano cada uno a nuestra manera, según nuestras respectivas edades–. Siéntese, por favor.

Apoyé el trasero en una de sus viejas butacas y me rasqué los huevos consciente de lo grosero que estaba siendo. No tenía ningún sentido que fuera educado si iba a echarme la bronca. Byron se quedó de pie.

–¿Le apetece una copita de jerez?

–No, me revuelve el estómago. Gracias de todos modos.

En esto consistía la historia. El plan era escandalizar un poco a aquel viejo petulante de mierda. Así espabilaría. Aguardé a que manifestara su furia. Se produjo un breve silencio y luego respondió con cierto aplomo:

–Es cierto, a mí siempre me produce el mismo efecto... Pero dicen que es lo que tenemos que ofrecerles a los estudiantes.

Mientras hablaba se sentó con cautela y, con gesto apacible, cruzó las piernas. Sin dejarme intimidar por su seguridad, me puse a encender un Benson & Hedges sin pedirle permiso. De manera imprudente, pensé que le resultaría difícil pasar por alto semejante falta de educación. Aspiré con fuerza y expulsé ruidosamente una bocanada de humo gris azulado. Para rematar mi insolencia, hice unas volutas y un par de descarados anillos y le lancé una mirada retadora a través de la nebulosa cortina de humo. Pero entonces el anciano dijo una cosa que dio al traste con todo lo que acababa de hacer:

–¿Podría pedirle un cigarrillo...?

–¿Cómo dice?

–Que si me da un cigarrillo.

Hundido, se lo di y se lo encendí con una mano temblorosa y gesto de derrota. Dios mío... El tío se lo sabía montar muchísimo mejor que yo. Byron se irguió un poquito más en la silla y una belleza seca y polvorienta se extendió sobre su rostro.

–No debería, ¿sabe? Mi médico es el peor fascista que quepa imaginar y parece que mi secretaria se cree que tiene todo el derecho del mundo a mantener mis pulmones limpios de alquitrán mientras trabaje para mí. Me vigila de una forma asombrosa. Por eso nunca tengo cigarrillos y debo mendigarlos donde puedo.

Byron se quedó un momento callado. Su pequeña cabeza, enmarcada por la luz gris de la ventana que daba al río, hacía pensar en un retrato de su silueta.

–Vamos a ver, señor Bogle. Por lo visto últimamente ha tenido algún que otro problemilla. Por ejemplo: ha sufrido un altercado con un miembro del cuerpo docente de otro colegio. Sí. Y parece que ahora el caballero en cuestión se niega en redondo a darle clases. Mmm... Resulta todo un poquitín excesivo, ¿no cree usted? ¿Qué demonios le dijo? O quizá debería preguntarle: ¿por qué se lo dijo?

Me daba la impresión de que nos hallábamos en el terreno de la polémica, lo cual constituía una garantía. Tendría mal aliento, pero mis razones eran buenas. Antes de responder, lancé al viejo una mirada lo más ofensiva posible. Pensaba que jugaba en mi campo. Me puse a hablar con total despreocupación.

–Me dijo que estaba perdiendo el tiempo en la universidad porque no le había hecho el trabajo de marras y porque me negaba a reconocer que Henry Fielding era un proto-marxista. A saber qué quería decir con eso. También me llamó imbécil, desagradable y superficial, de modo que, como soy el rey del ingenio y la ocurrencia, le respondí que los conceptos de la lógica y la forma eran un par de soplapolleces y añadí que no decía más que paridas.

Me limité a sonreír de manera encantadora. Empezaba a sentirme bastante satisfecho de mí mismo. Entonces habló Byron.

–Pues sí... Y no le faltaba razón.

–¿Qué? ¿Cómo dice? –farfullé tercamente presa del desconcierto.

–Tenía buenos motivos para decir lo que dijo. Incurrió en un error al expresarse de una manera tan exagerada e irreverente, pero el contenido era bastante razonable. Es evidente que ese hombre está mal de la chaveta.

No hace falta que te cuente que el asunto no estaba saliéndome como había planeado. El profesor Byron se sonrojó un poco. Era un veterano en este tipo de cosas y tuvo al menos la consideración de sentir algo de vergüenza ajena ante la poca resistencia que le ofrecía yo.

–Bien, dejemos ese asunto... –Parecía que acababa de acordarse de algo–. Aunque, claro está, debo censurarle con la mayor severidad por haberse portado de una forma tan descortés con un miembro de esta universidad. Pero esto no hace falta ni que se lo diga, ¿verdad? Bien.... A ver, señor Bogle, aparte de este desdichado incidente, ¿diría usted que está contento aquí?

–Pues... Yo... Eh...

–Me imagino que a estas alturas ya estará total y absolutamente desilusionado.

–Pues, sí. Ahora que lo dice, así es.

Byron sonrió. El sabio semejaba un ángel bajo el cielo que se extendía tras la celosía de la ventana. Tenía una cabeza bien amueblada en la que, aparte de todas aquellas palabras, guardaba otras ideas. Las empleó todas.

–Pues claro que lo está. Como no podía ser de otra manera. Seguro que tiene la sensación de que no encaja en este lugar o algo semejante.

–Bueno...

–Se ve a sí mismo como un rebelde o un inadaptado, me imagino. Y creerá que se trata de un fenómeno totalmente nuevo en Cambridge. –Una vez elegida y modificada la táctica, Byron señaló de forma teatral una de las enormes ventanas. Estaba claro que empezaba a disfrutar de su actuación. Siguió gesticulando con afectación–. En Cambridge ha habido rebeldes e inadaptados desde hace más de ochocientos años, señor Bogle. Ha habido tantos que ya resulta aburrido. Y todos ellos sin excepción se rebelaban contra la universidad. Me temo que los muros de esta institución no se vendrán abajo a causa de su llegada. Lo digo en serio, mi querido amigo. He visto a una enorme cantidad de estudiantes descontentos abandonar este pernicioso nido de privilegios y elitismo para luego convertirse en figuras destacadas del mismo sistema que fingían despreciar de jóvenes. Los mayores legados que recibimos provienen de aquellos que decían detestar más profundamente este lugar. Todo eso es una majadería. Una bobada como un templo. ¿Acabará usted de la misma manera? Me atrevería a decir que sí. Al igual que usted, todos ellos se comportaron con esa espantosa arrogancia propia de la juventud. Dios mío, no hay quien pueda con esta universidad. Por supuesto que no: es demasiado antigua y ha sido testigo de demasiadas cosas.

Mientras hablaba el anciano, me dio la impresión de que la habitación, esa polvorienta cueva de madera marrón, reunía fuerzas y acudía en su ayuda. ¡Bravo! ¡Otra, otra! ¿A qué precio están los rebeldes universitarios? Apenas se usan. Ventanas eléctricas y ropa deportiva... Unibeldes reversitarios... En medio de aquella cálida y pálida luz, oí que las flautas del pasado tocaban su himno. Todas las legiones de la historia estaban de parte del viejo. Me sentí menos importante. No debería haber hecho el gilipollas con todos aquellos pijos bien establecidos. Era un error, y seguro que no me lo iban a dejar pasar. Reunirían a las tropas de la tradición, a los Comandos de la Cultura. Me imaginé a todos los tíos muertos, a todos los encopetados cadáveres a los que podía convocarse desde aquella sala. Me di cuenta de la privilegiada posición que ocupaba en aquel lúgubre despacho: era una persona sin importancia. Miré fijamente a Byron mientras ordenaba mis ideas.

–Créame, señor Bogle, encaja aquí mejor de lo que se imagina. Por mucho que se empeñe en demostrar lo contrario. –Encantado de sí mismo, Byron hizo una pausa eficaz–. ¿Quiere usted que le diga una cosa? Por extraño que parezca, su comportamiento me resulta tranquilizador. En cierto sentido, los estudiantes como usted son los más divertidos. Cambridge es el lugar ideal para usted, lo sabe de sobra.

Sonrió con cierta timidez: era un anciano, y sus años jóvenes quedaban ya muy lejos. Faltaba poco para que acabara su numerito.

–Bien, creo que esto es todo lo que tenía que decirle... –Me miró sin envidia ni resentimiento. Yo era uno más de sus muchos alumnos–. Aparte de indicarle que quizá sería adecuado invertir un poco de dinero en una cuchilla y algo de crema de afeitar.

Me rasqué mi vencido e hirsuto mentón. Apenas me tomaba la molestia de afeitarme por aquellas fechas. Hay cosas que nunca cambian.

–¿Tiene algo más que añadir? –preguntó Byron.

Tenía mucho que añadir, muchísimo. Quería cortarle el rollo a aquel pedante de mierda. Quería hacérselo pasar mal. Quería lucirme un poco.

–No, creo que no –respondí animosamente.

Nos levantamos y dimos la conversación por terminada. Byron apagó el cigarrillo clandestino en un florero y volvió su anciano y apagado rostro hacia el oscuro y anticuado paisaje que se veía por la ventana.

–Aquí las cosas cambian, pero ni rápidamente ni, por suerte, mucho. Le guste o no, cuando usted llegó a Cambridge pasó a formar parte de una élite. Es cierto que las élites, las meritocracias o las aristocracias tienen poca importancia. Pero siguen siendo élites. Los defensores de la igualdad no vienen a Cambridge. Al menos los que la defienden de verdad. –Mientras seguía con su cantinela, miré el río gris y perezoso, picado y acribillado por una llovizna cada vez más violenta–. Cuando optó por todo esto, desapareció cualquier vestigio de su supuesta pureza de clase. Pero no se acaba ahí la cosa. Cambridge le obligará a ajustarse a su molde de una forma irreversible. Siempre ocurre lo mismo. Usted se convertirá en uno de nosotros o en algo igual de vulgar. Plantéese la siguiente pregunta: ¿es eso realmente una cosa tan mala? ¿Mmm...?

Volvió a mirarme, avejentado y majestuoso (él, no yo). Su sonrisilla sólo expresaba amabilidad y la promesa de un vínculo futuro. Había que integrarse. Me daban ganas de echar la pela. Volvimos a darnos la mano y me dispuse a marcharme de aquel agradable nido, aquel templo de verborrea. Cuando abrí la puerta, la titubeante y anciana voz de Byron me obligó a detenerme un momento. Había vuelto a su acogedor rinconcito. La llovizna tamborileaba con fuerza sobre las grandes ventanas de celosía, auscultando el gran despacho de roble con golpes y silbidos amortiguados y caducos. Los decrépitos y llorosos ojos del viejo Byron brillaron con aire vacilante en la oscuridad manchada de lluvia. Sonrió con cierta timidez.

–Ah, casi se me olvida. Una cosa más, señor Bogle. Como vuelva a intentar algo parecido, le pondremos de patitas en la calle en menos que canta un gallo. No tardaremos ni una hora, créame. Gracias.

Me di el piro antes de que fuera demasiado tarde.

¿Quién me lo iba a decir? Si sería astuto el viejo cabrón. Que no se acaba ahí la cosa... He de reconocer que supo buscarme las vueltas. Me tendió una trampa y me hizo sudar tinta china. Me sorprendió que un viejales como él fuera capaz de cerrarme la boca. Fue una lección de humildad, y cuando salí ya me la sabía de pe a pa.

Después de aquello espabilé un poco. Me la tenían jurada, y yo no quería perder todas las comodidades de Cambridge. Ni estaba tan a disgusto ni era tan socialista. Además, lo último que quería era perder la única oportunidad que tenía de llevarme a Laura al huerto. La situación había empezado a mejorar un poco en ese sentido, y no quería arrojar por la borda toda la buena labor que había realizado. Pero de eso ya hablaremos más tarde. Todavía queda mucho que contar.

La conmoción es un estado clínico caracterizado por una bajada de la presión sanguínea. Quien sufre una se pone pálido, siente frío, suda y nota que el pulso se le debilita y acelera. No tenemos sangre suficiente para llenar todos nuestros vasos sanguíneos. Por lo general nuestro cuerpo resuelve esta discrepancia mediante incentivos. Los peces gordos (el cerebro, el corazón y los riñones) se llevan la parte del león, mientras que la plebe (los músculos, la piel y el estómago) ha de conformarse con una cantidad mucho menor. Cuando se sufre una conmoción esta política de nepotismo se va al carajo y la distribución de sangre se vuelve peligrosamente socialista, pues los amigos se eligen sin cuidado. Es resumidas cuentas: una conmoción es una situación de fallo circulatorio durante el cual la sangre resulta insuficiente para llenar los principales vasos sanguíneos.

Existen dos tipos de conmoción: la compensada y la no compensada. En el primer caso, la sangre realiza un esfuerzo ímprobo y acude a todo correr a los órganos principales, dejando a la pobre plebe poco menos que desangrada. Entonces te pones pálido, tienes frío y te debilitas. En las conmociones no compensadas la sangre ni se molesta en moverse, de modo que los peces gordos no reciben soborno alguno; el corazón y el cerebro empiezan a quedarse sin lo imprescindible, mientras los dedos del pie se te hinchan y enrojecen gracias a todas las cosas ricas que les llegan de más. Esto es una auténtica putada, y te deja hecho polvo. Lo peor es que no puedes preverlo. El pulso se te acelera un poco, pero no hay nada que dé la voz la alarma. Te ocurre sin que te des cuenta y te revienta el corazón.

Estoy sentado en Sloane Square, frotándome las extremidades con mis bien informadas manos, y tengo la certeza de que no sufro una conmoción. Mal asunto. Eso significa que, si sufro una, será de las no compensadas, lo que quiere decir que la situación es muy grave. Espero con todas mis fuerzas que la conmoción se haya olvidado de mí. No estoy para líos.

La oscuridad es ahora más oscura. Hola, noche. Las lucecitas que iluminan este sitio brillan con más intensidad, impidiendo que se vean las estrellas. Montones de tardías flores tiradas llenan las aceras, pisoteadas y manchadas como el abortado gesto de la primavera.

Un grupo de jóvenes negros (tres en total) cruza la calle con el brío y la soltura propios de quien se lo sabe montar. Me da vergüenza haber conocido tan pocos negros. En Belfast brillaban por su ausencia, y Cambridge no es que estuviera precisamente lleno a rebosar de rastafaris alucinados. No fue culpa mía. De todos modos, siempre que intentaba mostrarme amable con un negro, me acusaban de ser un pringao liberal con actitud condescendiente y sentimiento de culpa, o simplemente me llamaban blanco de mierda. Supongo que no les falta razón, pero a mí que no me vengan con ésas. Esta gente quiere sangre, y con la cantidad de fallos circulatorios que sufre la gente hoy en día, yo no puedo sacrificar ni una gota.

–¡Eh, negratas! ¡Chimpancés! ¿Por qué no os volvéis de una puta vez a la selva? ¡Eh, monitos! ¿Os apetece un plátano?

Estos gritos destemplados proceden de una pandilla de jóvenes blancos que se ríen de forma desagradable al otro lado de la plaza. De pronto se ponen a soltar aullidos de mono y a hacer gestos simiescos. Y no es que sean precisamente unos paletos los tíos. Son pijos, gente bien, gente hecha y derecha.

–¡Eh, Kunta Kinte! ¡Negros de los cojones! ¿Por qué no os largáis de una puta vez al planeta de los simios? ¡Hotentones! ¡Labios de goma! ¡Iros a la mierda, negratas!

Les insultan sin ganas, con despreocupación, como si no se lo tomaran muy en serio. Los negros les oyen y se vuelven con indiferencia. Gesticulan todos a la vez con actitud provocadora, levantando dedos afilados. Los blancos gritan con más fuerza, pero no se mueven de su sitio, por lo que los tres negros hacen un gesto de desdén y prosiguen su camino. El asunto termina como la mayoría de los incidentes que se producen en la ciudad: sin violencia y sin exclusiones. Los jóvenes blancos se alejan con parsimonia, charlando animadamente, felicitándose, hablando de cómo se han escapado los otros.

Vaya, vaya. Qué desagradable, ¿verdad? ¿Qué sentido tiene todo esto? Conque chimpancés, ¿eh? No entiendo a qué vienen estas muestras de intolerancia con los negros. Al fin y al cabo son ingleses ¿no? Tienen el mismo acento que nosotros, viven en el mismo país, juegan al críquet y se ríen de chistes malos como el resto. Son tan ingleses como el que más. Son iguales que nosotros en todo excepto en que son negros. Al menos no son galeses. Son simplemente negros. Sin más. Nada del otro mundo.

Miro al cielo. Él me mira a mí. En la actualidad el cielo resulta curioso por la noche. Entre los cohetes, los satélites, las estaciones espaciales y todo lo demás, parece que está más abajo, más cerca. El espacio ha descendido un poquitín. El cielo moderno ciñe a la tierra como si fuera una naranja envuelta en papel de aluminio. Pronto tendremos que agacharnos bajo nuestra decreciente capa de luna, estrellas y basura. A saber qué estaremos viendo cuando levantemos la vista al cielo. Cualquier día instalarán vallas de publicidad ahí arriba. Espera y verás. La noche ha perdido su distancia, su misterio, su atractivo. Para nosotros el cielo se encuentra a la vuelta de la esquina. Es un techo bajo, una escalera de mano. Un rollo.

A propósito de rollos, mi indeseada incisión ha vuelto a hacerse notar. Está expresando su opinión, y con bastante vehemencia, si quieres que te diga la verdad. Y lo que cuenta está relacionado con la gangrena y el tétanos. Creo que a mi herida le preocupa lo sucia que estaba esa jodida navaja. A mí también me inquieta este asunto. Pero, aparte de ir a birlar unos antibióticos a algún lado, no sé qué puedo hacer. No quiero atracar un hospital todavía. Reconozco que debería haberla limpiado un poco, pero lo de ir al servicio puedo dejarlo para más tarde. Terrible, ¿verdad? La prevención de infecciones nunca ha vivido mejor momento que éste. No hay nada como limpiarte una herida en un retrete. Es más, podría incluso mearme encima de ella. El ácido úrico es aséptico. Pero para mearme en el pecho me haría falta un pene de lo más gimnástico. Nada: queda descartado. ¡Ay de mí! ¡Cuántas complicaciones!

Me meto la mano debajo del abrigo y me complace notar que las vendas que me he puesto de forma improvisada sobre la tripa no están tan húmedas como antes. No se han secado del todo, pero les falta poco. El dolor es insoportable, pero al menos ya no estoy dejando todo hecho un asco. Ignoro por completo qué importancia puede tener esto, pero el caso es que la tiene.

Cuando me levanto, mi sombra sale disparada por delante de mí y se vuelve bicéfala. Avanzo hacia ella, pero se aleja flotando como el fantasmal ogro que es. Cruzo la calle sin rumbo fijo en medio del húmedo ruido de los coches y los autobuses. La risa inunda las calles, y la gente camina apresuradamente, animada por el alcohol y la adrenalina del fin de semana. Se gritan nombres en tono de sorpresa, incredulidad, rechazo o burla.

–¡Jenny!

–Ja, ja, Martin...

–Micky.

–¡Julia....!

Esta noche parece que se respira un ambiente festivo. Las parejas de jóvenes pasean bien agarradas, manteniendo las cuatro piernas alineadas como si fueran cangrejos amorosos. Las tropas de jóvenes desbordan al enemigo, entran en combate, salen huyendo y se persiguen. Chicos borrachos hacen eses bajo el peso de las botellas, las latas y las copas. El placer les vuelve ruidosos, algo que, me temo, irá a más conforme avance la tambaleante noche. Tienen un camino que seguir. Igual que yo.

Y por él me voy. Con mi leve cojera, mi navajazo en el estómago y mi cansancio, me alejo como buenamente puedo.

Siete

Bien, las cosas con Laura se aclararon antes de lo que me esperaba. Como pensaba que no iban a aclararse nunca, esto no significa gran cosa. El caso es que al final las cosas se aclararon de la manera de la que siempre se aclara todo: al final.

Las fiestas de primavera de Cambridge. ¡Ñam ñam! La noche del baile de Trinity. ¡Ñam ñam por partida doble! Al igual que todos los años, la infausta semana de festividades se acercaba lenta y zafiamente a su final en medio de una extraordinaria falta de alegría. Ya habían acabado los exámenes, los remeros habían remado, los futbolistas habían pegado patadas al balón, se había bebido lo que había que beber, y el húmedo y horroroso final estaba ya a la vuelta de la esquina. Se oía ruido a todas horas y se dormían pocas horas seguidas. Cambridge tenía la fiebre del fin de trimestre. Habían llamado a un médico, pero abrigaban pocas esperanzas.

La noche del baile de Trinity. La oscuridad tenía que ocuparse de todas sus obligaciones estivales, por lo que iba a llegar tarde. Empezaba a refrescar, y es que el sol estaba a punto de pirárselas para llevarse su luz a lugares más agradables. En el cielo las nubes se juntaban y se empujaban unas a otras mientras conspiraban para pasar por agua cualquier muestra de diversión que acertasen a ver. Se avecinaba una noche fría, y lo más probable era que lloviera. Íbamos a disfrutar del típico cuarteto de las fiestas de primavera: oscuridad, frío, lluvia y viento.

La noche del baile de Trinity. En cierto sentido constituía la culminación del tercer trimestre. A mí iba a obligarme a ir una bruja con halitosis del condado de Clare que, por lo visto, estaba que se derretía por mí. (Algo perfectamente comprensible.) Se llamaba Emily y quería ser banquera. Yo intentaba encontrarle algo bueno, ya que, a fin de cuentas, me había pagado la entrada, pero no había manera. No paraba de hablar de la banca, las finanzas y la bolsa. Era un chica muy aburrida. ¡Dios, qué pesada era! Me decía que era un encanto de tío, pero que, como la dejara plantada durante la noche, me arrancaría la polla. Como pagaba ella, ponía ella las condiciones. Sonreí como buenamente pude y decidí portarme igual que un caballero. Emily no era gran cosa, pero, como ella misma decía, por lo menos me había invitado. Me pregunté si a las chicas las tratarían igual cuando les invitaban. Probablemente, concluí.

Debo decir que aquella noche estaba como para parar un tren. Me habría resultado difícil ir más guapo. Todos tenemos días buenos y días malos en lo que a la hermosura se refiere. Pues bien, aquél fue para mí uno de los buenos. Cosa rara en el caso de un desarrapado como yo, con esmoquin estaba que quitaba el puto hipo. Se me veía alto, elegante y follable. Todos mis rasgos habían acordado concederme una simetría perfecta y exquisita durante al menos una noche. (Juro que aquella noche tenía un hoyuelo en la barbilla. Al día siguiente desapareció, pero lo tenía, de verdad.) Mis mejillas se habían vuelto suaves, y en mis ojos se tejía una extraña red esmeralda de encanto y misterio. Aquella noche iba hecho un bombón, caray. Estaba arrebatador. Me cruzaba por la calle con hombres hechos y derechos y se desmayaban de las ganas. En un barrio muy urbanizado casi me detuvieron por ir demasiado guapo. Es que no hay palabras para describir lo macizo que estaba. Me hubieras echado un polvo allí mismo, en serio.

Tenía dos razones para sentirme contento. En primer lugar, sabía que Laura iba a ir a la fiesta y me alegraba que pudiera darse cuenta cabal de lo que se perdía la muy tonta. El enano de Greg daría un penoso espectáculo al lado de mi deslumbrante belleza. Otra razón para alegrarme era que seguramente la chica esa, Emily, consciente del desmedido orgullo que había mostrado al tratar de salir con una criatura divina como yo, se sentiría intimidada y sobrecogida, por lo que se las piraría antes de que la fulminara un rayo o algo semejante.

La noche del baile de Trinity. Estaba todo dispuesto y preparado. El escenario estaba listo, los actores reunidos y el espectáculo a punto de comenzar. Acompañado por Emily (que ya babeaba de mala manera), entré en la fiesta de lo más animado, decidido a ponerle las cosas fáciles a Bogle.

Cuatro horas más tarde había anochecido y, en efecto, Emily se había esfumado. Yo me paseaba por la fiesta, epiceno y solo. La noche se mostraba desfigurada y obscena. Su descomunal buche arrojaba confusión y oscuridad sobre todos los presentes. Las adulteradas sombras vibraban y eructaban sin que pudieran disiparlas las enclenques y cadavéricas velas de las embarradas luces de adorno. La universidad se extendía mostrando una súbita fealdad mientras unos mugrientos candelabros naranjas esparcían en torno a sí un resplandor tenue y de mal gusto. Los antiguos patios y edificios se ocultaban tras el vulgar brillo de los toldos y los pabellones. La cacofónica música de los altavoces y el inane estrépito de varias deprimentes bandas universitarias llenaban el aire. La hierba, alfombra del baile de primavera, regurgitaba el corrosivo y hediondo vómito estudiantil. Incluso el aire estaba hinchado de una alegría desmesurada y residual.

En efecto. Estudiantes macilentos, amarillos de sudor, doblaban sus odiosos cuerpos en una desaforada danza de repentina y frágil libertad. Vestidos y trajes caros derramaban sus faldas sobre la pisoteada suciedad y se arrastraban desastradamente de hombre a hombre. Se bailaba de una forma estúpida, con los ojos vidriosos. Las botellas y los vasos se hacían añicos bajo los pies y se deslizaban por la pastosa hierba. La luz y la oscuridad parpadeaban, giraban y surcaban el aire en una sinfonía deletérea. En todas las mesas y sillas se veía comida sin acabar, mohosa y repugnante. Créeme: no era nada agradable.

Previamente una simpática joven había orinado sobre mis zapatos. Al principio no se dio cuenta de lo que hacía. Trotaba yo briosamente para zafarme de la maligna Emily cuando me encontré con unos arbustos y oí el susurrante silbido entrecortado de alguien que se movía. Un trasero blanco, femenino y de clase alta, asomaba entre el tímido follaje. El chorrillo salió disparado hacia atrás. ¡Zas! Directo a mis pinreles. Me los dejó como nuevos. ¡Pero cómo! ¡Alguien acababa de mearse encima de mis zapatos de charol! Era un asco, un verdadero asco. Y lo peor de todo es que la dueña del trasero (que era muy bonita, por cierto) se rió al verme. ¿Qué ha sido del pudor, la vergüenza y la buena educación?

Muy a mi pesar, estos desafueros no me afectaban. En el fondo estaba disfrutando. Como iba más guapo que la leche, quedaba bien pasearse sobrio entre la porquería, la mugre y las risas. Era de lo más molón: Bogle el ascético en medio de los excesos deportivos de sus compañeros. Me hacía gracia la idea.

Encendí un cigarrillo y robé una botella de champán a una chica que se hallaba tendida inconsciente fuera de una de las marquesinas. Solícito como siempre, le tomé el pulso antes de irme a buscar un lugar tranquilo donde poder pasar el resto de la noche bebiendo, fumando y disfrutando de mi hermosa soledad.

En los Backs, los terrenos que bordean el río Cam, la situación era aún peor si cabe que en la orilla donde se desarrollaba el jubiloso desmadre etílico. A esa hora ya hacía mucho frío, pero esto no impedía a varias estudiantes bailar borrachas junto al agua con el vestido colgado de la cintura. No sé por qué, pero la imagen de sus pálidos y menudos senos me espantó. Vamos a ver: las tetas me gustan, pero son criaturas tímidas que se desarrollan mejor en un ambiente de recogimiento, y se merecen un poco de misterio. Me sentí deprimido y amargamente puro. Me sentí fuerte e irlandés. Me sentí como un jodido mentiroso.

Mientras me dirigía hacia los oscuros árboles situados al final de Trinity Lawns, pasé por medio del principal grupo de juerguistas. Envalentonados por la oscuridad, se comportaban con mayor desenfreno que los otros. Reían, bailaban, se caían, cantaban, chillaban y vociferaban. Lo que más deseaban era que se notara que estaban pasándoselo bien. Era la mejor época de su vida y tenían que aprovechar al máximo. ¡Ya lo creo que se les notaba! Allí el problema de las vomitonas era más grave. (Ah, la puñetera papilla...) Con semejante oscuridad, no era fácil evitar aquella suntuosa alfombra y el olor acre que despedía. No obstante, en un rincón oscuro y relativamente limpio de vómito pude ver a unas parejas medio desnudas llevando a cabo diversas y sórdidas parodias del acto sexual. La noche vibraba y supuraba en medio de las horrendas celebraciones y yo trataba de averiguar cuán pijo podía llegar a ser todo aquello.

Mientras me alejaba, vi al final de Trinity Lawns un grupo aislado con pinta de granujas. Gente que se habría colado, probablemente. Bueno, no me parecía mal: yo tampoco había pagado. Aceleré para pasarlos. De pronto el corazón me dio un vuelco de esa manera tan desagradable y angustiosa en que suele hacerlo. Era Laura. No cabía duda. Aquel pelo tan hermoso era el suyo. Llevaba ese vestido verde que le dejaba desnudos los blancos hombros. Eran tres parejas, y estaban todos ciegos. Laura andaba haciendo eses al lado del trunco cuerpo de su novio. Greg, el galán... El rey de los esmirriados de Cambridge. Obviamente fue él el primero en verme. Les dijo algo a los demás y todos se quedaron mirándome con etílica malevolencia. Yo me puse de buen humor, pues abrigaba la esperanza de abrirle la cabeza a alguien. Greg y los otros dos tíos se detuvieron y estuvieron hablando un momento. Luego se separaron de las chicas y se acercaron a mí dando unos pasitos tan briosos como ridículos. ¡Sí! ¡Sí, por favor!, rogaba yo. Basta con que me deis una excusa. Entrad en mi salón, chicos. Entrad en mi mundo. Permitidme que os lo enseñe.

Se detuvieron justo delante de mí. Como no me sentía muy amenazado, sonreí con afabilidad para que vieran que les había reconocido.

–Hola, chicos –dije con ecuanimidad.

No obtuve respuesta. La perruna cara de Greg reflejaba una endemoniada combinación de cólera y desprecio. Por él no tenía que preocuparme, pero los otros dos eran más grandes y fuertes. Una imperceptible oleada de regocijo recorrió perezosamente sus rostros mamporreros. Volví a sonreír. Ahora nos sonreíamos los cuatro, de mono a mono. Entonces hablé.

–Bien, chicos, me encantaría detenerme a hablar con vosotros, pero tengo que irme.

–No tan rápido –soltó el valiente y terrible Greg. Quería bronca, y sus amigos también. Armándose de valor y elocuencia, empezó a insultarme–. Deberías haberte quedado en tu país de mierda, irlandesito. Aquí no te quiere nadie.

¿De veras? Dirigí la mirada hacia las chicas, que se habían quedado atrás. Ah, claro. *Cherchez la femme.* Me reí abiertamente, pero no porque la situación me hiciera gracia, sino de alegría. Pobre Greg. Pobre inocentón. Traté de imaginarme qué estaría viendo en aquel momento. A mí en mi hermosura: medio metro más alto, un metro más ancho y un par de kilómetros más guapo. Me entraban ganas de darle un beso para compensarle. Volvió a hablar con una voz sin barbilla, matizada de ansiedad y determinación.

–¿No has oído lo que te he dicho? ¿Estás sordo? Aquí no pintas nada. Éste no es tu sitio, tío.

Me agaché para captar el significado de su débil chillido de eunuco. Era una cosa aterradora. Eché a andar, soltando una descarada risilla burlona. El más alto de los colegas de Greg me cerró el paso. El chaval era enorme, y no parecía que le gustara mucho sonreír. Esto ya era otra cosa. Le guiñé un ojo, pero la voz de Greg me obligó a darme la vuelta.

–¿Adónde te crees que vas, irlandesito?

–Pero ¿no me acabas de decir que aquí no pinto nada? –respondí en el tono más repipi del que fui capaz.

Greg torció el gesto en señal de confusión. Dios mío, pero si está riéndose, me dije. Evidentemente las chicas se habían dado cuenta de lo que ocurría. Se acercaron con cara de preocupación, llamaron a sus hombres y les pidieron que se fueran, que se olvidaran del asunto. (A saber qué querrían decir con eso del «asunto».) Yo les apoyé.

–Eso es, muchachos, ¿por qué no seguís el consejo de un amigo? Aquí nadie quiere líos.

–Cállate.

–Vamos, hombre. ¿Es eso todo lo que se te ocurre? –inquirí.

Se produjo un breve silencio, que los muy gallitos aprovecharon para buscar algo de inspiración. Las chicas se habían colocado entre ellos, y una de ellas tiraba a su novio de la manga. Laura me miraba con una expresión que (lo juro) parecía de vergüenza. Le susurró algo a Greg, evidentemente una defensa del pacifismo. Sin embargo, a éste y sus colegas no se les veía muy dispuestos a dejar pasar la oportunidad de hincharme a hostias. En cierto sentido me alegraba. Debían de haberse olvidado que habíamos crecido en ambientes distintos y que por tanto nuestras respectivas experiencias en este terreno no tenían nada que ver. Ellos eran tres, pero yo había crecido en Falls Road y, cuando se es de allí, no se puede ser muy gallina. Puestos a hacer cosas feas, yo pertenecía a otra categoría, así de claro. No tendrían ninguna posibilidad. Aunque quizá les viniera bien. Una beneficiosa lección de fortaleza y persistencia a cargo de la encantadora clase obrera. Además quedaría de lo más elegante. A Laura le encantaría. Hospitalizar al novio es el mejor método de seducción que conoce el hombre.

–Por favor, Greg. Por favor...

La voz era otro de sus encantos. Y estaba tan guapa. Tan pálida, esbelta y jodidamente adorable. Al oír el tono íntimo que empleaba se me revolvieron las tripas de celos. Los vi juntos. Era un crimen. Ella, tan deslumbrante, tan dotada, tan hermosa, y él, tan raquítico, tan animal, tan carente de atractivo. Apreté la mandíbula, mostré los dientes e intenté parecer lo más cautivador posible.

En aquel momento debería haberme lanzado sobre ellos con los puños en alto, los ojos encendidos y los labios apretados para impresionar a Laura. Está claro que debería haberles hinchado a hostias, pero no ocurrió nada de eso. Me marché, así de sencillo. Llegué a la conclusión de que allí no había manera de seducir a nadie, así que corté por lo sano y me di el piro antes de que aquellos tres fantoches cambiaran de parecer.

Cuando me volví, ellos también se habían ido. Laura se había quedado atrás con Greg: él estaba agachado, vomitando de una forma prodigiosa, con un aplomo innato. Ella alzó la vista y miró hacia donde yo estaba con los pálidos hombros cubiertos por sus cabellos. Pensé en los diversos gestos que podía hacer cómodamente en aquella situación. No me pareció el momento propicio, de modo que lo dejé.

En efecto. Había vuelto a fracasar. Otra oportunidad desaprovechada. De todos modos, ¿merecía la pena? Había por ahí un montón de

270

tías como Dios manda. ¿Por qué había de perder el tiempo con ella? Si yo te contara...

Al final encontré un sitio tranquilo cerca de un arroyuelo donde podría olvidarme de las burradas de los juerguistas más desenfrenados. Planté las posaderas en el suelo y saludé a la avanzadilla de una llovizna que acababa de enviar el cielo. Encendí un pitillo, di un trago y me entregué a mi soledad. Ah, qué gusto da esto cuando se tiene un amor propio como el que yo tenía en aquel entonces. La noche vibraba y avanzaba a trancas y barrancas hacia su desangelado fin. Yo, mi tabaco y mi priva aguardamos a que llegara la mañana.

Llegó y me encontró triste y frío. Había dejado de llover, y estaba todo blanco y despejado. La belleza saludaba a la mañana, redimiendo los húmedos pecados de la noche. El río refulgía perezosamente ante un cielo suave y contrito. Tras los excesos de la noche, el paisaje aparecía salpicado de burdas manchas. Los pabellones se repantigaban, tristes y resacosos, a la luz de la mañana, y la ecuánime mirada del sol robaba a las tiendas y los toldos su falso *glamour* nocturno.

Era muy temprano, y varias parejas bien vestidas paseaban entumecidas por la orilla del río. Se las veía desastradas, agotadas y apáticas, y sus torpes uniones les resultaban tan agradables como bochornosas. Parecían jóvenes. Los Backs respiraban ahora con pomposa libertad tras la noche de sometimiento.

¿Y dónde se encontraba Bogle?, te preguntarás. Pues justo donde lo hemos dejado: al final de las verdes explanadas, oculto tras unos árboles mustios, dando de comer a unos patos con uno de los bollos de pan que habían sobrado de la noche anterior. Estaba apoyado contra un árbol mojado de aspecto paternal, un magnífico ejemplar adornado de bellotas. Mis dedos desmigaban el pan. Una satisfacción fácil y fugaz me embotaba la cabeza. Había sido una buena noche. Húmeda, fría y oscura, pero agradable a su manera. Sin duda una de las noches más placenteras que he pasado a la intemperie.

Por lamentable que parezca, había estado pensando en Maurice. La severa y desquiciada noche y el populoso amanecer habían suscitado un atisbo de profundidad. Me había hartado de la delicada comida que el pesar parece constituir para la juventud. Pulía mi dolor. En días como éste los sueños arrugados pueden hablarnos si los alisamos con la memoria.

De repente todos mis patitos se olvidaron de la glotonería y huyeron de sus puestos presa de un pánico estúpido. Oí que una voz susurraba mi nombre dulcemente y levanté la mirada sorprendido. Medio cegado por el pálido cielo, lo primero que reconocí fue el vestido. Ah, qué maravilla, pensé. La esencia del lirismo estriba en saber elegir el momento oportuno. A pesar de todos mis esfuerzos por evitarlo, el misterioso acontecimiento hizo que este corazón tan vulgar y sensible que tengo me diera un brinco dentro del pecho.

–Hola, Laura –conseguí decir, lo cual no está nada mal si se tiene en cuenta lo pésimos que fueron los numeritos que había improvisado en las ocasiones previas.

Me dijo que llevaba buscándome una eternidad. Quería disculparse por la desagradable situación que se había producido aquella noche. Greg estaba borracho, me explicó. No solía comportarse de esa manera. No rendía en los estudios como esperaba y pasaba por un mal momento. Probablemente ya se había arrepentido. Estaba confuso.

Cuando terminó, no había quien me consolase. Lloraba a lágrima viva, y mis desesperados gemidos de dolor rasgaban el aire. ¡Pobre Greg! Dios mío, pero ¿cómo había podido hacerle yo semejante cosa?

Bueno, no fue así con exactitud. Simplemente sonreí y dije alguna cosa sensata del tipo: «¿Y a quién coño le importa eso?». En realidad, lo único que hice fue sonreír. La parte del diálogo me la salté, ya que hasta el momento no me había servido de mucho con Laura. Quería probar una táctica nueva: el silencio absoluto. Estaba nervioso, pero me sentía optimista.

Saltaba a la vista que Laura había pasado una noche movidita. Llevaba el pelo revuelto y el vestido hecho jirones en varios sitios. Me imagino que, entre el traje roto y la pinta de borracha que tenía, debía de ir hecha un poema, pero, como era de prever, a mí me dejó cautivado. Estaba mucho más arrebatadora que de costumbre: su desaliño no hacía sino realzar su atractivo. La muy jodida había aguijoneado mis sentidos. Me sentía furioso. Me daba cuenta de que ella no jugaba limpio. Para contraatacar la invité a sentarse.

–¿Por qué?

–¿Por qué no? –aventuré, a ver si colaba.

Me quedé estupefacto cuando Laura Markham descendió por nuestra pequeña cuesta y se dejó caer sobre la hierba a mi lado, sin importarle que la tierra estuviera empapada de lluvia. Con un movimiento brusco se quitó los zapatos y se rió. Válgame Dios, pensé, esto cambia las cosas por completo. Casi me da algo... ¡Repámpanos! Estaba como un flan. ¡Ay, madre mía, ayúdame, que esto roza la felicidad!

¿Qué podía hacer un pobre bobito como yo? ¿Morir de gozo? ¿Escribir un poema? ¿Arrancarle las bragas? Pues bien, hice lo que haría cualquier hombre decente. Callarme como un muerto. Por supuesto.

Me pasé cinco minutos como un idiota pensando en algo inefablemente carismático que decir. Sus hombros desnudos, acariciados por sus cabellos, tocaban los míos. Podía notar el olor a vino agrio de su cálido aliento, y su pelo me rozaba con suavidad el cuello. Me hervía la sangre y la polla, oportunamente erecta, me hacía cosquillas en la barbilla. (En estas situaciones no hay nada como un poquito de lujuria pragmática.) Y es que, amigo mío, la dicha embargaba mis sentidos. Todos hemos pasado por esta situación, ¿verdad? Esos momentos en que lo *sabes*. ¿A que sí? Cuando de pronto te sientes agraciado por un arrebato de certidumbre erótica. Lo mío me había costado, sin duda, pero ahora ya no había quien me la quitara. Estaba encantado de la vida. Las Navidades se habían adelantado y, con un poco de suerte, iban a follarme hasta dejarme seco.

Laura había llegado. ¡Estaba aquí! *Avec moi!* Con el bueno de Ripley. Con Bogle el Virguero. Tras sumirme en una perfecta desesperación, precisamente cuando acababa de dejar a la pequeña Esperanza volver corriendo a los brazos de su madre, parecía que iba a permitirme amarla. Esta complicadísima idea me tenía tan flipado que lo único que alcancé a decir tras aquellos cinco minutos de anonadamiento fue:

–Debes de tener frío.

–Sí.

¡Fabuloso! ¿Cómo podía resistirse? Esto al menos me daba la oportunidad de hacer un poco el hortera con el esmoquin. Me quité la chaqueta y la extendí delicadamente sobre aquellos preciosos hombros de niña bien. Me sentí invadido por una ternura tan impresionante como superficial y tuve que hacer un esfuerzo ímprobo para encender un cigarrillo en un intento de disimular el pánico que me dominaba. Su belleza me resultaba dolorosa, me partía el corazón. Me puse a fumar con bastante calma. El blanco de mi camisa de etiqueta contrastaba con el rojo caballeresco de mis tirantes. Me volví hacia ella, y mis brillantes ojos se enturbiaron. ¡Si serían cobardes los muy cabrones...! Ella me sonrió; se encontraba a sólo unos centímetros de mis asquerosos labios irlandeses. ¿Qué necesidad había de hablar? La mendaz flor de la palabra se mostró complaciente. Podía obrar a voluntad, pero permanecí inmóvil. La regla en estas situaciones es achantar y adoptar una actitud expectante. Surtió efecto.

Se me echó encima y me besó con fuerza en los labios, manteniendo los suyos cerrados y empujándome la cabeza contra mi querido árbol. Se apartó enseguida, con el rostro crispado de angustia y desconfianza, tratando de averiguar si había merecido la pena correr semejante riesgo.

–¿Qué pasa? –preguntó con un hilo de voz–. ¿No es esto lo que querías?

De repente pensé que a Laura se le había pasado por la cabeza que me volvía loco ese culito de melocotón que tenía. No se había planteado semejante posibilidad. ¿Cómo era posible que no hubiera reparado en mi adoración borreguil? ¡Ah, tan bella y, sin embargo, tan poco vanidosa! Ella era sin lugar a dudas la chavala para mí. Ahora bien, acababa de ser besado por la reina de mis sueños. De ahí que me temblara un poquitín la voz cuando, con toda la estremecida intensidad de que fui capaz, le respondí que, en efecto: era eso prácticamente todo lo que quería.

¡Hazme el favor de no reírte! No pude evitarlo. Era joven. A los chavales les gusta el lirismo elaborado. Y, cuanto más hortera, mejor. De todos modos, no sé por qué tengo que pedir disculpas. Quería a aquella chica. O, por lo menos, la quería todo lo que podía, que es más de lo que te imaginas.

Te alegrará saber que después de aquello no nos andamos con rodeos. Nos pusimos manos a la obra, por así decirlo. Por ejemplo: me contó que estaba totalmente pirrada por mí desde que me vio la primera vez. Le daba la sensación de que se le notaba de una forma espantosa, y me preguntó si tenía idea de la pasión que sentía. Le dije que no me había parado a pensar en ello. (Jo, jo, jo.)

Más tarde desayunamos juntos en una pequeña y destartalada cafetería de Chesterton Road. La chiflada viejecita que nos atendió era una romántica y, por lo visto, debió de pensarse que yo era escocés, de Dunfermline, para ser exactos. Nos dijo que era maravilloso ver a una pareja de jóvenes tan feliz y nos preguntó si íbamos a casarnos y tal. Fue algo muy gracioso, por supuesto, y, sorprendentemente, me permitió llevarme el agua de la pasión a mi molino. Da gusto que de vez en cuando la vida nos eche una mano haciendo una pequeña excentricidad en el momento oportuno. (Le estaba tan agradecido a aquel encanto de mujer que por poco le doy disimuladamente un billete de diez libras.)

Ah, aquel desayuno fue una delicia. Pura ambrosía. Eso sí: no fue nada comparado con la comida, y la cena resultó insuperable. En resumen, que pasamos el día juntos, como tenía que ser. Nos alejamos de Cambridge tal cual íbamos: ella abrigada con mi chaqueta y yo caballeroso y rebosando juventud a cuerpo gentil.

Recorrimos despacio caminos, campos y senderos. Pasamos pueblos enteros sin darnos cuenta. Nos sentíamos de buen humor, seguros e íntimamente unidos. Éramos jóvenes, fuertes e inocentemente sentimentales. Y, aunque se me hacía difícil de creer, estábamos juntos, por supuesto.

¡Dios mío, qué felicidad! ¡Me sentía extasiado, joder! Allí iba yo, Ripley Bogle, hermano de criminales y azote del buen gusto, paseando por la belleza de junio con aquella deslumbrante mujer inglesa. Daba gusto pensar lo bien que me habían salido las cosas después de todo.

¿Me creerás si te digo que ahora se me escapan las lágrimas? *Quel jour!* El tiempo, al contrario de todos los intentos realizados hasta aquel momento, decidió apoyarme con firmeza. El día anterior había sido un desastre, pero de pronto fuimos agraciados con un tiempo soleado, caluroso, luminoso y alegre. Toda la gente con la que nos cruzábamos parecía haber recibido órdenes estrictas de mostrarse especialmente amable con nosotros. Todas las personas que veíamos nos sonreían, saludaban, cumplimentaban y expresaban una sana envidia. Creo que parecíamos una pareja encantadora; al menos eso esperaba yo. Todo conspiraba para que se cumplieran mis deseos: sus palabras, sus ojos, su risa... Su boca era una suave oriflama cuando me besaba; su sombra oscurecía mi cara. Todos mis cigarrillos y mi evidentísima alegría. Como puedes ver, me pongo bastante sentimental cuando evoco aquel día. Tenía casi todo lo que deseaba en el mundo. Ardía por ella.

Cuando anocheció ya no podíamos más. Estábamos agotados y nos encontrábamos a kilómetros de distancia de la pequeña ciudad. La noche también puso su granito de arena. Oscurecido de sueño para que nos entregáramos a los sentidos, había creado el lecho que necesitábamos. Aquella noche estival empapada de perfumes y sudores llegamos a nuestro destino. Nos dejamos caer en la hierba y permitimos que el calor realizara su labor mientras permanecíamos tumbados en la fácil noche de Cambridgeshire. Follar en aquellos campos tan fotogénicos era el dictado de la verdad. Cambridge es un lecho cómodo. ¿Sabías que limpian los setos con aspirador y lavan las ovejas con champú? Oh, la quería enterita. Y la conseguí, si no recuerdo mal. Fue un sueño del que nunca había podido disfrutar. Un jirón de gozo, sereno y dulce de cansancio. Manchamos la hierba y nos dio pena. Entre las sombras. Mientras me recreaba con su limpia carne destapada, sentí un hormigueo de gratitud en la piel.

Creía que lo había conseguido, que tenía todo lo que deseaba. ¿Qué más podía pedir? Me pasé la noche fumando mientras ella dormía con la cabeza apoyada sobre mi hombro (algo sorprendentemente doloroso). Permanecimos tumbados en la hierba, abrigados y en silencio, mientras me rondaban por la cabeza especulaciones sobre el futuro. No sabía qué había hecho para merecérmelo, pero daba la impresión de que había sido condenado a ser feliz. Le miré la cara mientras dormía. ¡No! ¡Era imposible!, pensé. ¿Dónde estaba el inconveniente? ¿Dónde, la letra pequeña del contrato? ¿Qué iba a tener que pagar por aquello? Seguro que al final lo perdía todo. Me devolverían al prosaísmo de la vida con este tesoro secreto escondido en bolsillos resplandecientes. Esta clase de chicas siempre acaba marchándose. Se amargan, se cagan en ti, bailan sobre tu tumba y se burlan de tu memoria. ¿Y qué?, pensé. ¿A quién coño le importa? Lo mejor que podía hacer era disfrutar un poco del presente. Satisfecho, vi cómo despertaban unos pájaros desaliñados y al abrir los ojos se encontraban con el negro espejo que formaba nuestra secreta pareja.

¡Oh, Laura! ¡Lo fuiste todo para mí! En serio. ¡Dios mío! ¡Había encontrado el amor, la madurez no tardaría en llegar y la sinceridad estaba a la vuelta de la esquina!

Ocho

¡Aaah! ¡Uf! ¡Ayyy...! ¡Mmm...! ¡Oooh...!

Es medianoche. Estamos en Bloomsbury, sentados en el banco de un pub cerca del Museo Británico. Frío. Oscuridad. Desasosiego.

¡Oooh...! ¡Mmm...! ¡Ay! ¡Uf! ¡Aaah...!

Hola, qué tal. Nada, es que tenía un problemilla en el ombligo. Está enfurruñado, el muy cabrón. Y encima no para de sangrar. El dolor es también un elemento importante en esta discusión, y me asombra el enorme malestar que puede llegar a causar el ombligo si se empeña. El caso es que, cuando se trata de hacer daño, las partes más insospechadas de tu cuerpo pueden depararte auténticas sorpresas. Uno nunca se puede fiar de las zonas no amenazadas. No existen. El cuerpo está para crearte molestias y, en cuanto se le da la menor oportunidad, lo hace con suma diligencia.

La tripa está dándome la lata por culpa del navajazo. Me echa la culpa de lo ocurrido. He tratado de hacerle entrar en razón, pero ya sabes cómo son las tripas. No abrigo ninguna esperanza de poder mantener una conversación normal con ella. Por lo menos ya ha parado la hemorragia. Menos mal, porque empezaba a preguntarme cuánta sangre me quedaba. No sé cuánta he perdido exactamente, pero estoy seguro de que no es ninguna broma. Será bastante, así que debería tomar cartas en el asunto. Cometo una verdadera estupidez al no ir a un médico por este tema, pero ahora me encuentro muy cansado. Quizá mañana. Cuando me sienta un poco mejor.

Antes de que este malestar volviera de su retiro con renovadas fuerzas, me había parado a pensar que, entre una cosa y otra, ha sido una noche muy mala. Acercarme a King's Road me ha hecho abrir los ojos, y no me ha sentado nada bien. Ya me lo sabía todo sobre las noches de sábado, pero me hacía falta un repaso. La noche se ha relajado y abandonado a la disipación, el exceso, el desenfreno y la infamia. La ciudad se ha puesto su harapienta gorra festiva. He visto borrachos, maricones, garrulos, yonquis, furcias, chulos, imbéciles, pervertidos, vagabundos, buscavidas, pijos haciendo el bruto, chicas, chicos y chiflados. Todos poniendo de manifiesto cómo nos cambia a todos la calle. La locura, el desafuero, el miedo del hurón y el instinto del roedor. Regodeándose en sus brutales horrores escapistas. Pasándoselo en grande como sólo ellos saben.

Yo mismo he sido objeto de todo tipo de insultos, burlas, bromas, amenazas y muestras de asco, odio e incredulidad mientras me arrastraba a trancas y barrancas hasta aquí. Daba la impresión de que había una multitud de jóvenes gamberros con ganas de machacarme la cabeza o algo por el estilo. Sin embargo, he logrado evitar meterme en líos. Ya tengo bastante con el viaje que me han dado y no quiero que siga creciendo mi colección de heridas de batallas. Parece que de un tiempo a esta parte le resulto molesto a un montón de gente.

Estoy orgulloso de la contención (es decir, la cobardía) que he demostrado al evitar estas oportunidades de meterme en altercados que tan gentilmente me han ofrecido. Y es que hay noches en que basta con que algún caraculo me mire raro para que le haga una pequeña exhibición con mis puños irlandeses. Por otro lado, hay noches en que soy capaz de recorrer kilómetros para evitar una pelea: prefiero que la gente se burle, me vilipendie, me escupa, me toque los huevos o se me tire un pedo en la cara a ponerle una mano encima. Esto es lo que yo entiendo por capacidad de adaptación.

En general trato de mantenerme alejado de las situaciones conflictivas: los clubes nocturnos y las discotecas donde se dedican a romper botellas y cabezas; los sencillos placeres salvajes de la juventud; la energía, la tierna insensatez; las patadas y los puñetazos. No resulta nada divertido, y uno suele hacerse daño.

Recorro Bloomsbury con la mirada: el museo, los diminutos pubs y las acogedoras y prósperas librerías. Esto está mejor. Que la diferencia te guíe. Esta zona, que se mantiene testarudamente ajena a lo que le rodea, constituye un pequeño bastión de cordura.

Cogí gusto al asunto este de los ambientes agradables cuando estaba en Cambridge. Fue obra de Laura. Los primeros meses que pasamos juntos los dedicó a intentar empijarme un poco. Se le daba bien, y además contaba con unos conocimientos bien asimilados. Tras un intenso periodo civilizatorio, llegó al extremo de invitarme a su casa de Oxford. Yo estaba un tanto nervioso al respecto. Laura vivía en un sitio más grande que la hostia, casi como un cuartel del ejército. Hasta mi colegio era más pequeño. Su padre era pijo a más no poder. No recuerdo qué era exactamente: rey de Inglaterra, Dios o algo así. El caso es que estaba más bien situado que la leche. Laura tenía unos catorce hermanos; medían todos tres metros y eran guapísimos. La familia entera (hermanos, hermanas, mamá y papá) era un auténtico prodigio. Yo me sentía un cateto malnutrido. No puedo decir que causara muy buena impresión: a decir de todos, su padre sentía un gran aprecio por mi querido Greg. Al menos él pertenecía a la clase apropiada para tirarse a su hija, algo que yo no podía decir de ninguna manera. Me preguntó varias veces por mis padres. Yo le conté que mi padre había sido un médico eminente y que murió cuando yo era pequeño, y que mi madre, una novelista menor aunque conocida, había fallecido poco después, por lo que había sido criado por mi tía abuela, que era una refugiada polaca. Saltaba a la vista que mi historia no acababa de convencerles, pero no podían ponerla en tela de juicio de forma explícita, y así por lo menos dejaron de hacer preguntas.

Pues no, no me lucí mucho durante aquella aterradora primera visita, pero al menos su colección de hermanas reconoció que estaba de miedo. Laura se quedó satisfecha con mi actuación. Ya había acabado el curso, y el aparente éxito de mi visita significaba que podía visitarla siempre que pudiera escaquearme del trabajo. (Aquel verano trabajé en Brixton, en una obra.) Me las arreglé para hacerlo con pérfida regularidad. Si no podía ir, ella venía a mi cochambrosa habitación de Rotherhithe y me follaba hasta dejarme seco. Me enseñó un Londres diferente, un Londres preciso, atractivo, evocador, lleno de galerías, teatros y sitios bonitos. Escenarios elegantes sobre los cuales podía desarrollar la sensiblera trama de mi anonadante euforia. Tras una semana de descaro, pavoneo y chulería juvenil con los juerguistas de mis compañeros de trabajo, volvía a casa a todo correr, me ponía ropa pija, me cepillaba los dientes, me limpiaba la lengua con agua y jabón y quedaba con aquella hija del confort y el privilegio. Parecía un buen apaño.

Fue un verano fabuloso, una auténtica maravilla. Londres nos ofrecía siempre su mejor cara. El sol remoloneaba más tiempo que de costumbre y los turistas debían de haberse enterado de que nos encontrábamos en la ciudad, pues evitaban la senda de delicadeza y lirismo que nosotros transitábamos. Laura me educó el gusto y me mostró cómo portarme con discreción. En general, me enseñó a vivir como ella. Nos pasábamos el día disfrutando sin prisas de la belleza y las diversas formas de la felicidad y la noche haciendo el amor con detenimiento en posiciones de una complejidad pasmosa. Descubrí que el sexo no es posible si no estás con una persona a la que crees amar, que se trata de una cosa completamente distinta, de una cosa asombrosa. Aprendí mucho en una multitud de aspectos.

¡Y encima estaba preciosa todo el jodido día! Santo Dios, ¿cómo se las apañan las tías? Siempre que la miraba me quedaba mudo de asombro y admiración. Hasta el más insignificante de sus movimientos, gestos y costumbres parecía formar parte de un elaborado edificio de belleza e inteligencia. Laura integraba un conjunto de elementos sublimes. En ella todo ocupaba el lugar que le correspondía. Nada desentonaba. De esto participaba también la ropa que llevaba. Empecé a comprender el placer que las personas fetichistas obtienen de las prendas de vestir. Cualquiera de sus vestidos, zapatos, faldas y accesorios constituía una muestra de delicadeza y discreción y bastaba para dejarme cautivado. Cuando se ponía aquellas prendas, trascendían los límites de la ropa normal y corriente y se convertían en lienzos sobre los que pintaba sus arrebatadores encantos. El blanco del encaje, el azul de la seda y todos los colores del chiffon, la lana y el buen gusto. Antes me burlaba de este tipo de cosas, pero ahora comprendía que, si las llevaba la chica correcta, podían ponerte a cien.

Aquél fue el mejor verano de mi vida (algo que no tiene ningún mérito, dado lo malos que han sido los demás). Como siempre, trataba continuamente de encontrar la trampa que se ocultaba tras tanta felicidad inmerecida. Temía que no se me permitiera gozar a mí solo de su belleza, su condición de inglesa y su talento para el amor. No estaba acostumbrado ni a vivir ese tipo de vida ni a tener tanta suerte, y no esperaba disfrutar de ello. ¿Qué me sucedía? Estaba siempre intranquilo, pero, caray, qué feliz era. Eso sí, sabía que el placer era hasta cierto punto un delito, un enemigo de la sensatez y la voluntad. Sabía que se trataba de un bien delicado y peligroso. ¿Y qué?, me decía. Un lugar para cada cosa y cada cosa en su lugar. Dale una oportunidad al placer. ¿Quién sabe? Puede que salga bien. Salí en defensa del placer y éste me apoyó.

Dicen que lo que más le gusta a un hombre de los demás es la parte de sí mismo que ve reflejada en ellos. No estoy de acuerdo. Lo que más le gusta a un hombre de los demás es lo que no tiene ninguna posibilidad de ver reflejado en ellos. ¿Tú qué opinas?

El amor es un asunto que se las trae, y, cuando uno abriga muchas esperanzas, hay que tener buen juicio. Yo me anduve con cuidado. Intenté contener mi alegría, moderarla, frenarla. El truco para el problema este de mantener los pies en el suelo es muy sencillo: esperar menos de lo que puedas conseguir. Ésta es la actitud que hay que adoptar. Los defectos de este método son numerosos e importantes, pero, si uno insiste con el mismo ahínco que si llevara un amuleto para el amor, cabe la posibilidad de que no pierda la partida. Y cuando uno ve la oportunidad, cuando ve una ocasión por pequeña que sea, entonces ha de lanzarse como un guardameta y esperar que todo salga bien.

Laura había nacido de pie. Era una de esas personas a las que la vida parecía haber bendecido con una arbitrariedad escandalosa. Me hizo bien. Fue mi pequeño coqueteo con la gente buena de este mundo. Durante un brevísimo periodo de tiempo consiguió que me pareciera un poco a ella. Me subió a media altura para que pudiera conocerla. ¡Caramba qué bien se estaba allí arriba en compañía de alguien tan sensato y encantador! Le agradezco la excursión.

Fíjate: se ha levantado viento en la monstruosa negrura de la noche y los difuntos papeles que ensucian las calles han empezado de pronto a moverse en una enloquecida danza de libertad. Los carteles ondean con brusca insistencia y las hojas de periódico ruedan, se hinchan y ascienden como biplanos antiguos. Silba el viento, chocan las latas y la basura susurra con rapidez e indiferencia. Todo ello contribuye a crear un ambiente magnífico. Me gustaría aplaudir, pero me sentiría ridículo. Pese a todo lo que me quejo de él, el tiempo resulta siempre de lo más animado y divertido.

Ahora estoy muy cansado. Los ojos me pican; los tengo secos e hinchados. Siento que el humo del agotamiento se abre paso entre mis aletargados pensamientos. Todos mis propósitos de aclarar las cosas están quedándose en nada, y tengo esa conocida sensación bogliana de que la vida se me escapa entre los dedos. Valerosamente, lucho por recuperar las riendas. Pero no hay cosa más difícil que esta reumática y discordante herejía, que deja un pintoresco agujero en mi inteligencia. ¿Ves lo que quiero decir? Estoy confuso; mejor dicho, desbarro.

Lo único que me mantiene despierto es el incesante dolor que tengo en el abdomen por culpa del navajazo. Hace cinco minutos he tosido con fuerza para expulsar un pegajoso bolo de mucosidades que se me había alojado en el gaznate. Lo he escupido sin problemas, pero también ha sacado de mi palpitante estómago otro pequeño chorro de sangre. La oscuridad que sale de mis entrañas saladas... ¿Sabes qué? La herida me hace ver las estrellas, pero me compensa al constituir un foco de calor en el helador desierto en que se ha convertido el resto de mi cuerpo. El agotamiento es desastroso para la temperatura; le birla al cuerpo la bufanda y los guantes. Finalmente, por si no bastara con la injusticia y el atropello, el muy bromista te hace pasar tanto frío que te impide dormir. Es muy divertido. Es para morirse de risa.

Esta noche he pensado en Perry. Me da que he cometido un error con él. Esto se debe sobre todo a la incapacidad de la juventud para comunicarse con los ancianos y los enfermos. Nos creemos que son inconsolables. Pensamos que no podemos decirles nada para animarlos. No es cierto. (Creo.) ¿Por qué los ancianos habrían de recibir consuelo necesariamente? ¿Qué les pasa aparte de estar viejos? No cabe definir la edad como una dolencia. ¿O quizá sí?

Desde luego a Perry le sobra mi estúpida lástima. ¿Cómo voy a mostrarle conmiseración encontrándome en semejante estado de incertidumbre y degradación? Perry no se merece algo así.

A partir de ahora voy a intentar hacer mejor las cosas. En cuanto al tema de Perry, voy a pasar página. Tengo que portarme con él como corresponde e incluso mejor. Debo evitar hablar en tono condescendiente con ese pobre anciano tullido. Pero hay que darse prisa. Tengo que pujar antes de que cierren la subasta.

–¡Aaayyyy...!

¡Escucha! Los gritos anónimos de las calles de Londres. La flor de la discordia. Son personas distintas, y sus problemas tienen muy poco que ver con los tuyos. Están lejos y sus historias son diferentes. La parte del que grita... La etílica llamada de la victoria, la pérdida y la desesperación absoluta. Pronto le responderá su compañera, la angustia. Estas violentas llamadas de desafección y remordimiento surcan un aire negro como el espacio.

–¡Aaaauuuuu...!

Ahí va eso. Hola, ¿qué tal? Yo también estoy loco. Trinar así, de forma anónima, les hace parecer menos tontos. Me han asegurado que es el arte más puro.

–¡Aaayyy...!

¡Señor, pero si es un trío nada menos! Esta noche hay muchas voces dolorosas merodeando por ahí. Espero que no se junten y se acerquen por aquí buscando bronca.

Un policía alto y regordete con un casco de borlita dobla tranquilamente la esquina y se dirige con aire pensativo hacia donde me encuentro. Me yergo un poco e incluso cruzo las piernas para aparentar despreocupación. Luego me froto los ojos y me preparo para portarme con afabilidad.

–Buenas noches... –dice entre dientes.

–Buenas noches... –respondo.

–Frío, ¿eh?

–Sí, mucho.

Se calla y me fijo en lo alto que es, de qué humor está y en el casco

282

un tanto ridículo que lleva. Se apoya rítmicamente primero en una pierna y luego en otra. Parece que tiene ganas de charlar. Es mayor para ser policía: andará entre los cuarenta y cinco y los cincuenta años, y salta a la vista que está devanándose los sesos para responder a la pregunta de si soy un vagabundo o no. Me he tapado bien con el abrigo la parte ensangrentada del abdomen, pero dudo que sospeche nada en este sentido. Debo de tener una pinta estupenda aquí sentado. Debo de ser la viva imagen de la prosperidad.

–¿Qué tal va todo? –pregunta en tono desenfadado.

–Pues... bastante bien.

–Estupendo.

–Sí.

Sonríe con prudencia. En sus ojos se mezclan el buen humor y la cautela. Tengo para mí que ya ha resuelto casi todas sus dudas. La insignia en forma de estrella de mar de su casco lanza destellos bajo la luz amarilla de las farolas. Esto le da una aureola carismática y un aspecto casi épico. Mira alrededor (a la derecha, a la izquierda, hacia delante y hacia atrás) con ese aire de indiferencia propio de los policías. Sus ojos acaban posándose tranquilamente sobre los míos, y yo trato de sonreír con confianza y aplomo. Al final mueve la cabeza en un gesto de tolerancia que resulta divertido.

–Buenas noches entonces.

–Buenas noches.

Se aleja pesadamente, con los andares típicos de los pasmas enrollados: separando las piernas y arrastrando los pies, medio en serio, medio en broma. ¡Qué tipo más encantador! Con los tiempos que corren, lo lógico habría sido que me dieran una paliza o me pegasen un tiro. Me alegra ver que en Londres aún hay sitio para los polis de toda la vida. Todavía nos queda alguna esperanza a los vagabundos. De todas formas, me pregunto qué querría. ¿Tengo pinta de criminal? ¿Habré matado a ese vagabundo en Hyde Park? ¿No estará buscándome la bofia? Me extrañaría.

Hoy en día resulta humillante hablar con un policía incluso cuando es simpático. Cuando estaba en Cambridge solía tratarlos con desdén y los llamaba «agente», «oficial» e incluso «buen hombre». Ahora no creo que me atreviera.

El Museo Británico arroja su tenue luz sobre mi persona y su apretada fila de ventanas tiembla y se emborrona ante mis cansados ojos. Leo los carteles de un escaparate. William Etty; George Eliot; *Paisajes de Hampshire 1840-1914*; *Historia de la filosofía china*, de Martin Freeman; *La tortuosa línea del cuerpo*; *El desastre de Pearl Harbour*. Da la impresión de que se lo pasan en grande ahí dentro. Estoy tan aturdido que las palabras y las imágenes se mezclan y repiten de forma desconcertante. El cansancio es una doctrina, un sistema disparatado y ridículo en el que se combinan la confusión, la mala memoria y una inútil profundidad de pensamiento. En su caótico calendario, el orden y el sentido desaparecen, lo prosaico deleita y fascina, horroriza la coherencia y la sencillez resulta prácticamente incomprensible. El agotamiento produce una sensación febril, de ranciedad. Trastorna la percepción y le hace chantaje a la voluntad. Desvirtúa los méritos de la inteligencia. Te hace pensar en cosas tontas.

Oigo cerca de mí el tintineo festivo del cristal al romperse. Gritos. Más botellas que muerden el polvo y se hacen añicos. ¿Dos? ¿Tres? Más gritos, alaridos de brutalidad y miedo. Espero que se encuentre bien mi querido policía. Confío en que no se le hayan resistido. El ruido cesa de forma brusca y ocupa su lugar el cómico viento. Vuelven a ondear las banderitas de la basura. Éste es un viento astuto, un viento paródico incluso. Está cachondeándose.

Sople viento o no, creo que esta noche voy a dormir un montón. Mi cabeza se agacha, se bambolea y queda suspendida precariamente igual que si careciera de cuello. Las ideas siguen dejándome a oscuras como si fuesen neones traviesos. Mañana es domingo y voy a tener que hacer acopio de fuerzas para superar prueba tan dura. Habrás notado que ya no hablo del tabaco con la misma monotonía implacable de antes. Estoy intentando olvidarme de él. No lo he logrado del todo, pero haciendo un esfuerzo supremo de voluntad (algo poco habitual en mí), me las he ingeniado para guardar tres pitillos. No está nada mal, aunque dudo que lleguen a ver la luz del día. Por mucho que duerma, no van a durarme toda la noche. Mañana tendré que buscar alguna solución. Quizá le pida a Perry un par de libras. Además supongo que el hambre volverá a hacer acto de presencia. Sí, querrá que le preste un poco de atención. Encima la última herida que me he hecho volverá a dar guerra descaradamente. Mañana va a ser un mal día se mire por donde se mire. No me hace la menor gracia. Bueno, ya veremos cómo sale todo.

La lluvia entra en escena en el momento oportuno. Hostia, lo que nos faltaba. Es como para partirse de risa. ¿Qué tal, lluvia? Tienes buen aspecto. Mi cabeza es acribillada por dardos diminutos de agua suave y perezosa. La acera va cubriéndose de manchas cada vez más grandes. Es un proceso lento y agradable. Nadie tiene la menor prisa aquí. Esta lluvia es una medianía, es un conato, es un intento desganado. No hay motivos para preocuparse. Se para tan bruscamente como ha comenzado. Joder con el tiempo. ¿No te lo decía yo? Los acontecimientos en materia climática van por mal camino. Su política está cambiando. O quizá se trate de algo que me había pasado inadvertido hasta ahora. Me asaltan muchas dudas en este sentido. Las cosas son muy imprevisibles, y además estoy agotado. En este momento no soy una persona muy fiable.

Laura me dijo en una ocasión que no creía que llegara a los veinticinco años. Me habló de que hasta cierto punto era una figura trágica y que no pintaba mucho entre las filas de la normalidad y la sencillez desprovista de pasión. Me lo dijo en el momento más lírico de nuestra relación, cuando acababa de pasarme media noche haciéndole cantar la canción del orgasmo (fue un popurrí en realidad), de modo que no le presté demasiada atención. Al fin y al cabo, las chicas siempre te salen con esas cosas. Intentan decirte lo que quieres oír y por lo general se equivocan. En un gesto caritativo, me esforcé por restarle importancia a este comentario tan gracioso. Pero, viendo el estado en que me encuentro ahora, ya no sé qué pensar. Puede que la chica tuviera razón. Pensándolo bien, sí que soy una figura trágica.

Sea como sea, mis tripas se confabulan ahora para frenar cualquier arrebato de grandiosidad melancólica. Eructo ruidosamente con toda la fuerza de mi acidez de estómago. El olor de la burbuja que sale de pronto de mi anárquica garganta es tan insoportable que por poco me desmayo. Toso, jadeo, escupo y gimo. Pero ¡qué horror! ¡Qué vergüenza! Trago saliva como buenamente puedo y casi vomito de asco. ¡Joder! Sólo hay una solución. Saco a regañadientes uno de los preciosos cigarrillos que guardo en mis menguantes bolsillos y enciendo una cerilla a toda prisa. ¡Mierda! Lo intento otra vez y vuelve a apagárseme. Me quedan tres cerillas. Cubro con el abrigo el brazo doblado a modo de protección, agacho la cabeza con desesperación y vuelvo a intentarlo. El pequeño grumo de sulfuro escupe, sisea y logra sobrevivir. Consume una vida escasa, vacilante y malhumorada. Fumo. El húmedo humo elimina el repugnante bolo que tengo alojado en las amígdalas. Aspiro con fuerza y me esfuerzo por disfrutar. Me recuesto un poco, relajo las rodillas y me meto las manos en los bolsillos. Recobro la compostura.

Domingo

Ya tararea el día. Tararí, tarará, dice. Es un sonido propio de los domingos que, por extraño que parezca, resulta irritante. A pesar incluso de la pobre vida asocial que llevo, los domingos me horrorizan. Infunden un terror sordo en mi corazón. Los domingos, esos domingos, me hacen sudar y tartamudear de miedo. Muchas de las cosas interesantes de los domingos (el descanso, la tranquilidad, la contemplación, la comodidad, etcétera) no están al alcance de la mayoría de la población. Son placeres limitados. ¡Los domingos...! Sólo les gustan a los párrocos, las viudas y los jugadores de críquet. No conozco a ninguna persona a la que le gusten.

Incluso para lo que suelen ser los domingos en general, éste está resultando penoso. No ha comenzado con buen pie. Para empezar, Perry ha muerto esta mañana. Sí, así es. Bueno, cabe la posibilidad de que muriera anoche. Pero por lo menos podemos afirmar que esta mañana estaba muerto, así que sigue siendo culpa del domingo.

Perry ha muerto. Me pregunto cómo me siento y no sé qué responder. Mal, debería decir. (Me refiero a cómo me siento.) Es más, podría asegurar que no me encuentro bien. No estoy precisamente como unas pascuas. La situación me causa tristeza, amargura, cansancio y melancolía. Trato de combatir mi egoísmo y me doy cuenta de que Perry me caía bien. De verdad. Me inspiraba una admiración, una gratitud y una lástima enormes.

(Hoy en día la lástima no goza de buena fama. Dios sabrá por qué, pero la gente suele indignarse cuando descubre que inspira lástima. No le gusta. Esto, aparte de ser una perversidad, es una estupidez. ¿Tan profundo es nuestro insensato egocentrismo que somos capaces de devaluar un sentimiento como la lástima? A mí, sin ir más lejos, me encantaría que alguien sintiera lástima por mí en este preciso momento. Aceptaría cualquier oferta caritativa. La lástima está bien. La lástima puede ser hermosa. Piensa en la última vez que sentiste verdadera lástima por una persona. Vamos, haz memoria. Ese peso del desinterés, la preocupación y la atención... Por tu hijo, por tu esposa, por tu madre o por quien sea. ¿Ves? ¿A que no es tan desagradable? ¡Tres hurras por la lástima! Habría que valorar la debilidad y la invalidez. En cuanto uno se descuida, la lástima ya no le da vergüenza. Está ahí. Déjale sitio. Que respire. ¿No te produce lástima? Yo a mi debilidad la dejo vivir. Le doy rienda suelta.)

Cuando me he acercado a Putney esta mañana no he visto a Perry por ninguna parte. He ido a buscarle a su chabola y me he encontrado con un médico, un grupo de policías y una ambulancia. Estaban tapándolo en ese preciso momento, así que me he enterado de lo que ocurría nada más llegar.

La pasma ha estado interrogándome durante un rato. Parecía molesta porque les complicaba las cosas. Les dijese lo que les dijese significaba más papeleo, y esos dos tipos no eran precisamente premios Nobel de literatura. Se han mosqueado y, como soy un vagabundo, no me han tratado con mucho respeto que digamos. Incluso el médico ha reaccionado con una brusquedad excesiva cuando le he preguntado cómo ha muerto el anciano. Se ha pasado un rato diciendo gilipolleces sobre el enfisema y luego se ha largado. No les gustaba mi pinta y no tenían ganas de charlar conmigo. No me extraña. Dentro de la destartalada chabola el espectáculo resultaba deprimente. Me alegro de que Perry no se hallara presente para verlo.

Por lo visto, Perry era un caso conocido entre los trabajadores sociales de Putney e incluso habían hablado de él en un par de periodicuchos locales. Lo llamaban el anciano del río o alguna burrada por el estilo. Por si la situación no era ya bastante difícil, ha aparecido un fotógrafo de la zona para hacer unas cuantas fotos lacrimógenas de la difunta semicelebridad. Se le veía muy entusiasmado con la oportunidad que le había surgido para practicar su arte y quería que posara para él con la correspondiente cara de pena. Le he mandado a tomar por el culo, así que ha tenido que conformarse con unas fotos de la chabola, la pasma y la ambulancia. No sé por qué me da que el muy cabrón me ha sacado una cuando miraba hacia otro lado. Pero me sentía tan cansado que no he ido a averiguarlo.

He escapado en cuanto he podido; estaba deprimiéndome y a la pasma empezaba a picarle la curiosidad. He podido gorronearle un par de pitillos a uno de los enfermeros. Me ha dado también una caja de cerillas. Era simpático. Se ha fijado en el navajazo cuando me metía los cigarrillos en el bolsillo y se ha prestado a llevarme al hospital. He conseguido librarme prometiéndole que iría a urgencias más tarde. No se le veía muy convencido, pero no tenía ganas de discutir.

Antes de marcharme me ha preguntado si quería verlo. Al principio no le he entendido bien, pero, al darme cuenta de que se refería al cadáver de Perry, me he quedado espantado. ¡Pues claro que no! No quería pasar por ese trago. De eso nada... Muerto, tapado y guardado como estaba, Perry no podía causar problemas. Eso era capaz de aceptarlo. Era una cosa limpia, remota, sin complicaciones. En cambio, si lo hubiera visto, se habría quedado conmigo. No habría visto un simple cadáver, un pedazo de carne muerta y apestosa; habría visto a Perry, al auténtico. Ahora era un recuerdo, y yo quería que las cosas siguieran igual. Así resultaba más fácil. Perry estaba antes aquí, pero había desaparecido. Así de sencillo. Ahora pertenecía al recuerdo. En medio de estas disquisiciones tan sensatas se encontraba el cadáver de marras, ese montón de carne y órganos en descomposición. Eso no tenía nada que ver conmigo. Y tampoco tenía mucho que ver con Perry.

¿Sabes qué? Cuando volvía a la ciudad me he echado a llorar. Me ha dado una llantina de las buenas. A veces la pena tarda en golpearte, pero cuando se decide a hacerlo, te pega sin miramientos. La pena es una cosa terrible. Produce una tristeza enorme. Lo peor de ella es que te obliga a mirar con lupa el orgullo y el amor propio. Cuando muere alguien, el menor movimiento, el gesto más trivial, el placer más pequeño, parece una repugnante manifestación de egoísmo. Es como fumar un cigarrillo en presencia de un enfermo de cáncer de pulmón. De pronto da la impresión de que te regodeas con ese constante alfabeto de la experiencia que queda fuera del alcance de los muertos. Es como si el cielo, el aire, los olores y los sonidos fueran cosas furtivas, arrebatadas al amigo que se te ha muerto. La vergüenza y el sentimiento de culpa resultan abrumadores. Es una sensación extraña y, si te descuidas, te deja hecho una mierda. Debes dominarla. Has de mantener la serenidad. No es culpa tuya que estés vivo. La muerte no es responsabilidad tuya. Tú no tienes nada que ver con este asunto. Como decía la canción: no le eches la culpa al sol; échasela al bugui.

Ay, pena, pero qué mala eres. La pena es la pesadumbre que siente uno ante lo irremediable. La pena es lo que le entra a uno cuando rompe el mejor jarrón a los seis años de edad y reza para que se arregle milagrosamente antes de que vuelvan sus padres a casa. La pena quiere que retrocedan las manecillas del reloj. Reclama una segunda oportunidad. La muerte no es así. La muerte es definitiva, firme, irrevocable. La muerte equivale al fin. El acto y el hecho de morir, la cesación de los órganos y funciones vitales del ser humano, la partida del alma y el espíritu... Es el punto final. La pena no puede saltarse estas normas.

Me gustaría expresar mi tristeza por la muerte de Perry, pero no sé cómo. Me siento desbordado por la emoción y el dolor, pero ignoro qué debo hacer al respecto. Le tenía cariño y le estaba agradecido por su afecto y su ayuda, pero, ¿cómo he de reaccionar ante su muerte? Soy incapaz de hacer el paripé. Dudo que esperase una cosa así de mí. Dudo que le gustase si se lo propusieran. Seguro que la mayoría de la gente espera que presida el duelo otra persona.

Cuando murió mi padre, yo era demasiado pequeño y estúpido para tener una idea cabal de cómo debía reaccionar. Cuando murió Maurice hice un esfuerzo por manifestar mi dolor. Pero resultó poco convincente: era una mezcla de ira, culpa, odio, pesar y mala conciencia. Ninguno de estos sentimientos viscerales resulta apropiado para la muerte de Perry, y estoy demasiado cansado y avergonzado como para montármelo de otra manera.

Creo que debería hablar con la familia. Recordarás que he hecho referencia a sus hijos. Pues bien, sé dónde vive uno de ellos. Tendré que asearme y portarme como Perry se merece. Sí, aunque no estuviera muy unido a él, estoy seguro de que su hijo querrá enterarse de la muerte de su anciano padre. Pues claro. Nadie es tan insensible o anda tan ajetreado. Eso es lo que voy a hacer: voy a adecentarme un poco e ir a charlar un rato con el hijo de Perry. Aunque no traigo precisamente una buena nueva, me agradecerá que vaya. Yo era su amigo y mentor. Le enseñé todo lo que sabía. Su hijo querrá que le cuente cosas sobre él. Seguro.

¡Chorradas! No existe la menor posibilidad. Si repudiaron al indigente de su padre cuando estaba vivo, ahora que está muerto y bien muerto y que ya no les molestará es poco probable que vayan a recibir con los brazos abiertos a sus apestosos amigos vagabundos. No querrán saber nada del asunto. No parece que sean la clase de personas que sienten remordimientos. Voy demasiado sucio y no soy lo bastante pijo como para hacer de voz de la conciencia. Olvídalo. No les interesará.

Ha tenido una muerte muy poco gloriosa, ¿verdad? Una triste obrita representada en un teatro cochambroso y protagonizada por cinco profesionales aburridos y atareados, un fotógrafo insensible y un vagabundo sentimental que siempre deja todo para más tarde. Qué pena. Perry no era un gran hombre a los ojos del mundo, pero se merecía algo más. Sin duda.

He de confesar una cosa terrible. Mientras andaban todos rebuscando fuera de la chabola y metiendo a Perry en la ambulancia, he entrado disimuladamente, he echado un vistazo entre sus cosas a todo correr y me he llevado la guita. Me imaginaba dónde podía estar y he acertado: en la caja del tabaco, escondida debajo de una gruesa capa de picadura. Ha sido fácil. ¡Setenta y cinco pavos! ¿De dónde leches sacaría tanta guita? Setenta y cinco pavos... Dios Todopoderoso, ¡es toda una fortuna! Me los he metido en el abrigo y he vuelto a salir como si tal cosa.

Repugnante, ¿verdad? Es posible. Estoy seguro de que Perry hubiera preferido que me los quedara yo a que se perdieran en medio de todo el papeleo de su muerte. Me tenía afecto. Ya sabes que sí. Te consta. De todos modos, lo indignante no es que haya cogido el dinero. No, lo indignante es que lo haya buscado.

Debo confesar otra cosa terrible. Tras sentirme asqueado conmigo mismo durante todo el camino de vuelta a la ciudad, he subido al puente de Waterloo y he arrojado los setenta y cinco pavos al río. He tirado cincuenta paquetes de Benson & Hedges al agua. He lanzado mis cigarrillos al Támesis. Vuelvo a estar sin blanca, pero al menos me queda la dignidad. Es como para partirse de risa, hostia. ¡Santo Dios, pero qué cosas hago a veces!

*

Perry me contó en una ocasión que soñaba con que volvía a ser joven, con que estaba fuerte, rebosaba de salud y tenía los pulmones en perfecto estado. Al despertar, la sensación que le producían estos sueños era tan agradable que la fantasía empezó también a infiltrarse en la vida diaria. Se trasladó y puso casa. En un principio era algo involuntario, pero pronto Perry empezó a soñar despierto a propósito. En estas fantasías suyas no tenía el mismo aspecto físico que en su juventud. Era una versión nueva de sí mismo, una versión mejorada. Era más alto, más fuerte, más guapo, más inteligente y (ríete, ríete...) tenía un pene más largo. Era de lo más agradable, decía, tener otra vez una tripa plana y dura y unas piernas gruesas y fuertes. Y también pelo abundante y la piel de la cara tersa. Era maravilloso ser joven, pero estos sueños siempre le producían una sensación extraña. Le hacían sentirse ridículo y le daban vergüenza. Para Perry, el deseo de ser otra persona era el colmo de lo grotesco. Un anciano con sus absurdas quimeras e inverosimilitudes.

Le respondí que no se preocupara y le solté todas esas cosas tan afectuosas que solemos decir para tranquilizar a otra persona. Le dije que no tenía la menor importancia, pero entonces yo también me puse a fantasear de esa manera, y empecé a inquietarme. En el caso de Perry no suponía ningún problema, porque era un anciano, pero yo no era más que un chaval, rediós. No le conté nada. Pensé que no le interesaría.

Dos

Saco el primero de mis pitillos. Lo levanto a la altura de los ojos. Reconozco que soy esclavo de estas chucherías. Saco una cerilla y, en un gesto de valentía y temeridad, la enciendo. Fíjate: llama, pitillo, felicidad completa. Aspiro valientemente. Yo, Vlad el Inhalador, el fumador insaciable. Chupo con fuerza, me lo trago todo. ¡Dios, qué placer! Vuelvo a sentirme completo. Vuelvo a ser yo mismo. Y por aquí sale, describiendo una línea recta y nítida de carbono y aire expulsado. ¡Zasssss...!

Rígidas en el cielo, las nubes derraman esa cosa suya tan agradable. Hoy el día es mucho más gris. Hace calor, pero la luz se ahoga tras masas de nubes estranguladoras y una llovizna larga, fina y pulverizada. En cierto sentido estoy contento. Esto cambia las cosas por completo. Los domingos soleados son en algunos aspectos los más insoportables de todos. Al menos este domingo no intenta ver hasta dónde puede llegar. No quiere probar suerte. Está inundado de un aire cargado y enrarecido y una multitud de gente que pasea lentamente, sin rumbo y muerta de aburrimiento. Podrías embotellarlo y llamarlo Esencia de Domingo. Pero ¿quién iba a comprar semejante mierda? Los americanos seguro. O los galeses, quizá.

Ahora que puedo echar la vista atrás con la perspectiva que ofrecen las dos horas pasadas, me resulta tremendamente difícil de creer que haya tirado al agua los setenta y cinco pavos. ¡Si seré capullo...! Con el partido que habría podido sacarle ahora a esa guita. Me hace falta. Me habría venido de maravilla. Y es que... Ya lo has adivinado, ¿verdad? El Hambre ha venido otra vez a visitarme. Esta mañana ha mandado a sus chicos para meterme un poco de miedo, pero soy tan gilipollas que no les he hecho caso. Ahora ha venido el mismísimo jefe en persona. Por lo visto, el Hambre ya se ha enterado de que he tirado al río el dinero del alquiler y evidentemente el asunto no le ha hecho la menor gracia. Según sus cálculos, bien administrado, el cochino dinero me habría permitido comer durante un mes. Para empezar ha sugerido que me arranquen los riñones y me los claven a las orejas. Salta a la vista que está enfadado.

Tras la breve visita del Hambre, mi pobre tripa se ha puesto como loca. Ha comenzado a patalear, cantar y dar palmas. Mientras el estómago se me estiraba hasta hinchárseme como un globo, el Dolor ha empezado a trabajar con el mazo, la sierra para metales y la gelignita. Qué espanto... Pensaba que iba a reventar, que me iba a quedar como una de esas ventanas del dios Momo. Ha sido de lo más desagradable.

Lo que está claro es que debo hacer algo. Desde el banquete de beneficencia del viernes no he comido nada, y no sé si va a concederme más prórrogas la tripa. Conociéndola, no creo que vaya a mostrarse muy generosa. Tengo que conseguir lo antes posible algo de comer. Con lo lejos que he llegado, sería una pena que se me parara el motor por falta de combustible. Todavía tengo que soportar muchas desgracias. Necesito toda la glucosa que pueda conseguir.

De todas formas, estoy a punto de acabar. Mi historia está llegando poco a poco a su final. Ya falta poco: dar unos cuantos detalles finales y corregir un par de errores. Sólo queda el asunto de las conclusiones. Dar los últimos toques, el remate. Ya casi hemos acabado.

Al final me echaron a patadas de Cambridge o, como prefieren decir ellos, me expulsaron. Nada menos. Viene a ser lo mismo, ya que a fin de cuentas me pusieron de patitas en la calle. En un momento perdí todos los privilegios que tanto me había costado adquirir. La cagué, así de sencillo. El viejales de Byron dijo que era porque no rendía en los estudios, porque no me aplicaba y tal. No le faltaba razón, pero estaba muy lejos de ser el verdadero motivo. Creo que en el fondo fue porque no les caía bien a los profesores. Había demasiadas personas cabreadas conmigo. Había tocado los cojones a más gente de la cuenta. A más de quince, para ser exactos. Estaba claro que me consideraban todos un patán. No era la clase de persona que querían tener en su universidad, así que cogieron y me echaron.

Como es natural, me disgusté. Había perdido la comodidad y la respetabilidad así, por las buenas. Con los cojones que había tenido que echarle para que me aceptaran en Cambridge... Ahora, después de todos los pequeños obstáculos que había superado, volvía al mismo lugar que ocupaba al principio. Estaba de nuevo con el culo al aire.

Creo que lo que más me dolió fue que ahora quedaba en nada toda la labor que había realizado para resolver el problema de Laura. Había logrado enrollarme con aquel bombón, había alcanzado mis objetivos románticos, por fin lo había conseguido, y ahora resultaba que se habían truncado por completo todas mis esperanzas de continuidad erótica. Laura se enfureció conmigo, por supuesto. Pensaba que era todo culpa mía, que estaba desperdiciando mi talento, etcétera. Tenía toda la razón, y ya no podía más. Supongo que estaba en su derecho. Evidentemente, ella no podía permitirse el lujo de disfrutar conmigo de la aureola de persona fracasada y rechazada que acababa de ganarme. Tenía muchos éxitos que cosechar. En consecuencia, con una pena y una tristeza enormes, y sin perjuicio de lo agradecida que se sentía por los buenos aunque fugaces momentos que habíamos pasado juntos, me hizo saber con suma delicadeza que lo nuestro había terminado.

Mientas preparaba los pocos bultos que tenía lloré como una Magdalena. Estaba inconsolable. Destrozado. Lo había perdido absolutamente todo: el éxito, los privilegios, la oportunidad y la chica de mis sueños. ¿Cómo había podido ser tan gilipollas?

El día en que me fui de Cambridge, Laura y yo nos vimos en Christ's Pieces junto a un árbol de aspecto robusto. Fue una escena muy emocionante, llena de lágrimas, súplicas y recriminaciones infantiles. Al menos en lo que a mí respecta. Me lo pasé en grande, la verdad sea dicha. Me parecía una escena repleta de nobleza y dinamismo, la clase de escena que me pegaba a mí. No creo que Laura lo viera de la misma manera: su actuación careció por completo del tono melodramático previsto, y no derramó ni una sola lágrima. Creo que mi forma de actuar le deprimió. Lo peor fue cuando intenté besarla y ella retrocedió para impedírmelo. Se acabó, dijo. Para siempre.

Desconsolado, volví mi triste mirada hacia la maravillosa ciudad de Londres.

Me pasé un año dando tumbos por la metrópoli y trabajando en todo tipo de sitios (en la construcción, en pubs, en restaurantes, etcétera). Encontré un piso destartalado en Finsbury Park y viví como viven los jóvenes londinenses desafectos. A pesar de la dolorosísima pérdida de Laura, me lo pasé sorprendentemente bien. Tenía bastante guita y, aunque no hice muchos amigos, me las apañé para liarme con una chica. Se llamaba Jenny y trabajaba en una de esas revistas ilustradas para mujeres que hablan de orgasmos, el punto G, el hombre nuevo y la citología. La tal Jenny era de esas personas que hacen lo que hay que hacer y van a donde hay que ir. Una mujer con futuro, cabría decir. Como a mí lo que se me daba bien era quedarme en la piltra, esto era a veces un auténtico coñazo, pero, en general, nos llevábamos muy bien. La joven Jenny me gustaba. Era una mujer sana, estaba forrada y tenía éxito, lo cual resultaba un tanto desagradable, pero aun así me gustaba. Yo a ratos también le hacía gracia. Por motivos que ignoro, le gustaba mucho irse a la cama conmigo. (Vete tú a saber por qué: nunca se me dio especialmente bien el asunto ese de los orgasmos. Parecía como si no tuviera el tiempo o la capacidad pulmonar necesarios.) En efecto, le encantaba trajinarse a mi pobre persona. A Jenny le iban cosas como la autonomía sexual (?) y la expresión personal sin tapujos. Yo no acertaba a comprender el significado exacto de todo esto, pero sospecho que era una manera sutil de justificar algunas de las asquerosidades que solía hacer conmigo. Yo no acababa de ver qué le atraía de mí. Me explico: Jenny era una mujer follable se mirase por donde se mirase, pero, entre el tabaco, la priva, mi refinada indolencia y todo lo demás, yo no estaba para muchos trotes. Aun así, se empeñaba en follar conmigo todo lo posible.

Entre una cosa y otra, creo que el rollo con Jenny duró casi un año. Ella no quería que me trasladara al elegante piso que tenía en Chelsea e insistía en conservar su derecho a tener rollos eventuales con otros hombres. Un tío le pidió que se casara con él. Se trataba de un director de revista de mediana edad y medio calvo. Ella aceptó de inmediato, por supuesto. Luego me consoló diciéndome que conmigo le salía su lado perverso o algo así. Yo era «material para tener un lío de vez en cuando», me explicó como queriendo restarle importancia.

Supongo que la relación estaba condenada a acabar mal desde el principio. Yo no disimulaba lo mucho que seguía echando de menos a la cruel Laura, conque, ¿qué podía esperar? Suspiraba por ella abiertamente, y esto molestaba a Jenny, lo que resulta extraño si se tiene en cuenta que andaba ocupada cepillándose a medio centro de Londres. Pero ¿qué se piensan las tías? ¿Quiénes se creen que son? Hoy en día basta con que hagas una simple crítica a las mujeres para que acto seguido aparezcan los «geos» feministas y te arranquen los huevos de un mordisco. Las chicas se sienten totalmente libres para machacarnos cuando les da la gana, pero si nosotros intentamos hacer lo mismo, somos sexistas, machistas, fascistas e incluso metodistas. ¡Menuda parida! La inmensa mayoría de las mujeres no dicen más que chorradas. (Igual que la inmensa mayoría de los hombres, yo incluido.) Las tías han de aceptar la parte de responsabilidad que les corresponde en este tema. La de veces que he querido decirle a una tía a lo largo de mi vida lo gilipollas que era. Casi no ha pasado un día sin que me apeteciera hacerlo. Pero está prohibido. A un tío puedes decírselo y quedarte tan ancho (siempre que no sea muy grande). Si pruebas a hacerlo con una tía, te mata, te hace picadillo. Nos pasamos el día oyendo que a las chicas les gustan los hombres con sentido del humor, que la risa masculina atrae a las mujeres. Pero si la risa masculina se extiende a algunas de las tremebundas soplapolleces que sueltan dichas mujeres, se arma la gorda, y, cuando recobras el conocimiento, resulta que te encuentras en cuidados intensivos. (Las chicas saben dar puñetazos. Zurran la badana que da gusto. Tengo entendido que cuando una mujer te pega, lo que tienes que hacer es ponerte en plan autoritario y dominante, agarrarle los brazos para que deje de agitarlos, cogerla en volandas y morrearle hasta que se rinda. A mí esto nunca me ha dado resultado. Siempre me caigo redondo al primer puñetazo.) Los hombres han de andarse siempre con cuidado para no incurrir en faltas y mostrar su lado más ordinario, y luego pasar totalmente por alto los escandalosos disparates que suelen cometer las mujeres. No es muy justo que digamos.

¡Vamos, chicos! ¡Decid con claridad lo que pensáis! ¡Que se enteren las tías emancipadas esas de lo que vale un peine! Criticad, ridiculizad, poned reparos, no os cortéis... Que no os avasallen. Volveos homosexuales si hace falta. Hay que evitar que los tampones se salgan con la suya. Que se enteren de quién manda aquí.

El problema con las chicas es que...

Las chicas son las contables del amor. Tratan de hacerte cuadrar las cuentas, una aventura arriesgada que rara vez resulta divertida. Trabajan de firme, pero la comisión que cobran es altísima. Que Dios te asista como te retrases en el pago.

En realidad, el verdadero problema es que nunca parecen quererte como deberían.

Desde luego, si algún defecto tenía Jenny era éste. Me abandonó sin dudarlo un momento, pero antes de dejarme tuvo tiempo para decirme que era un caso perdido. Por lo visto, mi inteligencia y mi nacionalidad representaban un lastre para mí. Me dijo que no podía permitirme el lujo de seguir aprovechándome de la paciencia de los demás. Todo tenía un límite. Pronto se me acabaría el chollo. No merecía la pena realizar semejante esfuerzo por mí. Era un chico mono, pero poco más.

Eché de menos a Jenny más de lo que me esperaba. Me afectó mucho que me dejara. Por poco me desmorono. Incluso me colé en su boda, donde se me presentó la ocasión de montar un numerito gritando en plena ceremonia:

–¡Alto! ¡Esa mujer va a tener un hijo mío!

No te imaginas el éxito que tuve, chico.

Tras la espantada de Jenny, hubo momentos en que quise morirme y poner fin a mi divertida historia. Santo Dios, qué tentado estuve... Y eso a pesar de la apremiante necesidad de acabar la narración como está mandado. No me planteé en serio suicidarme ni nada por el estilo (era demasiado guapo y proletario), pero lo planeé a largo plazo. Pensaba en Laura y en cómo mi querida Jenny se había hermanado con ella para rechazarme. ¿Qué estaba haciendo mal, joder? Tenía que ser algo realmente importante, algo fundamental. La manera más rápida de sentirse humillado es conseguir que te desprecien las mujeres de tu vida. Caray, si necesitas un empujoncito para sentir asco de ti mismo, basta con que los demás te miren de arriba abajo para que te pongas a gusto.

Con la ayuda de diversas cantidades de priva barata, acabé chapoteando en un cenagal de autocompasión, envidia y sabios remordimientos. Una noche me cogí tal ciego que intenté darle una paliza al dueño de mi piso. Fue un grave error, como puso de manifiesto su posterior demostración de técnica pugilística. Me rompió las narices y me dejó tirado en la acera delante mismo de mi chabolo. Tenía tanto miedo y vergüenza que no volví por mis cosas.

Esto ocurrió justo después de Año Nuevo; desde entonces he estado más o menos como me ves ahora: sobando por ahí y callejeando en plan *clochard*. El invierno fue difícil y constituye la peor época de mi vida desde que cumplí veinte años. Mis incursiones anteriores en el mundo de la vagabundería se habían visto favorecidas por cielos benignos y meses apacibles. Carecía de la experiencia del indigente, que es lo que se necesita para sobrevivir con comodidad al invierno cuando se vive a la intemperie. Aun así me las apañé. Me faltó poco para perder varios dedos, y desde luego no lo pasé nada bien, pero salí adelante. (Eso sí, estuve a punto de palmarla por culpa de la nieve. Casi ni lo cuento. Pero prefiero no hablar de ese tema.)

Vi a Jenny hace un par de meses. Esto no es, como pudiera parecer, una coincidencia, ya que me pasé varios días merodeando alrededor de su piso con la esperanza de hacerle sentir culpable y gorronearle algo de dinero. Estaba seguro de que podía sacarle una buena pasta. Pues ni en broma... La tarde en que por fin me vio apretó el paso antes de que pudiera acercarme a ella. Hizo como si no me conociera, aunque, pensándolo bien, fue probablemente el mayor favor que podía hacerme. Tras sufrir este revés, tiré la toalla y decidí que podía quedarse con el gordinflón de su marido si quería.

Y esto es más o menos todo lo que ha ocurrido hasta este momento. Pasó el invierno, la primavera brilló por su ausencia y ahora estamos en la época estival. Paso hambre y estoy herido, pero no ha sucedido nada nuevo que represente una amenaza para mi vida. Dejando aparte el frío, la humedad y el calor, estos últimos meses de indigencia tienden a quedar reducidos a una lacrimógena colección de desgracias y atropellos. He tenido mis aventurillas, por supuesto. Faltaría más, con todo lo que he deambulado por ahí. Pero las aventuras no me interesan. Son lógicas, previsibles y anecdóticas. No merece la pena que te las cuente. Por supuesto que no.

En fin: que hace dos años paladeaba faisán en comedores de roble atestados de miembros de la alta burguesía y ahora me alimento de los líquenes que crecen en las paredes de los urinarios públicos londinenses. Encierra esta observación cierto eco de vulgaridad, de literatura barata, ¿no te parece? Un pequeño atisbo de profundidad puramente adventicia.

¿No estás de acuerdo? ¿No? Probablemente tengas razón. No es nada nuevo. Suena a tópico. Cabría esperar que, en vista de todos los disgustos y penalidades que me hace pasar la vida, al menos se tomara la molestia de ser original.

Tres

¿Quieres que te cuente una cosa increíble? ¿Te apetece oír una pequeña anécdota? ¿Una historia, *une petite histoire*? ¿Sí? Pues vale. De acuerdo.

Una noche, hace un par de semanas, andaba yo por una de las nauseabundas calles principales del sur de Londres, tiritando de mala manera y fumando como un descosido. Hacía una rasca de cojones. (Eran más de las dos, es decir, el peor momento de la noche cuando hace frío.) Al final de aquella avenida insomne, delante de una licorería blindada, vi a un niño haciendo más o menos lo mismo que yo: dar vueltas por ahí. Yo llevaba un abrigo andrajoso pero gordo, y aun así estaba quedándome helado; él, en cambio, llevaba una camisa de manga corta y un mugriento pantalón de pijama. ¡Y además iba descalzo! ¡Eran casi las tres de la madrugada, la calle estaba totalmente desierta y aquel chaval no debía de tener más de seis años! Como habrás podido adivinar, no soy un tío sensiblero, pero esto me afectó en lo más hondo. ¿Qué hacía un jodido mocoso deambulando por la jodida calle a aquella hora de la noche? Es que no hay derecho... Incluso a los jóvenes hijoputas egoístas, estériles y sin hijos como yo se nos hace difícil aceptar tranquilamente algo así. Tenía la cara sucia, las manos azules de frío y los dedos de los pies cubiertos de costras y arañazos. Y el muy puñetero estaba cantando como si tal cosa. (Alguna pueril cancioncilla pop para niños precoces.) No me lo podía creer. Pues bien, ¿qué hice? ¿Hablar con él, llevarlo a donde correspondiera, darle algo de guita, llamar a una ambulancia, a un trabajador social, a un sacerdote, a un equipo de televisión? ¡Qué va! No hice nada de eso. Cruce la calle y me alejé lo más rápido posible. Tenía tanto miedo que no me atreví ni a acercarme. Me imaginé que en cuanto diera un par de vacilantes y filantrópicos pasos hacia él, me arrestarían, me darían una paliza, me llevarían a juicio, me declararían culpable, me impondrían una pena, me meterían en chirona y luego me violarían entre varios con bates de béisbol en una diminuta letrina oculta en el corazón de Wormwood Scrubs. Ahora, dime: ¿en qué mundo vivimos? ¿En qué nos hemos convertido? ¡Estaba tan cagado de miedo que no fui capaz de ayudar a un niño que se encontraba solo en la calle en plena noche! Cogí y me largué.

Debo añadir en mi defensa que cinco minutos más tarde me sentí tan indignado por mi cobardía que volví a buscarlo. Cuando llegué ya no estaba allí. Lo busqué por todas partes, pero había desaparecido. Me fui con el rabo entre las piernas. ¿Qué te parece, eh? Estoy hecho todo un héroe, ¿a que sí? Fue algo impresionante.

Tranquilo. Ha sido una bola. Lo siento. Sólo intentaba escribir una historia reveladora y crear con ella el ambiente adecuado para el final del relato. ¿Qué te ha parecido? ¿Conmovedora? ¿Manida? ¿Inverosímil? Sea como sea, voy a pasar de ella. Quedaba mona, pero no cumple los requisitos. Nada, descartada.

Qué fácil resulta el asunto este de meter bolas, ¿eh? Es una tentación constante. Y aunque recuerda a la picaresca australiana, es, por así decirlo, una trampa en la que resulta fácil caer. Y si bien me revienta delatarme de esta manera y poner de manifiesto lo vulgar y previsible que soy por naturaleza, no me queda más remedio que reconocer que durante los dos últimos días no he sostenido la bandera de la Veracidad y la Rectitud con tanta firmeza como cabía esperar. Así es. No he sido muy sincero que digamos. Mi franqueza ha dejado bastante que desear. No te he contado toda la verdad. La cruda verdad.

Por ejemplo, posiblemente habrás notado que no he explicado muchos detalles cuando relataba las circunstancias que rodearon la muerte de Maurice. Supongo que esto te habrá dado que pensar. Al fin y al cabo, el asunto se lo merecía: no todos los días el mejor amigo de uno recibe un escarmiento a manos de una pandilla de terroristas urbanos. Esto constituye una auténtica laguna en la narración, ¿no te parece? Pues bien, tenía mis motivos. Mi comportamiento en este asunto fue bastante ambiguo. Estaba abochornado. Cohibido. No sabía si te interesaría. (Como si importara algo...)

Vamos a ver, poco después de cumplir diecisiete años, la relación de Maurice con la política nacionalista pasó del plano teórico al práctico. En fin, que el muy capullo se alistó en el IRA y cayó en sus sucias manos una remesa de armas. Se suponía que esto era secreto de Es-

303

tado, por supuesto, pero al cabo de una semana ya lo sabía medio colegio. ¿Que qué me pareció a mí? Bueno, me sorprendió y perturbó profundamente. Sentía un hondo afecto por Maurice y no quería que empezaran a salirle heridas de bala. Hablé con él seriamente. Con franqueza. Fue un intercambio de insultos prolijo, alusivo y angustioso. Intenté hacerle ver que lo de las pistolas, las bombas y tal era un asunto muy peligroso, que era cosa de adultos y todo lo demás. Hice todo lo posible por ponerle en guardia. Le grité, le llamé estúpido de mierda e incluso sugerí la posibilidad de darle una paliza. (Una idea de lo más atrevida, pues Maurice ya era miembro de pleno derecho de los «provisionales».)

Maurice no se tomó mis palabras en el sentido en que yo deseaba. Es más: me aconsejó que me fuera a tomar por el culo. Yo le supliqué, le rogué, le imploré y le lloriqueé. Le señalé el error moral que suponía masacrar a miembros de la población civil de forma indiscriminada. Maurice me interrumpió de forma brusca al oír esto. Sus ojos de chiflado me miraron con franqueza, y comprendí que se disponía a decir algo de lo que se sentía particularmente orgulloso. Me dijo que no habría víctimas entre la población civil. Sólo mataría soldados, policías, funcionarios de prisiones, miembros del UDR, etcétera. Eran objetivos legítimos, afirmaba.

—¡¿Legítimos?! –grité con desprecio.

—Sí, legítimos.

—¡No seas estúpido!

—Están aquí. Nadie les ha invitado a venir. ¿Qué esperan?

—No puedes estar hablando en serio.

Sí podía.

—En Irlanda hay una presencia militar que no debería estar aquí. Los británicos no son irlandeses; los unionistas, en cierto sentido, tampoco. ¿Eso qué significa? –preguntó.

—Que tienen una suerte de la leche –respondí, bastante ingeniosamente, en mi opinión.

—Muy gracioso. Más gracioso que la leche. Significa que son unos invasores.

Dios mío, casi me da algo. Me desternillé de risa.

—¿Invasores? ¡Joder, Maurice! Tú necesitas ayuda. Cuidadito con lo que dices, que suena a propaganda y se te ve el plumero.

—Eres un tío simpático, Ripley, pero hay veces en que eres un jodido presuntuoso.

—Anda y que ten por el culo.

No se puede decir que fuera una discusión entre personas sensatas, ni un sereno intercambio de opiniones. Volví a casa, me metí en la cama para que se me pasara el enfado y tomé la decisión de probar otra vez al día siguiente. Se me había ocurrido plantearle una cuestión espinosa, un asunto difícil. Se trataba de una situación meramente hipotética. Le pregunté qué haría si le pidieran que participara en la eliminación de un grupo de civiles seleccionado al azar. Con esto no quería decir que pudiera ocurrir tal cosa, pero ¿qué haría en el improbable caso de que sucediera?

Me respondió que se negaría, así de claro. De ninguna manera, diría. Nada, ni en sueños. Lo siento, pero eso es inaceptable.

Creo que fue entonces cuando empecé a preocuparme de verdad por el joven Maurice.

Pasaron lentamente los meses y cundió el rumor de que Maurice andaba mezclado en todo tipo de asuntos escabrosos. Mucho de lo que se decía era una mentira como la copa de un pino, pero saltaba a la vista que por lo menos estaba metido en algún lío. Esto me deprimía. Sabía que Maurice no conocía el lenguaje de la brutalidad y la infamia que se necesita para sobrevivir en un grupo paramilitar irlandés y estaba seguro de que el asunto acabaría en lágrimas. Lo cierto es que acabó mucho peor.

Nada más terminar la Navidad, Maurice apareció un día en mi humilde piso de Indiana Avenue con la intención de que yo, su querido amigo, le diera cobijo. Estaba pálido, le faltaba el aliento y era evidente que venía cagado de miedo. Le buscaban, me dijo. Yo no sabía a quién se refería exactamente, pero me habría jugado los huevos a que no eran amigos suyos. Me dijo que sentía meterme en aquel lío, pero que no le cabía más remedio. Añadió que, si podía esconderle en casa durante unos días, se iría a Inglaterra en barco y desaparecería una temporada. Esto o algo igual de peliculero fue lo que me contó. Luego sacó un revólver enorme y me aseguró que, si manteníamos la serenidad, no nos pasaría nada. Juro que estuve a punto de mearme encima.

Al parecer se había producido una pequeña desavenencia en la facción a la que pertenecía Maurice. Por lo visto, a la hora de elegir aliados en la disputa, mi amigo había expresado sus inclinaciones con tanta vehemencia como indiscreción. Durante el ulterior golpe de Estado, el grupo escindido al que él pertenecía había sido claramente derrotado y ahora lo estaban diezmando de forma indiscriminada. Entre los nombres de quienes iban a ser eliminados figuraba el de Maurice. En resumidas cuentas: que tenía las horas contadas. Andaba con la muerte en los talones.

¿Que cómo me sentí? Acojonado, naturalmente. ¡No era más que un estudiante, rediós! ¡Era un chaval, un jodido crío! Si alguien venía a liquidar a Maurice, era poco probable que me dejaran marchar por ser un chico simpático. Si nos encontraban, me darían mi merecido sin pestañear. ¿Por qué había acudido a mí? Lo más seguro era que hablaran con todos los colegas de Maurice, y yo me hallaría entre los primeros lugares de la lista. Allí estaba yo, deseando ir a Cambridge, y de pronto aparecía el IRA con idea de levantarme la tapa de los sesos. Era escandaloso, insoportable. Era en verdad desagradable.

Pese a todo, me tragué el miedo (no sin cierta dificultad) y prometí a mi colega que le ayudaría. A fin de cuentas, era amigo mío. No podía permitir que me lo frieran a tiros. No me hacía ninguna gracia meterme en este nuevo follón, pero no podía hacer otra cosa. No había otro remedio. Maurice ya lo sabía antes de acudir a mí.

No podía quedarse en mi casa. Esto al menos estaba claro, lo cual supuso para mí un alivio. Tendríamos que encontrarle un lugar donde sobar hasta que pudiera najarse. Durante varias horas nos devanamos los sesos frenéticamente hasta que se nos ocurrió una idea alucinante.

Nos pasamos la noche en mi habitación sin pegar ojo, temblando de miedo y hablando sin parar. Me enteré de muchas cosas sobre Maurice, pero sobre todo de lo sorprendentemente estúpido que era. No soltaba más que paridas sobre la que iba a montar con el arma que llevaba en el supuesto caso de que le pillaran. Traté de hacerle ver que el arma no le serviría de nada, pues estaría demasiado muerto para sacarle provecho, pero no quiso hacerme caso. Juraba que iba a llevarse por delante a unos cuantos de esos hijoputas. Yo esperaba con toda mi alma que no contara conmigo para su excursión. Empezaban a irme bien las cosas y quería quedarme a ver cómo salía todo.

Al día siguiente cogimos temprano un autobús para ir a Kilkeel, una población pesquera del condado de Down. El padre de Maurice tenía un barco amarrado en el puerto, y habíamos decidido que se escondería en él. El barco era tan pequeño que daba risa, pero serviría a falta de un lugar mejor (como se apresuró a señalar Maurice). Compré algo de papeo y tabaco en la tienda del pueblo donde se compran esas cosas y me despedí de mi amigo. Dejé al muy imbécil bastante animado. Creo que le gustaba el ambiente bohemio de su refugio, y debió de parecerle bastante conmovedor que yo le ayudara de semejante manera. No paraba de hacer planes para cuando nos reuniéramos en la pérfida Albión una vez que yo hubiera sido admitido en Cambridge y tal. Para mí era muy triste oírle hablar, pues sabía que Maurice iba a morir. Lo sabía perfectamente.

Me agradeció que me jugara el pellejo por él (¡más vale!) y me dijo que, aunque no había ningún aspecto de mi persona que le gustase, no era un mal tío. Aunque esta muestra de ternura se inspiraba de forma evidente en la fría y adusta escuela de la camaradería, me pareció bastante conmovedora a mi pesar. Nos despedimos y me largué, dejando a Maurice con su ridícula arma y su aun más ridículo optimismo.

Los siguientes días fueron un calvario. Vi a Maurice en una ocasión durante media hora y pasé el resto del tiempo en Belfast, cagándome diligentemente de miedo. Mi rendimiento en los estudios empeoró de forma notable. Me di cuenta de que no podía concentrarme en Dryden o sir Thomas Browne con la amenaza de un asesinato inminente sobre mi cabeza. Me sentía desconcertado, por así decirlo. Temblaba de miedo a todas horas. Como podrás imaginarte, la posición en que me encontraba era de verdad insólita. La vida cotidiana, la vastísima llanura de la rutina, rara vez se ve alterada por contingencias tan imprevistas y angustiosas como ésta. Era como una película, y no precisamente de las que me gustaban. No me habría importado interpretar un papel secundario en algún divertimento de porno blando, pero no tenía el menor interés en probar un género tan violento como el del cine de suspense ambientado en el Ulster.

Resulta curioso observar con toda atención cómo le afecta a uno sentir un miedo constante. Por cómico que parezca, lo cierto es que el miedo tiene un efecto perjudicial en el estómago. Sí, sí: te pasas el día sentado en el retrete. Esto constituye un problema por diversas razones. Para empezar, no es que sea precisamente divertido. En segundo lugar, en esa posición uno es mucho más vulnerable si se produce un atentado terrorista. Por último, da corte: a poca gente le gustaría estirar la pata repantigado en el cagadero. Otra de las agradables consecuencias de tener un miedo cerval a todas horas es que el tiempo te inspira un odio profundo, sobre todo por la noche. Te entra tal canguelo que los minutos hacen daño, las horas hieren y los días te asestan el golpe de gracia. Acabas paranoico sin darte cuenta. La noche la pasas tratando de camelarte al impuntual amanecer y el día esperando el anonimato de la oscuridad. Las horas están teñidas de terror y lacrimosa exasperación. Además este género de miedo es acumulativo: crece como la espuma. Va a más conforme pasa el tiempo. Acabas comiéndote las orejas de espanto.

Como es natural, al final me pillaron cuando regresaba del colegio a casa. Tonto de mí, no había tenido en cuenta esta posibilidad. En mi habitación no me fiaba ni de mi sombra, pero salía a la calle tan campante, pensando que no corría el menor peligro. Menudo estúpido, ¿verdad?

Tres hombres me metieron en una vieja camioneta Bedford justo delante de Coulter's Garage, en lo alto de New Lodge. Me taparon la cabeza con una bolsa y me dijeron que mantuviera la boca cerrada porque de lo contrario me partirían las piernas. Me mostré de acuerdo.

Ocurrió a las cuatro y media de la tarde; el cielo ya estaba en retirada, pero aún se filtraba una tenue luz. El viaje debió de durar varias horas, porque cuando me sacaron a patadas de la camioneta, vi por debajo de la bolsa que era de noche. El suelo estaba mojado, y su mortecina pátina gris reflejaba aquí y allá el brillo de las farolas. No sé por qué, pero de pronto se me hizo insoportable la idea de morir bajo la lluvia. No podía acabar tirado en una acera mojada y dejar que mis cosas quedaran todas empapadas de lluvia y manchadas de barro. Tenía frío, y mis pantalones seguían húmedos en la parte en que me había meado durante el viaje. Esto había provocado la ira de mis secuestradores, y uno de ellos me había dado una patada en las costillas por mi descuido.

Nos alejamos de la camioneta y empezamos a subir una especie de colina. Yo me tropezaba con frecuencia, pues estaba muy oscuro. El individuo que me había pegado antes me insultó y volvió a propinarme todas las patadas que tenía permitido, que eran un montón.

Llegamos a una casa. Uno de los hombres llamó a la puerta y esperamos. Yo estaba hecho un manojo de nervios. Oí a lo lejos la sirena de una embarcación en apuros. Eso significaba que estábamos en un puerto. ¿Larne? ¿Derry? ¿Kilkeel? Esperaba que no fuera este último. Abrieron la puerta, me empujaron adentro y, tras cruzar unas habitaciones bastante amplias, me obligaron a detenerme. Me apretaron una silla contra las corvas y caí pesadamente sobre ella. Oí unos susurros, los pasos de alguien que se marchaba y una voz que me advertía:

–Cinco minutos. Pórtate bien y no te pasará nada.

Durante aquellos cinco minutos me devoró un terror espantoso. Seguía con la cabeza tapada, y estaba bañado en sudor y silenciosas y sofocantes lágrimas. Respiraba con dificultad, boqueando como un pez. Me picaban los ojos del calor y el sudor, y cuando tomaba aire la bolsa se me pegaba a la boca y la nariz. Tenía el cuello empapado, y del pelo me resbalaban goterones de sal que me caían sobre la camisa. Joder, por un momento llegué a pensar que me ahogaría allí mismo. Parecía que iba a asfixiarme con el sudor y el aliento. En realidad me vino bien, porque así pude olvidarme de un problema tan apremiante como la posibilidad de una muerte inminente.

No tardaron en quitarme la bolsa, pero, entre la humedad y la luz, no pude ver nada. «¡Joder...!», exclamé. «¡Joder es lo que te vamos a hacer como no te calles!», oí que respondía alguien. No me lo tomé a mal y mantuve la boca cerrada mientras los ojos se me acostumbraban a la luz, que era bastante escasa, por cierto.

–¿Ya estás cómodo?

Farfullé algo humildemente en señal de asentimiento. Ahora eran dos, ambos de estatura media, uno rechoncho y tirando a calvo y el otro callado e hirsuto, con gafas estilo Sinn Fein y barba a lo Gerry Adams. El primero en hablar fue el calvo.

–Bueno, chaval. Perdona que te hayamos traído hasta aquí, pero es que tenemos un problemilla y necesitamos un poquito de ayuda. Espero que tú puedas echarnos una mano. ¿Qué me dices?

Prudentemente, con una calma infinita, respondí que no lo sabía. Me estremecí, a la espera de un golpe, un disparo, una cuchillada o un grito. Pero no ocurrió nada. Se produjo un breve silencio. El calvo sonrió de forma afable e hizo un guiño a su amigo el cuatro ojos. Esto me inquietó. La jovialidad no me pegaba en aquella situación. ¿Dónde estaban la porra y el taladro? Estos chicos no eran unos comediantes.

–Buscamos a Maurice Kelly. Ya sabes, Maurice, tu amiguito. Bien... Queremos hablar con él. Tenemos que decirle una cosa.

Estúpidamente, durante los últimos minutos había recobrado la confianza, por lo que pude decir con cierto aplomo:

–¿Maurice? Se ha largado. No sé dónde está. Hace semanas que nadie lo ve.

Se produjo otro silencio. Mi colega el calvo había dejado de sonreír. Respiraba entrecortadamente, como si tratara de contener el aliento. Cerró los ojos un momento y encendió un cigarrillo. El muy cabrón no me ofreció ninguno. Lo hacía bastante mal; era tan peliculero que daba pena. Saltaba a la vista que aquel caraculo era un aficionado, un chapucero. Le dijo algo en voz baja a su amigo el taciturno y se volvió hacia mí. Suspiró de forma teatral, con una fuerza exagerada, como si estuviese acabándosele la paciencia y fuera a perder los estribos. Casi me echo a reír.

–No nos vengas con gilipolleces, chaval. Basta con que nos digas dónde está y podrás volver a tu puta casa. Te aseguro que no estoy de humor para soportar a un gallito de mierda como tú.

Ridículo, ¿verdad? Me recosté en la silla y me rasqué los huevos. Luego les lancé una mirada de desprecio.

—Os lo acabo de decir. No sé dónde está. ¿Cómo leches queréis que lo sepa? Estáis perdiendo el tiempo... En serio.

Menuda tontería acababa de cometer. Aquello fue una terrible equivocación por mi parte. Rápido como un vaquero manco, el barbudo de expresión saturnina sacó una automática enorme y me la clavó en la sien. Oí un clic y, mientras el mecanismo del arma se colocaba suavemente en posición de disparo, noté una leve vibración en mi cráneo. Mi vejiga volvió a hacer de las suyas y percibí una vez más cómo se extendía el olor a orina. El calvo me soltó un grito. Había perdido los estribos. Estaba fuera de sí. (Era admirable cómo le salía.) El hombre tenía un cabreo enorme. Debía de haberle costado Dios y ayuda contenerse durante tanto tiempo. Saltaba a la vista que éste era el papel que había interpretado durante toda su vida. El papel de tío cabreado. Era el hombre que dejaba a la gente cagada de miedo. Hasta el momento, conmigo sólo había conseguido que me meara encima, pero la cosa no había hecho más que comenzar.

—¿Dónde está, gilipollas de mierda? ¿No te das cuenta de lo que te vamos a hacer como nos sigas jodiendo? Usa la cabeza, chaval. ¡Dinos dónde está!

Joder, había desafiado a la suerte y ahora ésta había decidido aceptar. Estaba claro que había llegado el momento de contarles lo que sabía. Se habían acabado las tonterías: era, definitivamente, hora de largar.

Bien, imagino que alguna vez te habrán puesto un arma contra la cabeza. Si no es así, si no figura esto entre tus recuerdos nostálgicos, es una pena, porque es una experiencia curiosa. Una experiencia realmente asombrosa, a decir verdad. Sobre todo si uno es un ciudadano vulgar y corriente como yo, un tío al que nunca se le ha pasado por la imaginación que su cabezota pueda servir algún día de pulposo blanco para un francotirador chiflado. Lo que llama la atención cuando te ponen un arma contra la cabeza es que duele. Sí, duele muchísimo. Hace daño. La mitad de las veces el hijoputa de turno no tiene que pegarte un tiro al final. Basta con sostener el arma contra la cabeza. De esa manera ya se causa bastante destrozo, ya está todo solucionado. Lo vemos todos los días en el cine: el malo con la pipa y el bueno de rodillas, aterrado, sollozando, empapado con el sudor de los efectos especiales. El asunto ese del sudor es todo un hallazgo. ¡Caray, la de problemas que dan las glándulas sudoríparas cuando a uno le ponen una pistola contra la cabeza! Si te hacen eso, te han jodido. Te mata el alma o algo así. Basta con que alguien apriete un dedo para que seas hombre muerto. Un mínimo movimiento reflejo sobre el gatillo y tus sesos salen despedidos por toda la habitación. ¡Se acabó! Tu vida depende de otra persona.

Ésta es la razón por la que el sistema de poner la pistola contra la cabeza es tan bueno. Será todo lo primitivo, anticuado y poco sutil que quieras, pero resulta eficaz. Es un estupendo plan de incentivos. Poca gente discute.

Así que, sentado en aquella silla con aquel pedazo cañón clavado en la sien, intenté pensar en Maurice y en su vida. Intenté pensar en la amistad, el honor y la humanidad. Intenté pensar en qué le harían a él con aquel pistolón. Intenté pensar en cuánto le dolería y horrorizaría. Lo intenté. Pero había algo que me distraía. Fue difícil. Muy difícil.

Me comí el marrón, por supuesto. Y enterito además. Entre lágrimas y chillidos, me cubrí de infamia. Se lo conté todo. Les hablé de lo de Kilkeel, lo del barco y lo de la pistola que llevaba. Les conté cosas que no querían saber. Hablé, lloré e imploré. Me puse a ver qué tal se me daba ser un traidor y obtuve unos resultados excelentes.

Me pidieron que les mostrara exactamente dónde estaba escondido. Querían que les acompañara. Me dijeron que me tomara mi tiempo, que recuperara el aliento y todo lo demás. Me dieron pañuelos para secarme las lágrimas y cigarrillos para que se me pasara el ataque de histeria. Estuvieron amabilísimos.

El viaje en coche hasta Kilkeel se me hizo eterno. Ahora eran cuatro. El conductor, un hombre de pelo castaño cuya cara no pude ver; el barbudo taciturno, que se sentó delante; mi amigo el calvo y otro hombre, un gigante con los dientes torcidos y una pinta repugnante que llevaba una gorra de lana. Estos dos iban cada uno a mi lado y de vez en cuando le hacían comentarios insustanciales al conductor, que parecía un tipo gracioso y siempre soltaba un chiste o una risilla en el momento oportuno. Muy a su pesar, formaban una pandilla inquietante. En realidad, no eran terroristas aquellos hombres. No les interesaba la política, no eran unos idealistas. Eran unos miserables, unos bravucones, unos simples matones.

Se me hizo extraño ir por la autopista. Veía cómo se acercaban, pasaban y se alejaban los otros coches y los miraba con añoranza. Coches poblados de parejas, familias o conductores solitarios. Montones de vidas triviales, exentas de este género de incidentes y desenlaces. Vidas triviales, aburridas, seguras e hipotecadas. De repente me pareció una forma maravillosa de vivir. Qué poco me habría costado cambiarme por aquellos viajeros tan mediocres y normales y acostumbrarme a su rutina automovilística. ¡Dios mío, qué valiosa me pareció de pronto la puta vida metido en aquel coche junto a aquellos cuatro locos! ¡Qué enormes ganas me entraron de vivir!

Tardamos casi dos horas en llegar a Kilkeel. Fuimos despacio para no llamar la atención. Aparcamos cerca de un campo de fútbol en medio del pueblo y, tras dejar al bromista de nuestro conductor en el coche, nos dirigimos hacia el puerto. Caminamos más o menos separados, igual que un grupo cualquiera de amigos adolescentes. Teníamos un aire despreocupado, pero sabía que me matarían como a un perro si cometía cualquier tontería.

Hacía una noche horrorosa: oscura, fría y lluviosa. La callejuela que llevaba hasta el puerto resplandecía malignamente, reflejando la luz de las farolas que salpicaban el camino sin orden ni concierto. En la pequeña playa se oía un mar invisible que susurraba con dulzura al suave y oscuro aire. No era tarde, pero había poca gente en la calle. La noche moribunda estaba poniéndome malo. Aceleré, pisando fuertemente con la esperanza de que mis pasos rompieran el silencio. Pero no dio muy buen resultado.

Cuando llegamos al puerto se detuvieron. El calvo me susurró algo al oído. Señalé uno de los pequeños barcos situados en el margen de fuera del minúsculo muelle. Me indicó que fuese.

Tenía que subir a la diminuta embarcación y sacar a Maurice a la pequeña pasarela. Tenía que informarle de que se había producido un cambio de planes y de que debíamos regresar a la ciudad de inmediato. Tenía que acercarme a los tres secuestradores con mi amigo y esperar a que llevasen a cabo lo que tuvieran que hacer. Sabía que iban a pegarle un tiro, pero ya casi me daba igual. Estaba cansado e incluso un poco harto. Quería que terminara aquel asunto de una vez. Quería que acabara.

Mientras me dirigía al pequeño barco, miré un momento hacia atrás y observé que mis tres amigos se quedaron merodeando cerca del oscuro muro exterior del puerto. Tenían cara de hablar totalmente en serio. Maurice no los vería a tiempo de ninguna de las maneras... ¿A tiempo para qué, rediós? ¿Para qué?

Maurice tenía una enorme manzana roja en la boca cuando subí al barco. El muy idiota cogió su ridícula pistola *después* de ver que era yo. Como demostración de vigilancia no fue muy impresionante que digamos. Noté que me entraba una tristeza horrible. Sonrió, arrojó la pistola a su diminuta litera y me hizo un gesto para que me sentara en el taburete del que se acababa de levantar. Parecía contento de verme. Debía de sentirse solo el pobre desgraciado.

—¿Qué pasa? —preguntó.

—Nada.

—Bien.

Me dio un cigarrillo y siguió comiéndose su manzana. Parecía relajado. Me dijo que, en su opinión, si todavía no habían logrado dar con él, era probable que el peligro fuera menor a partir de entonces. Luego se deshizo burlonamente en elogios sobre mi valentía y constancia. Para eso están los amigos, dijo. Tan cierto como que en las manzanas grandes y rojas viven gusanitos blancos. Se rió mucho de esto. Al parecer se había pasado buena parte de las horas de aburrimiento creando inútiles e incomprensibles aforismos. «Quizá los publique algún día», dijo. Con lo malos que eran no tendría el menor problema.

Acabó la manzana y me cogió el cigarrillo. Por lo visto era el último que le quedaba. Me preguntó si le había traído más. Se sorprendió cuando le respondí que no, pero dijo que ya compraríamos cuando fuéramos al pueblo. Le dio una fuerte chupada y me lo devolvió. Aspiré el humo lentamente, ofuscado por el dolor.

¿Que cómo estaba? Aturdido. Asqueado. A punto de perder los nervios. La boca podía dominarla sin problemas y era capaz de decir cosas con cierta naturalidad. Las manos no me temblaban y la frente la tenía seca. Pero los ojos... Los ojos iban a su aire. Me decía una y otra vez: «Dios mío, seguro que lo ha notado. Seguro que se ha dado cuenta de que algo va mal. Vamos, pero si salta a la vista». Los ojos me habían traicionado. Le habían dado el soplo.

Pero no era así. Mis queridos y generosos ojos estaban portándose de maravilla. No habían soltado prenda.

Maurice se interesó en saber por qué teníamos que irnos, pero no protestó cuando vio que guardaba silencio. Parecía un cordero, y era yo quien lo llevaba al matadero. Apagó la pequeña lámpara de pilas y fui por su abrigo. Me lo cogió y metió el revólver en uno de los bolsillos. Antes de salir del barco se volvió hacia mí y dijo:

—Gracias, Ripley. Te debo una.

Oh, la sonrisa que puso fue maravillosa, fue un auténtico poema.

—Vale, vale... —dije—. Anda, vamos.

Todo fue bien hasta que pusimos los pies en tierra firme. De pronto el aire puro me hizo recobrar mi tambaleante sentido de la moral, y comprendí que cometía un disparate. Mi esfínter sufrió una sacudida y mi vejiga pensó: «No, otra vez no». Miré fijamente hacia el puerto, hacia la oscuridad del alto muro, pero no vi nada. ¿Dónde se habían metido aquellos hijoputas? ¿Qué estaba pasando?

Maurice se dirigía ya a buen paso hacia el pueblo. Le seguí despacio y la cabeza empezó a darme vueltas a causa del pánico y el terror. En cualquier momento su cuerpo sufriría una convulsión, agitaría los brazos y las piernas y caería redondo al suelo. A unos treinta metros de distancia se detuvo y dio media vuelta. Me miró con franqueza, sin malicia, evitando meterme prisa. Me acerqué lo más poco a poco que pude. Avanzaba a regañadientes, como si me pesaran las piernas. Dios, seguro que lo hacen ahora, pensé. Seguro que lo hacen antes de que llegue. Pero no sonó ningún disparo y me reuní con mi amigo.

–Joder, Ripley –me reprendió con amabilidad–. A ver si mueves el culo, que no estamos de paseo, leches.

Al principio no me oyó. Se detuvo otra vez y me miró con cierta sorpresa. Le hablé entre dientes, con un hilo de voz. Volvió a oírme mal. Cuando se lo repetí, en sus ojos se reflejó el brillo oscuro de la calle.

–¿Cómo? No te oigo. ¿Qué dices?

–¡Corre, gilipollas! ¡Corre de una puta vez!

Pero se quedó parado, mirándome fijamente a la cara. Me volví y vi un destello entre las sombras que se extendían bajo el muro del puerto. Maurice miró hacia allí y también lo vio. Ahogó un grito de miedo y sus ojos se clavaron en los míos. De pronto había desaparecido el brillo que tenían. Entonces echó a correr.

¿Y adónde fue? Lejos de allí, por supuesto. Hacia el mar. ¿Adónde si no iba a ir? Fue corriendo hasta el final del viejo malecón, hasta la misma orilla de las negras aguas. Se detuvo y vi que los hombros se le encorvaban y empezaban a temblarle. Luego se volvió hacia mí y levantó un brazo en un gesto brusco y despreocupado: un gesto de abnegación, fastidio o divertida desesperación. Dio un respingo, retrocedió con paso inseguro y cayó lentamente de rodillas. Volvió a alzar la vista, y de pronto brotó de su garganta un cuajarón de sangre y carne roja. Se retorció de forma violenta y cayó de bruces al suelo, produciendo un ruido sordo sobre las antiguas piedras del puerto. Oí pasos a mi espalda y enseguida noté la presencia del calvo junto a mí. Observamos en silencio cómo sus compañeros se acercaban al cadáver. El barbudo llevaba una pistola provista de algo parecido a un silenciador. Se inclinó sobre el cuerpo tendido de Maurice e hizo un gesto al calvo. Éste pareció comprender y le señaló el pequeño barco. Entre súbitas lágrimas vi cómo los dos hombres metían el cadáver en la embarcación. Tropezaron, y poco faltó para que se les cayera al mar. Noté que me subía al garganchón un pequeño bolo de vómito y tuve que tragar saliva rápidamente para frenarlo. La discreta arcada molestó a mi callado secuestrador, que se llevó un dedo a la boca para pedir silencio. Mantuve los labios bien apretados para evitar que se me escapase el tufo a vomitona y le llegara el olor de mi miedo.

Los otros dos no tardaron en salir del pequeño barco. El barbudo tenía los ojos medio cerrados, como si estuviera drogado o somnoliento. Me sonrió, lentamente. Sacó del abrigo la automática con el silenciador y me apuntó con ella a las costillas. Miró a su colega el calvo, volvió a sonreír y apretó el gatillo con sumo cuidado.

Dicho sea en su honor, a los otros esto no les pareció divertido. Pero era evidente que al peludo le traía sin cuidado, y siguió sonriendo. Yo, por mi parte, sólo sentía indiferencia, y es que, por extraño que parezca, había dejado de tener miedo y en su lugar sentía un cansancio y una incomodidad enormes. Me daba igual lo que ocurriera siempre y cuando no me obligara a hacer esfuerzo alguno. Sé que ni el peor autor de novelas de misterio sería capaz de escribir semejante bazofia, pero es la verdad. Como en las tragedias inglesas del siglo XVII, para que el miedo sobreviva es necesario tener un sentimiento de pérdida. No parecía que me quedara mucho que perder.

No me mataron. No me dispararon. No me pegaron. Ni siquiera me ordenaron que guardara silencio. No eran estúpidos y sabían que, al igual que antes, en realidad no necesitaban hacer nada de esto. Hicieron otra cosa. Hicieron algo endemoniadamente inteligente, algo espantoso por las consecuencias que acarrea para todos nosotros. ¿Que qué hicieron? Pues los muy cabrones cogieron y me forzaron a subir al barco, soltaron las amarras y empujaron la embarcación del muelle. Me obligaron a salir a la mar con Maurice.

En realidad, Maurice no se había muerto del todo. Le faltaba poco, estaba ya en las últimas, pero aún le quedaba algo de vida. Al principio, mientras recorría de un lado a otro el ridículo barquito presa del miedo sin saber qué hacer, esto me desconcertó. ¿Por qué no lo habían matado? Luego, sin embargo, cuando me serené y miré bien al pobre Maurice, me di cuenta de que sí lo habían matado, sólo que iba a tener una muerte lenta.

Las primeras dos horas no fueron especialmente difíciles, ya que Maurice estaba inconsciente y las nubes tapaban la luna. La oscuridad y el relativo silencio (roto sólo por los violentos estertores de moribundo de Maurice) podía soportarlos sin ningún problema. Sin embargo, no tardó en recuperar el conocimiento y se puso a gritar de una forma espantosa. Virgen Santa, es que no paraba... Una y otra vez soltaba el mismo chillido amargo e inarticulado. Acostumbrado a la actitud relativamente estoica con que Maurice solía tomarse las cosas, aquel delirante torrente de aullidos agónicos resultaba dos veces desagradable y helaba mi pobre alma con la astuta zarpa del horror y el pánico. Para entonces ya había abierto los ojos. Los tenía fuera de las órbitas, desencajados en el ensangrentado cráneo. Tiraba de forma frenética con las manos de los bordes desgarrados de sus heridas, rasgándose la blanda carne como si fuera un melocotón maduro y lleno de sangre. Esto no le hacía ningún bien, y hube de sujetarle los brazos contra el suelo, los cuales movía con ciega desesperación. Para poder hacerlo me vi obligado a sentarme sobre su destrozado estómago, ya que tenía la fuerza de un loco furioso. Mientras mi amigo forcejeaba, su sangre salió disparada, me mojó la entrepierna del pantalón, caló la fina tela y, caliente y pegajosa, me mojó las ingles.

Por suerte, no tardó en pasársele el ataque de furia, perdió poco a poco esa fuerza descomunal que le restaba, y lentamente sus gritos quedaron reducidos a un gorgoteo en la indescriptible espuma que salía de su dañada garganta. Volví a examinar sus heridas con cuidado, esta vez como es debido. Tenía una en el cuello; otra en el centro del abdomen, hacia la izquierda; y otra en las costillas del mismo lado, en plena zona pulmonar. Era evidente que este pulmón había dejado de funcionar casi de inmediato, y ahora el otro trataba de compensar, causándole convulsiones en el pecho. A Maurice le costaba respirar, de eso no cabía duda. Me sorprendió descubrir que el agujero del cuello era bastante pequeño en comparación con la herida del pecho. Tenía una pinta atroz, estaba desgarrada, pegajosa y brillante, pero probablemente le había hecho menos daño que las otras dos. Me llamaba la atención que la sangre de mi amigo, tan valiosa, tan esencial para él, tuviera semejante poder para repelerme. A fin de cuentas, se trataba de algo fundamental para la vida. Por sensiblero que parezca, esto me hizo sentir de repente un intenso amor por el moribundo. Y es que ya era seguro que se moría. Los irregulares y estriados agujeros de su suave y precioso cuerpo escupían una sangre oscura y furiosa sobre los manchados tablones del fondo del barco. Sí, estaba a punto de diñarla.

Fue entonces cuando empecé a dar vueltas seriamente a la idea de que Maurice iba a abandonar este mundo. Me daba pena, como podrás imaginar, pero lo que sentía al respecto no estaba nada claro. Andaba distraído con asuntos confusos. La Culpa figuraba en cartel como protagonista, pero por el momento no había hecho acto de presencia. El Cansancio estaba llevando a cabo una buena labor, como de costumbre, y el Dolor hacía señales desde bastidores, pero la obra no marchaba bien. Los actores no salían a escena cuando les correspondía y se equivocaban con el papel. Daba la impresión de que habíamos perdido el norte en el escenario de mis sentimientos. Necesitábamos a alguien que nos orientase.

Maurice estaba ya prácticamente callado. Murmuraba cosas incoherentes en tono apremiante, moviendo los ojos de aquí para allá, buscando con desesperación un punto donde fijarlos. El miedo y el dolor le arrancaban violentísimos hipidos acompañados de sangre, y no presentaba muy buen aspecto. Le miré fijamente a la cara. Al caerse en el malecón se había roto la nariz, que ahora tenía ensangrentada, y uno de sus ojos estaba hinchado y a punto de cerrarse. Le llamé por su nombre. Ni respondió ni dio muestras de reconocerme. Sus enloquecidos ojos seguían moviéndose de un lado a otro, y las manos se le abrían y cerraban sin parar. Era evidente que estaba en otro sitio, un sitio no muy agradable por lo que se veía. Saltaba a la vista que, en su lucha por respirar con un solo pulmón, su cerebro no estaba recibiendo la cantidad de oxígeno que necesitaba, lo que sin duda le impedía pensar con claridad.

Abandoné el diminuto camarote y salí a la parte desprotegida del barco. Podía ver las luces que salpicaban la costa a nuestra derecha, pero no tenía ni idea de si nos habíamos apartado mucho de ella. Eso sí, daba la impresión de que nos alejábamos. Me pregunté cuánto tardarían en recogernos, si no a los dos, por lo menos a mí. La luna había conseguido abrirse paso por el cielo arenoso y ahora arrojaba su palidez sobre todas las olas que me rodeaban. Reinaba en el mar un silencio sobrecogedor, que el pequeño barco rompía sin dificultad con sus desquiciantes crujidos. Tenía unas ganas locas de fumar. Esta idea me dejó horrorizado. Mi mejor amigo se moría de una forma espantosa prácticamente por mi culpa, y no se me ocurría pensar en otra cosa que en mi necesidad de tabaco. Intenté comprender cómo podía ser tan hijoputa, pero no conseguí dar con una respuesta satisfactoria.

Permanecí sentado fuera cosa de una hora, haciendo lo posible por respirar con tranquilidad y frenar los latidos de mi corazón. De vez en cuando Maurice chillaba o soltaba un grito ahogado con más fuerza que de costumbre, pero yo no hacía caso. No quería verlo.

Al final tuve que volver al camarote, por supuesto. Ni siquiera yo era capaz de llegar a tal extremo de inhumanidad. Cuando abrí la ridícula portezuela, la súbita corriente gris arrancó un doloroso brillo plateado a sus ojos de moribundo. Trató de volver su deshecha y sucia cara hacia mí, pero no lo consiguió. Su boca seguía moviéndose con una urgencia desesperada, pero no se oía un solo sonido. Me incliné sobre él e intenté calmarlo.

–Vas a ponerte bien –dije.

Metí las heladas losas de mis manos en el caliente y húmedo chorro de sangre que seguía manando del pecho de mi amigo. No pude detener el flujo, pero por lo menos mis dedos reaccionaron con el calor. Cuando aparté las manos, se estremeció de forma violenta, víctima de un espasmo de dolor parecido a una arcada. Percibí el inconfundible olor de la mierda líquida que habían expulsado sus tripas desgarradas. Me parecía al mismo tiempo repulsivo y acongojante. Era dolorosísimo ver la sordidez y facilidad con que mi amigo perdía las fuerzas y la juventud. Y resultaba desalentador ver cómo vomitaba la sangre en enormes esputos de vida. Al final, morir parecía un asunto sorprendentemente anárquico. Era un fallo mecánico fortuito. Sentí una oleada de compasión y de pronto lo comprendí. Lo malo de morir no era el dolor. Lo que en realidad acababa contigo era el miedo, la tristeza y la congoja.

Maurice estuvo un par de horas más ahogándose, sollozando y perdiendo sangre. Todo acabó justo antes del amanecer. Al final pareció dar término al asunto de la muerte con gran rapidez. No me di cuenta hasta que vi la fea mucosidad gris que le salía a mi amigo por la nariz. Sorprendentemente, no sentí ningún asco, e incluso le rocé suavemente la cara con el dorso de la mano. Ahora ya estaba más tranquilo, aunque seguía agobiado por la falta de tabaco. Parecerá cruel, pero sentí un gran alivio cuando acabó todo. Es probable que Maurice se sintiera de la misma manera. No me pareció que durante las últimas horas tuviese muchas ganas de luchar con uñas y dientes por lo poco que le quedaba de vida. Creo que se alegró de morir.

Contemplé su cuerpo tendido en el suelo. Estaba hecho un ovillo. Como ya he dicho, Maurice era guapo. Pues bien, ya no lo era. Intenté pensar en los labios y las manos de mujer que habían rozado aquella carne muerta que yacía ahora en el fondo del barco. Mediaba un abismo entre una cosa y otra. El Maurice vivo apenas guardaba relación con aquel montón informe de carne desgarrada y manchada de sangre. No sé por qué, pero el hecho de que hubiera dado un espectáculo tan repugnante al morir complicaba las cosas. Una muerte pulcra y elegante no habría estado del todo mal. Algo noble, al estilo Chatterton. Aquella pila de porquería y huesos me producía cierto sentimiento de culpabilidad. En realidad era lo que correspondía. Maurice era amigo mío, yo era el responsable de su muerte, y su cadáver iba a ser una de mis pesadillas particulares. Ahora lo conocía mejor que nadie. Lo había visto en la situación más extrema e íntima. Me pertenecía. Estaba triste, consternado y pesaroso, pero me quedaba el orgullo suficiente como para darme cuenta de lo impresionante que era este legado.

Me encontraba cansado y necesitaba un poco de reposo. Salí del camarote como buenamente pude y me erguí en medio del aire frío y acribillado de llovizna. Había arreciado, lo que contribuyó a minarme aún más las fuerzas. La apagada llanura del mar arrastraba unas aguas verdes, sin vida, planas e infinitas alrededor de mi diminuta embarcación asediada. La brisa, heladora y ávida, me robaba el entrecortado aliento, y la llovizna y la espuma azotaban mis orejas dejándolas empapadas. No me gustaba aquel barco. La idea de que pudiera sostenerse con un peso y una masa tan exiguos sobre aquella sutil e inconsistente esencia de agua me llenó de terror. Era un puntito diminuto en la suave piel que cubría la vasta carne del mar. Su consistencia era tan frágil, tan fácil de perder. El turbio y enojoso mar...

Había sido una mala noche se mirara por donde se mirase. Me habían secuestrado unos terroristas, me habían abandonado en el mar, mi mejor amigo había muerto y yo había tenido que ser testigo de su agonía. Entre la policía, los soldados, la prensa y todo lo demás, no iban a dejarme tranquilo cuando nos encontraran. No me sentía precisamente cómodo con la importancia que, muy a mi pesar, acababa de adquirir. Era como cuando me metía en un lío en el colegio. Lo que deseaba era ser pequeño e insignificante. Pasar inadvertido para así no haber de rendir cuentas. Pero ya era un poco tarde para eso.

Tenía unas ganas locas de orinar. Llevaba ya un rato así, pero no me había parecido correcto hacerlo mientras Maurice viviese. No podía pedirle que aguantara un par de minutos a que saliera a echar una meada. Pero ahora ya había muerto y no iba a molestarle. (No puedo evitar pensar que tampoco le habría importado mucho antes. Con lo ocupado que estaba y todo lo demás...) La impenetrable suavidad del húmedo cielo parecía ejercer una fuerte presión sobre el mar. Empecé a notar la pesada calidez del sueño tirando de mis mojadas y frías extremidades. No tardaría en dormirme, y bien a gusto además, pero antes tenía que hacer pis.

Apesadumbrado, me incliné sobre la borda del barco e hice mis necesidades en el mar.

Comprenderás por qué he mentido antes.

Pasemos ahora a la segunda bola. Recordarás que cuando te he contado lo del fabuloso aborto de Deirdre, me he declarado inocente del embarazo propiamente dicho. Pues bien, era mentira. En realidad fui yo. Fui yo quien le hice el bombo. Era de esperar. Seguro que has pensado que había gato encerrado. Llevaba tirándomela desde el principio (es decir, una vez que hube superado el fracaso inicial por falta de valor). El crío, el paquete o como quieras llamarlo, era mío y sólo mío. Es más, quien puso fin al embarazo, quien llevó a cabo el aborto fue ni más ni menos que un pérfido servidor. Fue un asunto muy desagradable y nos creó a los dos bastantes problemas morales. A ella debió de resultarle mucho más fácil, ya que ni siquiera era católica. Los protestantes estaban siempre abortando; lo hacían prácticamente todos los días. Para ellos no representaba la menor dificultad. No: fui yo, sin duda, quien peor lo pasó.

Cuando Deirdre me contó que estaba embarazada, las fechas y los cálculos que me dio eran de una imprecisión lamentable. Yo estaba un tanto nervioso, pues me imaginaba que su padre iba a venir a verme con la sección local de la Orden de Orange, el Ku Klux Klan o alguien así, dispuesto a esparcir mi sangre por las paredes de mi chabolo. Evidentemente, había que hacer algo. El aborto era ilegal en el Ulster, de modo que no podíamos acercarnos al hospital más cercano de la Seguridad Social a que nos sacaran al muy granuja. Teníamos que improvisar algo. Calculé que no podía estar de más de ocho o nueve semanas y decidí hacerlo yo mismo.

Y lo hice. Me pasé una semana en la sección de obras de consulta de la Librería Central, empollándome los maravillosos métodos para machacar críos. Opté por uno llamado Dilatación y Raspado. (DYR entre nosotros, los del gremio de los médicos.) La cosa no debía de ser más grande que un garbanzo o una ciruela atrofiada. No tenía más que pasar la lija un poco por la cavidad uterina o como se llamara aquello, y Deirdre quedaría como nueva. Ni siquiera se daría cuenta de que lo había perdido. Tenía una pajita larga por si me salía rebelde.

Cuando llegó el feliz día, Deirdre vino a mi apestoso chabolo, se quitó las bragas en un santiamén y se tendió en mi mugrienta cama con los ojos desorbitados de miedo y los labios húmedos de estúpida confianza. Como no quería marear la perdiz y tampoco se trataba de un examen, cogí y le metí un pincel por el coño. Era de los de mango largo y pelo suave. Marca Rowney, de primera. Estuve hurgando cosa de un cuarto de hora: empujé, escarbé, raspé y removí. La medicina es pan comido. Es un simple problema de física. Rescate de restos humanos. Saqué un montón de asquerosidades, entre las cuales distinguí un par de grumos que me hicieron concebir esperanzas. Parecía que ya estaba. Saqué el pincel y avisé a Deirdre que igual sufría abundantes flujos vaginales. Lo que no le dije era qué debía hacer en tal caso; simplemente le avisé.

Luego se puso a llorar con amargura. Derramaba unas lágrimas enormes. Como es natural, consolé a la pobre lo mejor que supe. Por lo menos ignoraba qué había utilizado. Le dije que había conseguido agenciarme una cánula gracias a un amigo que trabajaba en urgencias del Royal Victoria Hospital. Como no se había preocupado de mirar, pude evitar sin ningún problema que pasara un mal trago; y es que el asunto del pincel podría haberla disgustado. Las chicas son muy suyas con las cosas que dejan meter ahí dentro. (Cuando se fue tiré el pincel a la basura. No habría estado bien que me lo quedara después de lo ocurrido.)

¿Me creerás si te digo que intenté cepillármela antes de que se marchara? ¡Qué asco! Es que tenía las manos metidas en su pequeño tesoro y la polla me hizo una mala jugada: se puso a jadear como un perro para que supiera que quería más. Gracias a Dios, Deirdre no me dejó. No estaba de humor, para que nos entendamos.

A decir verdad, probablemente no habría habido ningún problema si los cálculos de fechas que había hecho hubieran resultado correctos. Si sólo hubiera estado de dos meses, mi labor de aficionado habría podido solucionar el asunto sin mayor inconveniente. Como en realidad estaba de cinco meses, lo que hice fue una chapuza. ¡De cinco meses, joder! ¡Estaría formado casi del todo, presentaría una forma humana reconocible y sería grande de cojones! ¡Como un balón de fútbol! ¡Y yo había cometido la barbaridad de intentar sacarlo con el pincel de marras! Dios mío...

Podrás decir lo que quieras sobre la dudosa condición espiritual del feto, pero se me hizo muy, pero que muy difícil de asumir.

Supongo que ésta fue la razón por la que Deirdre se volvió majara posteriormente. Se mirara por donde se mirase, aquello constituía un buen motivo para volverse loco. ¡Caray, pues sí que tenía buena mano yo! ¡Una mano estupenda! Fue horrible todo el asunto: el pincel, la porquería, tirarlo por el retrete, el dolor y todo lo demás. Pero la peor parte con mucho fue el hecho de que intentara follármela a continuación. ¡Dios, cómo lamento haber hecho eso!

Comprenderás por qué he mentido antes.

Ah, sí, una cosa más. Aparte de todo esto, debo confesar que no conseguí enrollarme con Laura. Nunca. Ésa ha sido otra pequeña trola.

Llena de buen gusto, lírica y evocadora, pero una pequeña bola al fin y al cabo. No, nunca me acosté con Laura. Ni en el campo ni en la cama ni en ninguna parte. Puede que llegara a tener la oportunidad. Estoy casi seguro de que le atraía un poquitín, de que despertaba en ella cierto interés. A fin de cuentas, me retrató sin que posara para ella, ¿o no? Sí, tenía motivos bien fundados para esperar algo, pero ni siquiera conseguí acercarme a ella. Fue un auténtico desastre. Laura acabó aborreciéndome sin necesidad de que ocurriera lo que he relatado, porque si algo sintió por mí fue aborrecimiento. ¡Vaya si me odiaba! Le toqué las narices de mil formas diferentes, todas ellas tan poco íntimas como desagradables. Ah, no, esa chica, Laura, no me considera santo de su devoción. No, señor.

Lo que he contado sólo es verdad hasta el episodio del baile de primavera. No me marché después de aquel pequeño enfrentamiento con Greg y sus colegas. Y tampoco les di una paliza. Lo que ocurrió fue que me inflaron a hostias. Entre que Laura estaba presente y todo lo demás, resultó muy humillante. Y no me pasé la noche aguardando enigmáticamente a que llegara la mañana. La pasé en urgencias, esperando a que se ocuparan de mi maltrecho cuerpo. No hubo conmovedora escenita matutina, ni idílico día de paseo, ni noche a cielo descubierto juntos, ni polvo, por descontado. Me lo he inventado todo. Triste, pero cierto.

Cuatro

Bien, con ésa son tres las trolas que te he contado. Tres pequeñas bolas. No están nada mal, ¿eh? Cuantitativamente, eso es faltar mucho a la verdad. ¡Y encima en puntos importantísimos de la trama! Ay, ay, ay... Debería caérseme la cara de vergüenza. Responsable de dos muertes y de un fiasco sexual. Ay, Dios, pues sí que me he pasado de la raya... Lo siento. Te pido disculpas. Me ha salido sin querer. Ha sido todo culpa del miedo. Ha sido puro canguelo y vergüenza lo que me ha conducido por la equivocada senda del engaño. Soy muy reacio a la hora de hablar de mis delitos. Me dan corte. ¡Al fin y al cabo eran mi mejor amigo y mi futuro hijo! No es un asunto precisamente agradable. Y tampoco muy admirable que digamos. Los héroes del siglo XX han de tener defectos, según me cuentan fuentes bien informadas. Han de estar manchados de una forma profunda e irremediable por el contacto con esta época en la que vivimos. Pero no cabe duda de que todo tiene un límite.

No obstante, he de decir que la inmensa mayoría de nosotros mentimos como si nos diera igual lo que pueda pasar en el futuro (o quizá precisamente *porque* no hay futuro). Incluso los más virtuosos entre nosotros se descuelgan a veces, de cuando en cuando, con unos embustes como la copa de un pino. En las novelas, los narradores caraduras lo hacen sin parar. Los periódicos apenas se dedican a otra cosa. Los políticos lo hacen de modo habitual y además sin el menor sonrojo. «No, no vamos a desmantelar el estado de bienestar.» «No existe nada parecido al M16.» «Sudáfrica es un lugar maravilloso con mucho sol y unos morenitos adorables.» Lo importante de todo esto es que nadie protesta, que a nadie le sorprende. ¡Nadie espera que cambien las cosas! Es una circunstancia de la vida. Se llama objetividad, realismo o algo semejante.

Y este margen de tolerancia se extiende a todas nuestras vidas y mentiras por triviales que sean. Piensa en ello. ¿Quién espera realmente que le digan la verdad hoy en día? Yo no. ¿Tú sí? Ya te he contado las malas costumbres folladoras de Jenny. Pues bien, cuando descubrí que estaba trajinándose al vecino de al lado no me sorprendió mucho. Ni siquiera me afectó de forma especial. Me sentí dolido, humillado y celoso, lo reconozco. Pero fue el hecho concreto de que follaran lo que me sentó mal, no el subterfugio. Tanto es así que ni siquiera pensé en la palabra engaño. Me daba cuenta de que me había prestado un servicio al no contármelo. Al fin y al cabo, ¿deseaba enterarme realmente? No cabe duda de que ella pensaba que me hacía un favor. No quería hacerme daño.

Y, en cierta medida, así fue. La «mentira piadosa» como excusa, como idea, abarca en la actualidad el amplio espectro del engaño humano. Las mentiras poseen hoy en día más valor que nunca. Son cómodas, rápidas e indoloras. Te permiten salir de apuros y de relaciones delicadas. No sólo te evitan pasar un mal trago a ti, sino también a quienes te rodean. Las mentiras son el golpe de gracia esencial de la vida moderna. Son el perno imperdible, el asesino humanitario que nos proporciona a todos nuestra carne vital. Son fundamentales. Irreemplazables. ¿Qué haríamos sin ellas?

La verdad es una cosa cada vez más precaria. Tímida, vacilante y de vida recluida. ¿Qué harías si tuvieras que encararte con ella, si alguien fuera y te la dijera? Yo me cagaría de miedo. Aunque probablemente no la reconocería. ¿Ah sí?, diría. ¿Qué me dices? ¿En serio? ¿Lo juras? ¡Anda ya! En efecto, creo que la triste verdad es que no reconocería a la verdad ni aunque se me acercara con una camiseta con su nombre estampado, se me presentara y me enseñara la partida de nacimiento, las huellas dactilares, el registro dental y testimonios de testigos fiables. «¡No digas tonterías!», respondería yo. «¿Por quién me tomas? ¿Por un idiota?»

Pero esto no es pretexto para mentirte. En este punto no podrías estar más decepcionado de mí de lo que yo estoy. Reconozco que todo este asunto es censurable y que no sabría explicar por qué lo he hecho. Como ya he dicho, me daba corte hablar de ello. Y es que, a fin de cuentas, eran unos detalles bastante escabrosos. Y quería caerte simpático, por supuesto. Sí, yo diría que éste es un aspecto muy importante. Visto así, las omisiones resultan más comprensibles, ¿no? Ante una realidad tan cruda, podrías haberme dejado plantado mucho antes. ¿Cómo podía esperar salir bien librado con semejante lastre? Te habrías marchado indignado, te habrías preparado un café y, con una copa en una mano y un pitillo en la otra, habrías dicho pestes de mí a algún amigo. «¿Sabes lo que ha hecho ese sujeto? ¿Sabes lo que intenta hacernos creer?

¿Quién se cree que es?» Quería evitar una reacción de este tipo. Sólo de pensar en ello me echaba a temblar. Por eso me he descolgado ahora con todo esto. Por eso te lo he soltado al final.

Sí, es cierto: estamos a punto de acabar. Se nos termina el papel. ¡Ah, crueles hojas! ¡Ah, tapas tiránicas! Supongo que ya te habrás dado cuenta. Lo veías venir. Era difícil que te pasara inadvertido, supongo. Al menos tienes esa ventaja con respecto a mí. Tienes ese poder. Utilízalo con moderación, por favor.

¿Quieres saber cuál es la peor de las mentiras (mejor dicho, la peor de las verdades) que te he contado? Son todas malas, y seguro que ya te habrás hecho una composición de lugar aplicando tu propia escala de valores. Objetivamente, la peor es, por supuesto, la del aborto de Deirdre. Fue el episodio en el que causé el mayor daño (a ella, a él y a mí mismo) y me guardé más las espaldas: mantuve mi lealtad, mi inocencia limpia de esperma y mi preciada condición de víctima. En mi primera versión salía oliendo a rosas, mientras que en la realidad olía a muerto, a traición y a parto chapucero de retrete. De todas las versiones que he dado de mi vida es ésta la que presenta una discrepancia más acusada. Era la parte que había que revisar más a fondo. En este caso no tenía derecho a pasarme como lo he hecho. Dejaba mucho que desear como ser humano. Pero, como ya he dicho antes, si algo deseaba era caerte simpático.

No obstante, la bola que más perjuicio le ha causado a mi dignidad y mi amor propio ha sido, curiosamente, el rollo imaginario con Laura. Lo que quiero decir es que, en rigor, las otras no eran bolas de verdad. Eran desviaciones con respecto a los hechos reales, omisiones de detalles fundamentales. En cambio, todo el asunto de Laura era una mentira como un templo, una invención de principio a fin. La bola por antonomasia. Esto complica las cosas. No conseguí acercarme al trasero de Laura, y ella evitó el mío. No hacía falta contar esa mentirijilla. No tenía que borrar ninguna huella ni encubrir ningún delito. Sólo quería ocultar mi fracaso, disimular mi cómica inutilidad, intentar mejorar la triste figura en que me he convertido.

Y son muchas las veces que durante los años siguientes he llorado por este motivo. Perdido y solitario a causa del desamor. Siempre esperando con ese estilo tan cinegénico del amante no correspondido. Un simpático enamorado.

¡Desde entonces he estado dominado por un sentimentalismo bufonesco, rediós! ¡Qué ingenuamente he soñado con ese momento de plenitud en que al final nos encontrábamos diez años más tarde! Era una proyección. Nos cruzábamos en un camino empedrado de optimismo. Sueños de color de rosa, propios de literatura romántica. Ella vuelve conmigo. Tiene diez años más, pero sigue loca por mi culito, que mantengo firme y bien conservado. Sí, así es. En esto consiste mi fantasía. ¡Soy un artista de la sensiblería! Yo, esbelto, seguro de mí mismo y bien plantado, como me corresponde por derecho. He hecho todo lo posible para que resultara lo más bonito posible. ¿Que cómo iban a ser las cosas? Yo disfrutaría del triunfo y de la posibilidad de elegir. Ella tendría las arrugas que provoca lamentarse por los años desaprovechados. Este detalle me hacía gracia. Las mujeres envejecen mucho peor que los hombres, he tenido la satisfacción de observar. Yo en el asiento del conductor... La escena final, donde, titubeantes, se reúnen los protagonistas. Y con un retraso emocionante. Sólo esto he deseado y esperado.

Sé muy bien que me humillo con todo esto. Sé que Laura ni lo sabe ni le importa, y tengo la absoluta certeza de que nunca se para a pensar en el encantador tema de Ripley Bogle, a menos que sea para vilipendiarlo mentalmente. Ah, cómo me ha maltratado Laura. La ironía y la confianza no han servido de escudo para evitar que me dieran sus golpes. Estoy destrozado. Qué triste es todo esto, ¿verdad? A pesar de mis mentiras, ¿no sientes brotar en tu corazoncito una solidaria llama de indignación? ¿Sí? Bien. ¿Por qué no te acercas a su casa y organizas una pequeña manifestación delante de la puerta? Ya sabes, con consignas, carteles y todas esas cosas: «¡Haz caso a Ripley! ¡Quiérele, Laura!». Puede que surta efecto y, en el peor de los casos, serviría para que se acordara de mí. ¿Me harás ese favor? Gracias, chico. Algún día te lo devolveré.

¿O debería olvidarme del asunto? Probablemente ya sea demasiado tarde para eso. No obstante, por ella soy capaz de intentar dar sentido a todo lo que significa hoy en día la palabra amor: desprendimiento, integridad, ternura y dicha.

¡Como si pudiera hablar de integridad y desprendimiento después de lo que acabo de contarte! Ni siquiera sé si mi obsesión juvenil por mi querida Laura merece el nombre de «amor». Si no hubiera sido ella, seguramente habría sido otra, como se suele decir. Puede que me lo buscara. El enfrentamiento, la negación y, sobre todo, el fracaso del final. Puede que se debiera a esto. El hecho de no poseerla. Puede que dependiese todo de la espera. Los toqueteos de la memoria.

En cualquier caso, ahora estas consideraciones no sirven para nada. Son tangenciales, no tienen la menor trascendencia. En mi opinión, no cambian de ninguna manera el camino que estamos siguiendo juntos tú y yo.

Así que adelante. Hemos estado a las duras y a las durísimas. Quiéreme, aborréceme, vilipéndiame, pasa de mí o haz lo que más te convenga, pero hemos de reanudar la marcha. Debemos sacar conclusiones. Sígueme cinco minutos más. Quédate conmigo. Ya falta poco. Vamos, tenemos que poner el punto final.

(Por cierto: todo ese asunto de que la verdad es una cosa precaria, difícil de reconocer, etcétera, es una parida. Me doy cuenta de ello, y dudo mucho que haya llegado antes que tú a esta conclusión. Penoso, ¿verdad? El precio que he de pagar por mi juventud. A esto le llamo yo corrección instantánea. No eran más que gilipolleces. Pongamos el caso de Perry, por ejemplo. No has llegado a conocerlo tan bien como yo, por supuesto, pero era un hombre honrado a carta cabal. Era el epicentro ignorante de toda una explosión de verdad e integridad. Perry decía siempre la verdad. Yo intentaba pasarlo por alto, pero así era. Perry era sencillamente incapaz de mentir. Como los locuaces caballitos de Swift. No tenía idea de lo que era el engaño. Esa briosa falta de lógica, ese mezquino consuelo... Espero que le sirviera de algo. Espero que le resultara de provecho en la vida. ¿Sabes qué? Yo creo que sí le sirvió.)

*

Los ancianos cuentan historias sin parar. En ellos es habitual. Y en las ancianas también. Es un hecho aceptado. Es algo que se espera incluso, y al que se otorga el marchamo de respetabilidad de la norma.

Los placeres que deparan las historias de los ancianos son numerosos, lo reconozco. Para empezar, los ancianos tienen por lo general mucho que contar, ya que su pasado es muy largo. Ésta es la principal ventaja de que disponen. Han acumulado un montón de años a sus espaldas. Con sus largas vidas y la multitud de personas que conocen, pueden forjar sus relatos, sus épicas y enrevesadas historias dinásticas. Pero en esto reside también el problema. Han vivido tanto que han de resumir por mor de la brevedad. Pueden despachar una década en un párrafo. Dedican media hora a la noche en que perdieron la virginidad y acaban con una generación en cuestión de segundos. Hay lagunas, altibajos; cambios de ritmo y de acento. Hay hilos argumentales anodinos en que se dilata el tiempo de la narración y pierde interés la reminiscencia.

Que un joven cuente su historia es algo relativamente insólito. Resulta raro. No sé por qué, pero parece como si nos diera miedo ofrecer nuestras anécdotas al gran público. Huele a precocidad, a orgullo desmedido y a ignorancia deli-

berada. *¿Qué puede haber ocurrido en nuestras cortas vidas que merezca la pena ser contado? ¿A quién le importa? No podemos abrir el baúl de los años, ese gran saco de tiempo vivido. Esto constituye nuestro punto débil y también nuestro punto fuerte. Los acontecimientos cuentan más para los jóvenes. Carecemos de la distancia y el orden que proporciona la distancia. Nuestro pasado es inmediato, episódico, encendidamente egocéntrico y, sobre todo, visual y pictórico. Está compuesto de sentido y apenas contiene juicios o reflexiones ofuscadoras. Nuestro pasado posee la fuerza de la mirada atenta e implacable. Detalle, precisión y viveza. Esto es lo que tienen los recuerdos de la juventud.*

Los ancianos reflexionan desde una situación estática. Su trato con este mundo ya casi ha terminado. Su historia parece completa, ineluctable. Las historias de los jóvenes se cuentan a la mitad. Se hallan a merced de la mudanza. Nada es seguro. No pueden adoptar una postura convincente ni sacar conclusiones válidas. Eso te corresponde a ti.

Cinco

Trafalgar Square refulge con la humedad de las primeras horas de la tarde. Ha caído la niebla, y grupos desordenados de siluetas se disuelven de forma apática en la penumbra dominical. El aire está empapado de una humedad pesada y maloliente, una infame secreción del cielo putrefacto. Impregna y envuelve edificios, coches y personas por igual, como un esputo indigno. El aliento de la gente forma un rastro inmundo que flota en la atmósfera desfigurada, ondulándose y serpenteando hasta evaporarse. Una neblina diáfana y maléfica se enrosca alrededor de la columna, ocultando su altura.

El día pasa lentamente. Tras la somnolencia del mediodía, está aturdido y malhumorado. Aquí la gente lo nota, y nadie tanto como yo.

Estoy dominado por las estereotipadas muertes sobre las que medito con amargura. He estado luchando con el desequilibrio de mi culpabilidad y mi propósito de enmienda. Me siento incómodo aquí, a la vista del conjunto de mis faltas. Tienen los ojos clavados en mí y observan cómo lucho por corregirme. Vendría bien una elegía por los muertos, un himno por el cadáver del mundo. Una auténtica lista de fantasmas. Pero no dispongo de tiempo.

Vuelvo mi demacrada cara, mi triste cara desencajada, hacia esta destilación de la ciudad de Londres. Allí se agacha y posa. A la espera. Interpretando su lista de relatos y transgresiones. En ventanas encharcadas y húmedos reflejos resplandece la niebla. Se escabulle y baila con otras manos, no las mías.

La gente de Trafalgar Square da vueltas a diversas velocidades, frenando sus movimientos por el veto de pereza impuesto por el día. Como el permiso de la hora de la comida, como toda naturalidad estudiada, su libertad está empañada por la capa de niebla. Los coches pasan serpenteando en un orden silencioso, con sus ventanillas llenas de caras manchadas por la mugre del aire. La ciudad carece de brillo.

Todos queremos una oportunidad, si no dos o más. Porque anhelamos revisar, borrar y obtener clemencia. Nuestros errores pasados y futuros se congregan en las calles dando empujones, con descaro. Quieren que se les escuche. Poseen un sinfín de motivos de queja. Piden justicia. Quieren someterse a un arbitraje.

Por fin concurren todas las circunstancias, como no podía ser de otra manera. El engaño ha perdido fuerza. Nunca aguanta hasta el final. ¡Vaya descubrimiento! El terror del mentiroso... Se ha detenido de una forma brusca e indigna. Sin adelantarse a la hora y mucho después de lo que esperaban los bien informados. La variedad de mis otras inexactitudes... He tratado de contagiarte con mi majestuosa marcha. Mi tenaz viaje al mismo punto de estupidez y corrupción. Espero haber fracasado.

Me esfumo, desaparezco rápidamente, pero aún me queda algo que decir. ¿Qué es lo peor que he hecho? En sótanos y callejones he buscado algo indispensable. En las garras de las aceras y la codicia defraudada he recordado, rememorado y evocado. Entre el éxito y el fracaso debo bailar mi danza con poemas lacrimógenos para reunir lo peor de mis rollos macabeos. Esto es arriesgado y me granjea pocas amistades.

¿Ves cuál es mi problema? Estoy intentándolo. ¿Dónde encontraré las palabras que necesito? Lo intento. Hago un esfuerzo ímprobo. Por la sabiduría y la benevolencia, por la comprensión y la resolución. Si comienzo con las proclamas de la sensiblería, jamás consigo hacerme valer. Soy derrotado por la descarada casuística de mi raza y mi época (o algo por el estilo). Todas mis incursiones en la magnanimidad y la humildad naufragan de forma lamentable. Degeneran en estupideces, como ahora. Pero lo intento. Créeme. Lo intento con todas mis fuerzas.

Los años de juventud los pasé expuesto a la influencia de la moral punitiva de las novelas victorianas. En aquellos libracos, el joven héroe, el simpático y agraciado muchacho (Tom Jones con levita), abandona la estabilidad de la vida cotidiana y emprende un viaje que ha de conducirle supuestamente a la madurez. Se pone en camino provisto de todo tipo de defectos, falsedades y formas de egoísmo. Aunque en el fondo posee un espíritu generoso y buen corazón, también tiene sus puntos flacos. Sigue una senda de adversidades, reveses y pruebas. Se encuentra con personajes dotados de una sabiduría más profunda y antigua que la suya y que, de forma consciente o inconsciente, le guían hasta cierto punto. Los errores, los pasos en falso, las faltas y las insensateces en que incurre jalonan su viaje. Todo esto le permite adquirir cierta sabiduría. Una caprichosa sabiduría de autor, pero sabiduría al fin y al cabo. En resumen, que espabila y acaba con la tía buena.

Esta idea ejerció una profunda influencia en Ripley Bogle, ese pillastre de Turf Lodge que tan extraño destino ha tenido. Desde entonces he intentado emplear este patrón para medir mi madurez. He tratado de ponerme las pilas más rápido que Arthur Pendennis, el personaje de Thackeray. Es un método bastante sencillo, aunque a mí no me ha servido de mucho. Me parece que soy víctima de un desproporcionado número de chapuzas, desastres y humillaciones. Caramba, ya lo he conseguido, pienso después de cada cagada, desgracia o pequeña locura. ¡Tras todo lo que me ha sucedido debo de ser más sabio que el puto Salomón! Hola, Madurez, encantado de verte después de tanto tiempo. Pero luego voy y meto nuevamente la pata, cometo otro atropello contra la sensibilidad y, en general, vuelvo a desempeñar el papel del abortista. Pero esto no constituye una pérdida de tiempo. Después de lo ocurrido soy un poquito más sabio, te lo aseguro. Sin embargo, me esperan más pecados por cometer y más sabiduría por adquirir. He de seguir adelante hasta terminar bien las cosas. Supongo que la rueda de mi sabiduría no se detendrá nunca. Espera y verás. Sospecho que nadie consigue ser como esos tíos cuando acaban los libros que he citado. No parece que las cosas sean así si se observan con la fría objetividad de la realidad. No existen escenas en las que todo se resuelve, ni benefactores regordetes que reparten pasta a diestro y siniestro, ni tampoco me llevo yo a la chica en la última página, por descontado.

Puede que esto parezca una trivialidad. Pero para mí constituye un gran paso. No soy más que un chaval; estas cosas me llenan de confusión y terror.

Recorro esta sucia plaza con la mirada y me fijo en los deprimentes placeres de Inglaterra. Como unos ojos tristes en un rostro risueño, se esfuerza, pero apenas consigue engañar a nadie. Lo mejor de Londres es que aquí no importa. En Belfast estaba atenazado, al igual que todos los irlandeses, por el dulce dominio de mi país, por su manto de nacionalismo y por su austera y paternal belleza. Londres coopera si haces el esfuerzo, pero por lo general la ciudad no te da problemas. Produce el agradable estímulo de la soledad y, sin embargo, puebla tus sueños, tu desesperación y tus horas solitarias. Con su oscuro traje rayado gris clásico, Londres sigue mostrándose cortés pero distante. Es un comportamiento admirable en cualquier ciudad, y debería ser distinguido con los más altos elogios.

A propósito, todavía soporto sin problemas los retortijones de hambre. Aunque sólo sea por esto, creo que mi fortaleza es algo digno de admiración. La herida de cuchillo también me ha dado la oportunidad de mantener un silencio espartano durante cierto tiempo. Aunque la forma en que me la he hecho no me ha deparado precisamente un gran placer, por lo menos no he explotado esa pequeña tragedia como podría haberlo hecho. En cuanto a lo demás, ha habido un poco de todo, lo reconozco sin ningún reparo. ¿A ti qué te ha parecido? ¿Qué opinión te merece? Ripley Bogle, retratado en Belfast, Cambridge y Londres, concesión para la mugre y amigo de los muertos. A mi humilde e intensa manera, he corrido mucho mundo. He hecho lo que estaba en mis manos de una forma más o menos coherente y he intentado evitar los mayores escollos para alcanzar las tristes metas que yo mismo me he marcado. Lo de Maurice fue un desastre, lo de Deirdre una catástrofe en todos los sentidos de la palabra, y lo de Laura un fiasco de principio a fin. Ah, sí, a todos les causé algún agravio o perjuicio. De palabra u obra, a todos les fallé. Todo esto me hace sentir mal, naturalmente, pero el fracaso que más me aflige es el que sufrí con Perry. A Perry nunca le jugué una mala pasada, por lo menos no como las que les jugué a los demás, pero, curiosamente, no puedo evitar sentir que le fallé de una manera espantosa. Antes y después. Es más, estoy fallándole en este preciso instante. No sabría explicar por qué, pero estoy seguro de que así es. Debería ir a ver a ese hijo suyo o hacer algo. Ignoro incluso dónde van a enterrar al viejo, pero sé que no estaré presente. No habrá nadie salvo sacerdotes y chiflados. Está claro que las cosas no deberían ser así.

Cantar en las sombras que me rodean y abrirme los ojos. Ésa es la tarea que cumple la verdad conmigo, la misma, imagino, que cumple con la mayoría de nosotros, pobres cuerpos que somos.

¿Y mi misión? ¿Qué ha sido de ella? ¿Qué podemos salvar de las ruinas de mi pequeña y ácida historia? ¿Por qué he llegado hasta aquí? Es una pregunta difícil de responder y temo comprometerme demasiado, pero creo que la razón está en la historia y que la historia acecha astutamente detrás de la causa. ¿No la ves? He de reconocer que yo tampoco. En absoluto. Nada de nada. *Absolument rien.*

Si hay un pecado que cometer, los irlandeses lo cargarán sobre sus espaldas como los altruistas internacionales que son. El mundo se portó mal conmigo al hacerme irlandés. He pegado fuertes patadas, pero Hibernia encaja las coces como un burro. Pensándolo bien, no tengo prácticamente nada que reprocharme: soy una víctima de las circunstancias, la época y la nacionalidad. La culpa es de Irlanda, no mía.

En mi defensa diré tan sólo que la mayoría de los defectos reciben un nombre equivocado. Los pecados y delitos que todos acumulamos rara vez se cometen con toda la fuerza que da la intención. No incurrimos en faltas propiamente dichas: incurrimos en errores. Errores terribles, funestos, con unas consecuencias y repercusiones enormes, pero errores al fin y al cabo la mayoría de las veces. Ésta es mi defensa. Lo digo en serio: nadie quiere ser un cabrón si puede evitarlo.

Ya está. Punto final. Me alegro de haber terminado. Se me estaban acabando las evasivas. Me he llenado todos los bolsillos hasta los topes y ya no tengo sitio donde meter más gilipolleces. He sacado el último cigarrillo. Lo acerco con lentitud, disfrutando con los gestos. Mi última cerilla arde con repentina fuerza en medio de la niebla y enciendo el cigarrillo con éxito. El humo de tabaco que exhalo se confunde con las húmedas volutas que describe el aire fatigado. Me incorporo un poco y obligo a mis ojos a ponerse en posición de observación. Con el estómago vacío, me estremezco de escasa satisfacción. Sonrío sin ningún motivo. Las cosas no van tan mal. Puede que aún salvemos la situación. Después de todo, soy joven. No sería la primera vez. Ya he conseguido antes salir de la miseria. El mundo todavía podría aceptarme. Quizá debería ir a Oxford esta vez. ¿Quién sabe? Fumando con una compasión firme y pausada empiezo a hacer planes.

La niebla vibra en torno a mí cuando me pongo de pie. Dos autobuses se detienen con una sacudida furiosa, quedándose cada uno a pocos centímetros de la garganta metálica del otro. La niebla parece romper su silencio y los sonidos de Trafalgar Square empiezan a definir sus timbres con una confianza renovada. Un niño pasa corriendo por mi lado botando una pelota y ahuyentando palomas culonas con sus chillidos. Su madre le llama con un grito. El niño se para, da media vuelta y esboza una sonrisa imperceptible antes de reemprender su apremiante y perturbador juego. Me alejo, atravesando su camino. La tripa se me estira suavemente sin quejarse y las piernas me aguantan con una facilidad conmovedora. Camino garbosamente, con cierto aplomo.